U0128391

目 次

文學類

哲學類

歷史類

編者序

　　我喜歡寫書評，這三十多年來總共寫了三十多篇，除了經學專業書評外，還包括工具書類、哲學類、文學類等方面的書評。當時所以想要寫書評，一方面因為寫書評必須要先讀書，藉書評來加強自己讀書的範圍；另方面，當時是個窮學生，寫書評投稿到《書評書目》可以有稿費，以便補貼生活所需的費用。當時有關書評理論或實踐的書很少，所以寫書評時全憑自己的感覺，也不知道寫的好或壞。後來，漸漸地知道書評的訣竅，尤其是評論工具書的時候，更能駕輕就熟。因為工具書不需要整本書都讀完，只要看看編輯的體例，還有分類是否妥當，收錄的資料是否有遺漏，就可以寫成一篇書評了。但是先決條件是要對這個工具書所屬的學科有相當程度的了解，不然的話還是沒辦法對這本工具書做優劣的評價。至於其他類的書評，沒有學科背景知識，不容易寫出好的書評來。所以，要寫這一方面的書評，必須要先有學科的素養，才能寫出令人心服口服的書評。總而言之，寫書評要有相當多的功力，不是泛泛之輩所可以手到擒來的。這種功力可能要數十年的努力才能培養出來，這一點實在馬虎不得。

　　寫作書評也有它應注意的地方，這個可以藉讀書評的理論或實務的書籍，來充實有關書評的知識。這一類的書在學術界並不受重視，所以幾十年來在坊間能看到的也只有數種而已，流傳較廣的例如：徐召勛《書評與書評學》（合肥市：安徽人民出版社，1989年）、孟昭晉《書評概論》（南京市：南京大學出版社，1994年）、徐召勛《書評學概論》（武漢市：武漢大學出版社，1994年）、徐柏容《現代書評學》

（蘇州市：蘇州大學出版社，2005年）、伍杰《書評理論與實踐》（開封市：河南大學出版社，2006年）、吳銘能《書評寫作方法與實踐》（臺北市：秀威資訊科技公司，2009年），大陸出版的這些書，主要是做為大學書評課程的教材，給讀者提供了相當豐富的書評理論參考。吳銘能先生的書有理論的建立，和批評的實務結合而成，對書評者也有相當的幫助。總而言之，這幾本書的理論都各有可觀之處，但範例涵蓋的範圍都稍有不足。

　　何淑蘋學弟在實踐大學高雄校區應用中文學系講授書評寫作課程，頗感缺乏實用的書評專著，向我提及要編輯一本批評理論較為全面、批評的實例涵蓋各個學科，以作為上課之教材。這個構想甚有創意，數年前我也一直有編輯這類書的計畫，可惜因為雜務太多沒能完成。淑蘋這次的提議正好可以完成多年來的心願，所以我就跟她合作編了本書。

　　本書分為上、下兩編，上編為書評理論，收錄書評相關理論之論文八篇，下編為書評範例，分為工具書類（收論文十篇）、文學類（收論文八篇）、哲學類（收論文四篇）、歷史類（收論文三篇）。上、下編合計三十三篇，皆經過作者授權。原來預計要收入的論文還不只這些，但因為授權問題不免有遺珠之憾。所收的三十三篇文章，我覺得有下列兩點意義：（1）在書評理論方面，由於出自各家，所以理論的探討可以互相補充，使書評理論的涵蓋面既完備又深入。除了一般理論的論文外，又兼收史學、佛學和工具書的書評理論，甚為難得。（2）在批評範例方面，涵蓋工具書類、文學類、哲學類、歷史類，各類皆收錄三至八篇的論文，讀者可以依照自己所要評論書籍的類別，參考本書中的範例，對書評內容的充實應該有相當的幫助。

　　書評在國內並不受重視，所以升等或研究成果都不能以一般論文同等而論。像中央研究院中國文哲研究所每一篇書評只能得到一到兩

點的積分,而一般的論文至少有四到八點,相差甚多。可是,要寫出一篇好的書評,所花費的時間不下於寫一篇學術論文,由此可見書評是受到歧視的。但是學術水準的提升或端正與否,有需要靠書評來作為輔助。客觀的書評,對作者和出版者不無鼓勵的作用。應該要有更多的學者投入書評寫作的行列,我們編輯這部書的意義也就在這個地方,希望我們的努力能引起學界的共鳴。

二〇一四年二月一日 林慶彰 誌於
中央研究院中國文哲研究所五〇一研究室

上編　書評理論

關於書評

沈謙[*]

壹　書評的意義

「書評」（Book Review），美國《蘭燈大字典》（The Random House Dictionary）解釋為：a critical description and evaluation of a newly published book by a critic, journalist, etc., published in a newspaper or magazine.中國古代並沒有「書評」一辭，但是卻有不少序文提要等相當於書評的文章。《四庫全書》卷首凡例第九條說：

> 劉向校理秘文，每書具奏；曾鞏刊定官本，亦各製序文，然鞏好借題議論，往往冗長，而本書之始末源流，轉從疏略。王堯臣《崇文總目》，晁公武《郡齋讀書志》，陳振孫《書錄解題》，稍具厓略，亦未詳明。馬端臨《經籍考》，薈萃群言，較為賅博，而兼收竝列，未能貫串。[1]

這段文字，歷數中國古來的書評文章，並批評其得失，由此可窺見中國古代書評之端涯。另《四庫全書》卷首提要同條又說：

> 今於所列諸書，各撰為提要。分之，則散弁諸編；合之，則共

---

[*]　沈謙，故玄奘大學中國語文學系教授。
[1]　據藝文印書館影印《四庫全書總目》，第 1 冊。

為總目。每書先列作者之爵里，以論世知人；次考本書之得
失，權衡說之異同，以及文字增刪，篇帙分合，皆詳為訂辨，
巨細不遺。而人品學術之醇疵，國紀朝章之法戒，亦未嘗不各
昭彰癉，用著勸懲。

這裡表明了《四庫全書總目》提要的寫法。一方面敘述作者的生
平和時代背景，以論世知人，一方面評鑑作品，考本書之得失。這部
相當於書評的提要，對於《四庫全書》，厥功奇偉，否則，這麼大的
一套書，要想查考運用，真還不知從何入手？

舉例而言，《戰國策》一書，有漢劉向〈敘錄〉、宋曾鞏〈目錄
序〉、以及清《四庫全書》提要。這三篇文章，一重背景內容之評
介，一多借題抒議，一詳考版本源流。雖內容重點不同，敘錄、目錄
序、提要名稱各異，但都還堪稱有力的書評。

近代以來，由於印刷術的發明與出版事業的發達，書籍報刊迅速
增加，在學術知識的傳布中，書評占了極重要的地位。尤其是廿世紀
人類知識進步，每隔十年到十五年即增加一倍，且有激劇加速發展的
趨勢。在令人目眩的書潮中，讀者要想選擇適合自己需求的書籍，越
來越困難，書評的需要也日益迫切。歐美各國有許多專業的書評家，
和專門的書評雜誌，許多報紙附有動輒數十頁的書評增刊，甚至連廣
播電視，也常常播映最新的書評。國內的報刊，對於書評的重視，也
與日俱增。

這些有關讀後的書評文字，通常可分成兩類。

（一）感性的讀後感：以感性反應為主流，偏向主觀，憑個人的
直覺，表明對作品的印象與感受。

（二）知性的評介：顧及全書，作一客觀理智分析，介紹內容，
指出優劣，並斟酌一個適當評價。

　　狹義的書評，僅指嚴肅客觀的知性評介而言；廣義的書評，則包舉二者。

貳　書評的對象

　　在琳瑯滿目，令人眼花撩亂的書的世界中，那些書應當值得評介？書評者要站在何種立場去選擇書評的對象呢？紐約「時報書評」編輯普雷司各脫先生（Orville Prescott）曾提出三點選介的指標，以供人參考。[2]

　　（一）該書在此時此地及其在這個世界歷史階段的重要性：如戰地記者所寫的書，有關德國、蘇俄、日本、中國及印度等問題的書，討論政治及經濟問題的書等是。一般書評家自不可能是多方面知能的權威，他祇能以自己的信條與成見，儘可能地朝著公允的方向做去。

　　（二）他可能的文學價值：假如它的作者才能經證實可靠，假如經抽樣檢視後看來不錯，假如出版人相信它很好而不僅是暢銷的話。

　　（三）期望使我感興趣的書：倘使沒有其他決定性的因素，在我原本可以評介一本假設使我著迷的飼兔專書時，而去評介一本假設使我厭煩的有關古代傢俱的著作，豈不違反我的本性？

　　個人以為，除了要介紹有意義的好書之外，在選擇書評的對象之時，尚應有幾個原則。

　　（一）經典性的名著：對於中外經典性的名著，不管他是何時出版，均應加以批評介紹。美國每年數以千計的博士論文研究歐美的舊文學，使得他們的文學傳統在人們心域中活躍如新。我們應當使一切

2　普雷司各脫引文見〈書評家論書評〉一文，徐進夫譯自 Writing Book Reviews, 1966, by John, E. Drewry，此譯文刊《東方雜誌》復刊第 1 卷第 7 期。

已有的舊經驗知識，在每一個新時代裡，煥發出更新的意義與光芒。

（二）最新的佳著：此時此地出版的好書，是書評的主要對象。現代出版事業日趨發達，新書愈來愈多，書商廣告與包裝的推介文字，每本皆是「不朽名作」，而這些鮮為人知的新書，頗多「金玉其外，敗絮其中」。書評者必須掌握時效，沙中揀金，推介真正值得一讀的好書。

（三）具特色的書：一本書如果具有某種獨創性或特殊意義，應當優先列入評介對象。譬如：在科學技術上有所發明，在學術上有所創見，在文學上特具現實色彩。或者是一流作家寫了二三流的書，籍籍無名作者寫了不世傑作……等。

參　書評的類型

書評文章的性質比較特殊，他的寫法也跟普通論文不太一樣。一般說來，書評的寫作方式，大致上可分成五種類型。[3]

（一）論述型書評：此類書評，最為常見，尤其是介紹知識性的書籍，十之七八皆用此種方式。寫這類書評，對全書內容須先具備通盤的深刻認識，然後才能提綱挈領，掌握重心，將全書內容和作者想法和盤托出，揉和評者的意見，分析其來龍去脈，評鑒其作用價值，俾讀者一目瞭然，知其梗概。

毛姆（W. Somerset Maugham）的〈奧斯汀及其《傲慢與偏見》〉，一氣呵成地綜論奧斯汀和她的代表作品。彭歌的〈蘭燈大字典〉，介紹《蘭燈大字典》的產生、內容和特色，都屬論述型的書評。[4]

3　六一年七月十日《大華晚報》「讀書人」刊顧敏君〈書評之型式寫作與內容〉一文，將書評分作（一）摘要型、（二）論述型、（三）源考型，但未舉例證。

4　毛文見毛著《世界十大小說家及其代表作》一書，徐鍾佩譯，重光文藝出版社印

　　（二）摘要型書評：此類書評，也很常見。他的特色是將書的內容，擇取代表性的若干片段，擷摘敘述，分段介紹。評者夾敘夾議，相映著原文的字句，將全書的內涵輪廓呈現到讀者面前。這種評介方式比較客觀之且有令人嘗臠知味之概。但是在摘引敘述的取材上頗費心血，且不能一氣呵成，貫徹到底，易生支離割裂之弊，他的優點也正是其缺失所在。

　　羅賓（Louis D. Rubins. Jr.）的〈馬克吐溫的《湯姆歷險記》〉，引摘書中文字，評述馬克吐溫的寫作技巧。葉維廉的〈評：失去的金鈴子〉，屢引聶華苓原文，加以分析評論，都屬摘要型書評。[5]

　　（三）源考型書評：此類書評，多半是專家評專書。書評者往往先介紹該書有關學術知識的背景、發展，以及演進趨勢等，然後再將原著的研究範圍，作一剖析性的介紹，同時述及著者的學術地位及其對此門學科的創見。這種背景的研究，使讀者不僅瞭解到本書「點」的功用，並隨著深遠細膩的類比分析，進一步認識了與本書相關範圍的「線」與「面」。因此，寫作源考性的書評，對於書評對象的相關學科，必須具備相當高深厚實的學術基礎。

　　梁容若的〈評中華本中國文學發展史〉一文，第一部分標題為「中國文學史研究鳥瞰」，先從中國文學史的研究發展說起，歷數諸家著作之優劣，然後再評述原書內容。杜維運的〈評介王譯《歷史論集》〉，先列舉十九世紀以來西方學者討論史學理論的書籍，及其介紹到中國的情形，然後再評論本書。都屬源考型書評。[6]

　　（四）比較型書評：這類書評，不像上述三種那樣普遍流行。自

　　行。彭文見彭著《書香》，《仙人掌文庫》1 號。

5　羅文見柯恩編、朱立民等譯《美國畫時代作品評論集》，新亞出版社。葉文見葉著《中國現代小說的風貌》，晨鐘出版社。

6　梁文見《東海學報》第 2 卷第 1 期。杜文見杜著《學術與世變》，《長春藤文庫》17。

從二十世紀初比較文學興起之後，已絡繹可見。寫作的方式，是將兩本書或多本書一起互相比較。或以某本為主，或二者並重。寫作這類書評，被評的對象，多屬同類性質，且評者必須具備相當高明的學識與眼光，才能從各方面比較衡量之中，考其得失，分析出所以然的道理，以促使讀者對原書有更進一步的認識。

李辰冬先生的〈三國演義的價值〉，花半數篇幅來致力於《三國演義》小說與《三國志》正史的對照。王拓的〈論《怨女》與《金鎖記》〉，比較析論張愛玲的兩部小說。(《金鎖記》為中篇，《怨女》則由《金鎖記》改寫成長篇) 都屬比較型書評。[7]

(五) 感發型書評：此類書評，實即常見的讀後感；以個人的直覺，表明對作品的印象與感受。或隨興抒發，或借題發揮，不必面面俱到，更不局限於一定形式。他的缺點是欠缺客觀理智的分析評介，但寫得好的，往往有極精彩的吉光片羽。他的文字靈活，感覺敏銳，常能引發讀者心裡共鳴，可讀性甚高。

洪炎秋先生的〈中副選集讀後感〉，從北平的《晨報副刊》，說到臺北報界的競爭，再討論到《中副選集》編選原則，可讀性甚高，但是對於《中副選集》的實際內容，卻沒有評介，可謂此類感發性書評。又如曾鞏作〈戰國策目錄序〉，只顧借題抒議，論策士之惑於流俗，固將明其說於天下，使當世後世之人皆知其說之不可從。文字見解俱佳，但是卻忽略了《戰國策》本書內容的評介，也屬感發型書評。[8]

書評的型式，原無定局，以上不過就常見者列舉大端，聊供參考之用。在實際的書評寫作中，基於書籍的特色與表達的需要，往往數

7　李文見李著《文學欣賞的新途徑》，《三民文庫》101。王文見《純文學月刊》第 60 期。

8　洪文見《中副選集》第 5 輯，中央日報社。曾文見《古文辭類纂》，卷 9。

者融合一體，或別出新裁，那就要因時制宜，看各人的「運用之妙，存乎一心」了。

肆　書評的內容

一篇像樣的書評，必須把全書當做一個整體加以考量，從各部分，不同的角度，面面俱到地加以評介。書評的內容應該包括那些部分，達成什麼任務呢？經常為紐約「時報」及「週六評論」撰稿的書評家巴洛夫先生（Davrd Boroff）指出：「在非常有限的篇幅中，要使一項書評寫得令人滿意，必須完成下列三事：描述該書，傳達其特質，並予以評價。」

美國《時報書評》的編輯亞當斯先生（J. Donald Adams）也曾提出對書評稿的要求：

> 一篇好的書評，不論其所擬讀者對象為何，應完成下列三事：
> 其一，將該書作者企圖要達到的目標交待清楚；其次，將該書
> 所要表現的觀念傳達給它的可能讀者；最後，對於該書品質的
> 評斷，應給予讀者一個明確的印象。我認為這三者為書評不可
> 或缺的廣泛要件。自然，其他尚有較此更難掌握或祇適用於某
> 些特殊事例的要件存在，有時候某些書較別的一些需要更高明
> 的展示手法，有時候一切又皆繫於評論者傳達該書風味或特質
> 的能力之上。[9]

艾略特（T. S. Eliot）曾經指出：文學批評的任務應包括（一）作品的說明，（二）趣味的匡正。同樣的道理，一篇完整的書評，應當包

9　與註2同。

括：（一）介紹部分，（二）評論部分。以下且就此二端，加以闡述。

關於介紹部分，首先標明書名與作者或編撰者，如果是譯本，更不要忘了書的原名與原著姓名。其次要依據原書主旨，揭示緣由，鳥瞰全書概略輪廓，掌握重點，使讀者一目瞭然。再次要說明該書的性質與範圍，提示該書所涉及的領域，著者討論的精華，並說明他的程度與體裁。書評者要將該書的大要向讀者提出報告，假定讀者尚未見過該書，而盡到為大眾服務的文學記者之職責。在發表讀書的評價之前（或之後），必須將書種種事實報告讀者，才能使他的評價容易為讀者所理解。

關於評論方面。值得寫書評的書，即使不算一流作品，也必定有他的價值和影響力。書評者一方面要闡揚優點，指出缺失；一方面要指引讀者進入該書骨髓，領略其精華。既要在「評」的立場上給他一個客觀公正的評價，又要在「論」的立場上提出分析與主見，才能讓人信服。在上乘的書評中，評者常將其個人的實際知識或同情諒解，引入文章之中。高明的書評家，常將所評的書與其他同類書籍比較鑑衡，並供給讀者有系統的知識與概念（如源考型書評）。

除了書籍正文內容評介之外，細心的書評者應當還要注意及兩類細節部分：

（一）背景部分：即與著作本文有密切關係，而不屬於正文的資料。例如參考書目與附註、資料索引及其他附錄等等，據此可判別原著者治學態度。

（二）外含部分：與著作本文及作者沒有關係的一些細節。譬如排版與校對、紙質與裝釘、出版與價格等，這些小地方雖看似無關緊要，其實卻關係著讀者的胃口。

在此必須強調的是：書評的內容必須文質彬彬。書評要介紹好書，不僅指其然（評價），且要指其所以然（論見）。這一切，不能不

具備高明的文才。我們不敢要求書評文章都是「批評文藝」，但至少要運用相當精確的表現文字。

伍　書評的顧瞻

關於書評的意義、書評的對象、書評的類型、書評的內容等部分，都已經敘述過了，以下且看看國內讀書界的情形。最近十年，臺灣出版事業蓬勃發展，印行了不少物美價廉的書籍。但是我們的出版界欠缺條理與計劃，出書沒有適當的選擇與有系統的安排。龍蛇混雜，糠米不分，許多偽劣作品，充斥市面。不但是抄襲割裂，且有「強迫出書」的現象；不僅是書的內容欠佳，紙質裝釘編排校對也很糟糕。造成這種局面的原因，主要有兩點：（一）出版界良莠不齊，（二）欠缺嚴肅的書評。

現在，國內第一份書評雜誌——《書評書目》，宣布創刊；許多報刊的編輯與撰稿者，已經注意到「書評文章」；一般的知識分子與讀者，對於書評的作用與價值，也逐漸具備了相當認識。在這種令人可喜的情況下，我們對於今後書評的發達，要提出兩點展望。

第一、推廣知識的橋梁。在今後出版事業蓬勃發展的途中，期望書評工作能夠密切配合。不論是出版新著、翻印西書、影印古書、只要是新出版的好書，值得向讀者介紹的，都能夠有適當的書評，將他的概略輪廓，加以表明。使每一個愛讀書，想讀書的朋友，都能在茫茫書海中，輕易地找到自己想要的書。

第二，真偽優劣的鑑衡。我們期望書評者能擺脫情面上與市場上的影響，作公正的價值判斷，區別魚目與真珠，分辨珠玉與贗品。我們也期望批評者不要搬弄太多的批評理論與學術套語，在實際上指引讀者，並督促書的作者和出版者，將書的內容與形式都要弄得盡善盡

美。除了一般的書評之外，我們還希望專家論專書，希望有學術地位的飽學教授，走出象牙之塔，為整個社會文明的進步，盡一分力量。

如此，書評文章得到健全快速的發展，「讀者不出門，能知天下書」，相信是為期不遠的事了。

——原刊於《書評書目》第1期（1972年9月），頁6-14。

談「書評寫作」

朱榮智[*]

　　由於印刷技術的進步，以及美工設計的被重視，國內的出版界，近年來有很蓬勃的發展，據行政院新聞局的統計，目前全國有一千七百多家出版社，去年一年出版的各種圖書，共有六千二百餘種，這個數目是十分可觀的。雖然因為物價波動的影響，有許多出版社的老闆哀聲歎氣，向人訴苦他們的書銷路不好，但是每個月仍然有不少的新書湧進市場。走進任何一家書店，琳瑯滿目的書架，堆滿了各式各樣的書，真是令人美不勝收，如果不是特意要買某一本書，或是某一類的參考書，那些花花綠綠，成堆、成架的書籍，確實使人眼花撩亂。一方面感到心虛，浩嘆學海無涯；一方面又覺得茫然，不知道如何以有限的經濟能力，買回無價的知識寶庫。

　　出版業的發達，象徵一個國家教育的普及和發展，這當然是可喜的現象。但是如果出版社的老闆純粹站在營利的立場，盡是出版一些骯髒下流、為害人心的讀物，文字粗劣，趣味低級，嚴重敗壞社會風氣，則不但不能促進文化進步，反而禍國殃民，殘害性靈。

　　我們鼓勵出版能夠怡情養性、增長見聞、有益世道人心的好書。誠如美國大文豪威廉・福克納所說：「人類所以能夠永生，並不是因為在萬物中，祇有人類有著一個不竭的聲音，而是因為人類有靈魂，

* 朱榮智，國立臺灣師範大學國文系退休教授。

有同情、犧牲和忍耐的精神。詩人或作者的職責便是描寫這些事情。」（一九五〇年福克納在瑞典接受諾貝爾文學獎演說詞）我們需要的是能夠提昇人類的精神領域，能夠發揚人類的愛心與信心的好書，換句話說，就是能為我們的生命增加或多或少的養料的書。至於會傷害到個人或社會的和諧與安寧，淫蕩邪惡、卑俗低劣的壞書，卻必須嚴屬的批評指責，禁止其到處泛濫，造成人性墮落，產生社會罪惡。因此，建立嚴正的書評制度，應是當急之務了。

壹　何謂書評

　　所謂書評，簡單的說，就是指評介書籍的文章。當然，我們也可以說，書評是一種「溝通」，一種「指導」，一種「評價」，一種「創作」。為什麼說書評是一種「溝通」呢？因為作者寫完一本書，就像藝術家完成一件藝術品，一旦公開之後，書的內容，就不僅是屬於作者一人的世界，而是任何的讀者所可以同享的。由於每一個讀者的條件與能力不同，他們對內容了解的程度，必然因人而異，而且各人對同一本書的觀感，也會各有不同。不同的人的書評，彼此之間，是一種比較，也是一種溝通。同時，書評確是作者與讀者間，最好的橋梁。

　　為什麼說書評是一種「指導」呢？作為一個書評者有兩個任務：一個是指出書中的得失良否，為作者的諍臣：另一個是向其他讀者推薦好書，把能夠讓其他讀者也受益的好書，從琳瑯滿目的書架中挑選出來，讓其他的讀者省去選擇和嘗試錯誤的時間。我們常能在讀完一篇書評之後，決定我們是否需要去讀某一本書。因此，書評對一般讀者而言，的確具有指導的作用。

　　為什麼說書評是一種「評價」呢？唐朝詩人朱慶餘上京應考時，

曾作了一首七言絕句給張籍，詩云：「洞房昨夜停紅燭，待曉堂前拜舅姑。妝罷低聲問夫婿，畫眉深淺入時無？」任何一個作者在出版一本新書之後，總是懷著不安的心情等待書評的出現，因為一般的讀者往往在讀某一本書以前，先要看看別人的書評。因此，書評的內容，或褒或貶，影響該書的銷售極大。對任何一位作者而言，當然都希望獲得書評者很高的評價。

最後，為什麼說書評是一種「創作」呢？因為一篇好的書評，常常便是一篇很有分量的學術論文，或是一篇十分優美的散文。前者如梁啟超著《清代學術概論》，原是為蔣百里先生所著《歐洲文藝復興史》作序。我們都知道，歐洲有文藝復興時代，清代的學術，也可以說是中國的文藝復興，梁任公學問太淵博，原是替人作序，推介其內容，可是下筆不能自休，竟成了一本很重要的清代學術史。至於後者，我們都相信「文如其人」的道理，林良先生的文章風格，非常親切感人，他替自己的書寫序，或是評介別人的書，風貌依然十分優雅。

同時，一篇書評，如蜂採蜜，擷其精華，不管是毀是譽，總要能說出一番道理，雖然祇是舊材料的新綜合，但是慧眼獨到處，何嘗不是一種創新？

書評，說容易很容易，任何一個人祇要把自己讀過的某一本書的感想寫下來，就應該算是一篇書評了。凡是有情感、有思想、有道理的書，都會在讀者的內心產生激盪，「不平則鳴」，這種內心的感受，往往就是寫成一篇書評的原動力。當然，要把書評寫好也很難，因為一個書評者不祇要有能力解作者在書中所欲表達的主旨、綱要，與寫作技巧，而且要能恰到好處的把它勾勒出來，呈現在其他讀者的眼前，作為他們是否需要進一步閱讀某書的參考。而且在文詞的表達方面，要求「陳言務去」，把一些浮泛、空洞、膚淺的評語或觀點，即

使不能掃除盡淨，也要少提為宜。至於匠心獨運，燭照幽微，有不同平凡的見解，則談得愈深愈廣，愈是佳妙。

貳　怎樣寫書評

談到書評的寫作方法，首先必須注意選書。所選的書是否有價值，是否有影響力，是否有代表性，是一篇書評成敗的重要關鍵。一本沒有分量、沒有價值的書，是不值得浪費筆墨去品評的；相反的，為了增加大家對一本好書的注意力，書評者有責任盡力鼓吹倡導。書評也是初學寫作者的良好訓練方式之一，一般人可以藉書評的寫作，達到增廣學識、磨鍊表達能力的效果，同時，在評介別人的文字時，也可以獲得不少的借鏡。

一個只有在寫自己最熟悉的題材時，才最能稱心愉快，文思酣暢，因此，選書的原則，除了必須注意其影響力的大小、價值的高低之外，必須兼顧自己的興趣。自己有興趣的書，不祇在閱讀的時候是一種享受，撰寫書評時，也較能剖析精微，見解卓絕。不要勉強自己去做自己不喜歡的事，不要為了趕潮流，急著去替一本新書寫書評，也不要因為一本書已流傳甚久，而忽視它的可讀性。書只有好壞之分，沒有新舊之分，不要以書的新舊，作為選書的唯一標準。

選定了書之後，便開始閱讀的功夫了。我們決定要為某一本書寫書評，在閱讀的過程，自然要比一般的書仔細。大體上說，要寫一篇有分量的書評，只把該書讀一遍是不夠的，我們不能只憑一次的印象，就立下斷言！如果我們是評一本小說集，除了研究情節的發展外，對於人物的刻劃、寫作的技巧、文字的處理等，對於人物的刻劃、寫作的技巧、文字的處理等，也必須再三斟酌，總得反覆研究，才能發現其長處與短處。因為每一篇書評中所討論的問題不祇一項，

幾乎為了討論每一個問題，都得把該書再看一遍。而為了執筆時的方便，以及減少閱讀的麻煩，可以一面閱讀，一面記筆記，寫摘要，把問題勾勒出來。

記筆記的好處，當然是為了方便整理的功夫。讀書人培養寫筆記的習慣，可以彌補記憶的不足，也便於寫書評時，減少搜集材料的困難。如果利用卡片整理筆記，運用起來更為理想，更便於歸類與整理。

經過閱讀、筆記之後，便可彙集整理，下筆為文了。一般來說，書評的內容，不外是客觀的描述與主觀的批評。在品評之先，書評者應當先把該書的內容、作者生平、出版單位，作一客觀的描述，向讀者交待清楚，讓讀者在讀完書評之後，能夠很快即能找到該書細讀。

其次，書評者要能寫出自己對該書的感想。介紹書的內容與作者等等，是客觀的描述，不必雜有書評者自己的主觀意見；而衡鑑書的內容的時候，卻是主觀的意見的表達。雖然如此，它仍有客觀的事實存在，以為衡量的標準，那便是一個「理」字。換言之，也就是書評者所據以批評的標準，必須是公正而客觀，訴諸理性的判斷，而不僅是感情的發抒。

批評若無標準，便很難公正確當。劉勰《文心雕龍》曾提出「六觀」，作為批評的標準。他說：「將閱文情，先標六觀：一觀位體，二觀置辭，三觀通變，四觀奇正，五觀事義，六觀宮商。斯術既形，則優劣見矣。」（《文心雕龍·知音篇》）所謂「觀位體」，便是觀察作品的情志內容與體裁形式是否相稱。每一種作品有每一種作品的特殊體裁，每一種作品也有每一種作品的特質風格，如果不能恰到好處地表達其風格與體制，就不是好的作品了。

所謂「觀置辭」，就是觀察作品中的文字表達技巧，是否臻於完善，大而謀篇裁章，小至造句鍊字，是否都無瑕疵。所謂「觀通

變」，則是觀察作品與時代的關係，作品是否能夠反映時代，表現時代的精神。而「觀奇正」，則指觀察作品的寫作技巧，是否富於變化，能夠不拘囿於一偏。「觀事義」，則是觀察作品中，對於題材的處理是否允當。「觀宮商」，則是觀察作品中的音樂性，能否合乎自然的優美，而不刻意鬥巧。

我以為撰寫書評的時候，所據以為批評的標準，乃是一個「理」字，從技巧上言，是「文理」；從內容上言，是「情理」；從思想上言，是「道理」。書評的角度不外以上三點。我們可以從寫作技巧、內容精采、思想主題等方面去衡量一本書的價值，去判斷一本書的好壞。

當然，批評的方法很多，可以用分析法、比較法、鑑賞法、考證法等等。我們可以就書論書，針對某一本書的內容，進行剖析研究；我們也可以拿一本書為基礎，與該書作者的其他作品作一比較，視其風格的異同。當然，我們也可以拿一本書與其他同性質的書作一比較。前者如司馬中原、朱西甯、段彩華等人的小說，早年與近期的風格，便各有面貌；後者如英國湯恩比博士著《歷史的研究》，陳曉林、林綠各有譯本（陳譯在桂冠圖書公司出版，林譯在源成出版社出版），比較兩人的譯筆，也能寫成一篇很好的書評。

參　書評者應有的修養

曹子建〈與楊德祖書〉云：「蓋有南威之容，乃可以論於淑媛；有龍淵之利，乃可以議於斷割。」劉勰《文心雕龍‧知音篇》也說：「凡操千曲而後曉聲，觀千劍而後識器；故圓照之象，務先博觀。閱喬岳以形培塿，酌滄波以喻畎澮，無私於輕重，不偏於愛憎，然後能平理若衡，照辭如鏡矣。」

書評者應有的修養，必須「才」、「學」、「識」三者俱備，而且要有道德的勇氣。章學誠《文史通義・史德篇》云：「才學識三者，得一不易，而兼三尤難。非識無以斷其義，非才無以善其文，非學無以練其事。」「才」，是指才華，一個人稟賦自然的聰明才智，是表情達意的能力。「學」，是指學養，是一個人後天的一切努力，是經驗與學問的累積。「識」，是識見，是辨識書中真偽、善惡的能力。有「才」，才能充分發揮批評的效果；有「學」，才能輔助才力、增加識見；有「識」，才能致用，達到批評的目的。此外，我認為書評者還須具有道德的勇氣，敢於負責的態度，不為威脅，不受利誘。

肆　我對出版界的建議

我以前曾經撰文建議：出版界應該有一張很周密的「濾網」，除了一般作者投稿的書評文字之外，不妨由與出版界有密切關係的出版社和機關團體，如新聞局、出版協會、「書評書目」、「出版與研究」、「愛書人」等，將每月的新書書目，分門別類，製成表格，然後每類聘請五至七人（人數不宜太少，太少則將失諸主觀；人數亦不宜太多，太多則易生冗濫），包括出版家、作家、評論家、讀者等，以打點數的方式（每人以五點為宜），決定高低不同的評價。個人的批評，或許會因為種種因素而過於主觀，而累積眾人的智慧以定優劣，將更能令人信服。若是這種制度能夠確實建立起來，既公正，又客觀，長久以後，必能樹立嚴正的尊嚴，對真正的好書是一種鼓勵，對愛書的人而言，更是一種最佳的服務。很遺憾，到目前為止，我還不曾看到任何刊物已作這種嘗試與努力。

不管如何，呼籲書評制度的重要性，絕非過甚之辭。在健全的制度尚未建立以前，任何一個有心人的耕耘，都是值得敬佩的。從事書

評的寫作，可以鞭策自己多看書，而且看得更細心；對一般讀者而言，也可提醒他們去看一些大家該看的好書，少看一些浪費時間和精神的壞書。即使是一本讀者已看過的書，在讀完書評者的評介之後，也可比較彼此的觀感、加深閱讀的印象。當然，更重要的，一篇書評對該書的作者而言，是一種鼓勵，也是一面鏡子。所以，只要秉心公正，是其所是，非其所非，書評者自然會受重視和禮遇的。

——原刊於《明道文藝》第44期（1979年11月），頁154-159。

書評寫作：不可能的仲介

傅脩*

　　書評寫作企圖以有限的篇幅去捕捉書本／文本中的豐富與多樣的意涵，本質上就是修辭學上說的「以部分代替全部」（pars pro toto）的比喻，一如任何比喻一般地盡用甲代替乙，且甲永遠不會等於乙的替換或仲介，至多僅是一種趨近的努力罷了。在此認識下，書評寫作便成為一種不可能的仲介。然而，書評在中國卻有綿密而體系完整的發展。林景淵先生在〈煙消雲散又何奈何〉一文中縱向簡析中國書評史，上起宋代晁公武的《郡齋讀書志》，下迄清儒葉德輝的《書林清話》。〈煙〉文的評述裡也觸及海峽兩岸三地的書評現況。令人覺得有趣的是，中國長期以降的書評書寫，似乎也隨著海峽兩岸分治，有不同的命運與發展。對於臺灣近三十年書評雜誌的興衰，林先生總結其個人觀察，並提出質疑：「何以如此短命的讀書雜誌，前仆後繼的又有眾多後起者飛蛾撲火似的投入呢？」林先生看似十分篤定書評、書訊、書目雜誌做為作者、讀者與文本間的橋梁與仲介，且「它存在的定位和價值應該是無庸置疑的。」特別是當《誠品閱讀》被普遍看好時，林文認為是它未來的發展，也就是書評的未來，「應該是一種期待。」[1]

---

* 　傅脩，宜蘭大學外國語文學系副教授。

1 　見林景淵：〈煙消雲散又何奈何〉，《自由時報》2001 年 3 月 31 日，或 www.libertytimes.com.tw./2001/new/mar/31/life/artiele-8.htm。

楊澤文則以另一種姿態呼應書評文字不可搖撼的地位。在他看來，書評有「指針」作用且扮演「橋梁」及「引領閱讀」的標竿：「書評作為一種文體，其存在價值是顯而易見的，尤其是在物欲橫流而容易導致精神萎靡的時代。然而，受制於圖書市場的走向與潮流時尚的影響……時下書評寫作的『指針』出現了搖擺不定的尷尬態勢，以致讓人對書評的存在價值產生了懷疑。」[2]暫且不論「物欲橫流」是否真能導致「精神萎靡」，林景淵所寄望的期待至少應用兩種力量的支持才有可能實現，一為資本，二為讀者。前者是任何勞力分工社會之基石，而後者或也可視為對一種求知若渴的心思與欲望。書評的文字造神運動的篤定性，正好是與資本、欲望隱喻的流動性（也是「物欲橫流」的流動）互相衝擊逆違。

思兼在〈關於書評〉一文中則提到時代賦予書評重要的地位：「在令人目眩的書潮中，讀者要想選擇適合自己需要的書籍，越來越困難，書評的需要也日益迫切」（頁7）。〈關於書評〉雖完成於卅年前，但其傳達「迫切」的訊息在卅年後是否應有不同的解讀？也就是說，書評在現今此刻應扮演何種角色？時空異地的叔本華似乎對這問題提供了某種思考的方向：

> 「不讀」才真是大道。其道在於全然漠視當前人人都熱中的一切題目。不論引起轟動的是政府或宗教的小冊子，是小說或者是詩，切勿忘記，凡是寫給笨蛋看的東西總會吸引廣大讀者。讀好書的先決條件，就是不讀壞書：因為人壽有限。（qtd. 余 2003:12）

---

2 見楊澤文：〈書評書寫的尷尬〉，《中國青年報》2003 年 4 月 30 日，或 http://zqb.cyol. com/gb/zqb/2003-04/30/content_656298.htm。

弔詭的是，書海無涯，但勤恐不是岸，在讀罷書冊而認定其為好書前，誰有飽覽群籍的時間與精力？且在「人壽有限」的脅迫下，所謂評介專家之言又豈能不聽？叔本華警告我們切勿隨波逐流，易言之，思兼與叔本華，雖年代各異，但皆以「浪潮」意象來說明出版所傾出的猛獸。既是比喻性的語言當道，本文倒藉子之矛攻子之盾了。面對浪潮／洪水的衝擊時，唯有打斷書評與讀者的鍊接，洪水方有渲洩的管道。隨波逐流與不可撼動的專家言也是另一形態的數量比例的抗衡。

文字生產的洪水猛獸若僅只是出版數量龐大的話，今日批評家的憂慮將不會那麼沈重。詹姆士・馬可氏（James Marcus）的資訊恐慌症（infophobia）癥狀呈顯在其對如洪水般傾洩的網路民主及電子評論（cyber-reviews）上：

> 起初細如水滴的將變成穩流，接著洪流。然後，會有數以千計，續以百萬計的書評。（頁2）

在美國，書評大多出現在報紙的文學增刊（literary supplement）中，而在臺灣我們有〈開卷〉、〈讀書人〉週報，書評這檔事多是偶一為之的歧路風景罷了！網路書評雖早已無國界地以其優勢數量淹沒且主宰了現今的文學景觀。對這股浪潮未來的發展，馬可斯表示難以評估。

> 這究竟代表文化層面上的巨大轉變，或只是一種新的勞力分工，尚待觀察。（頁3-4）[3]

---

3 拙譯馬可氏文："What began as a trickle would turn into a steady stream, then a torrent. Soon there were thousands, then millions of reviews" (2). 與"Whether this represents a seismic shift in the cultural terrain ofr merely a fresh division of labor remains to be seen" (3-4)。

馬可氏的憂慮實則反映出一史無前例的現象，汗牛充棟不應是件好事？網路民主難道不是肯認多元文化之具體實踐嗎？追根究柢，這些問題的解答還應回返到書籍、作者和書評的三角關係上。

楊澤文的〈書評書寫的尷尬〉則凸顯了兩個難題，一為繼續販賣書評為仲介圖書與讀者的角色，另一為圖書市場難以自主的困境。在此二議題不斷地為網路民主化（甚至無政府狀態，也即anything goes as long as it is cyber-accessible），及文字美學標準被大量的注音文取代的此刻之沈淪，楊澤文企盼能力挽狂瀾，企圖為「書評寫作……重新贏得應有的地位與尊嚴」，真實情況是否如此恐有待商榷。賴廷恆則檢視新近文壇異／現象，當書評文字集結書出版，作者、書籍、書評者與讀者之間的關係將產生何種微妙變化？甚者，「書評成書後，讀者獨立閱讀而不見所評論書籍，書評集的出版意義又何在？」[4] 賴廷恆也提醒讀者，當「書評轉身為新書內容……這類書籍是否也能……博得讀者的青睞呢？」除上述文壇現象觀察之外，賴廷恆似有過度膨脹書評者的自我，雖然「書評是一種再獨特不過的文體」，但是褒評的榮耀實應回歸給作者才是。開卷讀書是賦予作者和書籍新生命的開始。

書評、作者與讀者的關係其實在本質上一如伊塔羅‧卡爾唯諾（Italo Calvino）《看不見的城市》（*The Invisible City*）裡面忽必烈與馬可孛羅的關係，實地旅行與閱讀旅行指南（travel guide）是完全兩回事。所以書評寫作不能權充圖書與讀者之間的橋梁；書評做為後設敘事（metanarrative）亦不能等同原著，它僅只是在構築所謂文本或書寫之附帶現象（epiphenomenon），企圖以書評文字為書評作者與原

4　在美國也有詹姆士‧馬可斯（James Marcus）為亞馬遜網路書店（amazon.com）工作五年的經驗也出版 Amazonia: Five Years at the Epicenter of Dot. Com Juggernaut (June 2004)。

著作者加持靈光（aura），就如同為超市裡滯銷的蔬果噴水或打上誘人的燈光，讓消費者看得見卻不知真相。

伊塔羅・卡爾唯諾的《看不見的城市》堪稱是一部奇異的旅行書寫，小說家藉大汗（忽必烈大帝）與使者（十三世紀威尼斯的馬可孛羅）間的對話鋪陳所謂「看不見的城市」的樣貌，也就是說，藉文字描述來代替大汗親訪的見聞。齊邦媛先生對這部問題多於答案和謎樣一般的敘事有如下簡短卻深沈的看法：「《看不見的城市》用多重視覺去看人生的時間和空間」（頁244）。齊先生似業已洞察評論言詞仲介之不可能，無論她所指涉為何，總予人無限想像可能。然而，就如馬可孛羅對忽必烈所言：「他鄉是一面負向的鏡子……也永遠不會擁有的」（頁42）；換言之，「他鄉」或作異地（alter topos）是另一完全嶄新的話題。書評作者一如忽必烈大汗（報社、雜誌社及出版社）派出並攜返異邦的使者，都藉卡爾唯諾在《看不見的城市》中的寓言來演繹帝國、大汗、使者與意義生產的關係。

> 當事物的字彙隨著新的商品更新之際，無言評論的庫藏卻傾向於封閉和穩定。然而，回到這種溝通的樂趣，對他們倆而言，也逐漸減弱了；在他們的對話裡，大部分的時候，他們靜默不動。（頁54-55）

漸凍是卡爾唯諾對忽必烈與馬可孛羅的關係難以回應世局新變的定調，這正好觸及了當代（或說每個不同的年代）小說／文學創作者企圖超越文類規範的越界。此處《看》的文境脈絡是大汗固定不動而使者則因旅而變，也就是突破僵局或「封閉和穩定」的方向為二。其一是旅者以大汗可以理解的語彙轉述異域風情。換言之，是一種不得不的繪圖（mapping）與類比（analogy）。在馬奎斯的故事裡也要繪製一幅最準確的地圖，其結果是這張成品恰巧與國土面積一模一樣。

同樣地書評者必先自我解構才會有建構的可能。本文充斥寓言性的語言，旨在陳述書評書寫無法獨力架起溝通作者與讀者，除非讀者將書評本身視為一嶄新文本。

另一例子為崔西・夏伯里耶（Tracy Chevalier）的處女作《穿戴珍珠耳環的少女》（*Girl with a Pearl Earring*）之圖文（姐妹藝術）互文性，其最大特徵是「穿梭」、「交錯」的意象，其終旨並不在於尋覓相似性，而是在於迷失後另闢新徑的快感；或說畫家維米爾（Johannes Vermeer van Delft）和歷史相對於小說的時空交錯情境，可解釋創作與詮釋之最大共同點。故只能靠繪圖（mapping），歷史現場是永遠不可能還原。在《看不見的城市》中，大汗夢見某城遂命馬可孛羅去尋找，而臣子答以：「它只知道離去，不曉得歸來」（頁74），亦說明相似的困難。同樣地這似乎回應了齊邦媛的觀察。再向前推一步的寓意是：「主控故事的不是聲音，而是耳朵。」（頁168）這種秩序的翻轉（revolve; revolution），不僅遙呼傅柯之「作者已死」的呼籲，同時還對應了後現代文本詮釋大鳴大放的可能性；而革命就是企圖將仲介／溝通讀者與作者的書評打下地獄。在海沛提亞市（Hypatia;《看》頁64-5）使者遭遇的困境，也只有逾越常規／軌才有救贖的可能。但我難同意卡爾唯諾為馬可孛羅所設想的出路（頁66），也就是登上高塔，掌握全局的鳥瞰式的視覺控制（top down visual control）；畢竟，高塔頂端經常也是雲霧迷／瀰漫。此外，西方文明之始為背叛（或是越界transgression），上帝乃author/ity之化身，背叛並非篡位；當文本中的慾望夢境和情感四處流竄，唯走下高塔進入情慾亂流和意義的迷宮，才能有掌握與經驗第一手的真實感。[5]

書評文字和原著關係一如奈波爾（V. S. Naipaul）在《抵達之謎》

---

5 See Michel de Certeau, Practice of Everyday Life & Keith Booer, Techniques of Subversion in Modern Literature: Transgression, Abjection, and the Carnivalesque.

（*The Enigma of Arrival*）中所標示是「遲抵」（即前述之「後設」）一步的興嘆與無奈。《抵》與喬治・奇里柯（Giorgio de Chirico）的繪畫互文性的穿梭雜錯帶出陌生旅者因船已駛離而永遠遲抵一步。忠心的讀者也是一樣，永遠晚到作者意義的彼岸，將此隱喻擴大，我們還可能接受甚至上錯岸的說法，也唯有跳躍這個時間差，偏向閱讀，才會誕生讀者的閱讀生命。閱讀的旅行所背書的是一種旗幟鮮明的「內在革命」。遲抵與後設的時間差和旅行中空間的變易都提供旅者一個使其能有異化和成長的場域（*topoi*）。旅行／閱讀（到不同時空；alter topos）是異化自我的開始。「我還是原來的我」只有承認質變下存在。[6] 仲介之不可能，除一是「書評書目」之陣亡外（命喪於冷漠的讀者消費者與市場的敵人之手）；其二是網路民主之「洪水」。就個人而言，業餘書評者之剩餘價值（接續馬可氏用馬克斯的辭彙）不是提高被評書目與其作者的能見度，而是書評者本人，和他的後設敘事。

　　亞馬遜網路書店或類似的網路書店的電子書評造就何種閱讀社群？傳播何種美學價值？《哈利波特》毫無疑問地是暢銷榜上的常勝軍，但是維吉尼亞・吳爾芙則是經典。[7] 多元文化價值是否必然揚棄對質的堅持，並且迎合大眾口味？當林景淵回顧《誠品閱讀》因「創刊之初過度『審慎』、『嚴謹』，終於走入曲高和寡的不歸路」的兩年後，我們也正目睹網路民主正在造就一批新的文字消費者，透過無遠弗屆的網路傳播，網路作家一躍變身為書市超人氣的暢銷作家，如蔡智恆、藤井樹。此一現象倒不失為再次檢驗藝術與商業磨合的可能性，同時，也再次提醒我們，「誰是書評家？書評是什麼？」任何電子網路讀者只要點選「回應本文」，輸入文字，即可搖身成為評論人

6　「我」一語出自王傑的〈一場遊戲一場夢〉歌詞；「內在革命」為美女性主義者葛羅莉亞・史坦能（Gloria Steinen）書名 Revolution from Within。

7　Mark van Doren, "Harry Potter is a world, Virginia Woolf a style" (qtd.Peck, p.17).

與書評家時，我們不禁再問：專業書評家與業餘讀者大眾的分際為何？文化面上鉅大變遷後重新分配的勞力分工關係為何樣貌？在書評世界裡，混淆身分界線看似理所當然，如《單翅目昆蟲與二葉松》的業餘評論人若非林業試驗所的專家恐難以勝任。李奭學先生在新作《書話台灣》坦承：「書評這種『志業』……就算只是我業餘的興趣……可真是寂寞」（頁2）。在〈代序〉裡李先生嘆謂：「從嚴格的定義來講，今天台灣只有『學者』，沒有『評論家』了」（頁11）。在專業掛帥的時代，李奭學以為：「通常的情況是非屬所長，誰也不敢隨便『撈過界』」（頁13）。在此明顯的困頓下，李先生依舊寄望對書評或一般評論文章的重視，因為書評仍為臺灣文壇與學術界進步的指標。顯然，前述「資本」、「讀者」兩股支持的力量也成就另一形態的出版，即集結書評文字成書，如李奭學近作《書話台灣》，袁瓊瓊的《食字癖者的札記》或蘇偉貞《私閱讀》。如果書評文字真有前列評述者所宣稱的功效，當讀者開啟書頁，甚者在竟讀書冊闔上扉頁的頃刻，方可稱其役已畢。

　　身為業餘「食字癖者」（袁瓊瓊書名），筆者同意賴氏對臺灣文壇書評文字褒多於貶的評述現象，和書評人與作者曖昧關係之揣想。當撰寫四月十八日〈難以超越的信仰〉時，筆者對於翻譯者未能沿用既有（先存／出版／翻譯的）專有名詞亦略有微辭，畢竟在某書與其續集間有緊湊相關性時，不同譯名會予人不同人物、地點的聯想和困惑。此外，對約定俗成的譯名，也應鼓勵沿用為是。當書評作者仍堅持這不可能的仲介任務時，其結果，至多，如袁哲生在其遺稿中對藝術的看法一般，是「一種過渡性的東西，像恐龍或公車月票。」[8]

8　見袁哲生「未發表筆記」摘要：http://www.eslitebooks.com/cgi-bin/eslite.dll/search/article/all_article_reader.jsp?ARTICLE_ID=108421110109%20。

參考書目

齊邦媛，《一生中的一天》，臺北市：爾雅出版社，2004年。

李奭學，《書話台灣》，臺北市：九歌出版社，2004年。

余光中，《飛毯原來是地圖》，香港：三聯書店，2003年。

伊塔羅‧卡爾維諾著，王志弘譯，《看不見的城市》，臺北市：時報文化公司，1993年。

思　兼，〈關於書評〉，《書評書目》第1期（1972年），頁6-14。

林景淵，〈煙消雲散又何奈何——記書訊、書評雜誌之消長〉，《自由時報》2003年3月31日。（http://zqb.cyol.com/gb/zqb/2003-04/30/content_656298.htm）

賴廷恆，〈書評：再獨特不過的文體〉，《中國時報》2004年5月10日。

Marcus, James. "The boisterous World of Online Literary Commentary Is Many Things. But Is It Criticism?" *Washington Post* (April. 11, 2003): BW13.

Peck, Dale. "The Man who Would Be Sven." *Maisonneuve* 8 (March 2004). http://ww.maisonneuve.org/print_article.php?article_id=310

——原刊於《清雲學報》第24卷第2期（2004年9月），頁139-143。

撰寫書評的方法

劉春銀[*]

　　書評是一種輔助圖書館及讀者選擇所需書籍的工具，長久以來，書評已成為美國圖書館館員選書的最佳指南，主要是美國的書評事業相當發達，為同等蓬勃發展的出版事業注入強勁的生命力，由於書評發揮畫龍點睛的效力，讓眾多的好書進入圖書館典藏及讀者的手中。我國的書評事業，在一九七二年至一九八一年《書評書目》發行期間，曾經出現發展的高潮，惜未成為風潮。目前在報紙的書刊及數種專業期刊中登載一些書評，以供讀者選書之參考。以下分（一）何謂書評（包括定義、內容、種類及價值）；（二）書評及書評索引的出版概況；（三）書評的要件；（四）書評的撰寫方法等加以敘述。

壹　何謂書評

一、書評的定義、內容及種類

　　根據《藍燈書屋辭典》（Random House Dictionary）的定義，「書評是由評論家或新聞工作者等對新近出版圖書予以評論及評鑑，並刊登在報紙或雜誌上的文章」。由此可知，書評是評介新近出版品的文

---

[*]　劉春銀，中央研究院中國文哲研究所簡任編審兼圖書館主任退休。

章，它具有評論、闡述、推薦與教育等特性，對個人、家庭、學校及圖書館都有很大的幫助。

書評的內容依撰寫者的筆觸，可區分為客觀性的描述以及主觀性的批評兩種，有時二種筆調會在同一篇書評出現。客觀性書評，其撰寫重點在描述所評介的書籍及其著者，同時從該書的主題、大綱、範圍及內容等方面，對圖書與著者提出評述，未添加任何褒貶的文字。主觀性書評，其撰寫重點在於評論者對於該書的評價與反應，以及對該書主題的認識與看法。[1]根據前述的說法，書評很容易和文藝評論性文章（即文評）產生混淆。事實上，文評是一種評鑑文學與藝術作品特色與品質的論述，而書評則側重在對圖書內容的評介，它是讀者與書籍之間的橋梁。

書評依其種類，可區分新聞報導性書評、批評性書評及專門性書評三種。新聞報導性書評大多數刊載在報紙雜誌上，以報導新近出版書訊為主，具有敘述、介紹與客觀等性質，對於讀者提供快速的新書消息，這種類型的書評，在文章的內容有原書的片斷，甚或原序言導論直接引用，對於選書有其參考價值。批評性書評，大多數是由評論家以主觀的見解與評斷對於各主題圖書加以評鑑。這種類型的書評在文末常附有評論家的署名，其價值得視評論家的權威性而定。專門性書評，大多數刊載在定期刊行的專門性學術期刊上，而評論家大都是某一學科的專家學者，這種類型的書評多屬報導兼批評性者，對於圖書館選擇專門主題的圖書頗富參考價值。另依書評的寫作方式可區分為論述型、摘要型、源考型、比較型及感發型等五種。[2]

---

1 王梅玲：〈書評──圖書館選書的最佳指南〉，《全國新書資訊月刊》第 13 期（2000 年 1 月），頁 3-7。

2 思兼：〈關於書評〉，《書評書目》第 1 期（1972 年 9 月），頁 9-10。

二、書評的價值

　　根據前面的敘述，書評對圖書館及讀書都具有豐富的參考指引作用，由於書評對新書提供介紹與客觀評論，所以對出版社的行銷也是有助益的。因此，可將書評的價值歸納為如下幾點：

　　1.選書之參考：根據書評的文字敘述，可以在短時間內了解一書的主題、內容與範圍，因此讀者或圖書館員可以省卻不少評閱的時間，並可迅速正確的選擇所需的書籍。另各專門學科評論家的專業知識，可以彌補圖書館學科背景知識之不足，更有助於專業圖書的選購。

　　2.掌握新書出版市場與文壇動態：經由報紙的專題性周刊（如《中國時報・開卷》、《聯合報・讀書人》），定期的報導最近出版的新書書評，讀者易於掌握某類主題或某種文體的文學作品之出版動態，可作為廣泛性選購同類主題圖書或文學作品之參考。

　　3.有助於圖書的行銷：無論是一般圖書或專業性圖書館的書評，經由頗富盛名的評論者予以評介，將引發廣大讀者的興趣，有時候會造成選購的風潮，就出版社而言，書評對於圖書的行銷是有很大的助益的。現今的新書，在書中有時含有評論家或學科專家的導讀文章，甚或在書衣或封面、封底也會引述書評的精要，對於讀者在選購圖書時易於產生瞬間的吸引作用，且增強其購置的慾望。對於推動讀書風氣，建立書香社會也有推波助瀾的功效。

　　4.提升出版品的水準：書評是由真正具有學養、見解並能客觀獨立批評的評論家所撰寫，而被批評者也需要有器度與涵養接受別人無論是善意或惡意的批評，如此可以建立良好的批評制度，書評風氣一旦建立，對於提高出版品的水準是富有正面意義的，因為書評可以加

強著者與出版者的責任心，自然以撰寫好書及出版好書為己任；而廣大的讀者群更是書評制度的直接受惠者，因為書評對提高讀者文藝的鑑賞力也有莫大的助益。

貳　書評及書評索引的出版概況

通常，高度開發的國家都非常尊重書籍與知識，以美國為例，其書評事業蓬勃發展，全年出版新書六萬餘種，就有二十萬餘篇書評，全美有六百多種的期刊有固定的專欄刊載書評，因此一般讀者、圖書館及專業人士很容易經由閱讀書評來選購書籍。以下就書評及書評索引的出版概況作一簡述。

一、書評出版概況

目前全球享有盛名的二種書評刊物，一為一八九六年創刊之 *New York Times Book Review*，一為一九〇一年創刊之 *Times Literary Supplement*。一九七〇年代後，英美的學術性期刊也開始刊載書評，此時探討書評原理與寫作方法的學術研究也相當活躍。書評根據前一節的定義，通常會刊載在報紙或期刊雜誌上，而期刊則可分為專業書評期刊及專業學術期刊上闢有書評專欄二種。一般性期刊及報紙上的專刊所發表的書評，大都屬於暢銷書或通俗作品。

臺灣地區書評出版品可分為四種，即（1）專業書評期刊，如《書評書目》（1972-1981）與《書評》；（2）報紙專刊，如《聯合報・讀書人》專刊（週一出刊）、《中國時報・開卷》週報（原為週四出刊，現為週日出刊）；（3）期刊上的專欄，如在《書目季刊》、《文訊》及《精湛》等刊物；（4）學術性期刊上的書評文章，某些期刊不

定期會刊登書評或書介，以饗同道。讀者及圖書館員可從前述的這些書評發表園地，仔細閱讀及選購中意的書籍。外文期刊方面，最常用者有*Library Journal*、*Booklist*、*Choice*、*Publishers' Weekly*、*Reference Books Review*、*New York Times Book Review*及*Times Literary Supplement*等，這些是評選新書的最佳工具。臺灣地區每年新書出版量為二萬五千至三萬種，但書評文章量只有近萬篇，且偏重於暢銷書、文學、藝術等方面的圖書，專業學術圖書的評論性文章則不多，這是有待專業人士共同努力耕耘的部分。以下擬就二種專業書評期刊作一簡述。

《書評書目》是由洪建全文化基金會於民國六十一年（1972）九月創辦的一份批評性、知識性及資料性兼具的書評雜誌，它是國內第一種專門性的書評期刊，專為愛書人提供文化服務的書評雜誌。誠如陳幸蕙女士所言，它是一份「開卷令人喜悅、終卷令人智慧」的期刊。該刊主要刊載文學評論、書評、新書介紹（書介）、國內外文壇報導、作家生涯及傳記等文章，創刊時為雙月刊，自一九七四年一月改為月刊發行，更迅速地為廣大的讀者提供知識傳布服務。該刊發行至一九八一年九月停刊，共計一百期，由於歷任主編的努力用心，一直維持從未脫刊的優良記錄，筆者當時是一位窮大學生，每個月引頸企盼這份訂閱刊物的到來，以便了解最新的出版訊息及閱讀書評與書介。《書評書目》對推動書香社會提倡讀書風氣、催生精緻生活進行紮根工作，也為批評觀念、批評風氣的建立從事過播種嘗試。該刊真正客觀嚴謹批評文字，建立知性與感性兼具、學術性與通俗性巧妙結合的獨特風貌，也間接為書香社會種下善因。在一個進步的國家，書評受到重視，而書評家則受到尊敬，其主因是客觀公正的批評，透過判斷、分析、比較與欣賞後所撰寫的評論文章，它可逐漸提高讀者文藝的鑑賞能力。在該刊於一九八六年十月所出版的分類總目作者索引

中有多位專家學者對該刊之評述文字,值得進一步閱讀。

　　《書評》於民國八十一年(1992)十二月創刊,為雙月刊,由原臺灣省立臺中圖書館(一九九九年七月改稱國立臺中圖書館)主編,臺灣省文化處出版(現由行政院文化建設委員會出版)。該刊內容包括編者的話、書評專欄、好書導讀(包括視聽覺媒體)、新書介紹、讀書園及書香簡訊等項。「書評專欄」分為三部分,即(一)書評篇名、書評者及職稱;(二)原書之書名、著者、出版者、出版年及版次;(三)書評文章;它是一塊公開的園地,任何身分的讀者都可以投稿,每篇書評文末附有評論者的服務單位與職稱,以供參考。「好書導讀」專欄之資料項目與書評專欄雷同;「讀書園」中則刊載目前蓬勃發展讀書會的推動成果與心得分享。它是一份老少咸宜的書評性刊物,不定期編輯目次索引以供查閱。

　　現今,除了平面媒體的報紙書刊可以發表書評外,在廣播頻道、網路及電視等多元化媒體上,也有書評、書稿或書介等文化服務,讀者又多了一種新的選擇,尤其在各地讀書會蓬勃發展之際,大家可以共同為推動書評事業而努力。

二、書評索引的出版概況

　　如前所述,美國每年約計有二十餘萬篇書評刊登在不同的報刊雜誌上,但要從何下手找尋這些書評呢?最常用的參考工具(即指書評索引)有*Book Review Digest*及*Book Review Index*;前者於一九〇五年創刊,每月從八十餘種期刊中選錄書評文摘,每月評介五百種左右圖書,其選錄標準相當嚴格,有其既定的原則。後者為書評索引,係自四百五十種英文期刊中輯錄書評的出處,每年約收錄十萬條書評,評論的書籍約五萬種;每一索引款目著錄的項目為:評論者的姓名、發

表日期及期刊名稱，每期附有書名索引，自一九七三年以雙月刊發行，每年及每十年發行彙編本。

我國的書評事業自民國二〇年代才略見雛型，根據所查得的文獻得知，最早的一冊書評索引為鄭慧英所編之《書評索引初編》（民國23年7月廣州大學圖書館出版，民國59年3月臺灣學生書局景印精裝出版），該書首次將近十幾年的書評彙集一處，以供查找，惜未見附載原文的主要論評篇名，讀者在找尋書評原文時略感不便，以下簡述之。該書共收錄一八〇六則書刊的書評文獻，原書評所評論的出版品包括中英文書刊。全書分為書名索引、分類索引及附錄三大部分；書名索引係依被評書名之筆畫為序排列，分類索引則先依十大類排序，大類下再依小類排序，全部共計七十六個小類。而每一書評文獻的著錄項目為書名、著譯編者、評論者、登載處、卷、號、頁數。書名索引部分包括中文與英文，中文在前，英文在後。書末附錄三種，即弋純之〈書評的研究〉；霍懷恕之〈書評的價值及其作法〉；許仕廉之〈書評及新書的介紹〉。[3]

根據《中華民國期刊論文索引系統》所查得的文獻分析，臺灣地區的書評索引文獻是刊登在某些期刊上，在民國六十二年至八十年間，在《書評書目》、《書目季刊（中國書目季刊)》、《新書月刊》及《文訊月刊》等刊物上均登載過書評索引式集評（即指書評文摘）。[4]將刊登在期刊雜誌或報紙上刊登的書評，不定期的編輯成索引，以供查閱。民國七十五年十月，由徐月娟、孫麗娟及吳素秋等三人合編之《書評書目分類總目錄作者索引》，由書評書目出版社出版，該索引係輯錄《書評書目》第一期至一百期各欄文章成索引，其中書評索引

3　鄭慧英編：《書評索引初編》（臺北市：臺灣學生書局，1970 年 3 月）。

4　取材自網路資源。

部分係依類排比。

　　民國八十二年八月，臺北市立圖書館鑑於書評有評論、闡述、推薦及教育的特性，對個人、家庭、學校及圖書館均有助益，而創編《書評索引》半年刊，係將眾多傳播媒體中所登載的書評，輯錄成索引，旨在為國內書評報導建立查詢的管道，同時也希望能喚起各界對書評的重視。在該刊的創刊號「編輯凡例」中敘明為提倡書香社會，便利讀者及同業選書，特蒐集國內中文期刊、報紙中具有參考價值之書評，編輯出版該索引。依被評圖書內容之類別編排，同類者再依書名之筆劃順序排列，排列原則先數字，次西文、後中文；所選錄之書評按刊載日期先後排列，同一日期再以期刊、報紙名稱首字筆劃順序排列。該索引之分類係採用賴永祥之《中國圖書分類法》，但兒童讀物則另立一類；其內容分為二部分，即書目資料與書評索引，其著錄的款目與格式分述於下：書目資料之款目為編號、書名、著譯者及出版者；書評索引部分之款目為書評篇名、評者、報刊名稱、卷期、出版日期、頁版次。該索引之卷末附有書名索引與著者索引及本期收編報刊一覽表，方便讀者查檢利用。每期收錄五、六百種圖書之書評資料，收錄的報刊三十餘種，但新書介紹、出版報導、某書中一篇文章及雜誌評介、導讀及讀後心得則不在收錄之列[5]，這是臺灣地區僅有的一種書評索引，截至民國八十八年底已發行至第十四期，但出版間隔長達半年，對即時參考有其影響。臺灣地區之書評事業，包括書評制度與書評查詢工具，它是圖書館界、出版界及學界應積極投注心力的一塊耕地。國家圖書館於民國八十八年元月創刊之《全國新書資訊月刊》，在過去這二年多期間以「書評」及「讀書人語」兩個專欄，不定期的刊載一些書評，以供讀者參考。

5　臺北市立圖書館編：《書評索引》第 1 期（1993 年 8 月）。

參　書評的要件

由前面所述，書評對一般廣大的讀者與圖書館的工作人員在選書與購書時是一項重要的指標，因此書評家必須善盡責任撰寫優良的書評。書評不同於書介，一篇完善的書評必須包括真、善、美三部分，即書評內容中所涵括的書籍外在形體、內在內容，以及評論家的公正評斷，必須讓人讀來有真善美之感，那麼一篇好的書評到底應該具備那些基本的要求與要件呢？

中國古書中常見的原文提要，可以說是相當於書評的文章；《四庫全書總目提要》這部書則相當於書評的提要，它一方面敘述著作的著者生平及時代背景，另一方面評鑑作品及考該書之得失。一般而言，書評之首必載的項目為被評書籍的基本資料（包括書名、著者、冊／頁數、出版地、出版者、出版年及價格等），其次應敘述該書之組織與主要目次，再次為分析該書的內容，最後則對於該書予以評論。關於書評文字則可區分為感性讀後感與知性評介，前者以主觀直覺方式表明個人對作品的印象與與感受；後者則是客觀理智分析，介紹內容，指出優劣處，並酌予適當的評價。由此可歸納出，一篇書評的基本要求是具備應有的幾個項目，及其內容完整、易懂且具權威性，並有公正的評價。根據王梅玲之〈書評——圖書館選書的最佳指南〉一文指出，書評的內容包括八項，即：（1）描述該書內容：將該書著者企圖達到的目標交待清楚；（2）介紹著者的學經歷；（3）傳達作品的主旨與特質；（4）將該書所要表現的觀念傳達給可能的讀者；（5）與相似圖書及著者類似作品做比較；（6）予以評價：對於該書品質與內容平衡性的評斷，應給予讀者一個明確的印象；（7）推薦該作品是否具可讀性；（8）提供該作品詳細的書目資料（如書名、著

者、出版社、版本、出版年、價格、ISBN、圖表等)。[6]書評是以書籍為其必要條件,目前書籍的形式與載體不同,所以其書評內容會略有差異,加上其寫作方式不同,書評所呈現的面貌相當多樣性;但文學作品的評論則稱為文評,一般將之與書評區分開來,原因是文評有其必備的文藝評論要求。

由於書評是選書的重要指南,因此歐美學者針對一篇好書評應具備的要件加以研究與討論。由Margo Wilson與Kay Bishop二人所作的一項研究,他們邀請了十六位學者專家(包括作家、書評家、書評編輯者、出版者及圖書館學者)共同討論好書評應具備的要求。根據前項引文之歸納,共有十點,如下:(1)好書評要描述所評論圖書資料的內容;(2)界定該項圖書資料的閱讀者;(3)提供該項圖書資料的相關資訊,如範圍、筆調、風格及觀點等;(4)與著者其他作品或其他相似作品的比較;(5)圖書資料文字與美工設計的配合適當性;(6)書評家個人的看法與意見;(7)所評介圖書資料的優缺點;(8)所評介圖書資料的使用;(9)文字簡潔;(10)文學品質的批判。[7]

此外,書評家也是影響一篇好書評的關鍵,因此書評家應該才華、學養與識見三者兼備,而且要有高尚的道德勇氣,以及容許有不同愛好與偏嗜的雅量,秉持正確的創作態度撰寫成功的書評,以饗讀者。

肆 書評的撰寫方法

由前面各節所述,讀者對於書評的定義、內容、價值與功用等方

---

6 王梅玲:〈書評——圖書館選書的最佳指南〉,《全國新書資訊月刊》第 13 期,頁 5。

7 同前註,頁 5-6。

面有了基本的認識，接著想談談書評的撰寫方法。通常書評是指對於新近出版的圖書資料，從思想內容、學術價值、寫作技巧以及社會影響等方面進行述評的文章。以下就書評的撰寫方法，分幾方面加以敘述。

一、書評的對象

書評是以圖書資料為其主要對象，而圖書資料通常包括印刷形式的圖書、期刊、兒童讀物，以及非印刷形式的錄音資料、錄影資料、電影片、光碟資料庫及網路資源等。如何在浩瀚的新書市場中挑選值得評介的對象呢？根據《紐約時報書評》的編輯Orville Prescott先生的看法，有三點選介的指標值得參考，即（1）該項圖書資料在此時此地及其在這個世界歷史階段的重要性；（2）可能的文學價值；（3）期望使我感興趣的書。另根據思兼（即沈謙）的看法，評選書籍時還有三個原則，即（1）經典性的名著；（2）最新的佳著；（3）具特色的書。[8] 書評家根據個人的廣博知識，挑選出值得評介的書籍是撰寫好書評的第一要務。

書評是著者與讀者之間最佳的媒介，書評家向讀者推薦好書，以節省讀者選購好書的時間，因此對該書內容的褒貶，往往會影響到其銷售。當然，每一位著者都希望自己嘔心瀝血之作，能得到書評家的青睞並予以高度的評價。因此，書評家在評選對象時不可不慎。

8　思兼：〈關於書評〉，《書評書目》第 1 期，頁 8-9。

二、如何撰寫書評

　　書評因其目的不同，而有其不同的寫作重點，而書評所具有的社會功能也會影響到書評的寫作方式。通常，書評具有宣傳、教育、傳播知識與文化媒介等目的；因此就其不同目的，書評的撰寫重點就可區分為「介」與「評」，介是指介紹原書之內容、情節及梗概，或者直接複述原書部分；評是指評論書的內容，須揭露錯誤與缺點，並須提示讀者有關該書的優劣點。由前一小節所述，書評的寫作方法中，首先必須注意評選對象，所選的圖書資料是否有價值，是否具有代表性與影響力，都是一篇書評成敗的重要關鍵。

　　就一位初學寫作者而言，撰寫書評是磨練自己表達能力與增廣學識的良好訓練方法，因此，初學者必須注意自己的素養，宜從自己感興趣的書籍開始，主要原因是閱讀是書評撰寫的第一個步驟。一部分自己喜愛的書籍，讀來得心應手，而且是一種享受，而落筆摘記重點或筆記時，也較能抓住重點且勾勒出問題，在真正撰寫書評時，也較能剖析精闢，且提出重要見解。

　　經過閱讀與筆記後，接著應著手彙整資料並下筆為文。書評的內容如前所述，評論者在品評之前，應將該項圖書資料的內容、著者生平及出版單位等作一客觀性的描述，接著是提出主觀的批評，寫出評論者對該書的感想與評斷[9]；其文字敘述應清晰易懂、公正客觀及簡潔明瞭。由此可知，書評應具有的介紹與評論均有之。另一位高明的書評家，常將所評的書籍與著者類似作品或其他同類書作比較與評鑑，並提供讀者有系統的知識與概念。

9　朱榮智：〈談「書評寫作」〉，《明道文藝》第 44 期（1979 年 11 月），頁 156-157。

　　評論者在批評時心中如果沒有若干標準，則很難提出公正的評斷。劉勰的《文心雕龍》中提出六觀，可作為批評的標準。在其〈知音篇〉中提及「將閱文情，先標六觀：一觀位體，二觀置辭，三觀通變，四觀奇正，五觀事義，六觀宮商。斯術既形，則優劣見矣」。所謂觀位體，即觀察作品的情志內容與體裁形式是否相稱。所謂觀置辭，即觀察作品的文字表達技巧是否完善，舉凡分章分節、遣辭用字與造句是否有瑕疵。所謂觀通變，是觀察作品與時代、社會的關係，是否能反映時代及表現出時代的精神。所謂觀奇正，是指觀察作品的寫作技巧，是否富於變化而不拘泥於某種形式。所謂觀事義，則是觀察作品中，對於題材的處理是否允當。所謂觀宮商，則是觀察作品中的音樂性，是否合乎自然的優美而不刻意造巧。[10]前述各項，即使到現在，仍是書評的重要批評標準。評論者在心中那一把尺為準的情況下，可以分析法、比較法、鑑賞法、考證法、詮釋法或評斷法來撰寫書評。

　　一篇成功的書評，其標題的選定也是相當重要的，不可輕忽之。通常書評的標題有下列幾種形式，評論者可依書評的文體選擇適用的標題，即（1）直接表述式；（2）開門見山式；（3）帶有情感式；（4）帶有聲色式；（5）含蓄式；（6）畫龍點睛式；（7）對聯式；及（8）古詩式。評論者可依個人喜好，以及評論對象、書評文體等因素，取用響亮的書評標題，以促使其與靈效相互增輝，達到吸引讀者閱讀的目的。

　　另如前所述，書評家個人的學養與知識也很重要，以下以王壽來先生所提書評人十誡，以供參考。即：（1）不要在書評中用那些鬆散無力的字眼；（2）在敘述你對一本書的意見時，應持有一種謙虛的態

10 同前註，頁 158。

度；（3）勿以隨意洩露書中的情節為快事；（4）閱讀所要評論的書，不要浮光掠影的瀏覽；（5）當你閱讀時，將60%的注意力投置於故事的主流，另以40%注意力投諸河岸兩側；遇有所得所感，並隨手筆記；（6）在下結論時，不妨先凝思著者所要表現的是什麼；（7）著者所想表現的，是否在書中已曲盡其妙的表達了出來；（8）問你自己——依你看來——著者所想表現的，是否有其價值；（9）書評寫就後，就教於一個你所尊敬的人；（10）避免誇大其辭。[11]以上諸點，書評家不得不慎。

　　書評是一門有著廣泛研究範圍、研究對象及研究規律的學問，因此撰述者或書評家在執筆時應把握住原著者的寫作意圖，並就其學術價值做出評斷，以供讀者閱讀或選購出版品之參考。

　　　　——原刊於《讀書報告寫作指引》（臺北市：萬卷樓圖書公司，
　　　　　　　　　　　　　　　2005年1月），頁149-162。

---

11 王壽來：〈談書評〉，《書評書目》第 34 期（1976 年 2 月），頁 19-20。

書評寫作

侯美珍、何淑蘋[*]

壹　前言

「書評」（Book Reviews）即是「圖書評論」。書評可以感性，但須以理性為基底，否則便成了「讀後感」。書評可以作圖書介紹，但須以分析為重心，否則便成了「提要」。簡言之，書評是以「圖書」為對象，而強調「評」的作用。

書評的價值，在林慶彰、劉春銀合著的《讀書報告寫作指引》歸納出「選書之參考」、「掌握新書出版市場與文壇動態」、「有助於圖書的行銷」、「提升出版品的水準」四點。[1]至於重要性，則如前臺北市立圖書館館長謝金菊所說：

> 書評具有評論、闡述、推薦及教育的特性，對個人、家庭、學校及圖書館均有助益。就個人而言，書評可培養選書能力與做為購書的指南；對家庭而言，書評可提供父母出版資訊，為子女選擇圖書；對學校而言，書評能為教師提供學生作為閱讀指導的參考；對圖書館而言，書評更是採購人員選書的最佳參考

---

[*]　侯美珍，成功大學中國文學系副教授。何淑蘋，實踐大學應用中文學系兼任講師。

[1]　林慶彰、劉春銀：《讀書報告寫作指引》（臺北市：萬卷樓圖書公司，2002 年 8 月再版），〈撰寫書評的方法〉，頁 151-152。

工具，由此可見書評的重要性。[2]

事實上，隨著出版業蓬勃發展，各式書籍琳瑯滿目，汗牛充棟，讀者選購時，莫不備感迷惘，無所適從；加上出版品良莠不齊、優劣並陳，身處今日知識訊息爆炸的時代，一般人難以仔細辨鑒真偽、區分優劣。如能善用書評作為揀擇參考，就能更有效率地吸收知識菁華。另外，專業的書評，常涉及學術觀點的辨證，也具有促進學術發展的功能。

歐美各國對書評之重視由來已久，知名報紙書評如「紐約時報書評」、「洛杉磯時報書評」，以及專門書評網站例如「紐約書評」（The New York Review of Books,http://www.nybooks.com/）、「倫敦書評」（London Review of Books,http://www.lrb.co.uk/）等，皆頗具權威。其中像「紐約時報書評」乃美國重要書評園地，成立迄今已逾百年，所載評介足以見證出版史足跡，後來曾從中精選兩百五十篇文章，集結成 *Books of the century: a hundred years of authors,ideas and literature*（《20世紀的書：百年來的作家、觀念及文學》）[3] 一書，以饗讀者。

與歐美相比，海峽兩岸書評發展較為緩慢，風氣也不夠興盛，其原因當如大陸學者伍杰所說：「書評是一項重要的事業，也是一項艱難的事業。書評往往是勞而無功，費力不討好，因此，熱衷者不多。書評理論則更是問津者寥寥。」[4] 這番話反映出書評雖有其重要性，但因撰寫匪易，願意從事者不多，而指引寫作、闡述理論之論著更是

---

2 謝金菊：〈發刊辭〉，《書評索引》第 1 期（1993 年 7 月），頁 II。

3 是書由《紐約時報書評》編輯 Charles McGrath 編，朱孟勳等譯：《20 世紀的書：百年來的作家、觀念及文學》（臺北市：聯經出版事業公司，2000 年 2 月）。

4 伍杰：〈序〉，見徐柏容：《現代書評學》（蘇州市：蘇州大學出版社，2005 年 6 月），頁 2。

少見。誠然,近百年間中國書評的發展,也許未能盡如人意,但實際上面對伍氏所謂「勞而無功」、「吃力不討好」的窘境,願意提倡、投入者仍不乏其人。例如蕭乾(1910–1999)撰寫《書評研究》開風氣之先,奠立中文書評理論基石;[5]已故漢學名家楊聯陞(1914–1990)教授,也積極提倡書評寫作,並撰有多篇書評,輯為《漢學論評集》。[6]近二十年來,書評理論之探究已有多部專著面世,包括:徐召勛《書評與書評學》、孟昭晉《書評概論》、徐召勛主編的《書評學概論》和《圖書評論學概論》、徐柏容《現代書評學》、趙曉梅《中國書評史初探》、伍杰《書評理念與實踐》、吳銘能《書評寫作方法與實踐》等[7],或申論意義,或回顧歷史,或檢討得失,或闡釋觀點,或分享心得,或分析經驗,或技巧示例,可見已逐漸發展為專門之學。

大陸對書評的重視,還反映在鼓勵開設「書評學」課程[8]、成立書評學會和書評研究會,發行《讀書》、《書林》、《中國圖書評論》等書評專刊,反觀臺灣大專院校很少設有「書評寫作」的專門課程,不妨在大學語文類通識課程中加入書評寫作的練習,培養學生閱讀、評

5　《書評研究》原係蕭氏學士論文,北京市商務印書館 1935 年 11 月初版,其後多次再版。作為中國首部書評理論專著,備受學者肯定與推崇,迄今仍具影響力。

6　楊聯陞:《漢學論評集》(臺北市:食貨出版社,1982 年)。

7　徐召勛:《書評與書評學》(合肥市:安徽人民出版社,1989 年)。孟昭晉:《書評概論》(南京市:南京大學出版社,1994 年 8 月)。徐召勛主編:《書評學概論》(武漢市:武漢大學出版社,1994 年 10 月)。徐召勛主編:《圖書評論學概論》(開封市:河南大學出版社,2006 年 11 月)。趙曉梅:《中國書評史初探》(北京市:中國工人出版社,2001 年 6 月)。伍杰:《書評理念與實踐》(開封市:河南大學出版社,2006 年 12 月)。吳銘能:《書評寫作方法與實踐》(臺北市:秀威資訊科技公司,2009 年 2 月)。

8　徐召勛主編《書評學概論》云:「國家教委對於在高等學校中開設書評學課,非常重視。把《書評學概論》列入『高等學校文科教材編選計畫』。……這充分說明,國家教委提倡和支持,並採取積極的措施,鼓勵在高等學校文科中開設書評學課。」(頁 123-124)

論的能力。至於教學方式,釋自衍法師依實際經驗,已撰成〈書評寫作教學設計〉一文[9],羅列完整內容,包括進度規劃、評量、教材,甚至是學生回饋意見及檢討等,值得參考。

　　至於臺灣專門的書評刊物,最早的是洪建全文化教育基金會創辦的《書評書目》,創刊於1972年9月,至1981年9月停刊,計發行九年、一百期,收錄很多書評理論分析和寫作技巧指引的文章,影響甚巨。另外還有《傳記文學》發行人劉紹唐先生催生的《新書月刊》,可惜曇花一現,1983年10月創刊,1985年9月停刊,僅維持短暫的兩年。其後,原係臺中省立圖書館(後改稱「國立臺中圖書館」)發行、續由文建會接辦的《書評》(月刊),1992年12月創刊,2004年4月停刊;同年6月與《書苑》(季刊)合併,易名《書香遠傳》(月刊),繼續耕耘。

　　回顧臺灣書評發展史,雖不免有專屬園地不足、公信力待提升等問題存在,但已有越來越多的人,投入關心和鼓吹的行列,例如香光尼眾佛學院發行的《佛教圖書館館訊》,在釋自衍法師主持下,籌組書評專輯,廣邀學者撰稿。又鑑於臺灣書評風氣亟待提振,伽耶山基金會於2003年12月13日假臺北印儀學苑,舉辦「品書與書評」論壇,邀請各界學者共同探討相關論題,提供選書指南、倡導重視書評及提昇閱讀風氣,可謂不遺餘力。[10]另外也漸有臺灣書評歷史回顧檢討之作,如林俊平《中國時報開卷版書評之研究》、黃盈霧《書評書目雜誌之研究》、李美麗《中國時報與聯合報童書書評的內容分析》、巫維

9　釋自衍:〈書評寫作教學設計〉,《佛教圖書館館訊》第 38 期(2004 年 6 月),頁 24-28。

10　活動概況參見李素英:〈「品書與書評」論壇活動紀實〉,《佛教圖書館館訊》第 38 期(2004 年 6 月),頁 29-31。

珍《台灣書評發展史》等。[11]這些都反映著書評寫作暨研究所受到的矚目。

　　本文旨在論述書評的寫作方法與態度，並以「參考工具書」的書評寫作示例，最後列舉投稿園地，包括報紙、期刊、文學獎等，期勉愛書人在閱讀後，能嘗試結合專業撰寫評介文字，陳述己見，暢抒心得，既可與原作者對話，甚至能引發討論，獲得更多的回響。

貳　書評寫作的方法與態度

一、寫作方法

　　從初次嘗試撰寫，到發言為文能直指核心、切中肯綮，需要透過學習，才能成為個中能手。至於如何學習？曾堃賢先生對有心寫作書評者給予的建議是：

1. 建議可從《全國新書資訊月刊》著手，我們的園地永遠為您開著。
2. 從自己熟悉或已深入研究和興趣的主題開始，掌握參考工具書評鑑要項與評論的寫作方法，試圖跨出第一步。
3. 加強吸收各學術領域的專門知識、廣泛閱讀與多方蒐集資訊。
4. 要有邏輯與比較的觀點。
5. 以服務讀者的觀點，帶入自己的「熱忱」、抒發自己的「情

11　林俊平：《中國時報開卷版書評之研究》（嘉義縣：南華大學出版學研究所碩士論文，1999 年）；黃盈雰：《書評書目雜誌之研究》（臺北市：臺北市立師範學院應用語言文學研究所碩士論文，2001 年）；李美麗：《中國時報與聯合報童書書評的內容分析》（嘉義縣：南華大學出版學研究所碩士論文，2001 年）；巫維珍：《台灣書評發展史》（臺北市：政治大學新聞研究所碩士論文，2002 年）。

感」，予以客觀的描述和評論，將會是一篇充滿「理性」與「感性」的完美作品。[12]

本文試列舉幾項具體建議，權供初學參考。

1、掌握要領

指導書評寫作方法的論著，專書包括：蕭乾《書評研究》、孟昭晉《書評概論》、徐召勛《書評學概論》、徐柏容《現代書評學》等；單篇如：朱榮智〈談「書評寫作」〉、應鳳凰〈書評寫作〉、劉春銀〈撰寫書評的方法〉等[13]，有興趣者不妨詳加閱讀，便能對書評寫作的理論與方法有深入之了解。

除上述論著外，針對某一主題或某一專門科目，如有寫作指引可參考，亦應蒐集。例如佛學方面，邱德修教授發表過的評介文章逾二十篇，並撰成〈如何寫佛籍書評〉[14]，有心嘗試佛籍書評者，應可從中獲得更確切的指引。

2、模仿借鑑

要想撰寫出一篇擲地有聲的好書評，豐富的知識學養不可或缺，然而學識養成非一蹴可幾，必須長期累積，儘量汲取相關知識，方能開拓眼界、厚植內涵。現今資訊流通便利，初學者應從網路、報刊雜

---

12 曾堃賢：〈《全國新書資訊月刊》的編輯理念——兼談參考工具書的書評〉，《佛教圖書館館刊》第 37 期（2004 年 3 月），頁 31。

13 朱榮智：〈談「書評寫作」〉，《明道文藝》第 44 期（1979 年 11 月），頁 154-159。應鳳凰：〈書評寫作〉，收入張高評主編：《實用中文寫作學》（臺北市：里仁書局，2004 年 12 月），頁 83-107。劉春銀：〈撰寫書評的方法〉，收入林慶彰、劉春銀：《讀書報告寫作指引》，頁 149-162。

14 邱德修：〈如何寫佛籍書評〉，《佛教圖書館館訊》第 38 期（2004 年 6 月），頁 13-15 轉頁 47。

誌、圖書中，廣事蒐羅，欣賞名家、大家是如何寫成書評佳篇，咀嚼行文風格、爬梳思考脈絡，藉由模仿、借鑑一窺寫作堂奧，可收觀摩參考、見賢思齊之效。

如何從眾多評文中，尋找「範本」來仿效呢？首先，不妨經常瀏覽報紙每週的「副刊」，尤其是《聯合報》、《中國時報》、《自由時報》等國內大報，副刊所登載的文章皆有不錯的水準，值得閱讀。其次，文學雜誌如《印刻》、《文訊》，刊載作家、學者或研究生文章，專業性強、水準高，更應多翻閱。不少積極從事書評的人，他們的文章先散見於各報刊雜誌上，之後再彙集成個人評論集，例如司徒衛《書評集》、《書評續集》，張瑞芬《未竟的探訪：瞭望文學新版圖》，楊照《在閱讀的密林中》，李奭學《書話台灣：1991~2003文學印象》、《台灣觀點：書話中國與世界小說》，歐宗智《為有源頭活水來》、《好書永遠不寂寞》。[15]

書評不易寫，而評「書評」尤難，故評析書評之作少見，大陸學者伍杰、徐柏容、吳道弘主編的《中國書評精選評析》[16]，便相當值得推薦。是書彙集五四以後，下迄1995年間，計七十七位作者、一百三十篇文章，不僅彙編成冊便於閱讀，且更逐篇加上「評析」，以精簡之筆評點文章妙處，實是金針度人。有心習寫書評者善加玩味，必

---

15 司徒衛：《書評集》（臺北市：中央文物供應社，1954 年）、《書評續集》（臺北市：幼獅書店，1960 年）。張瑞芬：《未竟的探訪：瞭望文學新版圖》（臺北市：麥田出版社，2002 年 12 月）。楊照：《在閱讀的密林中》（臺北市：印刻出版公司，2003 年 6 月）。李奭學：《書話台灣：1991~2003 文學印象》（臺北市：九歌出版社，2004 年 5 月）；《台灣觀點：書話中國與世界小說》（臺北市：九歌出版社，2008 年 7 月）。歐宗智：《為有源頭活水來》（臺北縣：清傳商職文教基金會，2001 年）、《好書永遠不寂寞——書評與文學批評集》（臺北市：臺灣商務印書館，2008 年 3 月）。
16 伍杰、徐柏容、吳道弘主編：《中國書評精選評析》（濟南市：山東教育出版社，1997 年 12 月）。

能獲益匪淺。例如所收林辰〈精而專和大而全——評兩部大書的編輯工作〉一文，評論了《全明散曲》和《唐宋全詞》，目的在相互對比，判別高下，故「評析」說：

> 褒揚而不恭維，從編書的難點、編者的學術功力和精心校勘的嚴肅態度三個方面，肯定了《全明散曲》一書的質量與價值。批評文章最難寫，作者以無可駁辯實例，批評了《唐宋全詞》編輯工作的粗疏與訛誤。尤其是以表揚襯托批評，巧妙地一褒一貶，文外有文，寓深意於編書的壼奧。[17]

藉此點明行文巧妙處，便於借鑑學習。

另外，書評雖可蘊含感性成分，但基本仍以議論為根骨，初入門者如欲學習議論方法，建議可多翻閱報紙雜誌上的「社論」專欄，看執筆者如何以簡短篇幅，用犀利筆鋒、精準文字，針砭時事，又能切中核心，發人深省。例如《商業周刊》每期固定刊載公孫策「去梯言」專欄，其特色在援引歷史典故藉古喻今，文字精鍊。多接觸這類文章，不僅有助培養觀察力、分析力，還能借鑑文筆，誠是學習議論的最佳範本。

3、比較差異

他山之石，可以攻玉，可以為錯。一本書面世後，有時不只一篇書評來討論它，因此，瀏覽同一書的不同書評，相互比較，而評者學養厚薄及技巧高下，往往便能一目瞭然，藉以訓練觀察力、分析力，同時也可印證自己的識見和別人有何不同，從中觀摩學習，化為己用。

---

17 見《中國書評精選評析》，頁 755-756。

例如林慶彰教授所編《日據時期臺灣儒學參考文獻》，何淑蘋和翁聖峰兩人皆曾撰文評介。[18]兩篇相較，何文點到即止，偏重提要介紹；而翁文則擲地有聲，提出諸多具體建議，淺深差別顯而易見。蓋緣翁聖峰本身為臺灣文學研究專家，對清領、日據時期文獻十分嫻熟，故其文章首先申明該書特色及發展性，再從「儒家理論與發展史」、「儒教與外教的互動」、「儒教與世界變遷」三層次，提出日據時期尚有不少應予重視的儒學文獻，既指出林教授《日據時期臺灣儒學參考文獻》之價值，而羅列諸多材料更彌足珍貴，可供續編取資。

二、寫作態度

沈謙教授針對文學批評工作，曾提出應該確立三種正確態度——「首須破除蔽障，次則涵育素養，再則執持態度」[19]，書評寫作自應符合這些標準。然而，對初入門者來說，「涵育素養」須靠長期投入、累積，方能別具慧眼、剖析深刻，非一蹴可幾。至於「破除蔽障」、「執持態度」，則端視個人心態之調整。[20]初學者尤應一開始即培養正確態度，所寫書評才不會貽笑大方，甚至惹來非議。

---

18 林慶彰編：《日據時期臺灣儒學參考文獻》（臺北市：臺灣學生書局，2000 年 10 月）。何淑蘋：〈介紹《日據時期臺灣儒學參考文獻》〉，《書目季刊》第 34 卷第 3 期（2000 年 12 月），頁 75-78。翁聖峰：〈評《日據時期臺灣儒學參考文獻》——兼論續編《日據時期臺灣儒學參考文獻》的可行方向〉，《中國文哲研究通訊》第 11 卷第 1 期（2001 年 3 月），頁 169-186。

19 沈謙：〈文學批評的態度〉，《期待批評時代的來臨》（臺北市：時報文化出版公司，1979 年 5 月），頁 65。

20 沈教授認為「破除蔽障」包括：貴古賤今、喜新厭舊、崇己抑人、厚外薄中、信偽迷真、深廢淺售六者，「執持態度」則包括：客觀公正、深入熟諳、謙虛誠敬三項。本文參考沈教授觀點，申述書評寫作應具備的態度。

1、立場客觀，議論公正

　　書評既是批評文章，自須明白確切地指出其間高下優劣所在，惟撰者應抱持客觀公正的態度，尤忌預設立場，議論才不致偏頗失衡。對優點特色應予表彰、肯定，不要過度褒揚，盡是溢美之辭，既流於浮誇，又有刻意討好之嫌。也不宜輕易蔑視，甚至全盤抹殺。對缺失錯誤應予指正、批駁，不可信偽迷真，也不可攻訐謾罵。評論時應舉其犖犖大端，不要本末倒置，「遺脫纖微，指為大尤，抉瑕摘釁，掩其弘美」[21]，庶免淪為苛責挑剔。誠如龍應台所說：

> 一個負責的書評人，不能憑個人的情緒或偏好，來衡量一部作品，他有一支客觀的衡文玉尺來評判好壞。當他用「好」這個字眼，他必須說得出好在哪裏，為什麼好，比什麼好，在文學尺度上好到哪一個刻度。換句話說，他要為自己所說褒貶的每一個字負責。[22]

　　一篇議論公正的書評，不僅可使原作者心悅誠服，也能令其他讀者獲益良多，例如張錦郎、吳銘能合撰的〈評介辛廣偉著《臺灣出版史》〉一文即是。[23]因張錦郎教授長期任職國家圖書館，曾編纂多部參考工具書，為知名目錄學家；而吳銘能專研文獻，撰寫過多篇書評。兩人合力寫成長篇書評，秉持客觀態度，針對全書內容詳細檢閱，列舉四項特點以示肯定，又指明五項須商榷處，此外更提出八項建議，洋洋灑灑，確切詳實，評論功力之深厚令人嘆服。

21　語出《後漢書》，卷 36，〈陳元傳〉。
22　龍應台：《龍應台評小說》（臺北市：爾雅出版社，1985 年 6 月），頁 172。
23　張錦郎、吳銘能：〈評介辛廣偉著《臺灣出版史》〉，《書目季刊》第 34 卷第 4 期（2001 年 3 月），頁 63-87。

　　另外，書評具有作為大眾購書指南的功用，尤其新書書評更具此目的，然而在市場激烈競爭下，原本應客觀公正的書評，遂不免為宣傳而作，變成行銷手段與工具。王乾任曾說：

> 以筆者過去在某名連鎖書店的工作經驗，還有參與該書店與其他書店媒體所編輯的專業導讀書雜誌的過程來說，筆者不免擔心，這樣的少數文化精英壟斷書評論述，而書評生產與書籍行銷日漸合謀的情形，將日漸惡化。對於所謂建立客觀公正書評欄位的想法，也將越來越遙遠了。[24]

書商促銷新作，運用各種廣告媒體宣傳，往往也會邀請名人、專家撰寫推薦序及書評，作為內容品質之保證，以求締造銷售佳績。如此一來，文化蒙上商業色彩，淪為行銷手段，書評撰者的信譽恐怕也會遭受質疑。

2、充分閱讀，廣蒐博覽

　　既欲進行評論，就不會漫無目的隨興披覽書籍，而是有企圖、深入的閱讀。唯有精讀文本，才能點其精髓、抉其紕漏，甚至讓被評者有「入室操戈」之嘆。如林慶彰教授撰有〈評陳榮捷《王陽明傳習錄詳註集評》〉一文，陳教授乃旅居美國知名學者，而林教授當時為東吳大學中文系副教授。林文刊出後，陳教授隨即發表〈讀林慶彰先生書評後〉答覆，林教授又再以〈對陳榮捷先生一文的幾點說明〉回應。[25]其實只要取《王陽明傳習錄詳註集評》檢視，便知陳教授雖漢

---

24 王乾任：〈如何開墾一片書評田地——簡論臺灣書評〉，《佛教圖書館館訊》第 38 期（2004 年 6 月），頁 22。

25 林慶彰：〈評陳榮捷《王陽明傳習錄詳註集評》〉，《漢學研究》第 2 卷第 1 期（1984 年 6 月），頁 331-342。陳榮捷：〈讀林慶彰先生書評後〉，《漢學研究》第 2 卷第 2

學名家，但林教授不盲從權威，詳細通讀全帙後找出諸多疑誤，皆鑿鑿有據。是故惟有經過充分閱讀，評文才能不發空言。如果只是隨意翻閱，對內容不夠熟悉，便容易產生誤讀，甚至曲解作者原意，這樣絕非寫書評的負責態度。

除了評論對象本身外，相關著作和該主題的知識背景也宜多方涉獵，以充腹笥，這樣批評起來較能揮灑裕如，才不致陷入捉襟見肘的窘境；而且又能作為比較對象，深化剖析的程度。此即吳銘能先生所強調的「文獻學功底是一篇成功書評不可或缺的要素」[26]，如能熟悉該領域之經典，又能掌握發展歷史，自然能寫出具深度的書評。另外，其他評文也應廣為蒐集，一來若前人評論的內容已深刻完整，發揮殆盡，恐難後出轉精；二來取資參考，儘量言人所未言，闡發不同觀點，樹立自己評論的特色。

3、謙虛誠懇，語氣適切

寫作書評者在面對所評作者及圖書時，應抱持謙虛誠懇的態度，針對書中內容作出適當合宜的論述或評價。部分書評為表謙抑，標題甚至不敢直言「評」而稱「讀後感」。所謂「觀天下書未遍，不得妄下雌黃」（《顏氏家訓‧勉學》），孰敢妄稱權威？故批評時切忌以高傲姿態自居，恣意謾罵叫囂，這樣只是凸顯個人心胸狹隘、氣度窄小，徒貽笑柄而已。而評騭他人作品，應秉持「慎言」態度，語氣妥貼適切。只要態度謙虛、誠懇，反映在措辭上，縱使文筆流暢，言辭犀利，也不致咄咄逼人。用尖酸刻薄之文句嘲諷、以譏誚口吻反詰質問，殊欠厚道，不足取法。

期（1984 年 12 月），頁 661-665。林慶彰：〈對陳榮捷先生一文的幾點說明〉，同前，頁 665-670。

26 吳銘能：《書評寫作方法與實踐》，頁 13-17。

　　事實上，寫作書評最困難處，並不在外在形式技巧，這畢竟有軌轍可循，易於模仿，但行文間批評語氣分寸的掌握、文字輕重的拿捏，看似簡單容易，實則與人情世故有關，最是微妙，不容小覷。即便所指謬誤皆有本有據，但一般基於「與人為善」心態使然，不願構怨，難免偏向揚善隱惡，而非揭人短處。尤其後生晚輩，更易趨向為親者諱、為尊者諱，深怕招致目無尊長之指責，這也是書評寫作最困難處，初學者務必善加斟酌。

參　書評寫作的步驟與基本結構

一、寫作步驟

1、選擇對象

　　初學書評寫作，首先要選擇閱讀對象，建議不妨先考慮較感興趣或較專長領域的書籍。例如可挑選本身較喜歡的作品類別，或原就偏愛的某一作家。從感興趣者入手，對文本自會認真通讀，甚至再三咀嚼，反覆玩味；若從熟稔或專長的類別入手，則輕車熟路，易於掌握。至於如何在浩瀚書海中尋覓值得一評的書呢？[27]首先，應多瀏覽網路流通的資訊、圖書館發行的刊物和年鑑、出版社編印的書目等，以掌握新書出版動態，然後從中覓得自己感興趣的優良讀物、佳作名篇、特色圖書。這些書籍或啟迪智能，或引導創新，深耽熟習，有助於提升學識涵養，在寫作書評的過程，同時也獲益不少。好書之外，

---

27 沈謙教授曾指出「經典性的名著」、「最新的佳著」、「具特色的書」三類，可作選書參考。見思兼（沈謙教授筆名）：〈關於書評〉，《書評書目》第 1 期（1972 年 9 月），頁 8-9。

即使是錯誤極多的劣等圖書、偽造抄襲之作，也可作為書評的對象，例如沈津〈一部剽竊、篡改《中國古籍善本書目》的偽劣圖書——評《中國古籍善本總目》〉[28]，在發疑糾謬、還原真相、導正風氣上，也極具貢獻。

2、閱讀文本

不讀，則無以評。通讀文本，掌握所評對象，是書評寫作的根本。著手下筆前，至少須通讀全書；而且不僅讀一遍，應多讀幾次，力求了解內容、掌握底蘊。關於閱讀方法的指導，歷來有不少相關著作，其中，莫提默·艾德勒（Mortimer J.Adler）、查理·范多倫（Charles Van Doren）的 *How to read a book*（《如何閱讀一本書》）[29]，很值得推薦。要言之，閱讀是豐富的心靈饗宴，是尋幽訪勝的旅程，只要深入玩味，仔細品味，就能有所體會與領悟。至於閱讀的步驟，不妨先作略讀，對內容有粗略認識後，再精讀，仔細爬梳理路，探索個中精妙。如篇幅較長，在閱讀的同時，應隨時撮錄要點，待通篇閱讀完畢後，所累積的筆記便可成為撰寫書評的基礎。

3、蒐集資料

前已提及，欲撰寫書評，最好不要僅閱讀所評文本，宜蒐集相關文獻，包括專著和書評等。惟有廣博涉獵，才能厚植學養，拓寬視野，觸類旁通。至於蒐集途徑，在專著方面，不妨先從網路檢索開始，相關書目可利用國家圖書館全球資訊網（http://www.ncl.edu.tw/）或

---

28 沈津：〈一部剽竊、篡改《中國古籍善本書目》的偽劣圖書——評《中國古籍善本總目》〉，《書目季刊》第 40 卷第 2 期（2006 年 9 月），頁 55-61。

29 莫提默·艾德勒（Mortimer J.Adler）、查理·范多倫（Charles Van Doren）著，郝明義、朱衣譯：《如何閱讀一本書》（臺北市：臺灣商務印書館，2003 年 7 月）。

網路書店（如博客來，http://www.books.com.tw/）查詢，十分方便。
網路之外，國家圖書館發行的《全國新書資訊月刊》，每月介紹新書
出版資訊；行政院新聞局每年都編印《中華民國出版年鑑》，內容包
含國內各種出版品以及榮獲金鼎獎的圖書，均值得參考。

　　其次，如欲蒐集書評，由於這類文章散見於報紙、雜誌、藝文刊
物或學術期刊，尋檢不易。紙本方面，早期有鄭慧英編《書評索引初
編》[30]可資利用，是第一本專門的書評工具書。臺北市立圖書館「為
提倡書香社會，便利讀者及同業選書，特蒐集國內中文期刊、報紙中
具有參考價值之書評」，於1993年8月創辦《書評索引》（見該刊〈編
輯凡例〉），頗便查檢，惜早在1999年3月已停刊。又如果想知道文學
性雜誌《文訊》上發表了哪些書評，則有《文訊25週年總目》可資檢
索。[31]事實上，最便利、快速的查詢途徑，就是利用網路資料庫檢
索。現今報紙大多提供網上閱覽，故可連結該報網站蒐尋副刊書評
（如「中時電子報」，http://news.chinatimes.com/）；期刊文章以國家
圖書館「臺灣期刊論文索引系統」（http://readopac.ncl.edu.tw/nclJournal/
index.htm）最便使用，譬如想知道臺灣關於余秋雨作品的書評，可在
「查詢值」輸入「余秋雨」，然後勾選「查詢欄位」的「篇名」（或關
鍵詞），及「資料類型」的「書評」：

30　鄭慧英編：《書評索引初編》（臺北市：臺灣學生書局，1970年3月）。
31　文訊雜誌社編：《文訊25週年總目》（臺北市：文訊出版社，2008年7月）。

按下「查詢」鍵，便能利用資料庫快速檢索出臺灣有哪些評論文章可資參考。

除利用網路、工具書檢索外，其餘如向師長請益、與朋友交換心得，以及瀏覽作家部落格（blog）等，均可獲得豐沛資訊。簡言之，蒐集資料管道甚多，只要有心，絕非難事。

4、撰寫初稿

書評篇幅可長可短，首先應掌握擬投稿的報刊雜誌對字數的規定，一般書評大多限制在兩、三千字之間，稍多者五千字，也有上萬字或長達數萬字的；另一方面，也要看個人發揮程度而定。在撰文之初，如欲寫成長篇，建議應先擬訂大綱，再據以逐項撰寫，按部就班，如此較易克竟全功；如係短篇，則靈光乍現或胸有腹稿，即可操觚染翰，一氣呵成。

5、修改潤飾

初稿完成後，不應草草結束，急急忙忙投稿，為免失之輕率、舛

誤叢生，理應重讀數過，於內容應檢視觀點，刪去謬誤、填補不足；於行文宜校正字句，剔除冗贅、潤色修飾，務期精鍊曉暢。如能奉請師長斧正更佳，否則應自行反覆誦讀，多番斟酌，盡力刪潤。

6、校對覆覈

文章完成後須通篇仔細校對，引文部分宜查核原書，避免轉引；註釋部分應檢查著錄項、頁碼，尤其是評介參考工具書，凡所列舉問題須不憚其煩地逐一覆覈，否則明明是要指點他人訛漏，自己卻反而錯誤百出，豈不荒謬可笑？且為求謹慎，不僅親自檢視，還應另請同儕、友朋協助。校讎如掃落葉，多加留意，庶可減免錯誤。

經過上述讀、寫、修、校等流程後，終將文稿完成，再來便是以電子檔傳送或付郵寄出，靜待審查結果。

二、基本結構

書評文章之基本結構，包含「標題」和「正文」兩大部分。

1、標題

標題好壞與批評內容並無多大關連，故常見逕以「評＋書名」、「評＋作者姓名＋書名」（「評」字或用「論」、「讀」、「談」等）為題，簡單俐落，例如劉廣定〈評《重尋胡適歷程》〉、黃秀政〈評吳文星《日據時期臺灣師範教育之研究》〉。[32]隨著書評日益繁多，為求醒目、引人注意，對標題也越見講究。原本只點出作者、書名的方式似

---

32 劉廣定：〈評《重尋胡適歷程》〉，《全國新書資訊月刊》第 71 期（2004 年 11 月），頁 15-19。黃秀政：〈評吳文星《日據時期臺灣師範教育之研究》〉，《漢學研究》第 1 卷第 2 期（1983 年 12 月），頁 710-712。

顯單調，於是將之移作「副標題」，而「主標題」則出現各種樣式，
以求別出新裁。應鳳凰曾列舉「由標題揭開原書的中心思想與主
題」、「引用古詩詞或以美文精句彰顯原書內容」、「直接以評者的讚詞
為題」、「凸顯原書作者的觀點」四種。[33]

概括並舉例常見標題模式如下：

（1）以揭示書籍主題、內容、作用為題

例1：陳弘寬：〈從民間史料看臺灣日治時期風貌〉（評《杜香國文
書資料彙編目錄》）[34]

例2：王秀珍：〈從故事中看到希望〉（評《兒童情緒療癒繪本解題
書目》）[35]

例3：鐘友聯：〈帶著它，賞鳥去〉（評《台灣鳥類全圖鑑》）[36]

（2）以評語、評價為題

例1：吳銘能：〈此中空洞無物〉（評《2000台灣文學年鑑》）[37]

例2：龍應台：〈王禎和走錯了路〉（評《玫瑰玫瑰我愛你》）[38]

例3：沈　津：〈一部剽竊、篡改《中國古籍善本書目》的偽劣圖
書〉（評《中國古籍善本總目》）[39]

---

33 應鳳凰：〈書評寫作〉，收入張高評主編：《實用中文寫作學》，頁 90-93。

34 陳弘寬：〈從民間史料看臺灣日治時期風貌——談《杜香國文書資料彙編目錄》〉，
《全國新書資訊月刊》第 142 期（2010 年 10 月），頁 48-50。

35 王秀珍：〈從故事中看到希望——談《兒童情緒療癒繪本解題書目》〉，《全國新書資
訊月刊》第 131 期（2009 年 11 月），頁 29-31，2009 年 11 月。

36 鐘友聯：〈帶著它，賞鳥去——評介《台灣鳥類全圖鑑》〉，《全國新書資訊月刊》第
131 期（2009 年 11 月），頁 35-36。

37 吳銘能：〈此中空洞無物——評《2000 台灣文學年鑑》〉，《書評寫作方法與實踐》，頁
85-88。

38 龍應台：〈王禎和走錯了路——評《玫瑰玫瑰我愛你》〉，《龍應台評小說》，頁 77-82。

39 沈津：〈一部剽竊、篡改《中國古籍善本書目》的偽劣圖書——評《中國古籍善本
總目》〉，《書目季刊》第 40 卷第 2 期（2006 年 9 月），頁 55-61。

（3）以反詰、從原書名取材為題

例1：陳映湘：〈纏綿以後呢？〉（評曹又方《纏綿》）[40]

例2：馬建福：〈人民有沒有歷史？〉（評沃爾夫《歐洲與沒有歷史的人民》）[41]

例3：林文蘭：〈不「運動」的社會學？〉（評三本運動社會學教科書）[42]

（4）以名言為題

例1：張輝誠：〈人情有所不能忍者〉（評張大春《富貴窯》）[43]

例2：李奭學：〈殺雞焉用牛刀〉（評葉兆言《綠色陷阱》）[44]

例3：莊勝全：〈春在枝頭已十分〉（評陳建守等編譯《史家的誕生》）[45]

2、正文

書評正文涉及書籍的性質，或主抒情，或偏說理，或重考據，高下深淺也體現個人學養，因此並無固定範式，隨人巧妙變化，各自發揮，但基本內容結構有開頭、主論、結尾三部分。古人認為作文應講

---

40 陳映湘：〈纏綿以後呢？──評論曹又方的《纏綿》〉，《書評書目》第 47 期（1977 年 3 月），頁 124-130。

41 馬建福：〈人民有沒有歷史？〉，《二十一世紀》第 114 期（2009 年 8 月），頁 142-146。

42 林文蘭：〈不「運動」的社會學？──評三本運動社會學教科書〉，《臺灣社會學刊》第 42 期（2009 年 6 月），頁 227-239。

43 張輝誠：〈人情有所不能忍者──評張大春《富貴窯》〉，《文訊》第 284 期（2009 年 6 月），頁 106-107。按：「人情有所不能忍者」語出北宋蘇軾〈留侯論〉。

44 李奭學：〈殺雞焉用牛刀──評葉兆言著《綠色陷阱》〉，收入《台灣觀點：書話中國與世界小說》，頁 139-142。按：「殺雞焉用牛刀」語出《論語·陽貨》。

45 莊勝全：〈春在枝頭已十分──讀陳建守編《史家的誕生》〉，《全國新書資訊月刊》第 123 期（2009 年 3 月），頁 44-47。按：「春在枝頭已十分」語出南宋羅大經《鶴林玉露》卷 6 引述一尼所作悟道詩語。

求「鳳首」、「豹尾」，強調開頭與結尾之重要性，書評寫作亦是如此。

（1）開頭（前言）

評文開端寫法豐富多樣，蕭乾從《圖書評論》的五十篇書評裏，歸納出七類[46]，包括：「引人入勝的」、「揭布內容的」、「史的追溯」、「宣示批評的步驟及基準」、「推崇的」、「批評的」、「詮釋的」，其下又可再細分成三十一種，洵見隨人創化，原無定法可言。孟昭晉化繁為簡，概括為「開門見山的直接式導語」、「起興鋪墊的間接式導語」兩種類型；[47]應鳳凰提出「開門見山型」和「引人入勝型」兩大類。[48]徐柏容則提出「樹的立靶」、「旁敲側擊」、「烘雲托月」、「二情依依」、「閒閒引入」五法。[49]

簡單來說，不論運用哪種寫法，若能別出新裁，令人耳目一新，或產生會心一笑，激發趣味，便稱得上是好的文章開頭。例如約翰・馬歇爾（John C. Marshall）評介奧利佛・薩克斯（Oliver Sacks）《錯把太太當帽子的人》（*The man who mistook his wife for a hat*），為了讓人們對腦血管疾病有所了解，一開頭便利用大衛王的呼喊：

> 耶路撒冷啊，我若忘記你，情願我的右手忘記技巧！我若不記念你，情願我的舌頭貼於上顎！[50]

與中風出現的身體麻痺、喪失語言能力相印證，確能引發閱讀興味。

又例如李奭學評高行健《一個人的聖經》，首段是：

---

46 蕭乾：《書評研究》，頁 99-111。

47 孟昭晉：《書評概論》，頁 201-204。

48 應鳳凰：〈書評寫作〉，收入張高評主編：《實用中文寫作學》，頁 93-98。

49 徐柏容：《現代書評學》，頁 253-262。

50 約翰・馬歇爾（John C. Marshall）：〈談論靈魂的科學家〉，收入《20 世紀的書：百年來的作家、觀念及文學》，頁 414-416。

> 高行健的長篇小說向稱鉅製，繼《靈山》之後推出的《一個人
> 的聖經》也不例外。新、舊作的類似處當然不止於篇幅，舉凡
> 人稱的切換、獨白式的敘述風格或用字遣詞，《一個人的聖
> 經》都不出《靈山》的塵影。那麼新作豈非多餘？非也，差異
> 仍然一眼可見。《靈山》是桃源樂土的朝聖行，《一個人的聖
> 經》卻徘徊在時間的洪流中，由記憶與遺忘交織而成。[51]

評者以新、舊作對比方式，凸顯高行健創作風格的前後差異，文字精
鍊，這樣的開篇便足以吸引閱讀的目光。

（2）主論

主論應針對評論對象作概略介紹、具體分析，或抒發個人讀後感
想及意見，是整篇書評內容的主體部分。可以泛論特色、總結價值，
或聚焦一點，深入剖析，總之寫作方式不拘，隨人發揮。但最好條理
分明，就所評對象陳述己見，勿任意抒發，以致焦點模糊，令人不知
所云。

一般主論寫作，常見採用先「介」後「論」方式。例如楊青〈福
爾摩沙之歌──評《臺灣當代作曲家》〉[52]，主論部分首先將江文也、
陳泗治、郭芝苑、史惟亮、許常惠、盧炎、蕭泰然、馬水龍、李泰
祥、賴德和、潘皇龍、錢南章這十二位作曲家略作簡介。其次，歸納
本書有五項特色：「第一本完整的臺灣作曲家小傳」、「專業人士寫
作，資料新穎分析深入」、「由本書可窺見國內音樂家合作推動音樂發
展，對音樂界造成的影響」、「詳讀本書可看到國內音樂家的傳承」、
「本書是很有參考價值的音樂史料」。然後提出「每章皆有作曲家的

---

51 李奭學：〈記憶與遺忘──評高行健著《一個人的聖經》〉，收入《台灣觀點：書話
中國與世界小說》，頁 192。

52 楊青：〈福爾摩沙之歌──評《臺灣當代作曲家》〉，《全國新書資訊月刊》第 103 期
（2007 年 7 月），頁 34-38。

作品賞析」、「每章皆有延伸閱讀與聆賞，幫助讀者更完整的了解作曲
家」、「每章皆有作曲家重要作品介紹」三項優點，並指明「每篇文章
風格、編排方式不一」、「作曲家的選擇，仍有遺珠之憾」兩項有待改
進之處。全篇先「介」再「論」，次序分明，評騭得失也具體。這種
先「介」後「論」的寫作方式，可供初學者參考。

（3）結尾（結語）

書評結尾與開頭一樣變化多端，不勝枚舉。蕭乾從三十篇書評
裏，分析出六類，包括：「申斥的」、「諷諫的」、「聲明的」、「獎譽
的」、「指示的」、「批判的」。應鳳凰簡化為「借題抒發型」（在結尾處
提出口號或發出號召以激勵讀者）、「批判與諷諫型」（在文中指出缺
點，結尾處以否定或諷諫作結）、「祝願期望型」（在結尾對作者或對
讀者提出建議與期望）、「總結概括型」（總結全書要點，定位作家成
就）四種。[53]徐柏容則指出習見的結尾方式有「總結式」、「指瑕式」、
「期望式」、「自謙式」四種。[54]簡言之，不論採用哪一種寫法，都要
掌握中國傳統文論「豹尾」的原則，切忌虎頭蛇尾，疲軟無力，使終
篇成敗筆之所在。

例如林俊穎〈鬼神之力於我何有哉？——讀郝譽翔《幽冥物
語》〉，末段說：

> 鬼神之魅惑人，或正是因為死生一事不可解、不可說。郝譽翔
> 焦慮中文現代小說如何走出自己的道路，藉著《幽冥物語》的
> 操練，在鬼聲啾啾、怪影幢幢之後，其實是我輩的共同課題，
> 現代小說何其艱難。即便有著志怪的祖宗遺產，左有馬奎斯的
> 魔幻經典，右有「犬夜叉」、「結界師」、「蟲師」等等分工精細

---

53 應鳳凰：〈書評寫作〉，收入張高評主編：《實用中文寫作學》，頁 99-103。
54 徐柏容：《現代書評學》，頁 262-266。

> 的日本動漫產業，小說作者如何寫出新局，鬼神之力是否可
> 恃？於我何有哉？[55]

先點出原作者書寫用意，繼而拋出現代小說家如何在艱難環境中踏尋新路的議題，留予讀者沉吟思索，令人印象深刻。

肆　書評寫作舉隅
──以「參考工具書」評介為例

　　練習書評寫作，可先以「參考工具書」為對象。因為評介工具書強調實事求是，析論有據，重視「理性」而非「感性」。雖說書評都應有足夠識見，但評論工具書卻更重視檢覈、校對，相較而言，進入的門檻較低。讀者只要勤於爬梳，揀選有疑處試加考辨，或就其中部分條目覆查原篇，往往就能羅列脫漏，匡補誤闕，寫成一篇言之有物的書評。要言之，評介參考工具書看似專業、繁瑣，實則較易入手和掌握要領，頗適合作為初學之階。

　　例如林慶彰教授在東吳大學中國文學研究所、臺北大學古典文獻學研究所等校開設「目錄學」、「文史哲工具書研究」課程，要求研究生針對工具書作深入述評，經課堂熱烈討論和教師審閱後，這些評介文章已頗具水準，便裒輯成冊，先後彙編成《專科目錄的編輯方法》、《當代新編專科目錄述評》兩書。[56]既寓有鼓勵青年學子之用意，同時對於提升工具書編輯水準，亦具直接助益。擔任講授「讀書

55　林俊穎：〈鬼神之力於我何有哉？──讀郝譽翔《幽冥物語》〉，《文訊》第 271 期（2008 年 5 月），頁 96-97。

56　林慶彰主編，何淑蘋編輯：《專科目錄的編輯方法》（臺北市：臺灣學生書局，2001年 9 月）。林慶彰主編，袁明嶸編輯：《當代新編專科目錄述評》（臺北市：臺灣學生書局，2008 年 10 月）。

指導」、「治學方法」、「論文寫作」等課程的教師，亦不妨參考林教授作法，擇取數種工具書，要求學生試加評介，如此既可確認是否掌握蒐集資料之能力，又可鍛練文筆和思考，若有佳作也可投稿《全國新書資訊月刊》、《國文天地》等刊物，對學生不啻是莫大鼓勵，誠可謂一舉數得。

工具書種類繁多，包括辭典、書目、索引、百科全書等。徐召勛主編的《書評學概論》一書，特別針對工具書類圖書評論，提出六點寫作方法，包括：（1）評價工具書的編寫特色；（2）評價工具書基本知識單元，即詞條的質量；（3）評價選詞對主題範疇的涵蓋情況；（4）評價工具書是否方便使用；（5）評價工具書的時代性、現實性；（6）評價工具書的內在邏輯完備情況。[57]

總之，工具書評論與其他書評不同，強調資料的分析和評騭，評議時有理有據，摘指脫、衍、誤、闕等問題要明白清楚。至於行文則力求樸實，井然有序。工具書評介在作法上大抵依此而為，故可謂有跡可循，初學者應先看一些「入門」之作，以熟悉工具書的相關知識。這類書籍甚多，例如：張錦郎《中文參考用書指引》、陳社潮《文史參考工具書指南》、應裕康和謝雲飛編著《中文工具書指引》、吳小如《中國文史工具資料書舉要》、林慶彰《學術資料的檢索與利用》等。[58]其次，就批評工具書而言，大抵不外針對其體例、分類、條目、編排、索引、附錄等方面作分析。可以觀摩前人評介的佳作，作為入門之階，以掌握技巧。

---

57 徐召勛主編：《書評學概論》，頁 217-223。

58 張錦郎：《中文參考用書指引》（臺北市：文史哲出版社，1979 年 4 月）；應裕康、謝雲飛編著：《中文工具書指引》（臺北市：福記文化圖書公司，1987 年 6 月再版）；陳社潮：《文史參考工具書指南》（臺北市：明文書局，1995 年 2 月）；吳小如、吳同賓：《中國文史工具資料書舉要》（天津市：天津古籍出版社，2002 年 10 月）；林慶彰主編：《學術資料的檢索與利用》（臺北市：萬卷樓圖書公司，2003 年 3 月）等。

　　另外，張錦郎教授近年來陸續將積累數十載之經驗化成文字記錄，包括〈論工具書編輯——專訪張錦郎老師〉、〈二次文獻的編輯——專訪張錦郎老師談書目索引的編製〉、〈二次文獻的編輯——專訪張錦郎老師談「提要」與「摘要」〉[59]，欲窺工具書堂奧者自不可忽略。張教授近又撰成〈評《五四運動論著目錄初稿》——兼論專題目錄的編製暨序文、凡例、目次的編寫法〉[60]，以數萬字長篇詳盡指出國家圖書館出版的《五四運動論著目錄初稿》之優劣得失，呈現出張教授的具體看法，乃認識工具書之津梁。

　　因工具書著重在資料參考、檢索查詢，故雖同一般書評，也有開頭、主論、結尾三部分，但工具書書評開頭主要說明學科內涵或概述學術發展，結尾則在總括優劣得失，兼寓勸勉期許，主論則重在條理分明的辨析優劣。評介參考工具書有其常用模式可資參考，以下分述之。

1、開頭（前言）

　　一般而言，評介工具書首先應解釋主題，或略述學術發展梗概，或回顧前人編輯成果等。例如王秀珍評金榮華著《民間故事類型索引》一書，首段云：

> 民間故事裡流傳著無數靈動而感人的情節，鮮明反映出普羅大眾的社會生活，我們藉由民間故事裡的對話與言論，得見先民

---

59 釋自衍採訪：〈論工具書編輯——專訪張錦郎老師〉，《佛教圖書館館刊》第 34 期（2003 年 6 月），頁 6-24；〈二次文獻的編輯——專訪張錦郎老師談書目索引的編製〉，《佛教圖書館館刊》第 41 期（2005 年 6 月），頁 56-78；〈二次文獻的編輯——專訪張錦郎老師談「提要」與「摘要」〉，《佛教圖書館館刊》第 42 期（2005 年 12 月），頁 87-104。

60 張錦郎：〈評《五四運動論著目錄初稿》——兼論專題目錄的編製暨序文、凡例、目次的編寫法〉，《佛教圖書館館訊》第 49 期（2009 年 6 月），頁 61-98。

> 敘事語彙裡所蘊含的巧妙，並從中見識到風土民情裡的文化內
> 涵。在許多耳熟能詳的民間故事，例如虎姑婆、蛇郎君、青蛙
> 娶妻、狼來了等篇章，口耳相傳於不同的時代與地域，這些輾
> 轉流傳的民間故事類型，顯見出與時俱增的生活情趣與慧心機
> 智。[61]

首先略談民間故事的價值，然後列舉一般人耳熟能詳的數種，凸顯民
間故事類型的豐富與多元。

又如林慶彰教授〈談《東洋學文獻類目》〉首段說：

> 自二十世紀初年以來，漢學研究逐漸發展成一種世界性的學
> 問，除大陸、香港和臺灣本身的研究成果外，日本、韓國、美
> 國、歐洲等地的研究成果，也相當可觀。這些漢學研究的成
> 績，有的出版成專書，有的發表在專門性的期刊，有的輯成論
> 文集。……資料多，分布又廣，如何在有限的時間內，獲得最
> 豐富、最正確的資訊，這就有待一種涵蓋世界各地區，兼包各
> 種語言的文獻資料索引來提供訊息了。到目前為止，肩負這一
> 任務的是，已創刊五十八年，且全未間斷過的《東洋學文獻類
> 目》。[62]

首先談到漢學作為世界性的學問，域外各國研究成果非常可觀，但是
散見四處，尋檢不易，須仰賴好的工具書，才能事半功倍，進而推介
《東洋學文獻類目》，以顯示這部工具書的重要性。

---

61 王秀珍：〈民間故事研究的治學門徑──《民間故事類型索引》評介〉，《全書新書
　　資訊月刊》第 119 期（2008 年 11 月），頁 84。

62 林慶彰：〈談《東洋學文獻類目》〉，《中國文哲研究通訊》第 11 卷第 2 期（1991 年 6
　　月），頁 132-135。

2、主論

主論是評論主體所在，應指出編輯動機、內容特點，其次檢討體例、內文、索引、附錄各方面，是否有疏失、脫漏、衍誤、錯置、誤植等，並將問題歸納整理，視數量多寡，或摘舉例證，或爬梳羅列。除申明缺失外，最好能有所訂正補遺。例如陳修亮〈評《清史稿藝文志拾遺》〉[63]，其主論歸納出「分類體系完善」、「著錄方法科學」、「著錄範圍擴大」三方面特點，以肯定是書價值，但並未論及缺失，評騭稍嫌不夠深入。若能訂正疏漏、列舉不足，給予一些具體建議，既可提醒讀者查檢時應注意哪些問題，也有助於編者再版時修正。

一般而言，工具書通常篇幅多，文字量大，錯漏自是在所難免。因此，撰寫評介除了褒揚貢獻、肯定價值外，也應進一步羅列問題、提出建議。例如何淑蘋、鄭誼慧〈《民國人物大辭典（增訂本）評介》〉[64]，共分六節，依序是：「前言」、「編輯體例」、「本辭典的特點」、「本辭典的價值」、「疑誤舉隅」、「結語」，除前言、結語外，主論計有四節，首先說明《民國人物大辭典》的收錄範圍、編排體例，特別須指出增訂本與初版間的差異。其次列舉出「採用繁體字排印」、「兼收臺灣人物」兩項特點。接著歸納出是書價值有「蒐羅豐富，便於參考」、「保存資料，鼓吹研究」、「提供訊息，促進交流」三項。最後指出書中存在的「訛誤」、「遺漏」。

初次嘗試評介者，面對厚重的工具書，通常都會頓生迷惘，不知從何下手。建議先仔細閱讀〈前言〉與〈凡例〉。一般說來，編者會在〈前言〉略述動機、緣起，交代編輯經過、所遭遇的困難；〈凡

---

63 陳修亮：〈評《清史稿藝文志拾遺》〉，《書目季刊》第 35 卷第 1 期（2001 年 6 月），頁 63-68。

64 何淑蘋、鄭誼慧：〈《民國人物大辭典（增訂本）》評介〉，《國文天地》第 24 卷第 8 期（2009 年 1 月），頁 88-91。

例〉部分則明訂全書體例,包括收錄資料範圍、性質、種類,以及分類標準、特殊情況等。要言之,可先從〈前言〉、〈凡例〉中可歸納編輯方式、編排特色,此時工具書評介之「介紹」的主要來源。至於「評論」部分,可先用〈凡例〉作為標準,檢視與書中內容是否並無二致,如有出入,即是錯誤所在,應予指出;再取其他工具書或專著、期刊文獻相互比對,必有可資訂補。餘如文字之脫漏、訛誤,則需耐心、細心校對勘誤。

3、結尾(結語)

工具書與一般書籍性質不同,它主要是為服務廣大讀者而編纂的,參與者往往不僅一位,甚至可多達數十人,須耗費龐大的時間精力才能完成,故欲從中發現問題並非難事。但對這種深具服務性質的書,除批評指正外,更宜積極肯定,期勉再接再勵,重加修訂或另編新作,以嘉惠世人。故評介工具書者,往往會在文末寫下鼓舞期勉的話語。例如何淑蘋〈書評淵藪,治學指南——讀《當代新編專科目錄述評》〉勉勵文史學者應留心編纂工具書,舉樽本照雄《新編增補清末民初小說目錄》為例,篇末說:

> 中國文史哲研究成果卻由域外人士搶先編出工具書,我們使用時怎能不感汗顏?故兩岸學者應群策群力,填補此間空白,莫讓域外學者捷足先登後,再徒興慨嘆。[65]

目的在希望學界能重視工具書,更積極投入編纂的行列。

---

65 何淑蘋:〈書評淵藪,治學指南——讀《當代新編專科目錄述評》〉,《全國新書資訊月刊》第 119 期(2008 年 11 月),頁 75。

伍　投稿園地舉隅

　　練習書評之不二法門，一言蔽之，唯「勤」而已。勤讀、勤寫、勤修，也要「勤投」，勇於將稿件投出，以尋求公開發表機會。現今社會拜科技發達、網路普及之賜，其快速、便捷之特性打破傳統模式，人們欲發抒己見、暢言心得，不再像從前須投稿到報刊上，現在透過網際網路，便能輕易地將個人感想、心得張貼在個人架設的網站或部落格，供他人瀏覽及回應。因此，批評議論不再是少數學者、專家的權力，任何人都可以不受時空限制，暢所欲言。話雖如此，若能嘗試將文稿投於報刊上，經審查而刊登，相信應該別有一番滋味。

　　書評的性質，有供「大眾」閱讀的報紙專欄及通俗期刊之書評，讀者群較廣泛，或具商業性，可作為選書、購書指南。另外，亦有則供「小眾」閱讀的學術期刊書評，內容精深專業，被評者與評介者通常皆是該研究領域之權威人士或專家學者，讀者群少，學術性強。以下略依書評性質，區分為「一般性」與「學術性」兩大類，概略介紹可投書評之園地，有心者不妨一試。

一、一般性書評

　　一般性書評投稿園地甚多，包括報紙、期刊、文學獎等。臺灣本地的報紙，包括：《聯合報》、《中國時報》、《自由時報》、《國語日報》、《人間福報》、《青年日報》、《中華日報》、《更生日報》等，以及海外華文報紙《世界日報》（北美地區發行），都闢有「副刊」，提供作家和喜好藝文的民眾自由揮灑的空間，各種評論文章皆可投稿。其中如《中國時報》「開卷」、《國語日報》「星期天書房」（每週日第5

版），均深受讀者喜愛。

　　報紙閱讀層廣泛，且現今多已提供線上瀏覽功能，讀者數量龐大，而比起傳統紙本形式，流通益廣，影響力可謂無遠弗屆。另外，報紙流通速度快，以副刊來說，每週至少發行一期，投稿者將檔案傳至收稿信箱，等待數日便能接獲回音，不必像投稿期刊需時較久；再加上報社提供稿費，既可鍛鍊文采，又能賺取潤筆之資，何樂不為？

　　期刊方面，由於臺灣發行的期刊眾多，投稿書評時必須查閱相關刊物稿約的規定，以文學刊物為例，如：《文訊》、《中外文學》、《聯合文學》、《印刻文學》、《幼獅文藝》、《臺灣文藝》、《明道文藝》、《創世紀詩刊》、《笠詩刊》，都可見書評的發表；另外，還可投至其他華文地區刊物，像是香港《明報月刊》。

　　至於文學獎，首先在校園方面，大專院校為鼓勵青年學子從事文學創作，設立校園文學獎，一般比賽項目不外乎古典與現代兩大類，古典包含詩、詞、曲、散文，現代則詩、散文、小說、劇本，少數學校則於此之外，另設「書評」相關類別，例如政治大學「道南文學獎」有「書評」類，又如臺北大學「飛鳶文學獎」有「評論」組，限定以「以一部『中文文學創作』書籍為評論對象（不含翻譯書）」。而成功大學「鳳凰樹文學獎」、中興大學「中興湖文學獎」皆立「文學評論」一類，書評自然也包含在內。另外，有別於附屬於校園文學獎項中，中央大學在李瑞騰教授規劃主持下，以「提倡深度閱讀，重建中大人文傳統」為宗旨，舉辦書評專門獎——「中大書評獎」，並將獲獎作品彙輯成冊[66]，甚見成效，惜僅歷三屆便告終止，未能持續舉辦。要言之，臺灣大專院校林立，創設文學獎者亦不在少數，但大多

---

66 中大書評獎歷屆成果目前已結集出版有《深度閱讀：中大書評獎作品集》（中壢市：國立中央大學圖書館，2005 年 8 月）、《照辭如鏡：第二屆中大書評獎作品集》（中壢市：國立中央大學圖書館，2006 年 4 月）。

偏重提倡「創作」而忽略「評論」，較少將書評列入比賽項目中，殊為可惜。事實上，舉辦書評競賽既可帶動閱讀風氣，又能培養學生書寫、思考、批判的能力，一舉數得。有意提振校園書香之主事者，舉辦書評競賽應是一個不錯的辦法。

除教育單位積極鼓吹閱讀風氣外，民間機構亦有致力推廣者，例如《人間福報》社舉辦的「福報文學獎」特設「閱讀心得獎」一項，依主辦單位指定之書單（以新聞局金鼎獎得獎名單及相關優良讀物為閱讀對象）撰文即可。

二、學術性書評

學術性書評顧名思義，更具學術性，書評更為精深、專業，大多發表在學術刊物上，包括中央研究院、國家圖書館等國家所屬單位，大專院校學報以及部份民間單位發行的刊物等均是。多數都有限制身分，稿約中多限定投稿者必須是大專院校講師以上的學者或博碩士研究生。投稿應詳參稿約，以免資格不合。

臺灣最高學術研究機構中央研究院，其所屬研究所各自發行專業學術期刊，有些接受書評稿件，有些則否，投稿前宜先作確認。例如：《中央研究院近代史研究所集刊》、《臺灣人類學刊》（民族所）、《臺灣史研究》（臺灣史研究所），都接受書評投稿。中國文哲研究所的《中國文哲研究通訊》，自創刊起即設有「書刊評介」欄目，不定期登載書評文章；《中國文哲研究集刊》則自第二十輯起增設「書評論文」和「書評」兩項專欄，評介對象包含海內外學術論著，撰者皆該領域研究專家，評論深刻，但目前《集刊》、《通訊》的書評專欄是採「邀稿」方式，並不向外徵稿。

國家圖書館發行的有《國家圖書館館刊》和《全國新書資訊月

刊》，園地皆公開，不限投稿身分，惟前者以學術性為主，後者則強調普及性。《國家圖書館館刊》之創辦宗旨在「闡揚圖書學、圖書館學與資訊科學」，故雖公開徵稿，其範圍仍側重於「圖書館學與資訊科學之理論與實務、圖書文獻學」方面。[67]《全國新書資訊月刊》創刊於民國八十八年（1999）一月，係「以刊載與圖書或出版相關之論述為主」，凡臺灣地區出版之新書皆可作為評論對象，設有「書評」、「讀書人語」等專欄；且文長規定有2,400、3,600、5,000字三種，可長可短，正適合書評寫作者初試啼聲。

漢學研究中心發行的刊物有《漢學研究》和《漢學研究通訊》，園地皆公開，不限投稿身分，惟前者屬「以中國文史哲研究為主體之國際性學報」，強調學術性；後者旨在促進海內外學界訊息交流，偏重報導性質。兩刊物皆收書評稿件，且為與國際漢學接軌，評論對象多係海外專著，誠是推介域外研究成績之重要園地，備受文史哲學人關注。

民間出版社發行的學術性刊物，例如《書目季刊》、《國文天地》，皆收書評稿件。《書目季刊》由臺灣學生書局發行，創刊於民國五十五年（1966）九月，迄今已有四十餘年歷史，係「以圖書文獻學為主題」，凡與圖書文獻學、文史哲學相關之書評書介，皆在徵稿範圍。《國文天地》目前是由該刊雜誌社發行的月刊[68]，園地公開，不限投稿身分，凡與文化、語文關涉文章皆可，設有「天地書肆」的專門書評欄目，更自第249期起（2006年2月），在林慶彰教授費心經營下，廣邀國內外學者及研究生共同投入，迄今每期固定刊載兩篇書評。[69]

---

67 《國家圖書館館刊》稿約詳參 http://www.ncl.edu.tw/doc/rule.pdf。

68 承蒙林慶彰教授告知：《國文天地》原係正中書局發行，自第四卷起，由國內十九位中文學系教授承辦，其後萬卷樓圖書公司創立，兩者現為關係企業。

69 《國文天地》各期篇目可利用網路瀏覽（http://www.wanjuan.com.tw/index.php?PA=pos4）。

　　至於學報方面，因臺灣對書評較不重視，一般大專院校學報多以研究論文為主，並非全部接受書評。可投稿之學報，例如：《中央大學人文學報》、《中國中古史研究》（中正大學歷史系）、《白沙人文社會學報》（彰化師範大學共同學科）、《白沙歷史地理學報》（彰化師範大學歷史學研究所）、《台灣文學學報》（政治大學臺灣文學研究所）、《新聞學研究》（政治大學新聞系）、《東吳政治學報》、《東吳法律學報》，以及《中華人文社會學報》、《萬竅——中華通識教育學刊》（中華大學），均接受書評投稿。由於臺灣大專院校多達百餘所，各校系所都各自發行學報，種類繁多，不遑枚舉，有意投稿者，宜先連結各相關學系刊物網頁，了解稿約規定。

陸　結語

　　想要撰寫出一篇書評佳作，應具備「立場客觀，議論公正」、「充份閱讀，廣蒐博覽」、「謙虛誠懇，語氣適切」三種正確態度，然後依「選擇對象」、「閱讀文本」、「蒐集資料」、「撰寫初稿」、「修改潤飾」、「校對覆覈」這幾個步驟進行。題目訂立時，不妨費點心思，設計較醒目的主標題，以收錦上添花之效。至於文章開頭及結尾，或令人耳目一新，或有餘音繚繞之效，應用心安排。要言之，願意投入書評寫作，只要用心蒐羅資料、閱讀文本、爬梳內容、思考問題，定能有所收穫。勤讀、勤寫、勤投，聚沙成塔，集腋成裘，透過不斷地練習，精益求精，信能由初生之犢，逐漸脫胎成文筆暢達、析論精當的書評高手。

——原刊於「實用中文寫作學術研討會」論文集

（臺南市：成功大學中國文學系主辦，2010年1月23日）。

如何評論一部史學論著[*]

張玉法[**]

　　寫書評向來沒有什麼定規，常隨評論者的主觀認識及其與作者的關係而定。有的偏重於介紹原書的內容，有的著眼於原書的結論。但一般言之，都以揚善為主，略挑小疵一、二作為點綴；自然也有專挑毛病的，又常常涉及人身攻擊。這都不是寫書評應有的態度。

　　哥倫比亞大學歷史教授威卜（Robert K. Webb）曾經為他的學生們寫下一個認識史學著作的標準，此一標準雖然見仁見智，但寫書評的人如果能夠有一標準，不信筆亂書，總可以客觀地給予一本書以真評價。威卜教授的標準綱要是這樣的：

一、這本書是寫什麼的？

　　1.該書的特殊論題是什麼？書的標題能否概括它？

　　2.除了特殊的論題之外，作者是否也想說明與論題有關的其他一般性問題？

　　3.該書有無新的發現？這可以用一句話來說出嗎？作者是否曾如此說過了？你在何處看到了作者的發現？

---

[*] 本文係根據哥倫比亞大學教授 R. K. Webb 教授的講義寫成，原發表於民國六十年二月一日出版的第一年第一期《新知雜誌》。

[**] 張玉法，中央研究院近代史研究所兼任研究員。

二、這本書所用的資料為何？

1. 作者是否運用了第一手資料？運用的程度如何？是否真的是第一手資料？抑只是當時的資料或較早的資料？

2. 作者是否引用其他學者的研究結果來支持他的論點？假使如此，是否減損了其著作的價值？

3. 這本書與其他同類著作的關係如何？這本書是否是接續前此研究的成果而繼續發揮？作者在寫書前是否告訴了讀者前此對此一論題的研究概況？該書是否反駁了以前對此一論題的有關發現？

4. 作者的發現得力於生活或歷史的普通概念者有多少？作者是否說明了他的立場？還是作者僅認為讀者會知道他的立場？作者是否知道其未經證實的假設對其結論發生了多少影響力？

三、資料與其結論間的關係如何？

1. 結論是否是依據資料邏輯地推演而來？同一資料能否引出相反的結論？

2. 其資料不確而有損結論的地方有多少？

3. 資料是否經過選擇？選擇的標準如何？是不是因為易找？易懂？還是易於證明其先入為主的觀念？

四、這本書所給人的美感如何？

1. 作者的寫作技巧如何？文體是否有力而清楚？書的各部分組織

合乎邏輯嗎？書是否令人愛讀？

2. 作者是否運用文學的筆法而使該書更具有吸引力？譬如說，在他下重要的結論之前，是否架構了一種戲劇性的懸疑？

威卜教授的這個綱要，不過供作參考，寫歷史書評的人，不一定要遵循這個標準，但必須自己有個標準。否則，不是亂捧一陣，便是胡罵一番，使學術界沒有一個是非。

如果依照威卜教授的標準，一個普通的讀者是不宜寫歷史書評的。在評論史學論著之前，作者至少熟知：一、這本書所當運用的資料，二、與這本書論題相類的其他著作，三、治史的方法。否則，斷難了解它的價值。不了解一書的價值而對一書大加褒貶乃是一種知識上的欺騙。評論者有鼓勵讀者去讀某書的義務，但不宜設法左右讀者的視聽。

——原刊於《歷史學的新領域》（臺北市：聯經事業出版公司，1978年12月），頁151-153。

如何寫佛籍書評

邱德修[*]

一、緣起於慧炬

　　主持人、悟因法師、各位大德、各位先生、女士：我在學術界，一直是在做甲骨金文、戰國竹簡、帛書、說文解字，還有經學方面，就是在儒家經典方面打轉的一個書生，也很少拋頭露面的出來講這些東西。因此，我一直反省夠不夠資格來為大家講？但是因為主持人的盛情難卻，所以我就答應了。真是慚愧，因為個人才疏學淺，真的是不夠資格來跟各位切磋請教。而且佛教的學問，非常的深，非常的高，所以我非常惶恐。遠在民國五十五年，我在唸成大中文系的時候，當時有個慧炬雜誌社，專門出刊佛教的書籍，那時候我曾經投過稿，也被錄取了，所以就拿了獎學金，也就是在那時候讀了一點佛學的東西。

二、淨行法師的因緣

　　到了民國八十年，淨行法師在靈山叢林開辦一個學校，他是我的

---

[*] 邱德修，國立臺灣師範大學國文學系所教授退休，曾任育達商業大學應用中文系創系系主任，靜宜大學中國文學系所主任。

學長，要我去講《說文解字》，那是一部小學的著作。那時候，他剛好把《菩提樹》雜誌接掌過來，他要我去填充填充版面。他本來是要我寫蘇東坡的佛學，但是我對蘇東坡認識不多，所以就不敢寫，只好硬著頭皮寫些佛籍著作簡介的文章來搪塞一番。沒有想到寫呀寫的，一口氣寫了二十多篇的作品。

三、實行

一九七八年（民國六十七年）拜開放之賜，大陸的書源源滾滾地進入臺灣。那時候我就把書案上有的佛教書籍，一本一本按月寫導讀，希望把關於大陸佛學著作介紹出來，讓大家看看大陸學者在佛教上的研究是怎麼樣的情況。我在挑書方面，比較偏重在佛教史方面，以及跟我們中文系有關的哲學史方面。光陰似箭，日月如梭，一寫就寫了二十幾篇，後來因為淨行法師回到越南，《菩提樹》雜誌慢慢地停刊了，也就結束了這一段因緣。雖有些可惜，但為現實所逼，那也就無可奈何囉。

四、反省

結束這一段因緣之後，我又回到我的老本行，做甲骨金文、青銅器，還有竹簡帛書。所以在我的學術著作網站上，並沒有佛教的書評，或者是導讀之類的東西。因此會被發掘出來，讓我感到很驚訝！我覺得佛教界很熱鬧，但是也很寂寞。為什麼？因為真正學佛的人，要修心，又要修身，又要修學問，真的是非常艱深困難的寂寞。至於熱鬧呢！臺灣正面臨佛學復興的時代，四面八方都有僧眾，都有信徒，真可謂一代盛事。所以，我一位方外人士，能夠幫助修行人讀一

點書，那真是一件很快樂的事情。但是因為個人的學養關係，沒有辦法把導讀的東西寫得很好，所以後來就慢慢地封筆，不敢再寫了。這件事給我一個啟示，就是說做學問是腳踏實地的功夫，做得不好就應該停止，就要反省自己，然後再繼續讀書，等讀得差不多的時候再寫，這樣可能會好一點，會圓滿一點。

我在寫佛籍導讀的時候，大概分幾方面來寫：第一個是基本資料，因為他會看這一篇導讀，一定想要知道這本書是在哪裡出版的，什麼時候出版的，第幾版，有幾頁。因為每個人讀書時都會考慮到我的時間有多少，頁數少的話，可以讀；頁數太多的話，可能要等什麼時候再讀。另外價格多少，因為買書還是要考慮到錢的問題，這些都是很重要的基本資料。又如哪一家出版社，是簡體字、繁體字，簡體字對我們來說是很困難，有很多字都認不得，對不對？大小變成尖，小土就是塵埃的塵；衛兵的衛呢？就是一個ㄗ再加一橫，成為「卫」字。這簡體字讀起來很煩人哦！

這一方面都介紹之後，我會把原作者的綱目列舉出來，因為一本好書，它一定是綱舉目明，能夠將章節綱目都寫得很清楚，也就是說一本好書，它的邏輯思考應該很完整，章節綱目一定是分布得很清晰。再來，我會把代表作者思想的、寫得特別精采的地方摘錄出來，讓大家欣賞。我個人覺得挑人的毛病非常容易，但是能夠去欣賞別人是非常困難。書評不是只評它的缺點，更需要去張揚它的優點，我們的社會就缺乏這一方面的味道。心為什麼會越來越不好？就是沒有去張揚人的優點，我們看每一個人都是優點的話，這個社會就好起來；我們看每一個人都是缺點的話，這個社會就變壞了。

我們看人好的一面，大家都是好的；我們看人不好的一面，那就都是壞的。所以書評最重要的還是在你的心，你要多去欣賞作者花了那樣多心血所寫的一本書，好的一面在哪裡？要把它彰顯出來。這對

作者是一種鼓勵，對讀者也是一個幫助。當然任何東西都沒有全面性的好，它有些不足的地方，我還是會把它點出來。

最後我要提出來，假如我是這個作者，我要寫這本書的話，我會怎麼去寫。這是有點偏重學院派的一種導讀的方式，因為我做學問的過程中跟很多很多好的老師學，當然我也指導過學生，告訴學生怎麼去寫論文。從這個實證的經驗裡面，我們就可以想像得到，大陸學者在處理佛教的素材方面、角度方面、立場方面是怎麼樣的。我們可以從這個觀點去看它的優劣。

事實上，我經常在想，自己寫東西比較容易，要去評人家比較困難。就像我指導學生比較困難，我幫他寫可能比較容易。因此，這個書評也是一樣，評了半天，真的是很辛苦。如果是我寫的話，已經把它寫出來了。這是我經常有的一種感慨，所以後來關於佛籍方面的導讀，就沒有再寫了。

不過，我有個願望，希望我們佛教界能夠同心協力把大藏經整理出一個完全現代的標準本、標點本，這樣對佛教的普及，一般世俗大眾讀起來可能更方便。如果有機會的話，可以把大藏經的經、律、論一本一本的翻成白話，讓沒有受過文言文訓練的人也可以看得懂佛在說什麼。不然的話，就會如一副對聯所說「佛云不可說，子曰難矣哉！」

五、結語——佛緣未了

最後，我的結論是導讀也好、書評也好，都只是一座橋樑，是把作者的心血透過書評或導讀，介紹給讀者的一座重要橋樑。因為有這座橋樑，就可以把作者的心血，透過導讀或書評，讓讀者知道這本書應該是怎麼去唸，這本書應該是怎麼去讀。因為有這樣的因緣，我寫

了二十幾篇這樣的論文，沒有想到十年後的今天竟然被挖掘出來，受到重視，這是當初始料未及的。

非常感謝大會有這樣一顆心，不辭辛勞的浪費了很多催促的電話，然後把我找來，如今我在這講了一些不太成熟的意見。因為這樣久了以後，再複習一下，自己也有感覺到很慚愧的一面。真的是對不起佛教界，做了這樣一點，然後就沒有繼續做，沒有繼續把它做好，是件非常抱歉的事情。如果有機會，我還是願意為佛教界做一點事情。很謝謝大會給這個難得的機會，也謝謝在座的大德給我的鼓勵，謝謝！

附錄　邱德修教授評佛教書籍目錄概覽

「《中國佛教學源流略講》〔呂澂著〕評介」。《菩提樹》41卷8期＝488
　　期（民82年7月）：頁14-18。

「《佛教文化辭典》〔任道斌主編〕評介」。《菩提樹》40卷7期＝476期
　　（民81年7月）：頁31-32。

「社科版《佛教史》〔杜繼文主編〕評介」。《菩提樹》41卷4期＝484
　　期（民82年3月）：頁28-31。

「評介《季羨林學術論著自選集》」。《菩提樹》40卷5期＝474期（民
　　81年5月）：頁28-29。

「評介《佛教手冊》〔寬忍著〕」。《菩提樹》40卷12期＝481期（民81
　　年12月）：頁20-22。

「評介《（增訂本）佛教哲學》〔方立天著〕」。《菩提樹》42卷1期＝
　　493期（民82年12月）：頁18-24。

「評介《十大名僧》」。《菩提樹》42卷11期＝503期（民83年10月）：

頁19-24。

「評介《中國古代寺院生活》〔王景琳著〕」。《菩提樹》42卷2期＝494
期（民83年1月）：頁16-21。

「評介《中國佛教》〔高振農著〕」。《菩提樹》41卷12期＝492期（民
82年11月）：頁18-23。

「評介《中國佛教》第一輯〔中國佛教協會編〕」。《菩提樹》41卷5期
＝485期（民82年4月）：頁24-28。

「評介《中國佛教》第二輯：中國佛教人物與儀規制度〔呂澂等
著〕」。《菩提樹》41卷3期＝483期（民82年2月）：頁14-17。

「評介《中國佛教》第三輯：中國佛教經籍〔中國佛教協會編著〕」。
《菩提樹》41卷6期＝486期（民82年5月）：頁30-35。

「評介《中國佛教》第四輯：中國佛教經籍（續）與中國佛教教理
〔中國佛教協會編〕」。《菩提樹》41卷7期＝487期（民82年6
月）：頁20-27。

「評介《中國佛教文學》」。《菩提樹》42卷5期＝497期（民83年4
月）：頁8-13。

「評介《中國佛教簡史》〔郭朋著〕」。《菩提樹》40卷6期＝475期（民
81年6月）：頁27-29。

「評介《中國近代佛學思想史稿》〔郭明　廖自力　張新鷹著〕」。《菩
提樹》41卷9期＝489期（民82年8月）：頁20-25。

「評介《中國禪宗與詩歌》〔周裕鍇著〕」。《菩提樹》41卷10期＝490
期（民82年9月）：頁18-22。

「評介《玄奘年譜》〔楊廷福著〕」。《菩提樹》40卷8期＝477期（民81
年8月）：頁33-34。

「評介《印度的佛教》〔水野弘元等著〕」。《菩提樹》40卷4期＝473期
（民81年4月）：頁24-25。

「評介《西藏佛教史略》〔王輔仁著〕」。《菩提樹》42卷3期＝495期
　　（民83年2月）：頁21-26。

「評介《佛教文化面面觀》〔楊曾文主編〕」。《菩提樹》40卷10期＝
　　479期（民81年10月）：頁31-33。

「評介《佛教與中國文學》」。《菩提樹》41卷2期＝482期（民82年1
　　月）：頁30-34。

「評介《佛教與中國文藝美學》〔蔣述卓著〕」。《菩提樹》41卷11期＝
　　491期（民82年10月）：頁28-33。

「評介《佛教與東方藝術》」。《菩提樹》42卷6期＝498期（民83年5
　　月）：頁19-25。

「評介《漢化佛教與寺院生活》〔白化文著〕」。《菩提樹》42卷4期＝
　　496期（民83年3月）：頁14-19。

「評介《應縣木塔遼代秘藏》〔山西省文物局、中國歷史博物館主
　　編〕」。《菩提樹》40卷9期＝478期（民81年9月）：頁35-37。

「評介《禪宗與中國文化》〔葛兆光著〕」。《菩提樹》40卷11期＝480
　　期（民81年11月）：頁26-29。

　　——原刊於《佛教圖書館訊》第38期（2004年6月），頁13-15轉頁47。

《全國新書資訊月刊》的編輯理念
——兼談參考工具書的書評

曾堃賢[*]

壹　前言

　　國家圖書館國際標準書號中心（以下簡稱該中心），於1989年7月起在臺灣推行ISBN制度，翌年2月該中心正式成立，積極實施ISBN編號與CIP作業制度，為我國圖書出版品的統一化、標準化與國際化開創了一個新的里程。該中心自開辦日起即以自動化作業方式，為出版者編配ISBN及編製CIP書目資料。1993年將ISBN暨CIP書目資料定期轉入「全國圖書書目資訊網（NBINet）」（http://nbinet.ncl.edu.tw/）內，供各大圖書館採編作業轉錄之用。1997年完成在NCR主機上的建置，並在國家圖書館全球資訊網（http://www.ncl.edu.tw/）上提供全國新出版圖書資訊的檢索服務。1998年7月網頁更名為「全國新書資訊網（ISBNnet）」（http://isbn.ncl.edu.tw/），同年10月起增加書目下載服務。1999年元月起，以前一個月向該中心申請ISBN暨CIP的書目資料為基礎，出版《全國新書資訊月刊》（以下簡稱月刊），發行迄今已達180期（2013年12月號），為報導臺灣地區最新穎、最完整的新書出版

* 曾堃賢，國家圖書館國際標準書號中心編輯。

訊息與評介兼具的書訊型雜誌。2003年10月，更將月刊最新一期的內容，分成「每月新書」、「出版閱讀」，以及「最新消息」報導，發行「全國新書資訊網電子報（ISBNet News）」，將最新出版訊息透過電子報的發行，以提供圖書館界、出版業界與喜好閱讀民眾選購新書的參考。

本文試圖以臺灣各出版單位，向該中心申請ISBN暨CIP資料為基礎的出版資訊——《全國新書資訊月刊》談起，探討月刊創刊宗旨與編輯特色、2000至2002年間臺灣出版參考工具書概況、參考工具書的評鑑要項，以及月刊登載參考工具書的書評特色，最後提出如何踏出「參考工具書書評撰寫」第一步的建議，以作為「品書與書評」的基礎，並期提升我國參考工具書編製水準與倡導學術之目的。

貳 《全國新書資訊月刊》的創刊宗旨與編輯特色

月刊（前身為《中華民國臺灣地區國際標準書號中心通訊（月刊）》，1990年3月至1996年8月止，總計出版78期），於1999年元月開始發行，其創刊宗旨誠如國家圖書館莊館長在發刊辭所揭示的四項特色：1.蒐集、編印臺灣地區完整之出版新書資訊；2.刊載新書介紹與書評，藉以提升出版品質；3.提供圖書出版與行銷之訊息，以促進圖書行銷、嘉惠讀者及提升讀者利用圖書資訊之素養；4.提供圖書館及各界人士新書資訊，作為圖書採購之參考。[1]

月刊自創刊以來，迄2013年12月止計發行180期。一直以提供臺灣地區完整的最新圖書出版資訊、豐富的新書介紹、深度的專題書

1　莊芳榮：〈發刊辭〉，《全國新書資訊月刊》第 1 期（1999 年 1 月），頁 1。

目、多元的書評園地與出版研究及趨勢報導，作為編輯方針。15年多來總共企劃新書書目、新書介紹、論述（通論）、書評、讀書人語、作家與作品、專題選目、專訪、出版觀察，以及自2003年3月起陸續推出的「出版『代誌』（出版紀事）」、「童書賞析」等專欄。自1999年底起，開始採計畫編輯方式發行，不定期賦予一個「主題」分別在「論述（通論）」、「書評」、「讀書人語」、「作家與作品」、「專題選目」、「童書賞析」等欄目中刊載，頗具特色。歸納各專欄的編輯成果與結合「全國新書資訊網」瀏覽各專欄電子全文、新書書目下載服務功能，筆者認為月刊具備下列幾個編輯特色：

一、新穎且多樣化的「新書書目」

每期刊載前一個月向該中心申請ISBN/CIP的最新出版圖書資訊外，同時提供新申請ISBN出版機構名錄、新書書目分類統計、申請ISBN出版機構類型統計等實用資訊，以套色圖表呈現，讓讀者以最簡短的時間，瞭解前一個月臺灣圖書出版的最新概況，同時於「全國新書資訊網」上，提供線上新書書目下載功能，這是我國報導新書出版消息的專業雜誌中鮮有的做法。此外，按季登載「國際標準書號中心ISBN/CIP/ISRC各年度統計」[2]，以提供各界了解我國出版圖書的最新統計分析。

二、嚴謹而具代表性的「新書介紹」

選擇各出版機構（社，含個人）送存本館及定期採購的新書中，

2　此項新書申辦 ISBN 相關統計資料，刊載於月刊之每年 1、4、7、10 月號內。

部分較具時效性、學術性或可讀性的圖書集成。每書約180字左右的簡介並附該書封面影像，註明適讀對象為一特點。此外，每年配合臺北國際書展活動，策劃「臺灣出版TOP1」專欄，刊載各出版社自行推薦前一年度最具代表性圖書1至2種；每年7、8月間推出「臺灣出版參考工具書一年度書目」，收錄前一年出版的重要參考工具書，並選出其中較具代表性的100種左右撰寫提要，本館參考組並輯印專書出版。[3]

三、主題式的「書評」經營

月刊大致以「主題式」經營書評專欄，將「論述」、「專題選目」、「書評」、「讀書人語」和「童書賞析」等單元環繞在當期所企劃的中心主題上，同時兼顧「大眾」和「小眾」的閱讀需求。例如於2003年8月（總號第56期）推出的「閱讀金門——揮別烽火‧邁向世界」專輯，即為最好的例子。

四、深入完整的「作家與作品」、「專題選目」

有計畫地推出「作家與作品」、「專題選目」欄目，乃試圖透過專家學者或有經驗的圖書館員，編製深度的專題書目，作為圖書館暨資料單位、研究人員，以及對該主題或作家有興趣的讀者，建立評估館藏資源與深入研究的參考書單。

---

3 國家圖書館參考組輯印的專書，包括：《臺灣出版參考工具書：2000 年度書目》（2001 年 9 月）、《臺灣出版參考工具書：2001 年度書目》（2002 年 10 月）、《臺灣出版參考工具書書目：2002 年》（2003 年 11 月）及《臺灣出版參考工具書書目：2000 年至 2002 年》（2003 年 9 月）等四冊。

五、具實用價值的出版對話——「專訪」

本欄目設計宗旨，期望透過詳實的訪談，了解出版經理人、創意人、編輯人、行銷人，在出版學上的專業理念與實際規劃的思考過程，深入探討其專業哲學與成功原因以為借鏡。同時，透過其陳述了解成功出版人對本館業務與本刊的具體建議，使其成為一場真正具有實用價值的出版對話。

六、蒐集臺灣圖書出版活動訊息的「出版紀事」

廣泛地蒐集我國圖書出版事業主管或相關政府機關、圖書出版與書業專業組織、出版教育單位以及圖書出版業界的相關活動訊息，以提供出版或圖書館界瞭解目前最新出版動態。

七、具國際視野的「出版觀察」

以報導美國、英國、日本、中國大陸等地區圖書出版的現象，如暢銷書、熱門話題書、適合各類型圖書館典藏的參考工具書與經典作品、電子書、圖書市場與讀者購買的現象和趨勢、國際書展活動、推廣閱讀等活動資訊，提供國內出版業界或圖書館界選題及採購圖書之參考。

八、編製年度的「分類目錄」

月刊於每年度的最後一期均編製刊載「分類目錄」。將本刊內容

分成論述、書評、專題選目、讀書人語、作家與作品、專訪、出版觀察、童書賞析、消息報導、小檔案、編者的話及新書介紹等欄目編製成篇名目錄；其中「新書介紹」按中文圖書分類法的十大類編排，再依書名筆畫寡多順序排列，提供讀者查檢。

九、編選得獎推薦書目，提供列印下載功能

將政府單位或其他機關團體公布得獎、優良或推薦閱讀之我國出版優質好書之書影、簡介等相關資訊，分別刊載於月刊及註記和全國新書資訊網上，提供書目列印下載並轉成「採購清單」，以推廣好書。

十、結合平面與網路傳布的新書資訊

每月除定期出版紙本形式的《全國新書資訊月刊》外，更將最新一期的月刊專欄內容（電子檔），於「全國新書資訊網（ISBNnet）」上登載，同時透過「國家圖書館電子報（enews.ncl.edu.tw）」，將最新出版訊息透過電子報方式，擴大傳布至圖書館界、出版業界與喜好閱讀民眾的選書參考。

參　2000至2002年臺灣出版圖書與參考工具書概況

至於臺灣地區2000至2002年圖書出版的總（種）數與類別的情況如何呢？筆者試圖以這些年來出版業界（含個人）向該中心申請

ISBN和CIP的統計資料為基礎，略分析比較如下。[4]

　　依據該中心提供資料顯示，在2000年2月中心剛正式成立時，僅有429個出版機構的15,531種圖書取得ISBN；1993年突破一千個單位，計有1,218個單位的20,884種圖書取得ISBN；到了1996年底增長到2,050個單位的25,283種圖書取得ISBN；1998年超過30,574種圖書取得ISBN。2000年底有3,011個單位的34,199種圖書取得ISBN；2001年則有3,164個單位的36,353種圖書取得ISBN；截至2002年12月底資料顯示，總計有3,420個單位的38,746種圖書取得ISBN。2000至2002年間，平均每年申請36,433種新書的ISBN（如表1所示），每一出版單位（社），平均申請11.39種新書出版，其相較於八〇年代平均每家出版社出版3-4種圖書[5]，成長將近4倍以上，顯示了近年來我國圖書出版事業是呈現一片欣欣向榮之勢。

　　2000至2002年各類圖書的出版情形，則以語言／文學類（含兒童文學）最多，總共有20,754種，佔3年來申請CIP總量的30.78%、其次分別為應用科學類，有11,934種圖書（佔17.69%）、社會科學類，有10,450種圖書（佔15.49%），而電腦資訊科學類與宗教類圖書各約佔7%以上，出版量也相當的多。而所謂的「總類」包括群經、普通叢書、類書、百科全書、國學、圖書館學、目錄學及特藏等類圖書，近三年來僅申請748種，佔全部申請CIP總量的1.11%而已，出版量最少。

　　進一步就2000至2002年間，臺灣地區實際已出版參考工具書的統計分析顯示[6]，三年來分別出版了697種（佔當2000年申請ISBN總種數

4　曾堃賢：〈臺灣地區大學校院圖書出版概況初探：以 ISBN/CIP 資料庫為基礎〉，《大學出版社與學術出版》（臺北縣：淡江大學資訊與圖書館學系，2003 年 12 月），頁 204-206。新書申辦 ISBN 相關統計資源如註 2。

5　參閱《文訊》第 118 期（1995 年 8 月），頁 31，統計分析法。

6　資料來源參考註 2 說明。

2.04%）、936種（佔當2001年申請ISBN總種數2.58%）及967種（佔當2002年申請ISBN總種數2.5%）。再以參考工具書的類型區分，以統計類（出版560種，佔所有出版參考工具書的20.05%）為最多，其次分別為字典／辭典類（出版451種，佔所有出版參考工具書的16.12%）、法規類（出版421種，佔所有出版參考工具書的15.07%）、手冊（出版390種，佔所有出版參考工具書的13.96%）；而編製時程較長、人力物力較巨的「百科全書」類，這三年來只有12種（佔所有出版參考工具書的0.43%）為最少（如表2所示）。詳細書目，請參閱國家圖書館編印之《臺灣出版參考工具書書目：2000年至2002年》。

表1：2000至2002年申請ISBN圖書總（種）數與出版
參考工具書種數分析

單位：種數

項目＼年度	2000年	2001年	2002年	合計
申請ISBN圖書總種數（申請ISBN出版機構數）	34,216（3,011單位）	36,353（3,164單位）	38,953（3,420單位）	109,701（平均每年申請36,433種）
參考工具書出版種數	697	936	967	2,600（866.67種）
百分比例	2.04%	2.58	2.5%	2.38%

表2：2000至2002年臺灣出版參考工具書類型的比較分析

單位：種數

參考工具書類型	2000至2002年出版種數	百分比例	參考工具書類型	2000至2002年出版種數	百分比例
書目	133	4.76%	各種目錄	46	1.65%
索引	24	0.86%	手冊	390	13.96%
字典／辭典	451	16.12%	傳記參考資料	28	1%
百科全書	12	0.43%	地理資料	114	4.08%
年鑑	190	6.8%	圖鑑／圖譜／圖錄	146	5.23%
年表／大事記／萬年曆	66	2.36%	統計	560	20.05%
名錄	212	7.59%	法規	421	15.07%
總計				2,793種	100%

肆　《全國新書資訊月刊》刊載參考工具書評介資訊的特色

　　如同前述，月刊的編輯特色，大致以「主題」方式來經營書評專欄；也就是說，將「論述」、「專題選目」、「書評」、「讀書人語」和「童書賞析」等單元環繞在當期所企劃的中心主題上，同時兼顧「大眾」和「小眾」的閱讀需求。茲就月刊自創刊至2003年12月底（第1至60期），登載有關參考工具書「評介」資訊的統計分析與特性，略說明如後。

　　創刊至第60期以來月刊登載臺灣地區出版參考工具書「評介」資

訊，總計54篇。也就是說：每月平均有0.9篇，為報導各類參考工具書的「評介」訊息；其中專屬「書評」或「讀書人語」兩欄目的評論文獻，高達34篇，佔所有「評介」資訊的62.97%（如表3與表4所示）。其他類型的「評介」資訊，尚包括：

1. 以「專題選目」形式，報導年度臺灣出版參考工具書書目者，有6篇。

2. 以「選介」方式，簡介由專家學者及參考館員所評選出較具代表性之參考工具書，有3篇（每篇約100餘則）。

3. 以「通論」方式，介紹各類參考工具書書目編輯出版概況者，有10篇。

4. 以「簡介」名義，介紹參考工具書者，有1篇。

5. 若以參考工具書的類型區分，依照「評介」資訊篇數多寡，分別有：「書目」（17篇）、「綜合性」（11篇）、年鑑（8篇）、手冊（5篇）、「名錄」（4篇）、「字典／辭典」（4篇），「索引」、「百科全書」、「年表／大事記／萬年曆」、「傳記參考資料」，以及「圖鑑／圖譜／圖錄」各佔1篇。

另一方面，依據參考工具書「評介」資訊刊載於月刊的年代分析：1999年刊登10篇、2000年8篇、2001年13篇、2002年10篇、2003年13篇（如表5所示）；每年平均10.8篇，在篇幅上相當平均。而特別一提的是：於1999年12月號（總號為12期），首創「年鑑」為主題，刊載5篇關於年鑑的書評；2003年9月號（總號第57期）起，則以「2002年焦點參考工具書評介」為題，刊載9篇有關參考工具書的書評，這種以參考工具書之評介作為年度專輯內容，在國內是相當少見。至於在撰寫這些「評介」資訊的作者群，到底是哪些人呢？我們大致分類統計如下：

1. 來自各大學校院教授學者撰寫者，有22篇（佔40.74%）。

2. 來自國家圖書館館員撰寫者，有20篇（佔37.04%）。

3. 來自其他圖書館館員撰寫者，有5篇（佔9.26%）。

4. 來自出版界撰寫者，有4篇（佔7.41%）。

5. 屬於自由作家者，有3篇（佔5.56%）。

由以上數字顯示：為月刊撰寫參考工具書「評介」資訊的作者群，絕大部分來自各大學校院的教授（佔40.74%）和圖書館員（包括國家圖書館館員與其他圖書館館員），計25篇，佔所有作者群的46.3%。

總結上述，我們發現近五年來《全國新書資訊月刊》刊載有關參考工具書「評介」資訊，有下列幾項事實與特色：

1. 企劃「年度性」與「主題」報導為主軸，經營參考工具書的「評介」資訊。例如：自創刊以來，每一年度（1999年、2001年、2002年、2003年），都有以「專題選目」方式，條列報導前一年度臺灣出版參考工具書的清單。在1999年12月號（總號第12期），首創「年鑑」為主題，刊載關於年鑑的書評；2003年9月號（總號第57期），則以「2002年焦點參考工具書評介」為題，刊載9篇參考工具書的書評。

2. 參考工具書被列入書評的比例頗高。在60期月刊當中，總計刊載155篇各類新書的書評，而參考工具書的書評就有31篇，佔所有篇數的20%。（如表4所示）

3. 刊載參考工具書「評介」資訊，每年平均有10.8篇，在篇幅上相當平均。

4. 為月刊撰寫「評介」資訊的作者群，大部分來自大學校院的教授和圖書館員；尤其來自各類型的圖書館館員（包括國家圖書館）佔所有作者群的46.3%。

5. 除了「綜合」報導各年度參考工具書的出版概況外，月刊相當重視「書目」、「年鑑」、「手冊」、「名錄」及「字典／辭典」等類型參考工具書的評論。

表3：《全國新書資訊月刊》刊載參考工具書評介資訊
「種類」的統計分析

單位：篇數

欄目名稱 / 參考工具書類型	專題選目	選介	通論	書評	讀書人語	簡介	合計
綜合性	6	3	2	0	0	0	11
書目	0	0	4	12	1	0	17
索引	0	0	0	1	0	0	1
字典／辭典	0	0	0	3	1	0	4
百科全書	0	0	1	0	0	0	1
年鑑	0	0	3	5	0	0	8
年表／大事記／萬年曆	0	0	0	1	0	0	1
名錄	0	0	0	3	0	1	4
各種目錄	0	0	0	0	0	0	0
手冊	0	0	0	5	0	0	5
傳記參考資料	0	0	0	1	0	0	1
地理資料	0	0	0	0	0	0	0
圖鑑／圖譜／圖錄	0	0	0	0	1	0	1
統計	0	0	0	0	0	0	0
法規	0	0	0	0	0	0	0
總計百分比例	6（11.11%）	3（5.56%）	10（18.52%）	31（57.41%）	3（5.56%）	1（1.85%）	54（100%）

表4：《全國新書資訊月刊》刊載參考工具書書評與
讀書人語篇數的比較分析

單位：篇數

欄目名稱 評介 資訊類型	月刊登載總篇數	參考工具書篇數	百分比例（%）
書評	155	31	20%
讀書人語	97	3	3.09%

表5：《全國新書資訊月刊》刊載參考工具書書評介資訊
「年代」的統計分析

單位：篇數

欄目名稱 刊載年代	專題選目	選介	通論	書評	讀書人語	簡介	合計
1999年	1	0	3	6	0	0	10
2000年	0	0	1	7	0	0	8
2001年	1	1	3	5	3	0	13
2002年	2	1	3	3	0	1	10
2003年	2	1	0	10	0	0	13
總計	6	3	10	31	3	1	54

伍　參考工具書的評鑑要項

　　參考工具書或稱參考書，它出版目的通常不作為一般性的瀏覽或
閱讀，而專供查考資料及解決問題之用，通常具有特定的編排方式和

索引方法，以方便讀者在短時間內查出正確的資料，是解答問題的最佳工具，所以又稱「工具書」。筆者以為：撰寫書評的人（以下簡稱書評人），若要把參考工具書的「書評」或「評介」資訊，做得「精準」、又能「一針見血」，將它的優缺點指出，首先必須從參考工具書的類型與功能、選擇與評鑑要項兩個面向切入著手。

一、參考工具書的類型與功能

依照參考工具書的編輯體例、性質功能與用途，將傳統印刷形式的參考資源區分為：（1）指引書（參考書的參考書）；（2）書目；（3）索引；（4）摘要；（5）字典、辭典；（6）類書、政書；（7）百科全書；（8）統計資源；（9）法規資源；（10）年鑑；（11）手冊；（12）指南；（13）名錄；（14）表譜；（15）曆書；（16）地圖及地圖集，以及（17）圖錄等17種類型。另一方面，對於電子形式的參考資源，又可分為：（1）線上公用目錄（Online Public Access Catalog，簡稱OPAC）；（2）線上資料庫；（3）光碟資料庫；（4）網路資源等4項。[7]而在國家圖書館在2000至2002年間，所編製臺灣出版參考工具書的年度書目，把實際已出版之印刷形式的「年表／大事記／萬年曆」、「各種目錄」、「傳記參考資料」和「圖鑑／圖譜／圖錄」等類型工具書，又另予分別歸納如前述4種，總計分成14大類。（詳如表3所列）

而這些類型的參考工具書到底有什麼功用呢？大抵而言，參考工具書具有以下5種功用：

---

7 張淳淳、張慧銖、林呈潢、嚴鼎忠、賴美玲編著：《參考資源與服務》（臺北縣：國立空中大學，2003 年 8 月），頁 22-25。

1. 解決疑難問題：當你有不懂之疑難問題，如人名、地名、字詞、歷史事件等，就可以翻查相關的參考工具書，如傳記資料、地名辭典、字辭典及年表等，查獲可供參考的資料以解惑。

2. 指示讀書的門徑：利用各種書目、索引型工具書，可以了解研究主題之既有學術成果，有助於指引讀者蒐集資料及決定研究方向，對於找到正確讀書門徑助益頗大。

3. 掌握學術研究資訊：利用目錄、索引或年鑑等工具書，可以掌握某個研究主題之最新研究成果／計畫的資訊，方便讀者了解同領域學者的研究動態。

4. 提供參考資料：利用類書、百科全書、年鑑等工具書，可以通盤了解人類知識及各主題專題資料，主要是該類型的參考工具書提供了豐富的參考資料。

5. 節省時間與精力：讀者在了解各種參考工具書的功能後，在發現與思考問題時就可以善用之，故可以節省許多時間與精力，並且得到事半功倍的學術研究成果。[8]

二、參考工具書的選擇與評鑑要項

如前述，參考工具書的種類繁多，其編排體例與收錄範圍也各異，讀者與圖書館館員如何在浩瀚的書海中選取所需的參考工具書呢？以下列舉幾項選擇原則，筆者將它引申為評鑑參考工具書的要項，或許可提供書評人評論的依據。

---

8 林慶彰、劉春銀：《讀書報告寫作指引》（臺北市：萬卷樓圖書公司，2001 年 11 月），頁 56-57。

1.查閱參考工具書指南或書評

2.審查書籍之著者、編輯者或出版者的權威性

3.審查書籍的編輯體例及內容概要

4.裝幀、印刷、紙張、插圖及其他特點

5.請教專家學者[9]

　　另依據《美國圖書館雜誌》（*American Libraries*）2003年5月號之〈年度最佳參考資源評選（The Best of the Best Reference Source）〉一文，作者Vicki D. Bloom敘述了優良與拙劣參考資源評斷項目，茲將優良與拙劣參考資源之評斷條件羅列於下，供書評人評鑑參考工具書之參考。優良參考資源之必備13項條件為：（1）清晰易讀之地圖與照片；（2）充實內文之精美照片與插圖；（3）版式寬闊易於複印；（4）裝幀與結構堅固；（5）內文易讀與縝密鋪述；（6）富學術性；（7）外觀宜人；（8）含層次分明之優良索引；（9）敘明其選擇標準與目的；（10）具有權威性與考證佳的資訊；（11）良好的參照指引關係；（12）富新穎性；（13）貢獻者之服務機關與學術背景資料。[10]

　　對於拙劣參考資源之項目，亦有13項，如下列：（1）模糊與低劣不良之複製照片；（2）索引體例不佳；（3）版式過窄難以複印；（4）內容冗長重複；（5）卷帙過大或過少；（6）不完整或不標準的引文文獻；（7）字跡過小；（8）過多或過少留白；（9）裝幀或結構脆弱；（10）收錄款目敘述之文長不一；（12）來路不明之插圖與照片；（13）陳舊的統計資料。

　　又根據張錦郎先生接受《佛教圖書館館訊》專訪，談及評鑑參考工具書有如下幾項：（1）考查工具書的編著者與出版者；（2）考查工

9　詳參林慶彰、劉春銀：《讀書報告寫作指引》，頁 57-58。

10　王岫：〈美國年度最佳參考書〉，《中央日報·國際書市》2003 年 7 月 20 日。Bloom. Vicki D., "The best of the best reference source,"*American Libraries,* 2003:5, p.40。

具書編纂和出版年代；（3）查考工具書的序跋、凡例和目次；（4）翻閱工具書的正文；（5）參閱工具書的書評資料。[11]再依據王錫璋先生之見，他引述美國之評鑑標準有如下5項：（1）仔細考查書名頁；（2）閱讀前言或導論；（3）考察書的本文；（4）找幾個熟悉的主題，仔細閱讀正文中之條目；（5）考查其排列順序是有特殊及便於利用；（6）參考書有新版或增訂版，應仔細與舊版比較。[12]

陸　參考工具書評論的寫作方法

在徐召勛等人合著的《書評學概論》乙書中，曾談及參考工具書類圖書評論的寫作方法與評一般專書和文學創作不同，有其特殊的方法寫作要求。[13]茲綜合前述諸多學者專家們的看法與個人研究心得，認為若要寫好參考工具書「書評」，其內容至少應包括：

1.評價參考工具書編著譯者或出版者的權威性。

2.評價參考工具書的內容與特色。

3.評價參考工具書基本知識單元，即詞條的質量。

4.評價參考工具書選詞對主題範疇的涵蓋情況。

5.評價參考工具書是否方便使用。

6.評價參考工具書內文圖表或書目及附錄資料的使用價值。

7.評價參考工具書的編排邏輯與框架設計。

8.與同類參考工具書進行「合評」與「比較」研究。

---

11 釋自衍採訪：〈論工具書編輯──專訪張錦郎老師〉，《佛教圖書館館訊》第 34 期（2003 年 6 月），頁 9-10。

12 王錫璋：《圖書館的參考服務──理論與實務》（臺北市：文史哲出版社，1997 年 3 月），頁 199-200。

13 同註 11，頁 23-24。

9.了解各類型參考工具書的特性與評價標準。

10.重視裝幀、紙張與印刷的品質。

11.查閱參酌其他書評人的相關評論及建議。

12.強調「最新」或「相關」資訊更新與取得的方式。

柒　結語──對《全國新書資訊月刊》的期待與如何跨出撰寫參考工具書書評的第一步

　　檢視月刊自創刊以來，一直都以「主題」方式企劃書評專欄。也就是說，將「論述」、「專題選目」、「書評」、「讀書人語」和「童書賞析」等單元環繞在當期所企劃的中心主題上，同時配合「時事」與「熱門話題」、「學術」與「非學術」和兼顧「大眾」和「小眾」的閱讀需求，為經營原則。而在參考工具書的「評介」資訊方面，除秉持以企劃「年度性」與「主題」報導為主軸的編輯方式外，展望未來，《全國新書資訊月刊》能夠：

1. 持續編製「臺灣出版參考工具書書目‧年度書目」，以報導臺灣出版參考工具書的成果。

2. 企劃編輯「年度焦點參考工具書‧評介」專輯，以評述前一年度代表性參考工具書的優缺點，進而提升我國編製參考工具書的水準。

3. 增闢「參考工具書‧選介」專欄，按月介紹優質參考工具書，以提供學術界研究與圖書館採購的依據。

4. 研擬「參考工具書評鑑與書評撰寫要點」，以提供書評人撰寫「評介」資訊的參考。

5. 企劃召開各類型「參考工具書」編輯與利用研討會，邀請出版編輯人、參考館員和使用者，以不同角度來檢視參考工具書。

6. 鼓勵館員參與撰寫參考工具書的評介，期望在撰寫「新書介紹」的基礎上，更進一步成為書評專家，共同組成另一支書評團隊來深化讀者服務。

誠如前面調查研究結果顯示：月刊自創刊至2003年間，撰寫參考工具書「評介」資訊的作者群，大部分來自大學校院的教授和圖書館員；尤其來自各類型的圖書館館員（包括國家圖書館）佔所有作者群的46.3%以上。為此，筆者非常鼓勵圖書館館員，尤其是站在讀者服務第一線上的參考館員，更應親自撰寫各類型參考工具書的「評介」資訊。那要如何踏出撰寫「評介」的第一步呢？

1. 建議可從《全國新書資訊月刊》著手，我們的園地永遠為您開著。

2. 從自己熟悉或已深入研究和興趣的主題開始，掌握參考工具書評鑑要項與評論的寫作方法，試圖跨出第一步。

3. 加強吸收各學術領域的專門知識、廣泛閱讀與多方蒐集資訊。

4. 要有邏輯與比較的觀點。

5. 以服務讀者的觀點，帶入自己的「熱忱」、抒發自己的「情感」，予以客觀的描述和評論，將會是一篇充滿「理性」與「感性」的完美作品。

〔編者按〕本文為2003年12月13日假臺北印儀學苑舉行「品書與書評」論壇之發表文。原刊於《佛教圖書館館訊》，並於2014年2月進行部分內容修正。

——原刊於《佛教圖書館館訊》第37期（2004年3月），頁21-32。

下編　書評範例

工具書類

書評學的奠基之作
——孟昭晉《書評概論》評介[*]

吳福助[**]

　　「書評」（book review）是借助大眾傳播媒介即時通報近期新出版的具體圖書，並對其價值進行簡潔分析評議的一種文章。「書評」在漢語中屬於近代的外來語詞，它是近代報刊業興起後才引入中國大陸的一種新事務、新概念和新名詞。

　　中國大陸「書評」的發展，大約19世紀50-90年代為萌生期，20世紀最初10年為成長期，10-20年代為興起期，30-40年代為事業繁榮期，50-80年代為理論建設期。1989年中國大陸全國書評工作學者在北京成立「中國圖書評論學會」，1990年該學會在昆明舉行全國首屆書評研討會，出版論文集《書評的學問》（遼寧人民出版社，1991）。與此同時，《書評工作指導與探索》（雲南人民出版社，1986）、葛昆元《怎樣寫書評》（同濟大學出版社，1988）、王建輝《書評散論》（黑龍江教育出版社，1989）、徐召勛《書評與書評學》（安徽人民出版社，1989）、《書評面面觀》（人民日報出版社，1989）、吳道弘《書評例話》（中國書籍出版社，1991）等書評研究或普及性著作先後出版。孟昭晉《書評概論》（南京大學出版社，1994）則是後來才出版

---

[*]　孟昭晉編著：《書評概論》（南京市：南京大學出版社，1994 年 8 月）。
[**] 吳福助，中興大學中國文學系兼任教授。

的，是奠定書評學學科建設理論基礎的傑作。

孟昭晉編著《書評概論》，是北京大學新開書評課程的教科書。原為中國國家教委高等學校文科教材1985-1990編選計劃所規劃項目之一，編寫過程歷時8年，於1994年由南京大學出版社出版。全書共分7章：第1章「書評與書評研究」，第2章「書評工作者」，第3章「書評的標準」，第4章「書評工作中的閱讀」，第5章「書評的方法」，第6章「書評寫作」，第7章「書評受眾與書評傳媒」。每章標題下均有內容摘要。每章下分4-5節，共30節。書前有中英文對照目錄。書末附錄「中外書評作品選讀」，包括文藝類14篇、非文藝類8篇，另附「課程教學法獻議」、「參考徵引書目」、「人名／主題索引」。全書內容詳贍，結構完整，共計35萬言。

這本《書評概論》的最大特色，是在於從事「書評學」這門新興學科的理論建設。雖然作者很嚴肅地認為：「『書評研究』是一門正在建設中的課程，也是一門正在形成與發展著的學科。」（頁36）又說：「書評研究作為一門學科，它的體系尚在摸索之中。」（頁39）這本書的書名，作者也很謙虛地只用「書評概論」，而不正式採用「書評學概論」，但全書內容卻已企圖創立一套科學研究的理論體系與卓有成效的研究方法。書中對書評的基本特徵及定義、書評的功能、書評的種類、書評工作者的主觀修養與客觀環境、書評的價值標準與判斷方法、書評工作對閱讀的要求與操作、書評文章寫作具體規範、書評用戶教育與讀者培養、書評傳播媒介發展現況、書評文獻檢索體系的建立等，都充分運用學術術語分析法與概念推理法，不憚其煩地進行論析闡釋。作者又特別把書評當作是一種複雜的綜合化的社會現象，因而同時從新聞學、傳播學、圖書館學、情報學的多種角度去觀照，嘗試作相當多元學科的有機結合。儘管書中部分章節的繁簡配置不無失當之處，若干引證也有不夠充實之病，但是瑕不掩瑜，本書企

圖建構的「書評學」學科理論架構，基本上已經成型，並將可為社會實踐所承認。作者勇猛精進的開拓精神，以及創見迭出的卓識鴻裁，確足令吾輩欽仰學習。

　　關於本書有待商榷之處，筆者條陳管見如下，謹就教於作者及四方賢達：

一、應廣泛吸收期刊論文的研究成果

　　本書書末附錄重要參考徵引書目，只列書籍，計分三類，共50種專書，缺乏期刊論文。書中對期刊論文雖有零星引用，但數量甚少。期刊論文篇幅短小，內容精審，能即時反映最新研究成果，在學術陣地上一向是居於最前鋒的。理想的嶄新內容的教科書，應是融裁成百上千篇相關的期刊論文及若干專著而成。期刊論文文獻應是能反映時代思潮的教科書的最重要資料來源。本書如有機會增補再版或改寫，應廣泛吸收海內外書評學相關期刊論文的研究成果，每章每節均詳加附註，除隨處註明參考資料來源外，並對徵引資料多加考辨申議，如此才符合最進步的教科書體例。

二、應避免政治色彩

　　作者受限於特定的政治環境，主觀地認為書評作者承擔評介出版品的社會重任，「首先要有一定的政治思想理論修養水平和政治上的成熟程度。」（頁62）因此本書在理論及選例上，不免沾染些書評作者最忌諱的政治色彩，第3章第3節「二、對我國圖書內容道德價值的審視」（頁102-106），採用政黨理論觀點，就是十分明顯的例子。書評是「客觀公平、實事求是」的嚴肅學術工作，不宜為生態多變的政

治服務。況且作者也有中國大陸書評學必須即速與世界書評文化接軌的倡議（頁234）。因此謹建議作者如有機會增訂再版或重寫本書，不妨將本書發行的眼光放到全球華文世界，而不侷限於中國大陸一地，如此作者就能自覺地及時建立符合華文社會普世需要的客觀態度。

三、書評作品選文應具規範性

本書附錄「中外書評作品選讀」，選文包括文藝類及非文藝類共22篇，用意甚佳。可惜編者基於某些因素，考慮不夠周詳，以致選文大抵只具史料意義，多半欠缺規範性，非足以印證書中理論的架構。其中非文藝類作品水準較高，文藝類作品則多為泛泛之論，即興之作，舉證不足，缺乏說服力。管見以為徐匯〈冬陽下的駱駝隊——讀《城南舊事》〉、王建輝〈科學啟示錄——評《傑出物理學家的失誤》〉兩篇，內容精嚴，神采旺盛，興味盎然，閃爍著智慧的靈光，對青年朋友應最具有吸引力。作者不妨以此兩篇精采的作品為標準，重新抽換趣味性較高、規範性較強的作品，同時每篇選文酌加說明入選理由，以便達到更理想的教學效果。

四、「目錄」應再加詳

本書每章之下分節，節下分目，目下分次，各級均加措詞精確的標題，彼此聯貫，體系完密。可惜書前「目錄」只出現「章」、「節」兩級，應再加第3級標題，以便利檢讀。

　　依據書目資料，書評學論著尚有徐召勛主編《書評學概論》（武漢大學出版社，1994），與本書同年出版。該書由於筆者尚未見到，容將來再作比較研究。

　　——原刊於《佛教圖書館館訊》第37期（2004年3月），頁37-39。

匯理論與實務的入門指引
——讀吳銘能《書評寫作方法與實踐》[*]

何淑蘋[**]

　　隨著科技快速進步，資訊傳播日益發達，促使全球知識訊息急遽爆炸，文字出版的數量也十分驚人，惟箇中內容參差、良莠不齊，如果想要在浩瀚書海裡尋覓適合讓個人身心成長的豐富養料，書評無疑是最佳的引導者。像是國家圖書館主編的《全國新書資訊月刊》，每月刊載書評書介，主題多元，內容包羅萬象，閱讀層級廣泛，對提振社會書香影響甚巨。而臺灣文史學門中，重要的學術期刊如《漢學研究》、《中國文哲研究集刊》等，近年來也特闢書評專欄，作為評騭中外學術專著之園地。讀者若能善加利用這些書評文章，即可節省時力，作更有效率的閱讀。

　　事實上，撰寫書評並非簡單的工作，誠如伍杰先生所說：「書評是一項重要的事業，也是一項艱難的事業。書評往往是勞而無功，費力不討好，因此，熱衷者不多。書評理論則更是問津者寥寥。」[1]雖說吃力不討好，但願意提倡的有識者仍不乏其人，蕭乾《書評研究》

---

*　吳銘能：《書評寫作方法與實踐》（臺北市：秀威資訊科技公司，2009 年 2 月）。

**　何淑蘋，實踐大學應用中文學系兼任講師。

1　徐柏容：《現代書評學》（蘇州市：蘇州大學出版社，2005 年 6 月），書首〈伍序〉，頁 2。

（北京市：商務印書館，1935年11月）為此中開先之作；已故的漢學名家楊聯陞教授也非常肯定書評的意義，並躬身實踐，撰寫多篇書評，後人輯成《漢學論評集》（臺北市：食貨出版社，1982年）。多年來，在前輩學者的努力推動下，書評日益受到重視，熱衷研究與從事寫作者也越來越多。在理論方面，近十年間已有多部專著陸續面世，如徐召勛《書評與書評學》（合肥市：安徽人民出版社，1989年）、孟昭晉《書評概論》（南京市：南京大學出版社，1994年8月）、徐召勛主編《書評學概論》（武漢市：武漢大學出版社，1994年10月）、徐柏容[2]《現代書評學》（蘇州市：蘇州大學出版社，2005年6月）、趙曉梅《中國書評史初探》（北京市：中國工人出版社，2001年6月）、伍杰《書評理念與實踐》（開封市：河南大學出版社，2006年12月）等，或回顧歷史，檢討得失，或闡釋觀點，分享經驗，涵蓋論題廣泛多元，尤著重於揭櫫精神與內涵、分析寫作與技巧，洵見書評蔚附庸為大國，漸形成一專門之學。其中，任教於北京大學信息管理系的孟昭晉教授，積極指導學生從事相關研究，已見《中美書評比較》、《解釋人生、表現人生：錢鍾書書評研究》、《40年代中國書評初探》等成果，集腋成裘，實有助於現代「書評史」之建構。

　　至於勤於寫作書評者，如中央研究院中國文哲研究所副研究員李奭學先生，陸續撰有評文近百篇，刊登在各報刊雜誌上，後集結成《書話臺灣：1991-2003文學印象》（臺北市：九歌出版社，2004年5月）《臺灣觀點：書話中國與世界小說》（臺北市：九歌出版社，2008年7月）與《臺灣觀點：書話東西文學地圖》（臺北市：九歌出版社，2009年9月），他並呼籲道：「我們的文壇要進步，我們的學術界要進步，實不宜再忽視書評或一般評論文章的重要。」（頁15）又如現任

2　本書頁17將「徐柏容」誤作「徐伯容」。

臺北縣清傳高商校長的歐宗智先生，選定二十餘部日、韓、西方文學作品加以評介，匯為《好書永遠不寂寞：書評與文學批評集》（臺北市：臺灣商務印書館，2008年3月），正可當作青年學子認識世界經典名著的入門讀物。

本書作者吳銘能先生也是一位勤於筆耕書評的人。他的學術經歷較特殊，在取得國立臺灣師範大學國文系碩士學位後，轉往北京大學博士班攻讀，師從知名學者孫欽善教授，畢業後返臺，曾於中央研究院中國文哲研究所擔任博士後研究。因臺灣尚未正式承認大陸學歷，謀職不易，故又轉進大陸發展，現為四川大學歷史文化學院副教授。著有：《梁任公的古文獻思想研究初稿：以目錄學、辨偽學、清代學術史及諸子學為中心的考察》（北京市：北京大學中國語言文學系博士論文，1997年）、《梁啟超研究叢稿》（臺北市：臺灣學生書局，2001年2月）、《數風流人物：梁啟超、徐志摩、陳獨秀、雷震》（臺北市：秀威資訊科技公司，2007年4月）等。

吳先生已發表書評數十篇，散見於《漢學研究》、《國家圖書館館刊》、《全國新書資訊月刊》、《書目季刊》、《中國文哲研究通訊》、《九州學林》、《古今論衡》、《明報月刊》等兩岸三地的刊物上。今彙集成書，除總結過往成績外，意在抒發個人心得。全書分「方法篇」和「實踐篇」兩部，「方法篇」以短文方式揭櫫作者對書評寫作的看法，包括：「書評須有終極關懷」、「意識形態對書評的影響」、「學術翻譯著作為何需與原著核實」、「文獻學功底是一篇成功書評不可或缺的要素」、「書評的對象：讀者與作者」、「書評也有以序跋的方式呈現」、「書評學的鳥瞰與前景」。「實踐篇」乃薈萃作者多年書評寫作成果，收文二十三篇，茲列篇目如下：

1. 林耀椿《錢鍾書與書的世界》讀後記
2. 《王子霖古籍版本學文集》書後

3. 林慶彰、劉春銀合著《讀書報告寫作指引》略述

4. 林慶彰主編、何淑蘋編輯《專科目錄的編輯方法》讀後記

5. 文化宏觀視野與政治褊狹對立——讀《近代中國知識分子在臺灣》的啟示

6. 歸骨於田橫之島——評王汎森Fu Ssu-nien: A Life in Chinese History and Politics

7. 《北京大學圖書館藏善本書錄》讀後記

8. 此中空洞無物——評《2000台灣文學年鑑》

9. 評劉達臨《中國性史圖鑑》

10.由「高中歷史課程綱要」之爭論見臺灣的認同危機

11.檔案、校勘與歷史真相——以黃彰健著《二二八事件真相考證稿》為例

12.《美國圖書館名人略傳》讀後記

13.評辛廣偉著《臺灣出版史》

14.亂世英才盡零落——讀湯晏《民國第一才子錢鍾書》

15.《臺靜農先生珍藏書札（一）》試讀後記

16.詮釋文字世界的李敖——讀《長袍春秋——李敖的文字世界》

17.由留學大陸風潮看中國的崛起——兼評周祝瑛《留學大陸Must Know》等書

18.讀沈津《顧廷龍年譜》

19.讀李敖《上山·上山·愛》

20.沈津著《翁方綱年譜》

21.沈津著《翁方綱年譜》暨輯《翁方綱題跋手札集錄》補遺

22.沈津著《美國哈佛大學哈佛燕京圖書館中文善本書志》校讀書後

23.銖積寸累　蔚為大觀——沈津輯《翁方綱題跋手札集錄》書
後

　　作者積極撰寫書評，實緣於已故臺灣目錄名家喬衍琯教授的啟迪
與鼓勵。書末附錄〈敬悼喬公衍琯先生〉一文，備述受知因緣與交往
逸事，洵見喬教授獎掖後進之風範，典型宛在，令人欽敬。

　　作者出身國學系所，受傳統學術與文獻的專業訓練，撰寫書評一
秉實事求是、不發空言之客觀態度，對於品評諸作皆能認真通讀，故
剖析深入，洞悉箇中得失。且緣文獻功底深厚，引據翔實，尤其平議
「工具書」更是直陳利弊，例如〈《北京大學圖書館藏善本書錄》讀
後記〉、〈《美學圖書館名人略傳》讀後記〉、〈沈津著《美國哈佛大學
哈佛燕京圖書館中文善本書志》校讀書後〉等，俱針砭疏漏，糾謬指
瑕之功力自不待言。又如知名目錄學家、哈佛大學哈佛燕京圖書館善
本室主任沈津先生，編撰的《顧廷龍年譜》、《翁方綱年譜》、《翁方綱
題跋手札集錄》、《美國哈佛大學哈佛燕京圖書館中文善本書志》四
書，皆宏編巨幅，資料豐富縝實，作者能不憚其煩，精讀細研，細加
爬梳，為之補苴訂正，可謂沈氏諍友。

　　另外，閱讀本書時，應該要特別注意作者強調的「終極關懷」。
如在〈亂世英才盡零落——讀湯晏《民國第一才子錢鍾書》〉與〈讀
沈津《顧廷龍年譜》〉兩文中，作者藉由同情顧、錢之遭遇，表露對
大陸在文革時期殘害知識分子的深切不滿。又如大陸學者辛廣偉《臺
灣出版史》（石家莊市：河北教育出版社，2000年12月）問世後，引
發臺灣學界譁然，蓋因本土出版史竟由對岸學者率先完成，豈非國人
之憾？故作者與臺灣知名文獻學者張錦郎先生合作，以極大力氣爬梳
資料，撰寫出長達兩萬字的書評專論，提出五點商榷、八項建議，所
言莫不洞中肯綮，讀者在文獻排比的字裡行間，應不難看出作者的殷
殷期盼——由本地學者完成，內容完備、資料翔實的一部新「臺灣出

版史」能早日出現。其餘像是〈文化宏觀視野與政治褊狹對立——讀《近代中國知識分子在臺灣》的啟示〉、〈由「高中歷史課程綱要」之爭論見臺灣的認同危機〉、〈檔案、校勘與歷史真相——以黃彰健著《二二八事件真相考證稿》為例〉、〈由留學大陸風潮看中國的崛起——兼評周祝瑛《留學大陸Must Know》等書〉諸篇，也都能夠窺見作者對中國歷史文化、兩岸未來發展充滿著關懷之情，讀者自可細細品味。

　　誠如作者〈序言〉所說，書評寫作可提升思辨能力、表達能力，故在四川大學任教的課堂上，指定修課學生撰成書評報告，以此作為訓練，頗獲學生好評。事實上，鼓勵寫作書評的方式，不僅能促使青年學子廣泛閱讀，藉以培養興趣，亦能鍛練文筆，訓練思路，立意甚佳，值得肯定，而這樣的關懷和作法，臺灣大專院校亦有之。中央大學在李瑞騰教授策劃下，以「提倡深度閱讀，重建中大人文傳統」為宗旨，曾舉辦三屆的「中大書評獎」，獲獎作品並輯成《深受閱讀：中大書評獎作品集》（中壢市：國立中央大學圖書館，2005年8月）、《照辭如鏡：第二屆中大書評獎作品集》（中壢市：國立中央大學圖書館，2006年4月）出版，頗見成果。類此活動，可提供各級學校或縣市政府文化局、圖書館等單位借鏡。畢竟，倡導全民參與，藉由提振書香社會，讓大眾得以變化氣質、豐富心靈、敦厚風俗，是需要政府當局和有心人士共同推動並永續經營的「大業」。

　　——原刊於《全國新書資訊月刊》第130期（2009年10月），頁33-36。

評《2010 年國際漢學研究數位資源選介》[*]

劉春銀[**]

引言

　　教育部依據孫運璿前行政院院長指示，於1980年9月30日召開第一次指導委員會議後，正式成立「漢學研究資料及服務中心」（1987年11月更為現名漢學研究中心），並指示由國立中央圖書館（現易名為國家圖書館）兼辦一切業務。該中心成立迄今已屆滿三十年，其重要工作項目，包括：蒐藏漢學資料，提供閱覽服務，獎助國外漢學家來臺研究，編印漢學研究論著，出版目錄索引，報導漢學研究動態，舉辦大型國際性專題研討會，赴國外辦理書展宣揚中華文化等，向以促進國際漢學之研究與交流為主要目標，並持續進行國內外漢學研究資源之調查、蒐集、彙整及出版等工作。[1]

　　該中心於1988年與國立中央圖書館合辦「漢學研究資源國際研討會」之際，首次創編《臺灣地區漢學資源選介》，是一傳統印刷本形

---

[*] 國家圖書館漢學研究中心編：《2010 年國際漢學研究數位資源選介》（臺北市：國家圖書館，2010 年 10 月）。

[**] 劉春銀，中央研究院中國文哲研究所簡任編審兼圖書館主任退休。

1　網址 http://ccs.ncl.edu.tw/center.html。（查詢日期：2011 年 8 月 22 日）

式。復於2004年舉辦「數位時代漢學研究資源國際研討會」時，再度編印《國際漢學研究數位資源選介》（收錄249個網站），主要收錄網站及網頁形式之研究資源，該書另於2007年印行增訂版（收錄251個網站）。國家圖書館於去（2010）年11月主辦「第八次中文文獻共建共享合作會議暨圖書館中文資源與數位典藏學術會議」，重新整理、修訂原2007年《國際漢學研究數位資源選介》相關內容，並增補近年的新增修訂資料，於10月間發行《2010年國際漢學研究數位資源選介=Selected Digital Resources in International Chinese Studies 2010》印刷本及數位版（共計收錄網站、資料庫364個及附錄163個，另附上其他單位、地區成果522個），除作為會議之重要參考資料外，亦在展現當代國際中文文獻數位資源之各項發展成果與趨勢，也提供國內外圖書館及學術單位存藏。[2]

本書內容簡述

本書係由漢學研究中心負責規劃，邀請國立臺北大學古典文獻學研究所劉寧慧教授協助資源調查、選錄及初稿撰寫，並邀請館內外學者專家協助審訂及校閱定稿後發行，希望藉由本書之編輯，呈現出網站或資料庫型式之國際漢學研究之豐碩建置成果，以分享國內外漢學研究學者及專家。本書「國際漢學研究」，主要指國內外從事中國文化研究，尤以人文學科方面為主，包括相關知識結構、文獻資料整理及研究論著成果。本書收錄國內外正式發表並具代表性之漢學研究網站及資料庫，以具完善知識內容及重要資料價值者為主，暫不包含論

2　漢學研究中心編輯：《2010 年國際漢學研究數位資源簡介》（臺北市：漢學研究中心，2010 年 10 月），頁 iii 及 v。

壇及個人部落格網站。本書華文地區以外資料，以日文、英文網站為
主，其他語種建置情況，待陸續增補。本書依網站、資料庫主要內容
與性質，大抵分作：工具資源、古籍文獻、哲學、宗教、科技、文化
社會、歷史地理、族譜傳記、考古文物、語言文字、文學及藝術等十
二類，每筆資料包括網站名稱、網址、建置者及網站內容簡介，並附
首頁圖版。內容簡介撰寫體例為建置者、資料庫性質、收錄內容、檢
索功能設計及使用情況。所收錄網站、資料庫，如需取得授權、付費
或加入會員方可使用者，於文中附記說明。

　　書末附有網站名稱索引及二種附錄，索引係依網站名稱之筆畫順
序排列，方便查檢；附錄一為本書正文未收錄網站、資料庫之簡目
（依類別排序，每一則簡目包括類別、網站名稱及網址、網站所屬單
位等4項）清單163個；附錄二為「國際中文文獻數位典藏綜覽」，是
中央研究院、大陸、港澳、歐洲等地區單位所提供數位典藏資源調查
成果，共計522個簡目，每一則簡目之著錄項目：網站名稱及網址、
網站所屬單位、數位資源類別／特色、使用權限等四項，以供有興趣
讀者自行查檢之用。本書另有網路連結數位版，方便讀者直接閱讀全
文及進入網站。本書另以電子資源型態，呈現於國家圖書館漢學研究
中心網站，其連結網址如下：http://refir.ncl.edu.tw/hypage.cgi?HYPAGE=
browse.htm&csid1=2&csid2=65&flag=2，讀者亦可隨時上網查閱。本
書所選錄之網站或資料庫，以精美的彩色網頁畫面呈現與國際漢學研
究相關之研究資源，讓讀者了解各主題現階段的網站或數位建置成果
及其發展樣貌。[3]

　　本書之內容分為序、目次、編輯凡例、網站圖錄、網站名稱索引
及附錄等六大部分。網站圖錄係依網站及資料庫之內容及性質區分為

3　同註 2，頁 iv-v。

前述之十二大類，每一大類下，再依具體收錄內容，次分若干小類。其中「工具資源」下，細分為資源索引、中文圖書、期刊論文、報紙／論文集、學位論文、專題目錄等六中類，其餘各大類，請詳見本書之目次頁。本書所收錄網站、資料庫，係以2010年7-9月所見及連結為主，依據國家圖書館「網路資源選介」系統網站之建置說明，其收錄原則有五：網站主題，具高度參考價值，對參考服務具有使用效能，值得介紹與分享；網站內容，資訊正確性及可靠性高，內容有學科代表性及專業性，編輯嚴謹；製作單位，富有盛名，具永續經營之特質及潛力，資訊內容具代表性；網站設計，資訊條列清楚，設計精美；檢索功能，檢索界面簡明，容易使用。[4]本書收錄之際，國內外正式發表並具代表性的漢學研究網站及資料庫，也是秉持這些準則，但根據網路之使用經驗，日後或有網址異動或終止服務之情事，尚請讀者自行上網檢視最即時訊息。

評述

本書之輯印旨在達成全球中文文獻資源建置單位間相互觀摩之目的，暨經由前述會議之國際文化交流場域，宣揚臺灣、亞洲及歐洲等地學術單位之中文數位資源成果現況，以利國內外漢學界專家學者參閱。而由本書之書末索引及二種附錄中所收錄的各類網站或資料庫名稱，讀者亦可以在很短時間內即可了解現階段之國內外學者專家或學術單位，在中央研究院、大陸、港澳、歐洲等地區單位有關漢學研究的學術研究暨數位資源建置之成果與發展趨勢[5]，對於漢學研究者或

4　網址 http://refir.ncl.edu.tw/hypage.cgi?HYPAGE=browse.htm&csid1=2&csid2=65&flag=2。（查詢日期：2011 年 9 月 20 日）

5　同註 2，頁 v。

學術單位而言，堪稱是一本便捷的即時性服務的參考工具書。

　　本書所選錄之每一個網站或資料庫，於每頁版面上均配置二則，首先在每則上方放置該網網站或資料庫之首頁畫面，接著是網站或資料庫名稱、網址、簡介文字及地區或國名。每則網站或資料庫之簡介文字，包括網站名稱、網址、建置者及網站內容簡介（包括收錄範圍、現已收錄之資料量、檢索功能、檢索欄位、瀏覽方式、使用文字、呈現資料方式及網站性質等），並附首頁圖版。[6]惜每一網站或資料庫之內容說明文字過於制式及簡短，僅簡述其表象意義，未能就該網站或資料庫之要目及重要特色再作深入淺出簡介，讓讀者即使看完這樣一段簡介的文字敘述後，也難以斷定是否要進一步點選查檢或是再行一探究竟，這是一項缺憾，盼日後再次輯印時能以一頁呈現一網站，能有多餘版面可作深入之文字介紹，以嘉惠使用者。

　　本書之網站圖錄，主要係依大、中類方式排序，書末之網站名稱索引，依筆畫順序排列，方便不熟悉分類者查檢所需之網站，是一項不錯的輔助索引。另本書另發行數位版，在光碟片或該中心之網站上均加上"Link"連結按鍵，可供隨時鏈結查詢之用，非常方便。但此一專題電子書，全書仍是一點選式查檢方式呈現，未能具有理想中的動態式檢索查詢的功能，它只是紙本書籍的另一全份檔案，是一項缺失。但在該中心之連結網站之「知識的燈塔」上層網站，使用者可用瀏覽方式逐層進入每一大類收錄之網站，或輸入檢索值查詢網站，該項系統可以網站、關鍵詞、網站名稱、內容描述、建置單位等五個欄位進行檢索，但這是該館全部收錄網路資源之入口網站，讀者可要在資訊之海中自行撈珍喔！

6　同註2，頁1-5。

結語

　　現代的圖書館工作人員，身處於網路資源蓬勃發展的環境中，應該隨時關注於網路資源的蒐藏與整理課題，尤其是國內外可免費連結使用的學術資源網站或資料庫。本書即是國家圖書館及漢學研究中心長期費心收錄、整理及編印的主題性參考指南，方便漢學研究社群或一般讀者查詢國內外漢學研究資源之用。當吾人進行網路資源作選介時，通常會包括以下幾個項目：主題、內容、製作單位、網站設計、檢索功能、範圍、目的、評價、可用性及價格。另若就網路資源作評鑑時，有如下幾個要項：目的、內容、權威性、系統效能、編排與設計、使用者介面、檢索方法及其他。[7]本書針對每一網站或資料庫之說明文字，只是一般性主題內容簡介，並未提及前述這些要項及敘出對漢學研究學者最有用之特色資源；另有些網站已有新增或更新資料，本版在撰寫簡介文字時未再次連結細看，故仍依據舊版文字刊載，這是應該可以在現有網站中即時改正的。因為在浩瀚的網路資源之海中航行，重要主題學術資源的導航指南是很重要的，它是可以產生極大的明燈指引作用的。今年適逢漢學研究中心成立三十年，在而立之年召開「第八次中文文獻共建共享合作會議暨圖書館中文資源與數位典藏學術會議」暨重新輯印本書，其意義頗為重大，除作為參考工具書外，也讓全球漢學研究單位或學者能真正共享網路資源。

　　行政院國家科學委員會人文及社會科學發展處及漢學研究中心為回顧過往及策勵未來，於今年10月14-15日假國家圖書館召開以「臺

7　莊健國：《圖書館數位合作參考服務的理論與實務》（臺北市：文華圖書館公司，2004 年 11 月），頁 83-86。

灣漢學新世紀：漢學研究中心三十周年學術論壇」為題之研討會，其研討著重於概念史與實踐機制、時間、空間等三個面向；會議子題包括漢學資源與文史研究、漢學人物、臺灣漢學的形塑、離散經驗與人文傳承、漢學的現代性轉向、臺灣漢學與東亞文化等六項，冀望此項會議以「臺灣漢學」作為核心概念，探討漢學在臺灣文化場域中的形塑與生長，並關注臺灣在世界漢學網絡中的特殊位置。涉及的議題，既包含宏觀的漢學精神與學術機制，又具體考察文學、書畫、戲曲等領域的個別狀況。經由會議之學者腦力激盪，期可初步彰顯百年來人文學術發展的肌理與性格，展現出臺灣漢學自我省察以策勵未來的積極意義。這對於曾經作為東洋學、支那學、東亞學交錯環節的「漢學」的未來發展，更具深意。[8]

——原刊於《全國新書資訊月刊》第154期（2011年10月），頁45-48。

---

8 取材自網路資源，網址 http://ccs30.ncl.edu.tw。（查詢日期：2011 年 9 月 20 日）

《晚清經學研究文獻目錄》與
《乾嘉學術研究論著目錄》
——瞭解清代經學研究的雙璧[*]

丁原基[**]

　　近二十年來臺灣地區在經學論著的蒐羅整理最具成果。自民國78年（1989）林慶彰教授主編的《經學研究論著目錄》出版，收錄民國元年（1912）至76年（1987）間經學相關論著目錄後；接著在84年（1995）出版《續編（1988-1992）》，91年（2002）出版《三編（1993-1997）》，預計今年（2007）12月將出版《經學研究論著目錄（1998-2002）》第四編，上列諸書皆由漢學研究中心印行。

　　中央研究院中國文哲所先後印行林慶彰教授主編的《日本研究經學論著目錄》、《乾嘉學術研究論著目錄》，分別刊行於82年（1993）與84年（1995）。95年（2006）中研院文哲所出版林教授與蔣秋華教授共同主編的《晚清經學研究文獻目錄（1901-2000）》，可與《乾嘉學術研究論著目錄（1900-1993）》並稱為瞭解二十世紀清代經學研究狀況、經學專題書目的雙璧。

---

[*] 林慶彰、蔣秋華主編：《晚清經學研究文獻目錄（1901-2000）》（臺北市：中央研究院中國文哲研究所，2006年10月）。

[**] 丁原基，東吳大學中國文學系教授。

　　林慶彰教授從事經學研究多年，著述等身，提倡經學研究不遺餘力。尤其學界稱道的是二十多年來帶領研究生孜孜矻矻的編纂經學論著目錄，不僅培養了不少編纂工具書的人才，也引導研究生鑽研經學，定期發行《經學研究論叢》，鼓舞並切磋研究經學的各類課題。蔣秋華教授，臺灣大學中國文學系博士，現任中研院文哲所副研究員，專研經學，學術著述豐富，是與林慶彰教授共同推動國內經學研究風氣的舵手。

　　清代學術以經學和史學的研究為主。關於清代學術和清代經學的分期與派別，前人有種種看法，自梁啟超的《清代學術概論》、《中國近三百年學術史》，奠定清學研究的基礎。接著有錢穆的《中國近三百年學術史》、周予同的《中國經學史》、皮錫瑞的《經學歷史》等，各有見解。三年前（2004）孫欽善先生在〈清代考據學的分期和派別〉（見《中國文化研究》，2004年）一文，認為經學與考據學雖不能劃上等號，但彼此關係極為密切。孫先生將清代考據學分成四期：第一期為清初期，包括順、康兩朝，特點是漢宋兼采。第二期為清中期，主要包括乾、嘉兩朝，作為過渡，雍正朝亦可劃入，此期為考據學高峰。第三期為清晚期，主要包括道光、咸豐、同治諸朝，和光緒二十五年（1899）甲骨卜辭發現之前，此期的特點是經今文學重新興起，傾向於經古文學的正統考據學的絕對優勢受到挑戰。第四期為清末，光緒二十五年（1899）甲骨卜辭發現以後，甲骨卜辭和敦煌遺書等出土文獻新資料的發現，受到學者的重視，開始與傳世文獻結合進行研究。這是從文獻的角度，析分清代學術的發展，頗能反映考據學的發展現象。

　　中央研究院文哲所近年於經學方面的研究，成果斐然，該所對於清代經學研究的分期如何？林慶彰教授云：「經學的研究，大抵可分為三個階段。清初的九十年間，是批判宋明學的時期，研究的重點在

重新檢討當時流傳的經學是否為孔門真傳，或為後人之假借、依託。清中葉的九十年間，是藉考證經書中之文字音義典章制度，來直探經書本義。由於這一段學者的研究方法，是從考證入手，所以有『考證學派』之稱；又因他們標榜『漢學』，被稱為『清代漢學』。晚清的九十年，公羊學派興起，學者思藉著公羊的義理來改造或拯救那搖搖欲墜的社會，可惜無功而退。經學遂走入衰微的命運。」(《乾嘉學術研究論著目錄·自序》)。

　　林教授以「晚清九十年」作為「晚清經學」的發展時期，與王國維所云的：「國初之學大，乾嘉之學精，而道咸以來之學新」近似。

　　《乾嘉學術研究論著目錄》，收錄研究乾嘉學術的相關專著和論文條目，計3480條。分四編，第一編為清代學術通論。第二編為乾嘉學術通論，其中吳、皖派與揚州學派獨列。第三編四庫學，分成「四庫全書」、「四庫全書薈要」、「四庫全書總目」及「目錄與工具書」四部分。第四編乾嘉學者分論。分論部分，以乾嘉學者生卒年為序，起於顧棟高（1679-1759），終於馬國翰（1797-1857）。

　　《晚清經學研究文獻目錄》，收錄研究晚清經學的相關專著和論文條目，計9570條。上編為晚清學術通論，分成：一、概述；二、知識分子；三、經世思想；四、經學；五、理學；六、鴉片戰爭與儒學；七、洋務運動與儒學；八、太平天國與儒學；九、戊戌維新與儒學；一〇、辛亥革命與儒學；一一、西學東漸；一二、中體西用；一三、新學；一四、國粹與國學；計1075條。下編為晚清經學家分論，仍然以經學家生卒年為序，始於龔自珍（1792-1841），終於劉師培（1884-1919），計8495條。明顯地反應20世紀的學者於晚清經學的研究，多以經學家為研究主題，同時多集中於龔自珍、魏源、曾國藩、王韜、張之洞、王先謙、孫詒讓、廖平、嚴復、張謇、辜鴻銘、康有為、譚嗣同、章炳麟、梁啟超、王國維、劉師培諸家。

　　由兩編所收的「學者分論」，如從生卒觀察，實在難以區分宜列
入那個時期才稱適當；如上引馬國翰（1794-1857）與龔自珍（1792-
1841），從生卒年看，馬氏較龔自珍無論生年或卒年都晚，然馬國翰
被歸入「乾嘉學者」，龔自珍被歸為「晚清學者」，不知者或許認為兩
本書目的編輯態度有失嚴謹，其實這正是從馬、龔兩家的學術態度與
成就來區隔。

　　蓋馬氏精於輯佚，承乾嘉學風之餘韻；龔氏則是引導晚清為學以
《公羊》義為本，力闢煩瑣之虛談，提倡經世致用之實學的先驅，因
此列於晚清經學第一人。這種掌握清代學術的變遷，除了以時間為
序，並注意地區學派及學風的發展，劃分專題，將相關目錄分別排
列，不僅反應研究成果，也揭示清代經學的內涵，正是兩編書目的精
神；類目析分，展現出編纂者的學養功力，亦即是學者專家編纂書目
的卓識。因此，《晚清經學研究文獻目錄》與《乾嘉學術研究論著目
錄》，所收內容各有重點而又有互補；分開使用是掌握各期學術發展
的特色，合起來檢索又能較全面認識清代學術的發展。因此筆者稱此
兩編為「雙璧」。

　　大家都知道，編輯目錄是件極艱辛的工作，這種有利於天下人做
學問的工作，若不是有著對學術研究的高度興趣與熱誠，是很難堅持
的。這從許多專科書目出版後，少見續編即可證知。林教授以其過人
的毅力，感召一批批的研究生追隨編輯經學書目，所編輯的各類書目
品質，利於學者採用，早已有口皆碑，本文不擬贅述。今更欣見蔣秋
華教授參與主持《晚清經學研究文獻目錄》的編纂，則未來中央研究
院中國文哲研究所，在編纂經學論著目錄，勢將更具廣度與深度；站
在經學研究的制高點上，必能使臺灣成為全球研究儒家經典的重鎮。

延伸閱讀

　　林慶彰等著（1995）乾嘉學術研究論著目錄（1900-1993）。臺北市：中央研究院中國文哲研究所籌備處。ISBN 9576713110。

　　——原刊於《全國新書資訊月刊》第107期（2007年11月），頁20-22。

評復旦大學歷史系資料室編《二十世紀中國人物傳記資料索引》[*]

林慶彰[**]

　　傳記是研究一位人物不可或缺的資料，是以自古史學家皆很重視傳記資料，司馬遷的《史記》，傳記資料就佔了大半。歷代正史也都沿用這種體例。後來傳記從史書中獨立出來，各種體裁的書都有傳記。傳記資料一多，讀者要上山下海去搜尋，煞是辛苦。如能把傳記資料的條目編成索引，可節省不少搜尋的時間。

　　民國初年哈佛燕京學社曾編印《四十七種宋代傳記綜合引得》、《遼金元傳記三十種綜合引得》、《八十九種明代傳記綜合引得》和《三十三種清代傳記綜合引得》等四種人物傳記索引。因為檢索方法不方便，且所收資料不夠多，不久就被淘汰。現在，最方便使用的傳記資料索引是《明人傳記資料索引》、《宋人傳記資料索引》、《元人傳記資料索引》、《唐五代人物傳記資料綜合索引》。但是，傳記資料越來越多，讀者根據索引仍舊要到處查詢，頗為不便。如果將傳記資料編成一大叢書，可節省讀者不少時間，周駿富主編的《清代傳記叢刊》和《明代傳記叢刊》就是因應這個需求而出版。

---

[*]　復旦大學歷史系資料室編：《二十世紀中國人物傳記資料索引》（上海市：上海辭書出版社，2010年4月）。

[**]　林慶彰，中央研究院中國文哲研究所研究員。

以上所說的都是清代以前的傳記資料索引，民國以來的人物可能更多，傳記資料的分布可能更廣，亟需要一本傳記資料索引來統攝繁雜的傳記資料，一九七三年國立中央圖書館曾編輯《中國近代人物傳記資料索引》，但因收錄資料不夠多，且有許多錯誤，並未發生影響力。一九九〇年十二月上海辭書出版社出版王明根主編的《辛亥以來人物傳記資料索引》，民國以來人物傳記資料的檢索才有比較好的工具書。

本索引仍舊是王明根主編，共有四冊，收錄一九〇〇年到一九九九年，一百年間有過傳記資料的人物共有四萬八千多人，除著重收錄政治、經濟、軍事和文化思想界的知名人物外，還收錄了華僑和少量中國籍外國人的傳記資料。全書分上、下兩編，上編為《辛亥以來人物傳記資料索引》的修訂本，收錄一九一一年辛亥革命至一九四九年新中國成立，這段時期人物的傳記資料。下編將收錄人物的上限從一九一一年向前延伸到一九〇〇年，下限從一九四九年向後延伸到一九九九年，包括新中國成立後成名的人物。

本索引收錄資料條目，多達二十餘萬條，要檢索二十世紀中國人物的傳記資料，非利用本索引不可，光是這一點，就可以知道本索引的重要性。但如果仔細審視仍可發現不少缺點，茲舉失收人物和失收資料兩點來談：

一、失收人物

本索引雖已收四萬八千多位二十世紀人物的傳記資料，但應收入而被遺漏掉的人物仍有不少。例如：羅倬漢（1898-1985）是廣東興寧縣人。一九一九年考入北京大學哲學系，攻讀外國哲學。一九二五年畢業後曾任教於北京、興寧、廣州諸中學。一九二七年曾擔任興寧

縣縣長。一九三三年，東渡日本，就讀東京帝國大學研究院，攻讀歷史和哲學。抗日戰爭爆發後回國，先後擔任桂林師專、雲南澂（澄）江中山大學師範學院、成都女子文理學院、廣東省立文理學院等校教授。一九四九年後，任教於廣東省立文理學院、華南師範學院，擔任二級教授、歷史系主任，直至一九六〇退休。一九八五年八月十二日病逝於廣州，享年八十七歲。羅氏的主要著作有早年所著之《詩樂論》、《史記十二諸侯年表考證》。而本索引第四冊所收入的，卻是個同名同姓的軍人羅倬漢[1]，其實學者羅倬漢的傳記資料也不難找，在《興寧文史》第五輯和第十六輯都有懷念他的文字，茲臚列重要篇章如下：

1. 林鈞南：〈緬懷羅孟瑋教授〉，《興寧文史》第五輯（1985年11月），頁一五八——六〇。

2. 陳子川：〈悼羅孟瑋師〉，《興寧文史》第五輯（1985年11月），頁一六二。

3. 何國華：〈正直愛國的學者羅倬漢教授〉，《興寧文史》第十六輯（1992年9月），頁八〇—八八。

4. 魏啟清、萬福友：〈眷眷學子心〉，《興寧文史》第十六輯（1992年9月），頁八九—九二。

5. 郭夏：〈說「曼陀羅書」〉，《興寧文史》第十六輯（1992年9月），頁九三—九四。

6. 陳斌：〈歷史系設立「羅倬漢獎學金」〉，《興寧文史》第十六輯（1992年9月），頁九五。

當然，二十世紀中國人物那麼多，遺漏幾個算不得甚麼大缺點，但如

---

1 復旦大學歷史系資料室編：《二十世紀中國人物傳記資料索引》，第 4 冊，頁 1819。收入「羅倬漢（1901-）陳予歡編著 黃埔軍校將帥錄第 1001 頁」一條。

果各個領域的重要人物都有失收，那就說不過去。像柳存仁先生是研究道教和古典小說的權威，本索引沒有收錄他的資料，大概以為柳先生後半生並非中國籍。

二、失收資料

本索引號稱收入中文傳記資料二十多萬條，取材於一九○○年至一九九九年，中國出版的中文專著、論文集、報刊、年鑑、索引、百科全書和文史資料等。但是，還是有不少傳記資料沒有收錄進去，例如：龔道耕的傳記資料，本索引第一冊收入三條（頁2049）：

1. 〈龔向農先生傳略〉 潘慈光
   《圖書館館刊》一九六四年一卷三期
   《四川文獻》一九六四年十九期
   《民國四川人物傳記》第二一九頁
2. 〈記龔向農先生〉 龐俊
   《四川文獻》一九六七年六十一期
3. 〈龔道耕（1876-1941）〉關國煊
   《傳記文學》一九七九年三十五卷五期
   《民國人物小傳》 第四冊 第四三二頁

第一條出處刊名《圖書館館刊》，應作《國史館館刊》，出版年一九六四年應作一九四八年。第四冊收龔道耕傳記資料兩條（頁2559）：

1. 〈成都龔向農先生墓誌銘〉 龐俊
   《廣清碑傳集》第二十卷第一三八九頁
2. 〈記一代傳記大師龔向農先生〉 唐振常
   《文史雜誌》一九九○年四期

兩編所收傳記資料合計才五條，但根據筆者的瞭解，龔道耕的傳記資

料至少有十幾條。一九四二年六月出版的《志學》第六期曾編輯「龔
向農先生逝世紀念專號」，該專號收有悼念龔道耕的文章多篇：

    1. 龐石帚：〈記龔向農先生〉

    2. 龔讀籀：〈先王父向農府君學行述略〉

    3. 徐仁甫：〈龔先生著述目錄〉

    4. 李雅南：〈記龔向農先生文〉

    5. 輓詩

    6. 輓聯

此外，當代學者撰寫有關龔道耕的傳記資料還有：

    1. 龔師古：〈先祖父龔向農生平簡述〉，《成都志通訊》一九八六
      年四期。

    2. 周積厚：〈龔向農先生生平事略〉，《金牛文史資料選輯》第四
      輯（1987年）。

    3. 朱旭：〈龔道耕〉，《四川近現代人物傳》第四輯，成都市：四
      川大學出版社，一九八七年。

    4. 姜亮夫：〈學兼漢宋的教育家龔向農〉，《四川近現代文化人
      物》，成都市：四川人民出版社，一九八九年。[2]

以上的資料條目都為本索引所失收。又如：孫德謙（1869-1935）的
傳記資料，本索引第一冊收入兩條（頁658）：

    1. 〈孫隘堪年譜初稿〉　吳丕績
      《學海》一九四四年創刊號、一九四四年一卷六期

    2. 〈孫德謙（1873-1935）〉　何廣棪
      《傳記文學》一九七八年三十三卷二期，《民國人物小傳》第

2　姜亮夫此文又改題目為〈龔向農先生傳〉，刊於王元化主編：《學術集林》第 6 卷
  （1995 年），頁 286-294。

三冊第一五〇頁

第三冊也收入兩條（頁856）：

　　1. 〈孫德謙的目錄學思想〉　柯平

　　　　《武漢大學學報》一九八六年三期

　　2. 〈清故貞士元和孫隘堪先生行狀〉　　王蘧常

　　　　《廣清碑傳集》第十九卷一三一四頁，《民國人物碑傳集》第

　　　　六三〇頁

兩編合計四條。其實，孫德謙的相關傳記資料不僅只這四條而已，由

於孫氏生前曾任大夏大學教授，在他過世後，《大夏周報》就不斷有

為他開追悼會的消息，也有圖書館收購他珍藏圖書的消息。[3]一九三

五年十二月出版的《大夏周報》十二卷九期有「追悼孫德謙先生專

號」，刊有十餘篇哀悼性質的文字。另外，後人的研究論著中也有一

些傳記資料可參考，如：

　　1. 學術世界編譯社：〈撰述人傳略：孫德謙〉，《學術世界》第二

　　　　卷一期（1936年7月）。

　　2. 錢基博：〈孫德謙〉，《現代中國文學史》上編，香港：龍門書

　　　　店，一九六五年，頁一五一二六。

　　3. 馮永敏：〈孫德謙先生論讀書〉，《孔孟月刊》第二十七卷六期

　　　　（1989年2月），頁三十五一三十九。

　　4. 余崇生：〈孫德謙與《六朝麗指》〉，《國文天地》第十二卷八期

　　　　（1997年1月），頁四十一一四十四。

其他人物多多少少都有失收的資料，因為資料是無所不在的，而找資

料的人卻有不可克服的侷限，誠如莊子所說：「以有涯隨無涯，殆

3　見〈圖書館收購孫德謙教授藏書國學珍本千餘冊〉，《大夏周報》第 12 卷第 8 期
　　（1935 年 12 月），頁 168。

矣。」所以，失收資料如果不是太離譜，應是情有可原。

　　本索引最可議的一點，是把以前出版過的《辛亥以來人物傳記資料索引》收錄為第一冊、第二冊。本索引的編輯說明，這第一冊、第二冊是《辛亥以來人物傳記資料索引》的修訂本，但修訂的幅度有多大，〈編輯說明〉中未詳加說明。許多讀者以為本索引四冊都是新的資料，所以定價一五八〇元人民幣，勉強還能忍受，沒想到打開一看，有一半是舊書重印。如果買過《辛亥以來人物傳記資料索引》的人，等於有一半重複，這重複一半，也增加讀者一半的負擔。不然，如果僅有後面兩冊，定價應該不會那麼高。以上海辭書出版社的商譽，竟有這種做法，實在令人不解。當然，本索引新的資料雖只有一半而已，仍花費編者不少時間和精力，讀者在使用時仍然會相當感激。

　　——原刊於《中國文哲研究集刊》第38期（2011年3月），頁326-331。

辭書評論的最佳範本

——讀張錦郎主編《臺灣歷史辭典補正》[*]

何淑蘋[**]

壹 前言

　　「臺灣歷史辭典」之作，迄今共三部。分別有佟建寅主編《臺灣歷史辭典》（北京：群眾出版社，1990年12月）；楊碧川著《臺灣歷史辭典》（臺北：前衛出版社，1997年8月）；許雪姬總策畫：《臺灣歷史辭典》（臺北：遠流出版公司，2004年5月）。[1] 其中，中研院近史所許雪姬教授主持的最為晚出，收錄詞目4,656條，後出轉精，一躍成為目前蒐羅臺灣歷史相關資訊最完備之重要工具書。可惜出版後，除了〈國家史料，原創的智慧財——「全臺詩」、「臺灣史料集成」、「臺灣歷史辭典」〉、〈深化、廣化歷史記憶——為「臺灣歷史辭典」而寫〉這類偏向介紹性質的文章外，專業書評則僅〈許雪姬總策畫《臺灣歷史辭典》詞條商榷——以王見川撰〈李炳南〉條為例〉及〈許雪

＊　張錦郎主編：《臺灣歷史辭典補正》（臺北市：臺灣學生書局，2009 年 10 月）。

＊＊　何淑蘋，實踐大學應用中文學系兼任講師。

1　本文主要論述對象為張錦郎先生主編的《臺灣歷史辭典補正》及其所評之許雪姬教授《臺灣歷史辭典》，為免冗贅，以下分別簡稱為「《補正》」、「《辭典》」。

姬總策畫《臺灣歷史辭典》校讀記〉兩文。[2]如此宏編巨製，又是「臺灣有史以來，第一部收錄詞目最多的歷史辭典」[3]，在臺灣學史上已佔有一席之地，重要性毋庸贅言。而如此重要的工具書面世後卻鮮見評論，豈非怪事？試推敲原因，約有數端：其二，書評不易為，畢竟褒揚推崇之外總得指瑕摘誤地批評一下，縱使據實書寫，這樣的揭短之舉也容易招致怨懟，誰願用一篇小文得罪同道甚至師長？且工具書專業性強，書評撰者對主題需有一定的了解，否則想寫出具深度的評論文字，又談何容易。其二，這部《辭典》篇幅多達千頁，欲全面檢討、深入剖析，比起評騭其他論著，難度相對較高。其三，《辭典》在許雪姬教授主持下，邀請到參與撰寫詞條的人員，均是此中專家，這樣一個優質團隊，水準之高，也令評者望而卻步。總結諸因，是以書評寥寥。實際上，比起學術專著，工具書的使用率更高，影響更大，尤其讀者多藉以參考、援引，其內容完整度、正確度也益形重要。再加上工具書編製曠日廢時，須耗用大量人力物力，事物繁瑣，困難度高，錯漏自不可免，如有人願意通讀全帙，仔細爬梳，羅列疑誤，甚至予以補苴，則不啻《辭典》再版修訂之最佳參考。精益求精，造福來者，寧非美事？

　　眼見這樣一部鉅編竟少人評價，臺灣知名目錄專家張錦郎教授在感嘆之餘，坐言起行，乃以一月時間通讀，撰成「校讀記」長文，洋

2　李翠瑩：〈國家史料，原創的智慧財——「全臺詩」、「臺灣史料集成」、「臺灣歷史辭典」〉，《文化視窗》第 62 期（2004 年 4 月），頁 14-17；楊翠：〈深化、廣化歷史記憶——為「臺灣歷史辭典」而寫〉，《文化視窗》第 66 期（2004 年 8 月），頁 56-58；顧敏耀：〈許雪姬總策畫《臺灣歷史辭典》詞條商榷——以王見川撰〈李炳南〉條為例〉，《臺灣歷史月刊》第 222 期（2006 年 7 月），頁 128-133；張錦郎：〈許雪姬總策畫《臺灣歷史辭典》校讀記〉，《佛教圖書館館刊》第 45 期（2007 年 6 月），頁 85-115。

3　《補正》，頁 265-266。

洋灑灑，詳舉疑誤。張教授對文獻極為熟稔，甚有「活工具書」之美譽。[4] 其後，基於《辭典》深具代表性，一篇校記絕不足以探索罄盡；且限於期刊篇幅，評論無法澈底，乃利用在臺北市立教育大學（今更名為臺北市立大學）中國語文學系碩士班開設「圖書館工具書編輯專題研究」課程之便，與修課學生通力合作，針對《辭典》詞條、插圖與圖說、體例、輔文、版面等，逐一討論，檢出諸多問題，進而由學生分別撰稿，完成七篇文章，包括：林芳如〈人物詞條補正〉、洪楷萱〈著作詞條補正〉、高淑芬〈期刊詞條補正〉、林芳如〈插圖、圖說補正〉、張晏瑞〈體例篇〉、范嘉倩〈輔文篇〉、張晏瑞〈版面設計篇〉。前四篇補正列為「上編」，後四篇探究編纂原則與方式列為「中編」，另以張教授〈校讀篇〉長文列為「下編」，再加上張晏瑞〈試擬《臺灣歷史辭典》編例〉、范嘉倩〈《臺灣歷史辭典》編輯凡例〉、林芳如〈失當詞條索引〉、顧敏耀〈許雪姬總策劃《臺灣歷史辭典》詞條商榷──以王見川撰〈李炳南〉條為例〉四篇作附錄，裒集成編，定名《臺灣歷史辭典補正》。

貳　評騭與建議

本書針對《辭典》作全面性訂謬補闕。通觀全帙，探論詳盡、析理有據，洵值參稽，直是辭書諍友。當今工具書評介多屬文章形式，短或千言，長則四、五千字，至於特以一部專著來評論，實屬罕見。張教授開風氣之先，旨在鼓舞評論、端正良窳，立意美善，令人敬佩。本書甫面世，評介隨即出現，可見學界之重視。顧敏耀在〈台灣

4　葉純芳：〈在卡片堆裡的活工具書──張錦郎先生〉，《國文天地》第 23 卷第 1 期（2007 年 6 月），頁 101-105。

辭書評論的首開風氣之作——張錦郎主編《臺灣歷史辭典補正》評介〉[5]一文中，首先揭示此乃「我國第一部辭書評論專著」，繼而歸納優點有「明察秋毫，窮纖入微」、「觀瀾索源，釜底抽薪」兩端，予以高度肯定。確實，《補正》分析纖密，洞見癥結，大抵皆中適之言，足令《辭典》疑誤畢露，無從掩瑕。此群策群力、分工合作共評一書之法，系統而全面，尤其運用在篇幅繁多、專業性強的工具書上，更為適切，允稱辭書評論之最佳範本。

至於不足處，顧文亦提出數點評論與建議，包括：「所參考的辭書編纂論著幾乎都是中國學者所寫」、「只提出資料上的齟齬之處而沒有說明正確的答案為何」等。本書既非出自一手，體例難免蕪雜；加以《辭典》篇幅厚重，補正匪易。顧文所舉皆犖犖大者，洞中肯綮，指正功力令人推服；其餘細枝末節，本毋庸費辭，惟不賢者識小，謹就體例、內容兩端摘舉疑誤，並提出幾點建議，冀聊備作者修訂之一助。

一、體例

書首羅列〈凡例〉，簡要表達「撰寫目的」暨「內容說明」，讀者通讀，便可掌握全書梗概。惟試與內容相核，稍見未洽處。其一，〈凡例2.1.2〉：「以學術論文格式撰文。」參與者皆碩士生，對學術論文寫作相當熟悉，但因各自撰稿，體例難免參差，尤其就「註釋」觀之，更覺零亂。例如援引論著，註釋僅須於初次引用標示完整出版項，再次徵引即可省略，避免冗贅。像〈著作詞條補正〉屢屢提及遠流版《臺灣歷史辭典》，竟將出版項完整呈現達29次。又如〈人物詞

5　顧敏耀：〈台灣辭書評論的首開風氣之作——張錦郎主編《臺灣歷史辭典補正》評介〉，《臺灣學》第 8 期（2009 年 12 月），頁 171-177。

條補正〉頁9有三條註釋：

> 1. 卓甫見《陳泗治──鍵盤上的遊戲》（臺北：前衛出版社，
>   2003年3月）。
> 2. 見陳芳明〈女性史的撰寫與改寫〉（臺北：聯合文學出版社，
>   1996年11月），收錄於《危樓夜讀》一書中，頁90-94。
> 3. 李錦容：《臺灣女英雄陳翠玉》，（臺北：前衛出版社，2003年3
>   月），頁60-87。

同一頁卻呈現不同寫法，頗感雜亂。註釋格式雖「小道」，或無關乎
文章優劣，但仍須嚴謹以對。其實只要在撰寫之初，先擬訂格式，或
指定參考知名學術期刊如《漢學研究》、《中國文哲研究集刊》所附
「撰稿格式」，便可令寫法趨於統一。

其二，〈凡例2.1.3〉：「文中提到不同版本的《臺灣歷史辭典》
時，為作適當區分，稱謂方式如下：佟建寅《臺灣歷史辭典》簡稱
『佟』、楊碧川《臺灣歷史辭典》以下簡稱『楊版』，許雪姬總策劃的
《臺灣歷史辭典》，則簡稱『遠流版』。」但翻檢全書，僅〈期刊詞條
補正〉同時提及三種版本，這樣是否需作為共同遵守的「凡例」？似
可再斟酌。且依〈凡例〉之意，稱「佟版」、「楊版」、「遠流版」，目
的在簡化並示區分，既皆名為「臺灣歷史辭典」，應可略去不提，但
在〈期刊詞條補正〉中仍將書名全部寫出。試問「佟版《臺灣歷史辭
典》」與「佟建寅《臺灣歷史辭典》」僅少一字，何「簡」之有？

除上述外，標點與用字亦應予統一。標點方面，刪節號或用
「……」，或用「......」，像頁195中便用了兩個不同的刪節號，實際
上是字形差異，排版時應以「……」為正。至於用字，眾人習慣難免
不一，編輯時宜注意，俾利齊整。例如「臺」、「台」為異體字，全書
大抵用「臺」，少數像頁69註57「台南」、頁122倒行1「台中」，是校

對疏忽；又如「突顯」亦可作「凸顯」，頁256行8作「凸顯」，頁259行1卻行「突顯」，最好統一。

二、內容

1. 文字部分

古人擬校書如掃葉拂塵，旋掃旋落，旋拂旋生，可見其難。本書雖以嚴謹態度從事，錯漏亦在所難免，惟不過大醇小疵，無損於刊誤訂謬、導正讀者之功。以下試就數種情況，略舉一二。

訛字方面，例如：頁26註18「丁日健」資料網址，經嘗試確定無法連結，未知是作者手民或網址異動，今已改成「http://www.hcccb.gov.tw/chinese/05four/tour_f2.asp?titleId=100」。頁29註20「清代職官表附人物錄」，「清代」應作「清季」。頁30註22行1「梅貽梅」應作「梅詒琦」。頁41行12「國史館現藏民國人物傳資史料彙編」，「傳資」應作「傳記」。頁43註31行2「則」應作「起」。頁49註2行7，「綴舉」應作「贅舉」。頁113倒行1、3「人物頭像」應作「人物肖像」。頁205註20篇名中「釋文」應作「釋義」。頁272第3段行4「宗稷臣」應作「宗稷辰」。

脫漏方面，例如：頁29註20漏記出版地「臺北」。頁59註42「1985」後遺漏「年」字。頁128註16行2「ttp」應作「http」。衍文、倒文方面，例如：頁133倒行1，「認識」二字疑衍。頁139行4，「證書明書」，前「書」字衍。頁123註11行1「市」字應刪。頁126註13行2，「經修正作者」為倒文，應作「經作者修正」。

其餘標點符號亦頗見錯漏。正文部分，例如：頁40行11下引號後脫漏「，」。頁97行11，上下引號「」應改作『』。頁131中間引文行

2、3「　"　」、「　"　」應改用引號（「　」）。註釋部分，例如：頁8註7行9〈祖期〉，單箭號應作引號。頁37行11「中華日報」漏加書名號。頁253註1行3「楊」字前衍「（」。頁291第2段「張我軍全集」漏加書名號。要注意的是，註釋因體例不甚統一，故問題較多。

2. 補正部分

其一，頁29：「許雪姬撰〈邵友濂〉條（頁519）未標出生年，但根據魏秀梅所編的《清季職官表附人物》，可查知為1834年。」又頁282第四段辨正「邵友濂」條：「據中研院近史所研究員魏秀梅考證生年為1834年。」《辭典》缺註生年，應予增補，惟《補正》引魏書作「1834年」，然據《清代人物傳稿》邵氏生於「1840」（道光二十年）[6]，未審孰是？

其二，頁205第三段羅列「辭典體」特色，云：「辭典體的主要特色是開門見山，開宗明義，不穿鞋戴帽，不加尾巴的文體。只介紹必要的知識，不擅自引申，不發揮，不辯駁，不描寫。語言樸實，言簡意賅，字斟句酌，惜墨如金。便是最佳的辭典體。」雖註明參考自連健生〈《教育大辭典》的收詞與辭義〉，然試檢原篇：「所謂辭典體，只要是開門見山，開宗明義；不『穿靴戴帽』，不加『尾巴』；只介紹必要的知識，不引申，不發揮，不辯駁，不議論，不描寫；語言樸實，言簡意賅，字斟句酌，惜墨如金。」[7]兩相核對，《補正》大抵襲用原文，僅改易數字及標點而已，宜改成方塊引文較妥。

6　羅明、徐徹主編：《清代人物傳稿》下編第 7 卷（瀋陽市：遼寧文學出版社，1993年 3 月），頁 112，佟洵撰〈邵友濂〉。江慶柏編著：《清代人物生卒年表》（北京市：人民文學出版社，2005 年 12 月），頁 466，亦據此說。

7　連健生：〈《教育大辭典》的收詞與釋義〉，《辭書研究》1992 年第 6 期（1992 年 11月），頁 41。

三、建議

本書在鑒別《辭典》錯謬之餘,往往予以訂正補苴,用力甚勤,殊值肯定。惟其間偶有可商榷處,以下試加舉隅。

其一,〈插圖、圖說補正〉提出《辭典》使用的插圖存在一些問題,包括清晰度欠佳、照片不恰當、合照不如獨照等,進而指明可茲更換之照片。然其引用來源,竟多選自網路。事實上,《辭典》收錄對象,皆屬具影響力或有相當貢獻的人物,身後多見紀念集或傳記出版,所附圖片可供轉引。至於摘取網路資料雖極便捷,但不免存在網址變更、移除之虞,且網頁通常缺註原始出處,輾轉引用,未諳所出,就學術寫作態度而言,似嫌不夠嚴謹。例如:頁127認為「林海音」條用側面照不如換成正面,雖列出《從城南走來──林海音傳》,卻從天下文化網頁摘取照片,正確作法應是掃描該書並註明出版項;另外,此照片出自插頁,相形之下,書首「永遠的英子,永遠的林海音」(林女士執筆思考,桌上放置《純文學》),似更具代表性。又如頁132指出「何應欽」條使用大合照,圖說既不清楚,合照者也未註姓名,建議以獨照取代;惟所引轉載自維基百科網站,既未標示原出處,且這是何將軍於抗戰時期在大陸所拍攝,如要與「臺灣」主題更切合,應採《何應欽上將紀念集》[8]所附遺像,較具代表性。

其二,〈插圖、圖說補正〉於篇末編製「圖片目錄」,羅列《辭典》所附一千兩百六十幅圖片名稱,以便瀏覽,用心值得稱許,惟建議增添「說明」或「附記」。蓋因所列名稱部分已經刪節,例如:「二

8　何應欽將軍紀念集編輯小組:《何應欽上將紀念集》(臺北市:國防部史政編譯局,1990年6月)。

林事件第二回宣判後合影」，原作「二林事件第二回宣判後辯護律師與被告合影」，《補正》刪去七字；「十三行博物館內模擬考古挖掘遺址工作情形」，原作「十三行博物館內模擬考古人員正在挖掘遺址工作的情形」，《補正》刪去五字。既非原貌，不妨稍作說明，以便讀者掌握。

　　其三，《補正》於抉瑕之餘，部分進而提示正確答案，有時卻點到即止，未再揭明，遂成存而待考之問題，留予讀者自行辨正。關於此，顧敏耀評文業已提出，雖《補正》撰作目的在摘誤發疑，申明事實非其本旨，但若能一併判是非、定正訛，更便讀者理解。此外，〈校讀篇〉之補闕亦偶見未盡完善處，例如頁298第一段辨正「雲林縣采訪冊」條：「分目約有20，兩詞條只收5分目，遺漏者有：積方、廨署、倉廒、街市、營汛、橋渡、水利、祠廟、學藝、兵事、災祥、藝文等。」所列僅十一種，仍有遺漏。實則此書記斗六堡等十五區風土，各區分目略見出入，惟其數當不止二十。[9]又如頁285第三段辨正「重修臺灣府志」條：「詞條缺點是未寫內容。宜加《范志》分12門：封域、規制、職官、賦役、典禮、學校、武備、人物、風俗、特產、藝文等。」僅列十一種，脫漏「雜記」。

參　結語

　　張錦郎教授任職國家圖書館有年，曾編纂多種工具書，造福學界

9　以斗六堡為例，即立有：積方、沿革、山、嶺、嶼、川、港、潭、廨署、倉廒、街市、鋪遞、營汛、橋梁、津渡、義塚、陂、圳、書院、義塾、社塾、祠廟寺觀、碑碣、坊匾、風俗、科貢、職官、宦績、流寓、鄉賢、人瑞、孝子、列女、兵事、災祥，計三十五目。參見倪贊元：《雲林采訪冊》（臺北市：臺灣銀行經濟研究室編印，1959 年 4 月）。

甚深。近年來，更陸續將經驗化作珍貴的文字紀錄，金針度人，尤屬難得。今《補正》在其指導下，評議標準容或較為嚴苛，但讀者不難感受到張教授師生求全責備的懇切用心。這樣一部專事評論的佳作，體大思精、縝密周備，所提諸多意見，值得有志從事編纂辭書者參考。

臺灣研究鬱鬱勃發，方興未艾，可惜工具書為數甚少，不敷使用。誠如顧敏耀指出，以臺灣為範疇的專科辭典，包括地理、哲學、文學、美術、醫學、心理學、社會學等，皆付之闕如。[10]由此可知，臺灣學的建構仍處於墾拓階段，眾多築基工作亟待耕耘。衷心期待有越來越多像許雪姬教授這樣具魄力、毅力的學者，願不辭勞苦，承擔主持的重責大任；更盼望未來各種辭典陸續誕生後，也有人能像張教授一秉公心，為工具書水準嚴格把關，如此將是讀者之幸、學界之福！

——原刊於《全國新書資訊月刊》第138期（2010年6月），頁35-40。

---

10 顧敏耀：〈台灣辭書評論的首開風氣之作——張錦郎主編《臺灣歷史辭典補正》評介〉，頁174。

評《日據時期臺灣儒學參考文獻》

—— 兼論續編《日據時期臺灣儒學參考文獻》的可行方向[*]

翁聖峰^{**}

壹　本書特色與發展性

　　二○○○年十二月十三日接到林慶彰教授署名，臺灣學生書局寄贈的《日據時期臺灣儒學參考文獻》，內容十分豐富，對個人目前處理日據時期臺灣新、舊文化論爭的研究，裨益甚大，十分感謝。由於《日據時期臺灣儒學參考文獻》的發行，也讓世人進一步了解日據時期臺灣儒學的梗概。

　　《日據時期臺灣儒學參考文獻》全書所收的人物含括吳德功、洪棄生、胡南溟、章太炎、連橫、張純甫、周定山、林履信、郭明昆、張深切、廖文奎、黃得時、江文也等十三人，所選取的人物背景，力求新、舊文化兼顧，可以見到各種不同型態的儒學樣貌，儒家經典研

*　林慶彰編：《日據時期臺灣儒學參考文獻》（臺北市：臺灣學生書局，2000 年 10 月）。
**　翁聖峰，國立臺北教育大學語文與創作學系教授。

究有〈說八卦〉、〈說河圖〉、〈儀禮喪服考〉、〈禹貢水道解〉等專精性篇章，顯示其對傳統經典之用心，而〈思想解放論〉、〈臺灣怎樣革命〉、〈孔子的音樂底斷面與其時代的展望〉等命題，能從時代特性思考儒學的發展，透過全書的整體樣貌，見到書中所呈顯的問題極為多元，有儒家經典研究、儒及孔子之研究、歷史人物評論、儒墨兩家評判、新理論的建構等面向，內容甚為豐富。

由文獻收集的過程來看，本書文獻來源是由日據時期書目、文集、期刊、日報，再加上目前臺灣看不到的文獻，特別由海外收集珍貴的文獻而完成此書，所花費的心血、艱辛可見其一斑，林履信的《希莊學術論叢》、郭明昆的《中國家族制度與語言之研究》、廖仁義的《人生哲學之研究》等書，即是臺灣日據時期珍貴而難得一見的儒學文獻。而「附錄」列出當時日本學者狩野直喜、中國學者許地山、張壽林討論「儒」的意義，的確能幫助我們進一步了解日據時期臺灣儒學相關的外緣背景，「日據時期臺灣儒學年表」亦有助於我們掌握當時儒學發展的脈絡，不過，因受限於篇幅因素，其內容則稍嫌簡略，將來若是出版續集，許多重要的相關儒學事件、刊印時間應當都可以記載得更加詳盡。

誠如林教授〈序〉中所提的，將來有機會再出版第二集，但願這日能早點到來。《日據時期臺灣儒學參考文獻》應當還有許多擴展的空間，看看日據時期臺灣文學雜誌的索引是由日本人中島利郎完成的，我們身為臺灣人，責任就更為加重了。即使像「孔子」或「孔子公」的稱呼有些微的差異，都可能蘊含不同的思維概念，將來《臺灣民報》、《臺灣日日新報》、《臺南新報》等重要報刊，如果能全面數位化，續編《日據時期臺灣儒學參考文獻》必然可以擴增許多篇幅，如果無法馬上做到，至少先完成「篇目標題的數位化」，對研究者必然也有很大的助益。

　　以儒墨論戰而言，《日據時期臺灣儒學參考文獻》共刊出連雅堂〈墨子棄姓說〉、〈墨為學派說〉、〈墨道救世道〉、〈墨子非鄭人說——與張純甫氏書〉四篇（「篇數」單位以刊出日報的次數為計算標準），張純甫〈非墨十說〉十一篇（含敘）、暨〈墨子非墨家之祖說〉、〈墨子殺其兄說〉、〈儒墨相非果始於翟父子兄弟說——復連雅堂氏書〉第三篇，刊印這十八篇文獻必然有助於了解一九三〇年臺灣儒墨論戰的梗概。不過，除了以上儒墨論戰的篇目之外，筆者在一九九四年所撰寫的〈試論連雅堂的「墨子觀」及其相關問題〉一文[1]，即列出了一九三〇年黃純青多位文人二十一篇論述儒墨是非的文章，其中甚至還有日本人小野西洲以漢文刊在《臺灣日日新報》參加論戰，近年筆者復加收集，尚發現《臺灣民報》有一篇、《臺南新報》有三篇、《臺灣日日新報》有五篇論述儒墨是非的文章。因此，除了《日據時期臺灣儒學參考文獻》刊出的十八篇儒墨論戰的文章之外，事實上，尚有三十篇未被刊印，希望將來續編《日據時期臺灣儒學參考文獻》時，這些寶貴資料都能獲得刊印，如此，一九三〇年臺灣儒墨論戰的全貌必然可以掌握得更加清楚。

　　除了一九三〇年臺灣儒墨論戰，李春生一九二三年的〈孟子與墨子之較量〉一文亦值得注意。李明輝所編的《李春生的思想與時代》或是李黃臏的碩士論文《台灣第一思想家——李春生》[2]，兩本書都未曾討論李春生的晚年作品〈孟子與墨子之較量〉一文[3]，李氏時為八十六歲，他一九二四年十月五日去世，這篇論述可能是李春生生前

1　翁聖峰：〈試論連雅堂的「墨子觀」及其相關問題〉，《臺灣文獻》第 45 卷第 3 期（1994 年 9 月），頁 5-16。

2　李明輝編：《李春生的思想與時代》（臺北市：正中書局，1995 年 4 月）；李黃臏：《台灣第一思想家——李春生》（中壢市：聖環圖書公司，1997 年 6 月）。

3　李春生的〈孟子與墨子之較量〉，見《臺灣日日新報》1923 年 1 月 27 日第 5 版。

的最後作品，是探討李春生思想不可忽略的文章。

《日據時期臺灣儒學參考文獻》亦收錄黃得時〈孔子的文學觀及其影響〉，可以見到黃氏強調純文學的觀點，不過，這篇文學批評在日據時期就有「再批評」，實當一併收錄才更可以見到問題的全貌，HC生認為黃氏此作品「文字很樸實、論理也很整然」。但也進一步指出：「什麼是孔子的文學觀，而怎麼會影響及中國的全文化分野，這幾點作者怎麼不更加一層的透切的解剖、重新喚起讀者的認識呢？」另外，SK生認為《三國演義》、《紅樓夢》令人讀之驚嘆，「再三愛讀」，並批判黃氏「甚盲斷」，不同意黃氏全盤否定傳統小說的說法。[4]

筆者一九九七年論述日據時期《孔教報》曾指出：

> 《孔教報》固然以傳統儒學思想為論述重心，但傳統文人的學術觀對傳統思想與文學均不偏廢，由《孔教報》的編輯，可看到他們所彰顯的儒家學術正是「六經」的文化之學，這與後人受西方學術分科的影響，而嚴格區別思想與文學之異的思惟方式實在有很大的不同，當今我們若是言「孔教」往往只論述其思想層面。《孔教報》所刊載的傳統詩學或是小說都未曾被以往的研究者注意過，因此，除了傳統思想之外，在日據時代的文學研究上，《孔教報》也能提供我們一個參考面向。[5]

不只《孔教報》如此，我們看日據時期臺灣「儒學」所呈現的都是六經「文化之學」的樣貌，當時所謂儒學絕不只指涉「思想」層次，他們是以傳統儒學的角度去論述思想、政治、社會、經濟、文化

4　參 HC 生：〈文藝時評〉，《第一線》（1935 年 1 月）。SK 生：〈臺灣文藝創刊號を讀む〉，《臺灣文藝》第 2 卷第 1 號（1934 年 12 月）。

5　參翁聖峰：〈日據末期的台灣儒學──以「孔教報」為論述中心〉，《第一屆臺灣儒學研究國際學術研討會論文》（臺南：成功大學中國文學系，1997 年 4 月 11 日）。

各個層面，我們看《崇聖道德報》、《臺灣文藝叢誌》及「崇文社」所結集的各種詩文集——《崇文社文集》、《鳴鼓初續集合刊》、《鳴鼓集三集》、《聽籟集》、《彰化崇文社詩文集》、《過彰化聖廟集》、《彰化崇文社貳拾週年詩文集》、《彰化崇文社貳拾週年詩文續集》等[6]，都是以傳統儒學觀來看大千世界，即使崇文社一九二一年一月徵文〈撫番策〉，他們亦從儒家的「外王」觀點分析這種社會性議題。以上這些日據時期儒學文獻如能結集出版，其份量絕對是《日據時期臺灣儒學參考文獻》的十倍以上，可見這段期間儒學文獻的豐富。

　　一九三〇年儒墨論戰可以找到四十八篇，即是運用當時報紙而達成的，筆者一九九九年運用《臺灣民報》的一百二十五篇儒學相關文獻完成〈日據時期臺灣的儒學與儒教——以《臺灣民報》為分析場域（1920-1930）〉[7]，如果充分運用發行期間更為久遠的《臺灣日日新報》、《臺南新報》，可能發現的儒學文獻必然更加豐富。

　　不論是完整的儒學篇章，亦或篇中數語，只要能彰顯日據時期臺灣儒學內涵的文獻都不加以忽略，不因學科分工而只注目在儒學的「思想」層次，如此方式所建構的臺灣儒學必然更為周密、深入。例如，一九二六年，在彰化舉行的「全島雄辯大會」[8]，講題為「孔道與婦女問題」，高達三千人參加，這代表什麼意義？當然值得探究。

6　關於《崇聖道德報》，可參考註 5 論文，亦有論及，而「崇文社」相關論述，可參見施懿琳：〈日治時期中晚期臺灣漢儒所面臨的危機及其因應之道——以彰化「崇文社」為例（1917-1941）〉，《第一屆臺灣儒學研究國際學術研討會論文》（臺南市：成功大學中國文學系，1997 年 4 月 11 日）。

7　翁聖峰：〈日據時期臺灣的儒學與儒教——以《臺灣民報》為分析場域（1920-1932）〉，《第二屆臺灣儒學國際學術研討會論文集》（臺南市：成功大學中國文學系，1999 年 12 月），本文並經部分修改，另刊於《臺灣文獻》第 51 卷第 4 期（2000 年 12 月），頁 285-307。

8　〈全島雄辯大會的盛況〉，《臺灣民報》121 號 5 版（1926 年 9 月 5 日）。

　　本文對「儒學」與「儒教」的詞義概念，學問或思想方面稱為「儒學」，而在道德及倫理方面則稱「儒教」，這是日據時期臺灣區別「儒學」與「儒教」較為普遍的概念。不管現在我們承認「儒教」為宗教與否？但無可否認的，日據時期日本治理臺灣的宗教政策確是將「儒教」視為「宗教」。日據時期「儒學」與「儒教」、「儒、釋、道」之間到底有那些關係，這種種複雜的問題都有待進一步釐清，將來續編《日據時期臺灣儒學參考文獻》更不容忽略。

　　除此之外，以下將分別從「儒家理論與發展史」、「儒教與外教的互動」、「儒教與世界變遷」等層次，提出臺灣日據時期值得參考的重要儒學文獻，以就教於學界先進。

貳　儒家理論與發展史

　　林秋梧的〈孔子の戀愛觀〉尚未被研究者發現及處理過，值得注意，可詳見林秋梧的〈孔子の戀愛觀（上）〉（《臺南新報》，一九二六年三月二十五日第四版）；〈孔子の戀愛觀（中）〉，三月二十六日第四版；〈孔子の戀愛觀（下），三月二十七日第四版）。而林秋梧的〈漢法與復仇〉（《臺南新報》，一九二五年一月二十六日第五版），記載「復仇元來是自忠孝至誠之發作行為。係其忠孝之教。依儒教所鼓勵者。〔……〕復仇仍儒教之一要件」。連雅堂《臺灣通史》發揮《春秋》史學亦有「復仇」之義[9]，可與林秋梧的〈漢法與復仇〉相互比較。林秋梧發表在《臺南新報》的〈漢法與復仇〉、〈孔子の戀愛觀〉兩篇論文，在目前僅見的林秋梧專書《臺灣革命僧林秋梧》均未見到

9　參陳昭瑛：《臺灣儒學起源、發展與轉化》（臺北市：正中書局，2000 年 3 月），第6 章。

論述[10]，值得後續研究。

　　崇文社一九二四年八月徵文以〈性善性惡論〉為題，可以了解當時對「心性」的看法。一九二六年十二月徵文以〈孔孟學說比較論〉為題，這些文章除了在結集的《崇文社文集》可以看到之外，部分亦刊印在當日的《臺南新報》，均值得參考。而〈仁說〉（崇文社一九二二年十一月徵文）、〈克己復禮論〉（一九二四年十二月徵文）、〈提倡文化在修身論〉（一九二四年三月徵文）都可以見到當時文人如何論述儒家的內聖工夫，至於〈世界大同論〉（一九二六年十一月徵文）可以看到他們如何探討人生的終極理想。一九二〇年二月崇文社徵文的主題為〈理學解〉，可以看到日據時期傳統文人對宋明理學的評價，特別值得注意的是許碧玉雖為女性，卻名列徵文第一名，此文刊於《臺灣日日新報》一九二〇年四月一日第六版。

　　臺北刊印的《南瀛佛教會會報》有許多佛學與儒學的對話，所做出的研究成果也深具現代學術訓練的特色，不容忽視。例如，文學士李孝本〈明代儒教を中心としての佛儒關係に就いて〉，為其畢業於駒澤大學學士論文，自一九三三年四月，《南瀛佛教會會報》十一卷四號起，連載多期。高執德一九三〇年畢業於駒澤大學，是忽滑谷快天最得意的臺灣門生，也是林秋梧的駒大學長，其〈朱子之排佛論〉，自《南瀛佛教會會報》十三卷八號（一九三五年八月）起連載十二次，以上兩篇是日據時期臺灣研究中國儒學史重要的論著，可惜到目前為止尚未見到研究者處理這兩篇論著。

---

10 李筱峰：《臺灣革命僧林秋梧》（臺北市：自立晚報文化出版部，1991 年 2 月）。

參　儒教與外教的互動

一、儒與宗教的關係

　　儒教是否為宗教，在日據時期有許多紛歧的看法，經由山本曾太郎〈宗教的殖民政策論〉一文即可印證這種情形（《臺灣青年》第二卷第五號〔和文〕，一九二一年六月十五日，頁三十一），他認為：「無論儒教は果して宗教なりや否やに關しては學者間に尚は一致點を認めてないし、その斷定に苦しむけれども。」

　　而〈孔子之崇祀〉（《臺灣慣習記事》第一卷下第八號，頁七〇，原刊本一九〇一年，此處據省文獻會中譯本）則從廣義、狹義兩個角度分析儒教與宗教的關係：「儒教之孔子崇祀，廣義來說，當然也包括在宗教的範圍內；但狹義來說，莫若屬於『崇拜死的聖人』，其意思與純粹之本質有所不同。」

　　《臺灣私法》係一九一一年日本臨時臺灣舊慣調查會所編輯的，將「儒教」列為各宗教之首篇，並定義：「儒教是孔子及孟子所祖述的古代聖王教義，內容包括宗教、道德、政治，三者渾然融合成為一大教系。」這是日本人掌握中國宗教的一個特點：即中國在清代以前，是以天子為中心所形成的政教合一國家，而儒教居於國教的地位。[11]這個觀點，也成為日本統治者對儒教的主流看法，而且也被當時多數的人所接納。例如，吳如玉雖然反對儒教是宗教，但在她的〈孔子之性質〉一文亦指出：「今日世人之尊信者（指儒教），多視為

11　參李世偉、王見川：《臺灣的宗教與文化》（臺北市：博揚文化公司，1999 年 11 月），頁 155。

宗教。」[12]證明當時多數人確是將儒教視為宗教。

　　不過，當時亦有論著反對把儒教視為宗教，如蔡培火〈漢族之固有性〉（《臺灣青年》第二卷第三號〔漢文〕，一九二一年三月二十六日，頁二十六）、許子文〈國教宗教辨〉（《臺灣日日新報》，一九二〇年三月七日第六版）、〈東洋思想　孔子及其思想　孔子的宗教觀〉（《臺南新報》，一九二五年八月二十四日第五版），都是反對將儒教視為宗教的例子。

　　以下是探討日據時期臺灣儒教性質不可忽略的專書：《舊慣ニ依ル臺灣宗教概要》（丸井圭治郎，一九二五十二月）、《臺灣宗教調查報告書》第一卷（丸井圭治郎，臺灣總督府，一九二九年十二月）、《臺灣本島人の宗教》（增田福太郎，東京明星聖德記念學會，一九三五年九月）、《臺灣の宗教——農村を中心とする宗教研究》（東京養賢堂，一九三九年五月），以上丸井圭治郎、增田福太郎所著述的臺灣宗教書籍，在他們的筆下，儒教均是臺灣宗教的一部分。

　　而單篇論文探討、記錄儒釋道三教關係的文獻亦十分豐富，僅丸井圭治郎即有許多篇，如〈臺灣之宗教〉（《臺灣日日新報》，一九二三年二月五日第五版）、〈臺灣宗教序論〉（《南瀛佛教會會報》第十二卷第二號，一九三四年二月）、〈道教與儒教〉（《南瀛佛教會會報》第十二卷第四號，一九三四年四月，〔曾譯〕）、〈儒釋道三教之關係〉（《南瀛佛教會會報》第十二卷第六號，一九三四年六月，〔曾譯〕）。另外，增田福太郎及李添春在《南瀛佛教會會報》亦有許多儒釋道三教的相關論著，值得參考。

---

12 其他之例，可參見文淵生：〈儒釋耶宗旨在精神不在物質論〉，《臺南新報》1937 年
　 1 月 20 日第 8 版；張長川：〈五教會燈　儒教論〉，《南瀛佛教會會報》第 13 卷第 3
　 號（1935 年 3 月）起，連載多期；張淑子：〈天理與人心　一、宗教〉，《臺南新
　 報》1925 年 4 月 13 日第 5 版，以上諸例都是將儒教視為宗教。

　　至於，一九一九年八月，《臺灣文藝叢誌》第一號以〈孔教論〉為題錄取二十篇論文，〈孔教論〉主要是探討孔教的特色，各篇除了就儒家與諸子做比較，亦論及孔教與宗教的關係，將來續編《日據時期臺灣儒學參考文獻》時不但不可忽略，並且也可與已收錄的吳德功〈孔教論〉做比較研究。

二、儒教與佛教的互動

　　日據時期儒教、佛教互動較重要的論述，主要有「儒佛是否一致」及「佛教風紀」兩個大問題。強調儒佛一致者，一方面闡釋儒釋道三教長期交流的歷史，而部分佛教徒為擴展佛教信仰，因而從佛學與儒學相通處尋求接軌，以利傳教。這在〈倫理一班（十四）佛教與儒教〉（《臺南新報》，一九二二年六月六日第五版）、〈理學講演（上）、（下）〉（《臺南新報》，一九二四年一月十三、十四日第五版），圓瑛法師〈儒釋同源論〉（《南瀛佛教》第二卷第二號，一九二四年三月；又見《臺灣日日新報》，一九二五年一月二十四日第六版），福建泉州蔡南濤〈宗教改革論〉（《臺灣民報》第二卷第五號二版，一九二四年三月二十一日），均可見到類似的說法。當然這些刻意強調儒佛一致的立論，大都是節取對自己較為有利的主張，有些甚至有斷章取義之嫌，不過，若是庶民大眾願意接受「儒佛一致」這個觀念，這中間所蘊含的宗教觀，在探討臺灣思想史時亦不容忽略，半地書生在〈是々非々〉投書的觀點即是庶民接受「儒佛一致」的事例（《臺灣日日新報》，一九二五年九月十六日夕刊四版）。

　　關於「佛教風紀」問題，主要是臺灣由日本內地引進佛教徒娶妻的新例，引起以儒教徒自居的傳統文人很大的不滿，認為此舉違反傳統規範，有失佛門清規，這在崇文社所編的《鳴鼓集初集》、《鳴鼓集

二集》、《鳴鼓集三集》留下許多批判性文章，這次儒佛論戰，江燦騰曾撰寫專篇論文予以討論：〈日據時代臺灣反佛教色情文學的創作與儒釋知識社群的衝突（初稿）──以《鳴鼓集》的各集作品為中心〉[13]，有助於我們了解這段儒佛論爭史，當然這對我們整理儒學文獻亦很有裨益。

三、儒教與基督教的互動

關於儒教與基督教的論辯，旗後生所投的〈聖道未衰〉一文（《臺灣日日新報》，一九二五年七月十一日夕刊四版），該文記錄庶民賣藥者信仰儒教的人生規範，由於儒教倫理規範已內化在他的價值信仰之中，當與信基督教的地保兼醫生發生口角，論辯過程極為精采，〈聖道未衰〉一文留下很傳神的記錄：

> 臺北江某。在高雄市旗後町廟前，開場賣藥，將孔聖書中道理，暢為演說大意，教人須當尊信孔子，如履大路〔……〕所謂先脩人道，而天道即在其中。〔……〕切不可趨入異端他教之途，被其迷惑。以違背聖理。〔……〕皇族臨臺，對于孔子聖像，亦敬禮焉，而未聞向耶穌而參拜之。〔……〕（黃某）為該地保正及醫生，而兼耶穌傳道之職。〔……〕便向前較長論短，言耶穌為人殺身，釘于十字架，能為人贖罪，能為死者超昇天堂，故謂之救主。若孔子並無為人殺身，以及為人贖罪，何以稱為救主？〔……〕（江某云）耶穌生于猶太國，〔……〕

---

13 江燦騰：〈日據時代臺灣反佛教色情文學的創作與儒釋知識社群的衝突（初稿）──以《鳴鼓集》的各集作品為中心〉，《第二屆臺灣儒學國際學術研討會論文集》（臺南市：成功大學中國文學系，1999 年 12 月）。

未聞到東半球援救何人，歷代諸史，昭昭可考也。其時旁觀諸
人，聚立如堵，咸為鼓掌。〔……〕（黃某理屈不悅）向該處派
出所警官言及江某係是賣藥，何得毀謗耶教。〔……〕即喚江
某說諭一番。江某出（派出所），依舊將藥分賣，竟得一般感
激，各為贊成。〔……〕一時頗收微利。而某傳道尚囂々不
平，然終無人依附之者。可見聖道未衰，人心不死也。

　　另外，民間宗教吸收儒教的教化規範並進一步落實在現世生活當
中，李世偉的《日據時代臺灣儒學結社與活動》及王志宇的《台灣的
恩主公信仰——儒宗神教與飛鸞勸化》等書已有一定的研究成績[14]，
這些研究中所列舉的「善書」與原始儒家的義理有什麼關係，當然值
得探究，將來在續編《日據時期臺灣儒學參考文獻》時，「善書」這
些文獻當然不可忽略。

肆　儒教與世界變遷

一、儒教文化與抗爭意識

　　儒教忠於職責的思想，有助於社會的穩定性，也因此可能淪為統
治者所利用，但儒家追求正義的精神，亦可援引做文化抗爭的精神支
柱，進而引起執政者的打壓，以下諸例均可為佐證，據〈新埔文化演
講〉一文所載：賴傳和君講「儒教的幾個特點」被中止、解散，聽眾
二千多人，非常憤慨（《臺灣民報》第一一八號第八版，一九二六年

---

14 李世偉：《日據時代臺灣儒學結社與活動》（臺北市：文津出版社，1996 年 6 月）；
　　王志宇：《台灣的恩主公信仰——儒宗神教與飛鸞勸化》（臺北市：文津出版社，
　　1997 年 11 月）。

八月十五日）。他們引申儒家精神以批評時政，與統治者所支持的官方儒學恰成鮮明對比。類似的尚不乏其例：

> 民眾黨基隆定期民眾講演，辯士吳簡木講「孔道與現代」，剛講到「見義不為無勇也」的一句，被中止，〔……〕孔道乃老學派與當局極力主唱，「豈是孔子的道德會見人而變異的嗎？」（〈講孔子之道怎也被命中止？〉，《臺灣民報》第二二八號第六版，一九二八年九月三十日）
>
> 臺灣文化協會、副設文化講座、〔……〕常々命令中止解散。聽眾十分憤慨警官之無理。例如連雅堂氏演說孔子之大同學說，說明仁之意義，臨監警官命中止解散。（〈臺灣通信：五、言論取締〉，《臺灣民報》第二卷第六號十一版，一九二四年四月十一日）
>
> 孟子篇研究發表會，因當局的神經過敏，正式臨監，繼而被中止。（〈四書の研究にも　臨監し非常識な處置に　街民間批難の聲が高い〉，《臺灣民報》第二七六號第十一版，一九二九年九月一日）

由上面「孔道乃老學派與當局極力主唱」的說法，可見傳統文化可能淪為統治者所利用，但儒家思想如果做為啟迪民智、激勵民心的精神資源，則可能遭到統治者無情的打壓。

二、時代變遷與新舊抗爭

　　面對時代的巨變，崇文社一九二三年四月徵文題目為〈新學說利害論〉、一九二五年十月的徵文為〈道德無新舊說〉，均可以見到接受傳統儒家學養的文人如何看待時局。而社會文化受歐美社會達爾文主

義、進化史觀的影響，傳統文人如何回應這種時代風氣，亦值得注意：

> 近來學術界傾向，類多以崇拜歐美為能事。〔……〕至舉孔、孟之學說，為舊時思想，於是乎仁義道德之基礎，由是而欲動搖。其咎歸於達爾文、斯賓塞之進化論也，其罪歸物質之萬能也。彼其說以為凡人必由競爭而始進步。天演公例：弱肉強食，適者生存。（潤，〈詹炎錄　思想界穩健（上）、（下）〉，《臺灣日日新報》，一九二一年十一月二十八、三十日第五版）
>
> 彼得新學說之一，一知半解，遂然自許為文明，趾高氣揚。不可一世。〔……〕而禮教之閑開矣，男女平權之說見矣，而夫綱之常亂矣，天父之教行，而人倫二本矣。（一峰，〈新學說利害論〉，《臺灣日日新報》，一九二三年六月十三日第六版）

類似的例子尚有許多，如先覺者覡宜匡正濟度〈惡思潮之澎湃〉（《臺灣日日新報》，一九二二年一月十五日第六版）、連碧榕〈聞臺灣青年雜誌發刊喜而有感〉（《臺灣青年》第一卷第一號〔漢文〕，一九二〇年七月十六日，頁九）[15]，而一九二七年一月二日刊在《臺灣民報》的〈過去一年間的臺灣思想界〉（第一三八號第七版），對當年度儒、佛兩教的發展概況、勞資對立、「非孝論」爭論、婦女運動等社會文化有深刻的描繪與評論，非常值得參考。

日據時期儒學落實在現實生活中的教化規範，常以「禮教」稱之，對「男女七歲不同席」之類源自《禮記》系統的儒學規範，常淪

---

15 日據時期臺灣新文化運動者吸收歐美新思想，反對以儒家為中心的傳統，可參看蔡淵洯：〈日據時期台灣新文化運動中反傳統思想初探〉，《思與言》第 26 卷第 1 期（1988 年 5 月），有詳細論證。

為新知識分子的批判，而舊知識分子希望維持既有的社會規範，則常挺身出來辯護。楊翠的《日據時期臺灣婦女解放運動——以為分析場域（1920-1932）》（時報出版社，一九九三五月），對新知識分子批判禮教、爭取女權，有深刻的論述，不過，該書主要係以《臺灣民報》為論述中心，對以傳統文人為主要發表園地的《臺灣日日新報》或《臺南新報》則較少著墨，而《新高新報》也是新文人的發表園地，以往的研究者則甚少注意，如李思逸的〈舊道德　舊禮教　與戀愛的關係（一）至（六）〉（《新高新報》，四月二十八日二十五版至八月二十六日十八版），對儒家規範、傳統禮教與男女關係有系列、精采的論述，這是以往日據時期研究者甚少留意的文獻。

　　而吳瓊雲希望藉由推廣漢學，認識儒教之舊道德，進而喚醒婦女的自覺，她的主張同獲傳統文人為主的《臺灣日日新報》（〈女子漢學研究會徵求會友書稿〉，一九二四年二月二十九日六版），新文人負責的《臺灣民報》（〈女子漢學研究會徵求會員書〉，一九二四年三月二十一日，第二卷第五號第九版）兩大刊物的支持，甚至是刊在《臺南新報》兩個版中間的〈解放談〉文獻，以往都未受學界注意（一九二七年二月七日，「三及六頁之間的頁背」）。

　　《禮記》系統的儒學規範常是新知識分子批判的對象，而儒學的人文精神則被知識分子所重視，並援引做為鬆動傳統風俗習慣的有力根據，《論語》記載孔子所說的「敬鬼神而遠之」、「非其鬼而祭之，諂也」、「喪欲速朽」常出現在反迷信的文章中，如〈打破迷信的聲浪〉（《臺灣民報》第一一九號第六版，一九二六年八月二十二日）、協舟〈關於改革普度　敬告基隆主普當事〉（《臺灣民報》第二二四號第七版，一九二八年九月二日）、〈島都瑣聞〉（《臺灣民報》第三六九號第五版，一九三一年六月二十日）等文章都是運用儒家人文精神來反對迷信的例子，續編《日據時期臺灣儒學參考文獻》時，知識分子

對《禮記》與《論語》兩個系統不同的接受態度亦當留意。

三、儒教與漢文教育

傳統學術藉由漢文教育得以流傳，漢文教育的典籍亦以傳統儒家經典為主。日據時期漢學復興運動常是由於傳統學術沒落所刺激而興起的，為了維持固有的儒教教化，提倡漢學常是相應的做法，在諸多提倡漢文教化的文章，均可以找到許多儒學發展的樣貌。

由署名「樗」的〈本島孔教振興策〉一文（《臺南新報》，一九二一年六月十七日十九版），亦可見儒教的陵夷：「慨自改隸以還，絃誦之聲寡作，彝倫之敘無聞，視詩書如覆瓿，棄禮義若弁髦久矣。孔教之陵夷也，則振興宜亟々焉。」而一般接受新教育者對儒教的態度則是「咸目之為無奇」。面對世變，「骨肉時或乖違，輒藉端以興訟，親友偶經蹉跌，且下石以相攻，世道人心至是幾不堪問，此非孔教中之罪之耶」。傳統人士希望藉由提倡漢文以復興儒教，進而挽救世風，在日本統治者逐漸廢棄漢文的既定政策之下，他們的願望當然是要落空，但由字裡行間亦在在顯露其對固有學術的情懷。崇文社前一百期就有三次與「復興漢文」相關的徵文：一九一八年九月的〈維持漢學策〉、一九二一年四月的〈漢學起衰論〉、一九二五年七月的〈漢學興廢說〉，這一方面可以了解漢文沒落的嚴重性，另一方面經由這些錄取的文章也提供我們進一步認識傳統知識分子對儒教的感情。

當然漢文相較於日文，也是臺灣人的文化象徵，雖然新知識分子對漢文復興的做法與傳統文人不同，但他們同樣十分關心漢文教育的發展，這由《臺灣民報》〈獎勵漢文的普及〉（第二卷第二五號，一九二四年十二月一日），或是〈漢文復興運動〉（第二三三號，一九二八年十一月四日）兩篇社論，都可以看到新文人對漢文的重視，而新、

舊文人在漢文復興運動聲浪中，對儒教態度的異同點，亦值得我們留意。

四、儒教與文學關係

　　五四之後，無論在臺灣或是中國，解放情性都是當時文人共同追求的目標。所謂「文學」，新文人希望建立「純」文學的新面貌，不希望「文學」與「載道」又牽扯在一起，由前面黃得時的〈孔子的文學觀及其影響〉即可見其一端。但是，就傳統文人而言，他們仍然堅持經史子集是文學的重要內涵，文學與孔、孟儒教當然不可分割，如此才是學術應有的風貌，由傳統文人論述「文學與孔教」的關係，可以發現與新文人的處理方式可謂南轅北轍。

　　《臺灣民報》社說〈臺灣文學的整理和開拓〉（第三七五號第二版，一九三一年八月一日），所謂「反對載道文學」、「文學是人類思想感情的表現」、「那些儒學先生所崇仰的載道之文，我們是要束之高閣了」。這幾乎是新知識分子共同的文學信念。另一方面我們看署名為「守舊」的〈詹炎錄　軟文學之誤人〉（《臺灣日日新報》，一九二一年一月二十八日第五版），文中感嘆「臺灣島內漢學式微」，大力批判新學風「無孔、孟道德仁義之說」的弊端，認為思想界解放卻導致「剛健之風墜。而淫之靡之徒生」。標題雖是「文學」，卻是指文化之學，全文我們找不到任何與「純文學」相關的理念，這與前面〈臺灣文學的整理和開拓〉的「純文學」觀念剛好相反。

　　我們檢閱崇文社徵文的內容，所謂「文學」也在在彰顯傳統的儒家觀念，認為文學不單只是表現情感，而應當與倫理風教結合才不違聖人之教，分析崇文社〈文學興國論〉、〈論詩界振興在積學〉、〈孔教重興論〉、〈文人模範論〉，各個徵文所錄取的作品都是以廣義的文學

觀念闡釋「文學」與「孔教」、「載道」的關係。

　　有趣的是，在以新知識分子為主的《臺灣民報》，發現蔣渭水所開設的文化書局「六週年紀念大廉賣」的書籍廣告單（《臺灣民報》第三四〇號第十六版，一九三〇年十一月二十二日），「文學類」則包括了「章太炎的話史、小說的研究、國學概論、孔子、監本孟子、監本論語、監本禮記、老子精華、莊子精華、史記精華」等，很明顯的這裡所謂的「文學」分類係採廣義定義，而不是指純文學。以往論述新、舊文學的研究，往往以「進步／保守」二分法而遽下定論[16]，其實這個問題甚為複雜，不可如此簡單化約，而新、舊文學論爭與傳統儒學的關係，若續編《日據時期臺灣儒學參考文獻》時，亦不容忽略。

　　惟有如此，面對有「臺灣胡適」之稱的張我軍，其所謂的「孔、孟在文學史上，實在沒有三文的價值呢！（孔、孟是中國的哲人，不是中國的文學者。）」（〈隨感錄〉，《臺灣民報》第三卷五號第十一版，一九二五年二月十一日），檢視這些相關的文學論證，才不會流於一面倒，倘若誤信張我軍的說法就是絕對的真理，那就有失公允。又如辜顯榮稱「孔子使中國文學行一大革新」，張我軍受新思潮的影響，故批評傳統的文學，張氏批評辜顯榮：「孔子的這件功勞大約是他第一次發明的了。」站在純文學的角度來看，張我軍的說法當然很正確，但若是以傳統文化之學的角度來看「文學」，那張氏的批判則是流於隔靴搔癢。

---

16 關於日據時期新、舊文學論爭的種種是非問題，可看施懿琳：〈日治時期新舊文學論戰的再觀察——兼論其對台灣傳統詩壇的影響〉，「中華文化與文學學術研討系列——第四次會議：臺灣古典文學與文獻」（1998 年 5 月 2 日）；翁聖峰：〈論日據時期台灣新、舊文學之研究不宜偏廢〉，《台灣文學觀察雜誌》第 8 期（1993 年 9 月）。

一九二二年南社大會曾以「各獻宿題孔子二千五百年祭典誌盛詩」為題（〈南社大會盛況〉，《臺南新報》，一九二二年十月三十一日第五版），留下許多以詩歌形式所書寫的儒學文獻，而新、舊文學兼擅的賴和亦參與其中，面對日本的殖民統治，漢學、儒教陵夷的時代，賴和特別為「道統」的承傳而感到憂心：

> 「日麗重門闢，升香候不愆。八音喧殿上，六佾無階前。化育無夷漢，衣冠閱數年。考時茲已可，道統仗誰傳。」〈釋奠詩錄（五）恭逢先師孔子二千五百年大祭誌盛〉（《臺南新報》，一九二二年十一月六日第五版）

除此之外，張文環的〈論語與雞〉（《臺灣文學》第一卷第二號，一九四一年九月），陳虛谷的〈捧了你的香爐〉（《臺灣民報》第二七三、二七四號第九版，一九二九年八月十一、十八日），周定山的〈老成黨〉（《南音》第一卷第一、二號，一九三二年一月一、十五日），透過新文學的小說形式，描繪儒教的沒落，諷刺傳統文人的缺乏通變，亦有助於我們了解日據時期傳統文化的處境。

五、儒教與日據時期的重要人物

賴和、蔣渭水與林獻堂都是日據時期臺灣重要的人物，如果從「儒教」角度去檢視其歷史脈絡，亦能提供一個新的研究角度。

賴和帶動臺灣新文學研究的風氣，素有「臺灣新文學之父」的尊稱。「賴和研究」是日據時期臺灣文學必然正視的重要主題，了解賴和與日據時期臺灣儒學的關係，亦有助我們進一步認識賴和。賴和對臺灣傳統文化亦有甚深的關係，他曾多次贊助崇文社，如崇文社一九二一年六月的徵文主題為〈佛教持正論〉，賴和為寄附者，一九一八

年九月的徵文主題為〈維持漢學策〉，寄附者亦是賴和，一九一八年賴和贊助事務費九圓，一九二一年更贊助六十圓。

有一位彰化人曾以〈謗毀聖人〉一文向《臺灣日日新報》投書（一九二一年十一月七日第四版），謂：「彰化青年會開修辭會。席上林某，起述同姓不可結婚之事，以為聖賢遺訓。同街賴某，起為抗辯，謂人道貴乎自由，同姓結婚，同姓不結婚，聽人自由乃可。孔子、孟子之教義，束縛人權，侵害人生自由，為漢族之大罪人，故孔廟宜毀。」隔三天，賴和亦正式回應，賴和撰寫〈來稿訂誤取消〉一文予以反駁：

> 彰化街民反對意見提出時，僕亦為街民一分子，署名於嘆願書（指賴和亦反對同姓結婚），現尚可稽，此足證明投稿所聞不實。〔……〕因反對遵古，乃唱革新，有謂思想的拘泥於舊，道德日遠乎古，皆由昔儒少能創造，但事模擬道德，只懸諸口者多，能顧於行者寡，且多見夫行污納穢、嗜利慕名之徒，每借孔、孟之教以自解，道德之旨以為辭。中心懷疑，憤激出之，不覺遂有孔罪人之語。（《臺灣日日新報》，一九二一年十一月十日第六版）

可見賴和所反對的是那些假藉儒教的名號，卻未能力行實踐的人，並非反對儒家思想。一九二六年賴和對儒家傳統禮教亦有深刻的反省，〈讀臺日紙的「新舊文學之比較」〉一文（《臺灣民報》第八十九號第十二版，一九二六年一月二十四日）指出：「若說到禮教文物的中華〔……〕那舊殿堂久已被陳獨秀的七十二生的大砲所轟廢了。」他藉由中國大力反傳統的舉止，希望能刺激僵化的傳統文化，並且改變臺灣的文學與文化。

臺灣民眾黨靈魂人物的蔣渭水，以孔子為民族主義的象徵，在其

〈臨床講義——對名叫台灣的患者的診斷〉即謂當時的臺灣人為「遺傳：有黃帝、周公、孔子、孟子等的血統，遺傳性很明顯」。[17]蔣渭水亦曾以「孔子之政治理想」為題，做文化講演（《臺灣民報》第七十五號第六版，一九二五年十月十八日），在《蔣渭水全集》亦可以看到不少傳統文學的創作，可以見到傳統文化與蔣渭水的關係程度。

林獻堂係傳統漢學出身，曾是臺灣文化協會總理，領導臺灣議會請願運動，面對諸多批判儒教的聲浪，他則挺身肯定儒學的價值，謂：「現有一般人不滿意孔子尊君，要仔細研究孔子是尊的堯、舜、禹、湯、文、武，一視同仁之君，不是尊的桀、紂暴虐壓迫，五霸假戴仁義面具之君。」（〈林獻堂先生臺中洗塵會一席上楊草仙先生演說詞〉，《臺灣民報》第二三〇號第八版，一九二八年十二月二日）

在日內瓦及德國旅遊都曾因「自幼受過男女授受不親之舊禮教」，雖然他內心亦深感「甚過意不去」，但仍拒絕了女子主動的邀舞（〈環球遊記　瑞士見聞錄　日內瓦（下）〉，《臺灣民報》第三五〇號第七版，一九三一年二月七日；〈環球遊記　漢堡〉，《臺灣民報》第三一四號第八版，一九三〇年五月二十四日）。可見儒家的禮教規範確實對林獻堂的日常生活產生深遠的影響，今日審視這些歷史軌跡，當以開闊的歷史視野來看待文化變遷，才不會僅以化約的「迂腐」評價解釋歷史人物。

六、儒教的儀式活動

石崖生的〈內地漫遊感想（十七）〉（《臺灣日日新報》，一九二六

---

17 蔣渭水的〈臨床講義——對名叫台灣的患者的診斷〉，完成於 1921 年 11 月 30 日，見王曉波編：《蔣渭水全集》（臺北市：海峽學術出版社，1998 年 10 月）。

年五月二十二日第四版），稱：「孔子之教，雖傳自中華，而今日中華
所存者形骸，日本所存者精神也。」可以看到部分文人認同日本儒學
的言論。〈儒者參列孔子祭〉則記錄臺灣傳統文人參加日本的儒教活
動：

> 財團法人斯文會，〔……〕在東京湯島聖堂，舉行孔聖二千四
> 百年追遠紀念祭。〔……〕督府對此，將派本島儒者代表者，
> 即臺北李種玉氏（貢生）、本社漢文部首席記者謝汝銓氏（附
> 生），並臺南伍廷光氏（廩生）等三名參列。〔……〕又丸井社
> 寺課長，亦擬同行。（《臺灣日日新報》，一九二二年十月七日
> 第六版）

由丸井社寺課長率臺灣儒者代表同往日本，亦可證明日本確是將儒教
視為宗教，故由丸井社寺課長帶隊，而非由教育課人員去執行這項任
務。

　　《臺灣民報》編輯群對當時中國政治、社會的發展非常關心，儒
教在中國的境遇當然也引起《臺灣民報》的注意，可參見筆者〈日據
時期臺灣的儒學與儒教──以《臺灣民報》為分析場域〉一文。而以
傳統文人為主的《臺灣日日新報》對中國儒學（教）的發展亦甚關
心，由以下諸文亦可見其梗概：〈孔聖祭典與中外人　大眾尊崇一部
反對〉（《臺灣日日新報》，一九二二十月二十七日第六版）、〈支那祀
孔典禮〉（《臺灣日日新報》，一九一九年十月二十三日第五版）。

　　筆者〈日據時期臺灣的儒學與儒教──以《臺灣民報》為分析場
域〉曾論述《臺灣民報》所記載的公益會、彰聖會、祭孔、建孔廟等
活動，而李世偉的《日據時代臺灣儒教結社與活動》針對這些儒教活
動，列有專章討論，但這些問題還遺留許多研究空間，至於公益會、
彰聖會的創立動機、會則，當時人如何看待公益會、彰聖會，臺北、

臺南、嘉義各地祭孔、建孔廟的異同點，均留下許多寶貴的文獻可供採擷，一九二八年山田孝使結集的《臺南聖廟考》更是將來續編《日據時期臺灣儒學參考文獻》必須留意的珍貴文獻。

伍 結語

日據時期臺灣儒學除了「文字」的文獻，若要掌握「儒學」的全面概念，影像文獻亦值得搜集、刊印。例如，一九三九年由總督府所主辦的第二屆臺灣美術「府展」，郭繼春、鄭炯南均以油畫「臺南孔廟」為題參展[18]，臺南、臺北、嘉義等地孔廟興建或重修的圖片、設計圖，各地祭孔音樂、儀式的變遷都可以採擷、整理，並進一步做比較研究。

一九二九年四月臺灣也曾放映電影片《孔夫子》[19]，而日本統治者所拍攝的《臺灣實況の紹介》，臺南孔廟、彰化孔廟、祭典遊行的大木偶、舞獅及龍戲珠等占有相當的比例[20]，這亦可反映日本治臺初期仍然尊重不易改變的宗教活動。

本文上面提到李春生、林秋梧論述儒學的文獻，完整搜集四十八篇一九三〇年儒墨論戰的專文等例子，這些儒學文獻許多是前人尚未留意的。新、舊文人由於問題意識不同，對日據時期「文學」定義也持不同的看法，這也連帶引起他們對儒教與文學的關係抱持不同的態度與評價，這觀點亦是前人未曾注意的。筆者就多年來接觸這領域而

---

18 郭繼春「臺南孔子廟」的油畫，可參見謝里法：《日據時代臺灣美術運動史》（臺北市：藝術家出版社，1995 年 10 月 4 版），頁 113；鄭炯南「臺南孔廟」，亦可見於《日據時代臺灣美術運動史》，頁 183。

19 參葉龍彥：《日治時期台灣電影史》（臺北市：玉山社，1998 年 9 月），頁 12。

20 同前註，頁 75。

提出未來續編《日據時期臺灣儒學參考文獻》的若干建議，這對發展臺灣儒學應當具有正面意義。未來在研究者陸續投入這個領域，相信可以發現更多珍貴的文獻，並且累積更多的研究成果。

我們看日據時期許多重要人物，如賴和、蔣渭水、林獻堂、連雅堂與儒學（教）都有相當的關係，不難想見從「儒學」、「儒教」的角度來看日據時期臺灣歷史，必然可以提供另一個探究這段歷史很好的視角，目前這個研究領域只是在起步階段，後續發展的空間非常大，日據時期臺灣儒學要能持續發展，那就有待我們併肩前行。

「凡事起頭難」，《日據時期臺灣儒學參考文獻》的問世，對日據時期臺灣儒學的研究立下一個很好的基礎，對林慶彰教授的用心，我們除向其致敬，其後續可以擴充的文獻仍不可勝數，猶待大家攜手努力。

——原刊於《中國文哲研究通訊》第11卷第1期（2001年3月），
頁169-186。

此中空洞無物

——評《2000台灣文學年鑑》[*]

吳銘能[**]

　　年鑑本屬專業之學，自宜禮聘學者從事，以臻資料精萃與體例完備。如今囿於政府採購法令的制約，把臺灣文學年鑑的編纂公開競標，文化遂淪落到商品化，令人嘆息！

　　一部理想的文學年鑑，要求資料豐富翔實，要能具體反映一年文學研究與創作的整體表現，應該涵括以下幾項內容：一、文學理論研究，包括文學研究綜述、重要論文摘要、新書評論提要；二、文學創作與研究，作家作品綜述、現代作品創作與評論、古典文學研究；三、文學活動記錄，包括重要文學聚會、年度文學獎、學術會議報道評析、年度作家介紹、國際著名作家來訪消息、文學大事紀要；四、附錄，包括文學書名索引、文學研究書籍與論文索引，人名索引等。

學院派研究者大量缺席

　　如果以上述四項標準來觀察《2000台灣文學年鑑》，其最大致命

[*]　杜十三總編輯：《2000 台灣文學年鑑》（臺南市：國立臺灣文學館，2002 年 4 月）。

[**]　吳銘能，國立臺灣師範大學國文學系碩士、北京大學古文獻學博士，曾任四川大學歷史文化學院副教授兼中國西南文獻研究中心副主任。

傷是學術性不強，未能發揮到工具書資料檢索的功能。造成這種先天不足的原因，是學院派文學研究者的嚴重缺席。眾所周知，編纂文學年鑑，本是「為人」之學，是專業性很強的工作，一定要有辭書專家與學者參與，才能有嚴謹的體例，並寫成2000年臺灣文學研究趨勢綜述的學術文章。但是我們只看到一堆文學研究分類書目，以及少數閱讀消化資料後的「綜述」文章，這與一般的編排目錄有何區別呢？如其中列出十七本書作為「重要選集作品目錄」，我翻閱完畢，沒有對作品留下印象，只有一些作者、篇名，看得眼花撩亂，不知編者在表達什麼。再者，文學研究者有不少學術文章在期刊上發表，本應至少對重要者作提要式介紹，但此部分居然付之闕如，令人感到不可思議，也自然談不上計量文獻學方面的統計分析了。

另外，這部《年鑑》選擇的視野和角度也有待商榷。如李敖以《北京法源寺》作為第一位臺灣作家角逐諾貝爾文學獎的作品，其所代表的意義，不正是臺灣向世界文壇發出的宣告嗎？還不能列入「特寫文學事」一類嗎？高行健為首位獲諾貝爾文學獎的華裔作家，令人景仰，但與臺灣文學有何關係？高行健到臺灣訪問不是不該報導，但選出十八項特寫文學事，沒有特寫李敖代表臺灣角逐諾貝爾文學獎，其選擇的視野不是很成問題嗎？「1999年臺灣本土十大好書出爐」，編入《1999台灣文學年鑑》即可，編入《2000台灣文學年鑑》是不相關的。

翻檢過去四年的《台灣文學年鑑》，我們可以看到有新詩、散文、小說、兒童文學的創作及活動，也看到大量深中肯綮的研究文章，大多由優秀的學者撰寫，正是臺灣生命力的具體展現。《年鑑》如能把近十年或二十年歐美、日本、中國大陸有關臺灣文學研究的論著，編成文獻存目，請學者寫成研究的綜述文章，可以從比較看出海外研究臺灣文學的方法、觀點與特色等，由此檢討臺灣文學在世界文

學中的定位,並有展望新世紀臺灣文學創作與研究的期許。可惜,這部《年鑑》並沒有給讀者帶來如此磅礡的氣勢,而且內容的可讀性也不如前四本《年鑑》,實在令人惋惜。

政治色彩不宜太濃

再者,其體例也很成問題。文學出版大事記一般都是按照編年體順序有條不紊地敘述,不必特意以事類為主。以「辭世文學人小傳」為題,本帶有立傳性質,寫出傳主生平功業,要求文筆洗練嚴謹,此乃體例所制使然,不得不如此。由此學者大量缺席,試看以劉紹唐的《傳記文學》為例,竟然如此自相矛盾,既說「數十年來,劉紹唐真誠、寬厚的胸襟,使得舊雨新知文稿源源不絕」,又說:

> 1960年1月,大陸即開始出版《文史資料選輯》第一輯,自此大陸出版的傳記、自傳、回憶錄文章等書,多如恆河沙數。這批材料卻是十餘年台灣《傳記文學》的大稿源,而使劉紹唐苦心經營的《傳記文學》幾有「文史資料選輯台灣版」之稱。這種無可奈何之事,更在兩岸開放之後,成為更必然的現象,而《傳記文學》的稿源旱象也就不用憂慮。(頁162)

劉紹唐的《傳記文學》有「民國史長城」、「以一人敵一國」的美譽,研究中國近代史的學者,幾乎無不參考《傳記文學》。編者如此信口開河,全然可以不必讀書求證,編年鑑也未免太容易了。至於資料的陳舊與錯誤,難以悉舉。大量抄襲他人觀點而不注明出處者,以及錯字與文辭不通者,此書俯拾即是,這已經不是一般工具書應有的編纂水準了。

關於理論的探討,〈從文學年鑑到文學年鑑學〉一文認為文學年

鑑不該只被界定為「工具書」，還當重視教化的功能。此點與筆者大相逕庭，筆者仍以為年鑑是屬於工具書性質的，政治意圖不必過於表述，應該以平實闡述資料為宜，盡量避免太多政治色彩。至於「分類與選擇」的問題，完全取決於視野觀點的不同，見仁見智。但提出討論，總是件好事。

類似年鑑一類的工具書，本屬專業之學，自宜禮聘學者從事，以臻資料精萃與體例完備。如今囿於政府採購法令的制約，文化建設委員會把《台灣文學年鑑》的編纂公開競標，文化遂淪落為商品化，全然無視年鑑的專業特質並不是任何人皆有能力勝任，遠遠不如大陸在經濟條件不是很好的情況下，仍能動輒以一個學術機構精英主持編纂文學年鑑、史學年鑑、哲學年鑑等。政府再窮，也不能窮到讓代表臺灣文學顏面的年鑑編得如此視野狹隘、內容貧乏空疏。更嚴重的是，有相當數量的辭書專家與臺灣文學研究者沒有被聘請參與。然而傳媒竟一陣喧嚷熱鬧叫好，以為「厚度和內容，都打破以往的記錄」（臺灣《民生報》2002年4月4日），文建會自誇為「最大的特色，就是它是歷年來最重的一冊」（臺灣《聯合報》2002年4月4日），對內容卻沒有深究。與同樣是551頁的《1999年台灣文學年鑑》相比，2000年的只是紙張較厚而已，又有何特色可言？這種無異耳食之見，沒有認真提出客觀評價的言論，未嘗不是值得深省的臺灣文學的奇特現象。

——原載香港《明報月刊》第37卷第10期（2002年10月），頁112-113。

評《世界佛教史年表》[*]

釋自衍[**]

壹 前言

　　佛教流傳的時間，從佛陀成道弘法至今已有二千五百多年的歷史；就空間而言，佛教的傳播遍佈全球各大洲，若想要了解佛陀時代到現在佛教的演變發展梗概，則需要佛教史方面的參考資料。其中「佛教年表」應是最簡易及以重點方式記錄佛教發展的參考工具書。因為它是按年代之法列表，依序提綱紀事，可幫助研究者迅速掌握了解佛教發展的脈動。

　　在中國佛教史上採「年」為主體記載佛教歷史的書籍，最早首推費長房撰《歷代三寶紀》於譯經目錄後又集錄印度的史實，依年表方式記錄了佛教大事，由此創造新的佛教史體制──編年體，影響深遠。其後又有南宋祖琇《隆興佛教編年通論》、南宋本覺《釋氏通鑑》、元熙仲《歷朝釋氏資鑑》、清紀蔭《宗統編年》等書，內容記載從佛陀誕生開始到中國佛教各朝的法史，乃至歷史上各朝代的佛教弘傳，以時間為序列出其間的佛教事件，也成為有名的編年體佛教史書。

---

[*] 釋慈怡主編，佛統大藏經編修委員會增補：《世界佛教史年表》（高雄市：佛光文化事業公司，2005 年 6 月）。

[**] 釋自衍，香光尼眾佛學院圖書館館長。

　　民國以來，佛教史書以編年體方式記載的，僅有唐聖諦等編著《中國佛教簡明年表》[1]，屬於通史型及跨多國的佛教歷史年表則不多見。近年來出版的編年史大多是某一年代、某一區域或某一主題的佛教發展記事，如《民國密宗年鑑》[2]、《民國佛教大事年紀》[3]、《臺灣佛教史年表初編：日據篇》[4]等。

　　欣見1987年（民國76年）佛光出版社有感於歷代的編年、記事因受地域、時間的拘囿無法窺知佛教的全貌，以及舊資料的編排未能系統表格化，不易查檢等因素，故編纂一部綜合主題及跨多地區的《佛教史年表》，此項工程浩大，極具歷史價值與意義，令人欽佩。又於2005年（民國94年）有《世界佛教史年表》一書出版，更令人好奇此二書的差別。然閱讀之後，赫然發現《世界佛教史年表》卻是《佛教史年表》的增修版。從記錄佛教歷史的立場來看有其出版的價值，但就內容的增訂及編輯相關事宜，此工具書的出版，仍有一些問題值得提出來探討，希望藉此拋磚引玉，作為編輯「年表」工具書的參考。

貳　內容概介

　　《世界佛教史年表》由慈怡法師主編，2005年6月由「佛光大藏經編修委員會」增補，佛光文化事業有限公司出版。本書的編訂，是以佛教記事為經，各國與佛教發展有關之政治、社會、文化、思想等大事為緯，並涉及儒家、道教、基督教、天主教等有關宗教和哲學之形成、發展等史實。記錄時間除收錄《佛教史年表》自西元前3000年

1　唐聖諦等編著：《中國佛教簡明年表》（臺北市：考正文化出版社，1963 年）。

2　黃英傑編著：《民國密宗年鑑》（臺北市：全佛文化出版社，1992 年）。

3　釋妙然主編：《民國佛教大事年紀》（臺北縣：海潮音出版社，1995 年）。

4　王見川等編：《臺灣佛教史年表：日據篇》（中壢市：圓光佛學研究所，1999 年）。

起，至1986年為止外，並增補至2005年6月止。本年表之編訂在空間上包括南北傳佛教系統，如印度、斯里蘭卡、緬甸、泰國、高棉、寮國、西藏、蒙古、中國、日本、韓國等，以及歐美各佛教發展地區。年表採表格呈現，以時間為序，透過佛紀、西曆紀元、中國紀元、干支、中國、外國六個欄位記錄佛教史實。

《佛教史年表》書末附有中日韓帝王世系表、干支表、中國帝王年號索引（中文筆畫順序）、外文索引、中文索引（中文筆畫順序）、中文索引通檢等6種附錄。其中索引條目後面之數字，係指表中所載之西元年代。而《世界佛教史年表》書末僅收「中日韓帝王世系表」、「干支表」2種。

本書的編輯宣稱廣搜資料，參考了歷代佛教之編年史書，以及《望月佛教大辭典》所附之年表、山崎宏之《佛教史年表》、《中國佛教史辭典》、《日本佛教史辭典》、《日本史辭典》、《世界年表》、《アジア歷史事典》、《東方年表》、《韓國佛教史》所附之年表，以及廿五史、各種佛教雜誌、期刊等資料，故本書出版社號稱具有六大特色：1.內容廣泛，超越時空。2.廣徵博引，資料豐富。3.中外並舉，系統明晰。4.文體簡要，輔助學習。5.編纂周密，考訂精嚴。6.各國世系，查閱方便。

參　本書評述

一、書名的更改

由《世界佛教史年表》一書中，難以得知是《佛教史年表》的增修版，僅由版權頁宣告此出版訊息——「1987年6月初版、2005年6月二版」。再仔細閱讀比較，方知《世界佛教史年表》增補1987年至

2005年6月的史事資料，將初版的6種附錄刪除，僅剩2種表，全書的索引不見了。初版與二版的收錄地區範圍並無二致，在二版卻特別加注「世界」二字。推測應該是要突顯本書內容收錄遍及地球上所有地方或國家發生與佛教相關的事皆有記載。但令人遺憾的是，內容增補部分所選的條目似乎都是以「佛光山」在全世界各地發展的佛教事件為主。中國其他的佛教史事及世界各地的佛教史事，缺漏的實在太多了，收錄佛教史事的內容似不符「世界佛教史年表」的書名，且「佛教史」一詞，即指佛教在世界各地發展的歷史，足以涵括整個佛教的範圍。全書在凡例或出版序言上也未說明為何改書名，讓人容易誤解這是一本全新編纂的書。

二、出版序言及凡例所表示的收錄時間與內容不符

《世界佛教史年表》未於凡例或出版序言記載本書收錄的迄止年代，而《世界佛教史年表》的凡例與出版序言，與《佛教史年表》相同，讓人誤以為本書所記錄之記事是自西元前3000年至西元1986年12月止，直到翻閱全書最後，方知是收錄至2005年6月止。出版序言、凡例實應與內容相符。

三、缺乏完整的編輯體例

工具書的「編輯凡例」，有如汽車的方向盤，是全書使用的重要指引，但本書的「凡例」並未明列著書內容與目的、收錄年表時間的起迄、收錄資料的範圍、條目選錄原則、全書的內容結構等，以至使用上不甚便利。如年表呈顯的格式分中國、外國二個欄位記載史事，但未在凡例中說明中國與外國所界定的地區為何？是以史事發生地作

為區分中國或外國，還是以發生的人、事、物的國別區分？如西元
503年扶南國曼陀羅攜梵本至中國譯經，是歸類於外國的史事。又如
西元451年，魏僧道藥至印度僧伽施城，也歸在外國類的史事。從這
兩件史事，實看不出如何區分是中國還是外國的史事，所錄中、外的
史事寫法亦不一。

四、條目選擇之原則

「年表」的編訂皆以大事為主，而被選為大事的標準，收錄的原
則，全書僅在星雲法師的出版序言表達以「佛教記事為主，收集各國
政治、社會、文化、思想等與佛教之發展演變具有影響作用之大事；
他如儒家、道教、基督教、天主教等，有關其他宗教、哲學之形成、
發展等事例，亦備載焉。」全書看不到條目選錄之原則，有些內容也
待商榷，如1998年1月慈濟「大愛電視臺」正式開播，這是佛教首創
電視傳播的歷史，竟無收錄在本書中；又如李泰祥之母往生佛事在佛
光山舉行，此事也列入中國的大事；另中外大事的比例顯然差距懸
殊，如2004年國際上佛教發生不少大事，本書在「外國」欄位總共出
現74條條目，而佛光山在國際的活動則將近60條，相對於臺灣佛教慈
濟團體在世界各地的弘揚救濟，在2004年「外國」大事的部分卻隻字
未提。同樣的，「中國」大事的部分，屬於「大陸地區」發生的佛教
大事，少被收錄，同屬「臺灣地區」的佛教大事更是收的相當少。此
種以「佛光山」為主的年表，在1987年以後增補的部分最為明顯，讓
人不禁對本書記載世界佛教的客觀性及全面性質疑。

五、索引的編製

就紙本工具書的編輯而言,「索引」是相當重要的。《佛教史年表》還有編列「中國帝王年號索引」、「外文索引」、「中文索引」、「中文索引通檢」等四種,但《世界佛教史年表》則全面刪除各種索引,僅附「中日韓帝王世系表」、「干支表」二種,不知編輯刪除的原因為何?對任何一本工具書而言,索引有如使用指引是相當重要的,索引的存在還是有其必要性。

肆　結語

佛教的流傳至今有二千五百多年,要將這段期間在世界各地所發生的大小事情記錄下來,誠屬不易,工程之浩大也非一人或一個團體所能完成。如今佛光山宗務委員會發行《世界佛教史年表》將佛教的史料整理出來,史料的編輯雖有遺漏及客觀性不夠,但仍有其參考價值。未來我們期待本書能持續定期更新內容、提供完整的編輯體例、收錄更多佛教團體或地區的佛教史事、開放佛教界增補條目、並且甄選客觀人事成立編審小組,評選佛教的大事。

本書以紙本方式出版,在使用上僅提供時代依序查詢,因此在查找及未來更新資料上確實不易。今在網路上我們也見到數位化的佛教史年表出現,如「佛教年表資料庫查詢系統」。[5]因此未來我們更希望能運用網路工具來整合編輯佛教史年表,如透過wiki的平臺工具,開

5　佛教年表資料庫查詢系統 http://www.gaya.org.tw/library/chronicle/index.asp「佛教史年表」,佛教圖書館電子報第 4 期,http://www.gaya.org.tw/library/aspdata/epaper/lib-epaper04.htm。

放世界各地的人士將各地佛教所發生的史實記錄下來,使年表的更新
速度加快及查檢更便利,重要的是讓佛教年表的編輯是跨宗派、跨地
區完整的記錄當代佛教發展歷史,使佛教史年表成為記錄佛教發展史
的工具,更能厚植佛教學門研究的基礎。

　　──原刊於《全國新書資訊月刊》第94期(2006年10月),頁20-23。

《佛教相關博碩士論文提要彙編（2000～2006）》讀後[*]

林慶彰[**]

壹　前言

　　梁啟超在所著〈佛家經錄在中國目錄學之位置〉中提到佛教經錄，有優勝於普通目錄者數事：

　　1.歷史觀念甚發達：凡一書之傳譯淵源、譯人小傳、譯時、譯地，靡不詳敘。

　　2.辨別真偽極嚴：凡可疑之書皆詳審考證，別存其目。

　　3.比較甚審：凡一書而同時或先後異譯者，輒詳為序列，勘其異同得失。在一叢書中抽譯一二種或在一書中抽譯一二篇而別題書名者，皆一一求其出處，分別注明，使學者毋惑。

　　4.蒐采遺逸甚勤：雖已佚之書，亦必存其目以俟采訪，令學者得按照某時代之錄而知其書佚於何時。

　　5.分類極複雜而周備：或以著譯時代分，或以書之性質分。性質之中，或以書之涵義內容分，如既分經律論，又分大小乘；或以書之

＊　香光尼眾佛學院圖書館編輯：《佛教相關博碩士論文提要彙編（2000～2006）》（嘉義市：香光書鄉出版社，2007 年 9 月）。

＊＊　林慶彰，中央研究院中國文哲研究所研究員。

形式分，如一譯多譯、一卷多卷等等，同一錄中，各種分類並用。

梁氏舉出五點理由，證成自己的說法。他又說：「吾儕試一讀僧祐、法經、長房、道宣諸作，不能不歎劉《略》、班《志》、荀《簿》、阮《錄》之太簡單、太素樸，且痛惜於後此踵作者之無進步也。」[1]

梁氏在讀過梁僧祐《出三藏紀集》、隋法經《大隋眾經目錄》、隋費長房《歷代三寶記》、唐道宣《大唐內典錄》等佛教目錄書以後，非常讚賞這些目錄編輯體例的嚴謹，對一般目錄書如劉歆《七略》、班固《漢書‧藝文志》、荀勖《中經新簿》、阮孝緒《七錄》的內容太過簡單，後來編作的目錄也沒有進步。梁啟超認為漢魏晉南北朝時期的一般書目，比不上南朝、隋、唐的佛書目錄。事隔一千五百年，所謂一般書目改進了多少，是否已超越了佛書目錄？如果以香光尼眾佛學院圖書館編輯的《佛教相關博碩士論文提要彙編（1963～2000）》（以下簡稱《提要初編》）和《佛教相關博碩士論文提要彙編（2000～2006）》（以下簡稱《提要續編》）二書觀察，答案應該是否定的。

貳　《提要續編》的體例

《提要續編》的編輯體例，大抵遵循《提要初編》。要了解《提要續編》，就得先了解《提要初編》的體例。

《提要初編》書前有香光尼眾佛學院院長悟因法師的〈序言〉，接著為〈編例〉，再接著為〈分類表〉、〈分類目次〉。根據〈編例〉，本書收1963年至2000年8月臺灣、香港地區各大學及學院研究所中與佛教相關的博碩士論文1,070篇。〈編例〉第一條收錄範圍，解釋所謂

1　《佛學研究十八篇》（臺北市：臺灣中華書局，1976年7月）。

「相關」，包括三種文獻類型：

1.凡佛教與各學科、佛教與各宗教之關係比較，以及受佛教影響或與佛教有交涉之文獻。

2.凡與佛教研究範圍有交叉或重疊之學科，例如西藏研究、敦煌學、宗教理論、印度哲學等文獻。

3.凡在臺灣地區發展傳布之道教、民間信仰、基督教、天主教、新興宗教等宗教信仰及宗教藝術之文獻。

〈編例〉對資料來源、內容結構、著錄規則、論文編號、分類系統、編排方式、輔助索引，都有簡要的說明。〈編例〉條理清晰，面面兼顧，可作為各種工具書編例的範本。

正文按〈分類表〉所訂類別，將論文提要分為二十大類，各類下再分小類，如「04佛教人物及其思想」，下分印度、魏晉南北朝、隋唐五代、宋、明清、民國、日本；又如「06經典研究」下分阿含部、本緣部，般若部，華嚴經、法華經，維摩經，楞嚴經，其他；又如「15佛教各宗」下分三論宗、天臺宗、華嚴宗、禪宗、淨土宗、其他。書目提要主要採自國立政治大學社會科學資料中心、國家圖書館、各校系所之典藏，並參考各博碩士論文的電子資料庫。

輔助索引有三：1.〈題名索引〉，即按篇題筆畫順序編排的索引。2.〈人名索引〉，即按論文作者、指導教授、被研究者姓名筆畫順序編排的索引。3.〈年代索引〉，即按論文畢業年份編排的索引。

《提要續編》收2000年9月至2006年12月，臺灣地區佛教相關博士論文1,070種。所謂「相關」，也把《提要初編》中〈編例〉所述的第三點刪去。這樣收錄範圍就更明確了。香港的學位論文則不再收錄，原因為何，沒有具體說明。但卻加收中華、法光、圓光三所佛學研究所和南華大學佛學研究中心的論文。刪去不相關的，增加相關的部分，這是相當明快的作法。

　　正文的〈分類表〉，也有所增刪。如新增「07戒律研究」一類，刪去「20印度哲學」一類。「06經典研究」也增加寶積部、大集部、經集部。「08論書研究」也增加釋經論、中觀部、瑜伽部、論集部、南傳論典等二級類目。另外刪併「西藏研究」、「敦煌學」、「民間信仰及習俗」下之子目。目錄書重要的是能因時制宜，因書立目。本書編輯手法靈活，也可看出一斑。

　　索引部分僅存〈題名索引〉和〈人名索引〉兩種，可能因提要涵蓋時間僅六年多，不必浪費篇幅再編〈年代索引〉。這也是善於權變的表示。

　　為方便讀者，在正文之後，輔助索引之前有附錄兩種：1.〈臺灣地區佛學研究所畢業論文簡目〉；2.〈《佛教相關博碩士論文提要彙編》1963～2000年版與2000～2006年版分類對照表〉。

參　編印《提要續編》的意義

　　香光尼眾佛學院圖書館人力有限，他們不但編輯《佛教圖書館館刊》，也出版甚多佛教方面的工具書，如《佛教圖書分類法》、《臺灣地區佛教圖書館現藏佛學相關期刊聯合目錄》等書，更編輯出版兩大本的《提要彙編》。個人以為出版這套《提要彙編》，不但呈現近五十年大學校院研究佛學之總成績，也指引了今後研究佛學的新方向。此外，還有下列數點意義：

一、證明僧尼也可以編輯高質量的工具書

　　一般人以為臺灣的佛教人物大都把時間花在禮佛、參禪，或寫一些通俗佛教讀物作善書，能合作編輯高質量的工具書，如智旭的《閱

藏知津》、會性法師的《大藏會閱》，可說少之又少。《提要彙編》的出版，證明香光尼眾佛學院圖書館不但有編輯工具書的人才，且有以編輯工具書為志業的尼眾，不但使一般人對僧尼的印象改觀，勢將帶動國內佛教團體編輯其他佛學工具書的風氣。

二、繼承佛教目錄的優良傳統

前文提到六朝、隋、唐間有許多體例完備的佛書目錄，此一傳統代代有人繼承下來，明末智旭所編的《閱藏知津》，可說是佛教書籍的《四庫提要》，此書編成時間，早於清乾隆時代的《四庫提要》一百餘年。可見佛學界編輯書目的能力一直領先一般書目。《提要彙編》的編輯出版就是繼承此一優良傳統而來。試看一般書目中，有沒有一本博碩士論文提要可媲美這一套《提要彙編》？

三、持續編輯，樹立典範

編輯工具書，能持續數十年不間斷的並不多。許多工具書也因為沒有持續編輯，逐漸失去時效。後起的人如有所編輯，往往不接續著編，資料蒐集的起始時間有時無法銜接，收錄內容和編輯體例也不一致，檢索時文獻資料也就有所遺漏。香光尼眾佛學院圖書館所編的工具書，該修訂的已修訂，如前文提及的《佛教圖書分類法》已有改定本，《臺灣地區佛教圖書館現藏佛學相關期刊聯合目錄》已出第二版。《提要初編》收錄資料到2000年8月，《提要續編》則從2000年9月開始收錄。能如此銜接，文獻資料才不會遺漏。以香光尼眾佛學院各位法師的學術使命感，將來勢必會編《提要三編》，如此持續不斷編輯下去，也形成了一種優良的傳統，學術水平也自然而然的提高了。

肆　結語

　　香光尼眾佛學院在悟因法師的領導下，又有自衍法師對佛教工具書編輯的執著，才能出版如此高質量的《提要彙編》。她們對編輯工具書的執著精神，有一天也會感染到其他圖書館，大家一起規劃合作編輯工具書，或將相關佛教文獻數位化，再困難的工作，也有完成的一天。就如同筆者常常跟學生說的，隋朝靜琬在河北房山刻石經，一代代接續的刻下去，到明嘉靖年間終於全部完成。這種默默耕耘的精神，是這時代所最缺乏的。我們文史學界有不少編輯工具書失敗的例子，如編《明人文集篇目分類索引》，已失敗一、二次；《臺灣文學研究文獻目錄》，聽說不少學者主持過，但都見不到成果。這些都不免浪費公帑。如果主其事者，能多多向香光尼眾佛學院圖書館的諸位法師學習，書早就編好出版了。但願這篇讀後感，不會加重法師們的心理負擔。

　　──原刊於《佛教圖書館館刊》第47期（2008年6月），頁124-126。

書評範例
文學類

戲曲目錄學的傑作

——《傅惜華古典戲曲提要箋證》評介*

陳美雪**

　　筆者有感於傅惜華先生對整理戲曲文獻的成就，於2006年3月完成了一篇題名為〈傅惜華編輯戲曲總錄的貢獻〉的論文，討論傅先生整理各朝代戲曲目錄的方法和成就，當時因不知傅先生曾為《續修四庫全書總目提要》撰寫過戲曲著作提要的事，所以傅先生此一方面的成就也未加討論。最近購得謝雍君所著《傅惜華古典戲曲提要箋證》（北京市：學苑出版社，2010年8月）一巨冊，對傅氏撰寫提要的用心深為佩服，對謝雍君先生不厭其煩的為傅先生的提要作箋證，也深為感動。這本書不但可看出傅先生研究戲曲的深厚功力，也可以看出謝先生所花費的心力。更重要的是，為戲曲研究增添了寶貴的資料。

一、傅惜華撰寫戲曲著作提要

　　傅惜華先生把一生的歲月都奉獻給戲曲文獻的整理工作，他在1930年7月開始為《民言》的〈戲劇周刊〉撰寫〈雜劇傳奇譯本集目〉，這是他首次發表有提要的目錄。此後，他又發表《明代傳奇提

---

*　謝雍君：《傅惜華古典戲曲提要箋證》（北京市：學苑出版社，2010年8月）。
**　陳美雪，世新大學中國文學系副教授。

要》、〈綴玉軒藏戲曲草目〉、〈記綴玉軒藏內府鈔本〉等文。1935、1936年間,《戲劇叢刊》和《北平晨報》〈國劇周刊〉、《大公報》〈劇壇〉,分別刊登他的《綴玉軒藏曲志》和《碧蕖館藏曲志》。《綴玉軒藏曲志》是為梅蘭芳所藏南北曲善本而寫,《碧蕖館藏曲志》是為家藏明清傳奇善本而寫。1937年年底孫楷第辭去北平東方文化事業總委員會主持編纂的《續修四庫全書總目提要》〈戲曲類〉提要的撰寫工作時,傅惜華成了能接替孫楷第未竟工作的最佳人選。《續修四庫全書總目提要》的編纂工作,於第二次世界大戰日本戰敗後結束,提要稿由中國科學院圖書館接收,並未正式出版。1972年,臺灣商務印書館所出版的《續修四庫全書提要》是當時寄到日本東方文化學院京都研究所的副本,所收提要並不完整。1996年,山東濟南的齊魯書社將中國科學院圖書館所藏的文稿全部影印出版,學術界才知道傅惜華所撰提要的真正內容。

　　《綴玉軒藏曲志》有提要二十四篇,《碧蕖館藏曲志》有提要二十一篇,包括發表在1932年《國劇畫報》上,原題名《碧蕖亭藏曲識略》之《碧雲霄霞》、《封神天榜》兩種。除此二種,其他十九種提要內容與《續修四庫全書總目提要》〈戲曲類〉基本相同。《續修四庫全書總目提要》〈戲曲類〉的提要總共有四百四十七篇(包括彈詞提要四十九篇)。現在將傅先生所作提要抄錄一篇如下:

> 紫簫記傳奇四卷
> 北京圖書館藏萬曆間富春堂刻本
> 明湯顯祖撰。顯祖有《還魂記》,已著錄。
> 此記凡三十四齣,演李益、霍小玉事。記中謂霍小玉觀燈至華清宮,拾得紫玉簫,故以標名。此記與《紫釵記》傳奇,雖皆演李益、霍小玉事,然兩本關目,迥然不同。蓋《紫釵記》全

據唐人蔣防《霍小玉傳》一文譜成，此記則略引正面，點綴生情，而插入唐時人物，不拘年代先後，隨機布置，以助波瀾也。

呂天成《曲品》，嘗列此記於「上之上品」，且謂：「琢調鮮美，練白駢麗。向傳先生作酒、色、財、氣四犯，有所諷刺，是非頓起，作此以掩之，僅成半本而罷。覺太曼衍，留此清唱可耳。」按此實屬無稽之談。

顯祖《〈紫釵記〉題詞》述其刊行《紫簫》之故曰：「往昔余與所游謝九芝、吳拾芝、曾粵祥諸君，度新詞為戲，未成，是非蜂起，訛言四方。諸君子有危心，略取所草，具詞梓之，以明與時無與。記初名《紫簫》，實未成，亦不意其流行之如是也。南都多暇，更為潤刪訖，名《紫釵》」云。據此，其所謂未成者，並非通本首尾不全，實為修煉布局，未臻盡善之意耳。及《紫釵記》刊行於世後，梨園爨演頗盛，故此記唯供案頭之欣賞而已。

這篇提要所涉及的項目有：書名和卷數、典藏地和刊本，作者生平事蹟和戲曲活動，接著是內容介紹、流傳情況、整體評價、研究論著。最值得提出討論的是傅先生在提要的最後一段，對各劇目演出的情況也作了介紹。如：傅先生記明姚茂良《金丸記》的演出情形說：「近世梨園於第二十一齣〈妝盒〉、第二十三齣〈盤盒〉、第二十四齣〈收養〉、第二十九齣〈拷問〉，偶見爨演，但以弋腔歌之耳。」又記明高濂《玉簪記傳奇》的演出情形說：「其第十〈手談〉、第十一〈鬧會〉、第十四〈幽情〉、第十六〈寄弄〉、第十九「詞媾」、第二十一〈姑阻〉、第二十二〈促試〉、二十三〈追別〉等齣，梨園傳唱，至今四百餘年，猶弗衰也。」（頁89）

　　由於有這些提要為傅先生後來編輯《中國古典戲曲總錄》奠定了堅實的基礎，《總錄》已出版的雖僅有《元代雜劇全目》、《明代雜劇全目》、《明代傳奇全目》、《清代雜劇全目》四種，但沒有撰寫提要的經歷，這幾種書目的內容，一定遜色不少。

二、謝雍君為傅氏的書作箋證

　　謝雍君是中國藝術研究院戲曲研究所的副研究員，長年研究古典戲曲，尤專精於崑曲，除本書外，另有專著《牡丹亭與明清女性情感教育》（北京市：中華書局，2008年），與他人合著出版的有《中國戲曲史》（北京市：文化藝術出版社，1998年）、《崑曲與文人文化》（瀋陽市：春風文藝出版社，2005年）等書。他將傅先生的《綴玉軒藏曲志》、《碧葉館藏曲志》和《續修四庫全書總目提要》〈戲曲卷〉，所收戲曲著作的條目，總計四百四十七篇提要，彙集在一起重新編輯，編輯的方法是依照雜劇、戲文、傳奇、總集、曲選、曲譜、曲論、曲韻、散曲集、俗曲的順序來排列，每類依內容多寡或分或合，多者分為兩卷，如：傳奇，分出卷三明代傳奇、卷四清代傳奇。少者合為一卷，如：總集、曲選、曲譜、曲論、曲韻合為卷五，散曲集、俗曲和彈詞合為卷六。同一劇種按照作者生年先後排列，生卒年不詳者依史料記載的大概年代排序，無名氏作品排在有姓氏者作品之後。

　　謝雍君的《箋證》主要是對傅先生的提要作增補的功夫，謝先生所謂箋證是指他為提要所做的加工，包括校記、箋證兩大項，校記部分主要包括兩方面：一是正文出現筆誤，二是正文引文有誤或有異，皆出校記，予以校正。箋證部分主要分六個方面：（1）著錄每篇提要的相關出處，（2）著錄作者的生卒年、生平事蹟、文藝創作等相關情況，（3）著錄作品版本的相關情況，（4）著錄正文裡古地名的今屬

地，列出引文轉述處，（5）著錄作品演出、流傳情況，主要介紹該劇
目在後世的演出狀況，以及該劇目在戲曲選本、曲譜中的選輯情況，
（6）著錄二十世紀以來有關該作品的主要研究著作與論文，包括臺
灣、海外部分研究論著和論文。

　　這種繁複的工作，做一兩篇已經夠辛苦，更何況四百多篇，謝先
生學術熱忱和為本書所費的心力，實令人感佩。個人以為本書之出
版，對發揚傅惜華先生整理戲曲文獻的精神，實有相當深遠的意義，
也將帶動學者開始整理近代戲曲文獻的學術風氣。

三、對本書作者的一些建議

　　為前人的書作箋證，本來可以不必著錄與該作品有關的研究成
果，本書作者不辭勞苦，願意將這些研究成果附在箋證之下，供讀者
參考，用意至佳。然根據本書凡例第十二條：「研究方面，擇要著錄
二十世紀以來有關該作品的主要研究論著與論文。研究論著、論文以
名家、名文為主，盡可能著錄近二十年來的學位論文，論題涉及文獻
考述、舞臺演出、審美研究、文化研究、比較研究等方面。」可見他
所收錄的研究論著和論文皆以名家名文為主，不是名家名文則不予收
錄，但是讀者如何知道他所未收的，確實不是名家名文，或是名家名
文不小心遺漏的呢？舉一例來說，毛晉所輯的《六十種曲》主要研究
論著收金夢華、徐安懷、徐扶明、吳曉鈴、俞為民、蔣星煜、馬衍、
潘天幀、劉敘武、李佑球等十篇。其實如果檢索國家圖書館的「臺灣
期刊論文檢索系統」，至少還有兩篇：

　　1.崑劇傳奇的寶庫──評《六十種曲》　王永健　書目季刊　40
　　　卷3期　2006年12月
　　2.六十種曲婦女形象研究　許瑞玲　國立臺灣師範大學國文研

究所集刊　35期　1991年6月

　　如果我沒記錯，王永健先生著有《中國戲劇文學的瑰寶——明清
傳奇》（南京市：江蘇教育出版社，1989年）、《洪昇和長生殿》（上海
市：上海古籍出版社，1982年）等書，應該也算是名家，這篇評《六
十種曲》卻沒有收進去。還有許瑞玲的論文對研究《六十種曲》也有
相當的幫助，似不應割捨不收。另外，筆者所著《湯顯祖的戲曲藝
術》（臺北市：臺灣學生書局，1997年5月），這書分九章，前三章討
論湯顯祖及其時代，兼論其戲曲創作過程，第四至八章，分論《紫簫
記》、《紫釵記》、《牡丹亭》、《南柯記》、《邯鄲記》探討其主題思想、
分析人物形象和語言技巧，適合作為湯顯祖的入門書。而且有些戲曲
家的研究論著目錄或研究資料彙編，往往不是名家所編，但卻對研究
者有莫大的幫助，這樣的著作是否也不收？筆者編有《湯顯祖研究文
獻目錄》（臺北市：臺灣學生書局，1996年12月），收錄1900至1995年
間臺灣、大陸、日本、歐美等地研究湯顯祖之專著和論文條目約一千
五百條，研究湯顯祖的學者收集資料咸感方便，是否也應提供讀者參
考？

　　至於海外的研究成果，也可參考石川梅次郎監修的《中國文學研
究文獻要覽》（戰後編，1945-1977）（東京市：日外アソシエーツ株
式會社，1979年10月）和川合康三監修的《中國文學研究文獻要覽》
（古典文學，1978-2007）（同上，2008年7月）。這兩部書把日本戰後
以來研究中國文學的大部分成果，都已收錄進去，謝先生不妨從中挑
取所需要的條目補入大作中。

　　民國戲曲學者整理文獻的成就，一直沒有學者去作較深入的研
究，近人有苗懷明著《二十世紀戲曲文獻學述略》（北京市：中華書
局，2005年6月）開始關注前一世紀海內外戲曲文獻整理的概況，可
謂用心良苦。但戲曲研究還有更重要的是，編輯一部古典戲曲研究文

獻目錄。在臺灣研究經學的有《經學研究論著目錄》，研究哲學的有
《兩漢諸子學研究論著目錄》、《魏晉玄學研究論著目錄》，研究詞學
的有《詞學研究書目》、《詞學論著總目》，讓研究這幾個學科的學者
感受到莫大的方便。謝先生對戲曲文獻有相當深的了解，才能完成這
本《傅惜華古典戲曲提要箋證》，在箋證部分所收二十世紀主要研究
論著也非常豐富，以謝先生的學養和耐力，糾集人力來完成一部古典
戲曲文獻目錄，應該不是很困難的事。

　　——原刊於《國文天地》第27卷第6期（2011年11月），頁97-100。

嘉麗妹妹在上海
——評王安憶著《長恨歌》[*]

李奭學[**]

　　一九八三年，王安憶和母親茹志娟同遊新大陸。身在異鄉，她開始懷戀起自己成長於斯的上海都會來。歸去乃寫下不少洋場小說，「海派」標籤自此如影隨形，眾口交爍。雖然如此，這一場海上繁華夢似乎要等待近作《長恨歌》出版，才能圓其極致，走入勝境。

　　這場夢是夢熱筆淡，淡得近乎冷。王安憶的靈感取社會新聞，所以故事還沒寫就先掉進自然主義的創作窠臼去。她起筆乃沿著達爾文的環境說發展，王琦瑤的悲劇要從四十年前的上海片場說起。繼之以「略似」喀爾文的清教命定論，走一步算一步，選美會上的錦繡煙雲和國府要員李主任的金屋都是命。而再回頭，世局已變，紅色中國裡的王琦瑤隱居上海平安里。在此，她曾經為愛而珠胎暗結，也曾敗德欺心，不是為愛而獻出肉體，差一點把平安里當做長安的北里。這也是命。

　　幸好文革前王琦瑤還有個柏拉圖式的仰慕者，為上海這個敗絮其內的不夜港埠打進一劑殺菌用的四環素。可惜轉眼間時序已入八〇年代，而王琦瑤仍然不識好歹，妄想凝住時間，回頭吃嫩草，顛倒四十

---

[*]　王安憶：《長恨歌》（臺北市：麥田出版社，1996 年 4 月）。
[**]　李奭學，中央研究院中國文哲研究所研究員。

年前自己和李主任的關係。問題是李主任有恩義,時局動蕩下猶留給她一盒金條,她珍藏一世後,此刻卻想整盒奉送,保住契弟。往日的恩義既不顧,陰錯陽差就難免,王琦瑤終於喪命一旁覬覦的「新潮」青年手裡。

這整個故事其實是《嘉麗妹妹》縮碼的上海改編,王安憶寫來滿紙析理,世故到冷酷。洋場的「是」她振振有辭,「非」也有一套因果說詞,奪理之至。筆下的母女人倫更如博弈,爭奇鬥妍之際又工於心計,而王安憶道德針砭不施,反而冷眼細剖兩造,把一場母女鬥看成自然天性。王琦瑤一生浮沉,筆觸最重時,王安憶也不過說她在走鋼絲:一步錯,可能像蘇童筆下的孌王從高處跌落。

王安憶其實和蘇童頗有差距。蘇童會直來橫去的傷風敗俗,她誇張不來,多半求助於寓言。王派膾炙人口的「瑣碎的政治學」,指的正是《長恨歌》中所謂的「斂少成多,細流匯大江」,通通都用第三隻眼在觀看人間世,仿如小女生推開閣樓上的窗扉,兀自睜眼瞧著街市熙來攘往的人潮。即使有熱鬧,總也隔著一層空氣,有種蘇童不會有的不乾不脆感。諷刺的是,這種「不乾不脆感」正夾藏著王安憶個人的歷史「重言」或「卮言」。就好像蘇童筆下的南方小城象徵中國,王琦瑤也是成千上萬的海上兒女,滬上的流言蜚語與浪聲謔語乃環繞著她推展。浮沉之間,上海這顆璀璨的明珠起起落落。我們有如霧裡看花,正因「王琦瑤」的情節也是「海上兒女」的故事,更是「上海」的傳奇,而我們總想在這三者間找出一個閱讀上的平衡點。

坦白說,這個平衡點偶爾有誤差。一九四九年後的王琦瑤讀來宛如看盡繁華的白頭宮女,如今已不堪細說從前。國府時代她的際遇,按說因此是敘述者在八〇年代為她回首前塵的基礎,而四十年前那一場上海選美會以及隨之而來眾寵集一身的光環,更應該是八〇年代她的論述之所繫。然而王安憶於此竟然快轉鏡頭,重蹈《逐鹿中街》裡

的敗筆，以卡通式的速寫攏括她即使是枝節都會花兩倍篇幅寫的內容，造成的閱讀反應故而不是「不堪回首話當年」，而是「當年似乎不值得這麼費工夫在回首」。或者說，王安憶所寫的這場海上繁華夢，其實搭配不上日後回憶裡的繽紛多彩。

王安憶冷筆熱寫，用字遣詞往往在歷史上叱咤一時，像辛棄疾和毛澤東等陽剛詩人就都曾為她陰柔的上海所收編。這種筆法已經超出「用典」的文圍，更是不露痕跡藉典在諷史。「不露痕跡」或曾造成《長恨歌》的結構失衡，卻是王安憶以亂世兒女喻史的一大長處：「王琦瑤不知道時局的動蕩不安，她只知道李主任來去無定。」即使簡單若此的一句話，四九年前夕滬外的狼煙遍地、旌旗蔽野也已直逼眼簾，讀來只能令人忐忑心酸。王安憶未曾正面批評國民黨，筆下國府時期的上海恐怕還比紅色春申更得臺灣讀者的喜愛，也不曾直斥共產黨帶來的社會鉅變，她只把王琦瑤一生的瑣細娓娓道來，讀者在文字起伏中便已得悉《長恨歌》裡的龍門板定。

綜上可知，王安憶雖然人稱「海派」，個人的詩學卻迥異以哀感頑豔而名噪一時的海上前輩，和四〇年代善寫摩登男女，唯洋是尚的新世代海派也略見距離。其特色是不辭瑣碎，《長恨歌》中故而能成其工筆，把上海嵌進清明上河圖裡。但是王安憶也不廢淡筆，從而可以在浮世繪中經營潑墨式的寓言，再見早期雯雯故事裡的文理針線。細瑣不辭，造成王安憶忍不住岔開寫旁事的創作積習，不但在《長恨歌》中留下一部沒有結局的鄔橋贅語，又花了不少篇幅報導洋場潮流，進而讓寓言墮落成顯言，也讓人掩卷猶有活殺千里馬的感慨。

——原刊於《台灣觀點：書話中國與世界小說》

（臺北市：九歌出版社，2008年7月），頁151-154。

從發光體到反光體
論亮軒的《風雨陰晴王鼎鈞》[*]

沈謙[**]

就散文藝術而言，

王鼎鈞為當代散文第一大家；

就作家評傳而言，

亮軒這部書堪稱卓越，

以其識見幫讀者擦亮慧眼，

進窺傑出作者內在心靈的奧秘。

　　王鼎鈞，我把他評為二十世紀臺灣散文第一大家，理由有三：
（一）創意出神，（二）意象豐盈，（三）境界躍昇。其實，千言萬
語，就是一句話，讀鼎公的作品，隨時會感受到一股生命的悸動。

　　「燕子，燕子，你有什麼遺憾？」

　　「唉！我這一輩子沒見過梅花，凡是我到過的地方，梅花都不
　　開。」

---

[*] 亮軒：《風雨陰晴王鼎鈞：一位散文家的評傳》（臺北市：爾雅出版社，2003 年
4 月）。

[**] 沈謙，故玄奘大學中國語文學系教授。

「這是因為凡是梅花開放的地方你都不去。你怕冷,而梅花要
在寒冷的天氣裡才有。」(《靈感‧燕語》)

我並沒有失去我的故鄉。當年離家時,我把那塊根生土長的地
方藏在瞳孔裡,走到天涯,帶到天涯。只要一寸土,只要找到
一寸乾淨土,我就可以把故鄉擺在上面,仔細看,看每一道摺
皺,每一個孔竅,看上面的鏽痕和光澤。(《碎琉璃‧瞳孔裡的
古城》)

從前乾隆皇帝在黃鶴樓上,望江心帆船往來,問左右「船上裝
的是什麼東西」,一臣子回奏:「只有兩樣東西,一樣是名,一
樣是利。」

這個有名的答案並不周全,船上載運的東西乃是四種,除了名
利之外,還有一樣是情,一樣是義。(《昨天的雲‧小序》)

鼎公執著於生命的情義與散文藝術的結合,其代表作是融敘事、
抒情、議論於一爐的回憶錄散文,堪稱並世無雙。

讀鼎公的散文,不但讓我們充分感受到孔子「游於藝」的精神,
也使我們生活中洋溢著情與義。所謂情義,內容頗廣:「支持幫助是
情義,安慰鼓勵也是情義,潛移默化是情義,棒喝告誡也是情義。嘉
言懿行是情義,趣事軼話也是情義。」更為我們的生命中增添一股
生氣與活力。「那裡有一棵樹,一棵樹站在那裡,實在好看。樹為什
麼好看?樹有一種努力向上生長的樣子。人也好看,只要人努力上
進,尤其是一個男人,男人的美,就在他不停的奮鬥。」(《靈感‧
樹‧人》)

鼎公就是這樣一棵大樹。讀者在大樹的庇蔭下,沾溉良多,然而
對於這棵大樹卻沒有仔細端詳,欠缺「振葉以尋根,觀瀾而索源」的
整體觀照,多少感覺「意有未愜」。民國九十二年四月爾雅出版亮軒

兄的《風雨陰晴王鼎鈞——一位散文家的評傳》，可謂應運而生，適其時矣。

一、大題大寫，綱舉目張

從鼎公遊，如大樹庇蔭；與亮軒交往，則是奇遇。猶記得在北京玻璃廠親睹他殺價的本領，穩、準、狠，善於掌握人性，當時驚為天下第一。又民國八十六年初夏，在晨曦中相偕走完桃紅柳綠的蘇堤，春意盎然，生氣蓬勃。他是當代卓著的散文家、名嘴，但奇人奇趣，尤勝其文。我將他視為二十世紀中國文人的典型。以如此浪漫瀟灑的文人，居然能寫出《風雨陰晴王鼎鈞》如此厚重大書，頗令我嘖嘖稱奇。因為他所扮演的角色，一向是遊於藝的才子，從來也不是皓首窮經、瞻前顧後的學者。

檢閱《風雨陰晴王鼎鈞》，五百餘頁的堂堂鉅著，綜論王鼎鈞的一生和三十七本著作，綱舉目張，體系完備，全書共八篇。

第一篇〈啟蒙〉：1.從私塾到小學，2.校長王者詩，3.萬有文庫與小先生制，4.幾個典範。

第二篇〈成長〉：1.家庭背景，2.母親，3.父親。

第三篇〈離家與從軍〉：1.早熟的童年，2.顛沛少年行，3.最初的成長，4.家國情懷，5.人生新起點，6.對國民政府的觀察，7.對中國共產黨的觀察，8.對於善惡是非的分辨，9.幾個典範。

第四篇〈感情世界〉：1.前言，2.無怨，3.含蓄，4.有幾個王鼎鈞？5.情義初開情人眼，6.柔腸寸斷碎琉璃，7.從大風大浪到心房裡漩渦，8.血淚化作筆墨痕。

第五篇〈語言世界〉：1.前言，2.文學創作就是說話，3.說話的常與變，4.語言與感官，5.詩散文。

第六篇〈信仰世界〉：1.前言，2.王鼎鈞的宗教觀，3.邊緣的信徒，4.多元信仰的起點，5.結論。

第七篇〈王鼎鈞風格的形成〉：1.前言，2.為什麼要創作？3.創作與人生，4.為什麼成為散文家，5.幾種討論作文方法的書，6.運用懸疑，7.題材的蛻變，8.挑戰與創新。

第八篇〈總論〉：1.王鼎鈞的人與文，2.王鼎鈞的定位問題。

在此聯想起胡耀恆教授一段語重心長的話（胡衍南〈把一生所學傳承下來——專訪胡耀恆教授〉，《文訊》214期）：

> 這三、四十年來文學研究的路走偏了，學者的文學充斥太多分析性的理論，太多不必要的附註，使得文學研究成為專家才看得懂的文章，阻礙了讀者和作家之間的溝通。

亮軒這部書，「體大而慮周，思深而意遠」（章學誠《文史通義‧詩話》），在當代作家評傳中，洵屬空前之作。自嚴謹的學術論文規範而言，選題精當，資料豐碩，架構完整，體例嚴謹，闡論精闢，成果斐然，不失為一流的學術著作。但最可貴的，是脫略了一般學術論文的蒐集整理分析之功，而是「采花釀蜜，食桑吐絲」，真正入乎其內，出乎其外，堪稱典型的「批評文藝」。足以讓行家激賞，又能讓一般讀者親之近之，愛不忍釋。

二、探驪得珠，璀璨奪神

《風雨陰晴王鼎鈞》全書文字暢達，一氣呵成，堪稱其來有自，良有以也。亮軒以散文家的才情、學者的涵養、批評家的識見，再加上對文本作者的親炙日久，情誼篤厚，書中不但有情有義，有趣有韻，且獨抒性靈。清代性靈派詩人袁枚《隨園詩話》嘗言：「作史三

長，才、學、識，缺一不可。余謂詩亦如此，而識最為先。」

亮軒對於鼎公文章的「創意」，獨具慧眼，能「識」得其中奧妙。鼎公遇到一位從河北來的新老師，「他雖然不能給你棉被，但可以給你溫暖。」（頁98）將軍校長李仙洲，為人仁厚，「弟子走偏了，要把他拉過來，不要把他推出去。」（頁106）國文老師李仲廉讓他知道創作是一條無怨無悔的路，「愛護你的人可能使你平庸，而那些欺騙、煽動、陷害你的人，卻可能讓你有一天能為人之所不能為，但也可能讓你萬劫不復。」（頁109）

鼎公的《人生三書》，暢銷四十萬冊，讀者逾百萬，最耐人尋味的是《人生試金石・得理讓人》：

> 做事要耐煩，做好事尤其如此。做壞事的人自知理屈，能忍受一切盤根錯節之處，做好事理直氣壯，容易憤慨負氣，以致人間好事多磨，而壞事常成。昔人說：世上多少好事，被壞人破壞了！也有多少好事，被好人辦壞了！好人怎麼會辦壞好事呢？他心裡當然是希望辦好的，可是他缺少「成事」必須的韌性，——他有的是「任性」，認為他是好人，不屑於「忍氣吞聲」，事成了是你們的好處，事敗了我沒有損失。好吧！那就讓它失敗，給你們一點教訓！

亮軒以探驪得珠之筆，拈出龍珠，鼎公對好人的要求比較高，「也有要當了好人不知多少年的讀者，多作一點兒自省的意思。」又指出鼎公發現了壞人的好處，是「自知理屈」和「不厭其煩」。「若非冷靜的觀察，還真不容易找出壞人的好處來。有怨就不容易有如此的心得了。」（頁124）

對於鼎公文章的藝術評價與特點，亮軒更是慧眼獨具，處處深獲我心。鼎公文章，頗多敘身邊瑣事，而流露情感，亮軒評云：「寫感

情，一不小心，就容易失去節制。寫身邊之事，一不小心，就容易流於瑣細。王鼎鈞知所取捨，刻意經營，寫出了典範。」（頁135）

他評《人生三書》：「《人生三書》大體上有一個基本的結構，就是以一兩則故事，表現一個道理。道理是硬的，故事是軟的，他就是把某些對讀者可能不是那麼可口的營養品給裹上了糖衣，加上了香料，讓人不知不覺的接受了一種理念。」（頁146）又指出鼎公是一位很精采的社會性的大、中、小學的教師，冷靜沉著有條有理又有趣。「不論說理還是抒情，整個風格中就透露出很濃厚的冷靜、內斂與含蓄，也因此使他的作品更增韻味。」（頁146）

鼎公的散文，融合詩的含蓄、小說的想像、戲劇的結構，意象豐盈，魅力廣遠。亮軒對於鼎公的語言世界，特闢專章深入探究闡析，指出其語言最大的特色，是「從來不讓文字難讀，但也不會無情無趣」，且以充分的實驗精神，一直不斷地向自己挑戰，「他處理對話，如見其人；語氣音節，有詩的巧妙；字句運用，古今並存水乳交融。語言上大膽嘗試，有時候全文不分段落，有時候全書沒有標題。」（頁194）

鼎公視野遼闊，關懷廣遠。《兩岸書聲·黨的作家與人類的作家》：「人類的作家不僅關懷本國人，也關懷外國人，不僅關懷友邦，也關懷敵國，眾生平等，以天下萬姓為心，功過是非依然，作家的態度是悲天憫人。」他最顛峰之作是一系列回憶錄的散文，《昨天的雲》自言：「一本回憶錄是一片昨天的雲，使片雲再現，也就是這本書情義所在。」亮軒在全書〈總論·王鼎鈞的人與文〉，有一段總評：

　　如果以懷鄉來看王鼎鈞，就不免太簡單了些。王鼎鈞題材很多都與他的家鄉有關，但是，他寫的不一定只是他的家鄉，他寫

的是失落的家鄉，如此的失落，有著很多隨著時間與心情永遠
不可能再現的事物。他的作品受歡迎，並非只有他的同鄉才愛
讀他的作品，因為，他寫出來的是所有流浪者的感受，流浪，
不只是地圖上的線條，還有心靈的起伏變化。（頁453）

亮軒直探本心，指出王鼎鈞散文之造詣，並祈福鼎公長壽：「王
鼎鈞說他相信在創作上他已經得心應手，希望很快就能讀到著手成章
（有四本回憶錄要寫）。凡是讀過王鼎鈞的人都知道，只論迤邐而出
的璀璨奪神，不只是巴金，比不上的人多著呢。有的人真該活得長，
王鼎鈞就是！」（頁474）令我聯想起鼎公八十八年出版的《活到老，
真好！》。

三、發光反光，卓爾不群

《風雨陰晴王鼎鈞‧後記》中，亮軒將「人」簡化分類為發光
體、反光體、受光體：

發光體如王鼎鈞，千錘百鍊的智慧與文筆，紅黃藍紫爍爍閃
閃，凡見者莫不心動神馳，但是，是不是還可以讓更多的人分
享他的燦爛與豐美呢？有時可能還要借重反光體，如一面鏡
子，把他的光與熱反射得更遠，許多原本冷冰冰的角落裡的人
賴此也得到一些光明與溫暖。（頁486）

亮軒自喻為反光體，希望能對作為受光體的廣大讀者有所貢獻。
他又頗感自慰地說：「有此一念，研究王鼎鈞的成就感油然而生，若
干時日的反覆推敲，一再檢索，甚至溽暑揮汗寒夜孤燈中絕對不免的
自我質疑，也都雲淡風輕了。」在此令我聯想到黃維樑教授〈在解構

的後現代揚起古典與崇高——黃國彬翻譯但丁的神曲〉（民國九十二年七月卅一日《中央日報‧中央副刊》）中的一段話：「在分崩析離、荒誕、猥瑣、喧嘩陰暗、顛覆解構的所謂現代或後現代時世中，黃國彬為我們帶來古典和崇高。最近二三十年來，荒誕失序解構的文學，是眾多前衛作家所強調的。古典和崇高，在這個時世，於是有特殊的意義。」

亮軒評王鼎鈞，在近年來社會失序，倫理蕩然的滔滔濁世中，將王鼎鈞執著於散文藝術中的情與義，煥發出嶄新的光輝，尤具特殊價值與意義。就散文藝術而言，我視王鼎鈞為當代散文第一大家；就作家評傳而言，《風雨陰晴王鼎鈞》堪稱空前。我認為亮軒這部書，無論就學術、傳記、文學評論而言，均非優秀，而是卓越。讀者有幸，不妨在他的反光之下，充分享受光的福音。其實，亮軒本身即為絕佳的發光體，堪為當代「批評文藝」的典範，足以讓讀者情往神移，一氣讀完，而又回味無窮。其中曲徑通幽的勝景，令人眼花撩亂。他不但燭幽顯微，直探本心，而且比較分析，切中肯綮。

〈題材的蛻變〉一章，亮軒以《碎玻璃》與《昨天的雲》，《山裡山外》與《怒目中年》等代表性作品為例，列表比較王鼎鈞如何以相同的題材，作多方面的詮釋與評價，著力頗深，而使讀者受益良多。

第七篇〈王鼎鈞風格的形成〉，亮軒指出，王鼎鈞以說理小品文成為暢銷作家。然而說理而能如此機趣層出者，觀諸前輩，似乎不多。他以中國文學史上明清小品作家與之相提並論：

> 在過去，如張潮的《幽夢影》，趣味多於哲理；如洪自誠的《菜根譚》，說理又多於情趣；而如呂坤的《呻吟語》，道理是說得不錯，卻又沒有王鼎鈞那麼多讓人讀來津津有味的故事。
>
> （頁329）

　　除了與古典小品比較外，亮軒又從現代文學史的角度，列舉許多散文的特點，與王鼎鈞比較評析，並進一步說明王鼎鈞散文特擅的優點——在散文中融入許多小說的成分，〈運用懸疑〉指出：

> 散文寫作，一般而言，並不太重視懸疑，散文家大多以其敘事語言的風格吸引讀者。有的談他們特殊的經驗，如張拓蕪。有的直接抒寫情感，如徐志摩。有的以博學見長，如梁實秋。也有以他們的思想為表達的主題，如錢穆先生許多哲學文化方面的散談。至於生活瑣事人情雜憶也都可以成為散文，周作人談讀書、林語堂談生活、高拜石談掌故，凡此眼前所見幾乎都是直接鋪陳，很少看到作者在結構與思想上特殊的安排，但王鼎鈞是一個例外。他的散文很重視結構與張力。（頁390）

　　嚴肅地說，鼎公在散文藝術上的經營，著力之深與造詣之高，實已超越了散文史上的前輩。不過，在亮軒如此高手的法眼之中，鼎公的文章，仍有討論餘地。在〈後記〉中他以巴金八十高齡所作《隨想錄》造詣為例：「沒有一點牽就，沒有任何設計，只是一位老人家平直說來，文情交融清澈如水，竟也如此方得其無限的沉思與玩味。只是，王鼎鈞能否也出《隨想錄》一般的作品，這就是個人風格的問題了。」亮軒肯定鼎公一生創作上的表現，足以成為文壇正宗的典範，是一位可以得到滿分的作家，然而這個滿分卻也同時成為他要更上一層的阻力：

> 他的問題正在那種自覺性的求好，無論是怎麼得心應手，王鼎鈞難以捨卻他那強烈的自覺意識，少放任而多經營，縱使經營得像如今所見難以挑剔，也還少了一點渾成天趣。他寫的固然是人人可讀的白話文，這些白話文章很精緻、很深刻、很動

人。相對的，也就欠缺了若干自然的野趣，一如小學校裡的學生，固然用功規矩的學生人人愛，調皮的孩子卻另有一番嫵媚。（頁484）

鼎公不只是「我手寫我口」，更能我手寫我心，我手寫我感，我手寫我悟。他運用詩的語言、散文的形式和小說的變化層次，執著於散文藝術與生命情義交融，抒寫出二十世紀的風風雨雨，讓我們感受到時代脈搏的躍動。亮軒的《風雨陰晴王鼎鈞》「平理若衡，照辭如鏡」（《文心雕龍·知音》），幫讀者擦亮慧眼，進窺傑出作者內在心靈的奧秘，當那交會時互放的光亮，異彩煒曄，真是何幸如之！至於鼎公的散文，能否展現「渾成天趣」，再創新境，敬請拭目以待。

——原刊於《文訊》第215期（2003年9月），頁10-14。

預知老年紀事
評簡媜《誰在銀閃閃的地方，等你》[*]

張瑞芬[**]

> 你從何時開始不愛照鏡，討厭照相，即標示了你從那時開始變
> 老。青春氣息是沛然莫之能禦的，即使以炭塗面，衣衫襤褸，
> 仍掩不住那蒸蒸騰騰的香氛。
>
> ——簡媜《誰在銀閃閃的地方，等你》

今年一月與四月，見簡媜很公平的出現在《印刻文學生活誌》和
《聯合文學》專訪裡，大概許多人都被簡媜那一頭銀閃閃嚇著了。而
比她只小一丁點的我，近日生命也全耗在找眼鏡、找鑰匙、找手機此
等年輕時無法想像之事。因此看印刻出版社打出「老年生活GPS導航
散文」來宣傳，不覺大徹大悟，比「認老」更艱難的事，就是「不認
老」。美魔女未免太不順天應人，鄭多燕換下緊身小可愛，應該也是
轉身找老花眼鏡，邊捶背邊啜一口保溫瓶的紅棗蔘鬚湯吧！

外強中乾，是的！中午如上半場結束的傷停補時。離真正結束還
有一段距離，卻已氣力耗盡，傷痕累累。幾莖白髮，已是勝利的最小

---

[*] 簡媜：《誰在銀閃閃的地方，等你》（臺北市：印刻文學生活雜誌出版公司，2013 年
3 月）。

[**] 張瑞芬，逢甲大學中國文學系教授。

代價了。如簡媜所說，你從何時開始不愛照鏡（兼照相）即標示了你從那時開始變老。依我看，你從何時起運動是為了保命而非減肥，大概標示了前中年期和後中年期的分界。

十八支寫光了墨水的筆，標示了簡媜中古（或遠古，抵死不用智慧型手機）人類的身世。公主五十歲，《誰在銀閃閃的地方，等你》對中年簡媜仍是超前進度了，老年未至，倒把所有準備都做齊全了。白髮、禿頭、齒搖、眼乾、皺紋、失眠（乃至失智），這書如同提前預告了老年紀事，也和二○一三年奧斯卡最佳外語片《愛慕》聯手，提醒觀眾平靜的生活是可以怎樣被老病失智折磨到不堪的。紀德《遣悲懷》裡說：「從不生病的人，對於許多不幸的事，無法產生真正的憐憫。」從初生之書（《紅嬰仔》）、女性之書（《女兒紅》）到死蔭之書（《銀閃閃》），簡媜理論加實證的，交織出人們最不想面對的生之末路。會有那麼一天，但可沒人願意先去想它。

多想何益？但簡媜有句話說的可真好，老了寫本書，真是浪漫的事。老愛麗斯夢遊仙境的，還有楊絳、齊邦媛多人。老年縱是死亡環繞的孤島，但我寧願想著瓊·齊諦斯特（Joan Chittister）《老得好優雅》（*The Gift of Rears*-Growing Older Gracefully）說的：「死亡和年紀不是同義詞。死亡能隨時降臨，年紀則只有真正有福的人能有」。縱使肉身敗北，精神卻仍昂揚。瞧簡媜面肉紅潤，言語機靈，《銀閃閃》五百巨幅一路搞笑耍寶，突梯滑稽。她形容政論節目如憤老的政治夜店；人年輕時拎著柏金包老了拖著柏金森；用假鈔騙半夜起來數鈔票的阿嬤，和阿嬤鬥嘴鼓互虧。八十八歲阿嬤回武淵憶么兒往事那段多麼感人，而〈病役通知書〉此等上乘幽默，我大概也只在半世紀前女作家鍾梅音〈送病文〉中見過吧！

鎏銀歲月，轉瞬即至。多謝吳爾芙祖奶奶，一個人如果想要老，她一定要有點錢，還要有屬於她自己的房間（外加一支筆）。當時光

流逝，草木欣欣向榮，我們無法讓時光倒流，只能在剩餘的部分，去
尋回力量。威廉・華茲華斯（Wordsworth, William）的詩，簡媜的
文，正是這樣銀閃閃，智慧草原上瑩潤的暉光。

——原刊於《聯合報》2013年5月25日副刊。

靈珠自握的文學領航

評張瑞芬《未竟的探訪
──瞭望文學新版圖》[*]

張春榮[**]

　　張瑞芬《未竟的探訪──瞭望文學新版圖》（二〇〇二，麥田），是「主題書評」的新座標。全書以散文、小說為聚焦，打破單機作業，一鏡到底的手法；改用三機作業，多角合觀的凝視，不同於一次煮一道菜的傳統慢工，改為三道菜同時料理上桌的現代烹飪。似此「三書同評」的十四篇新式評述，天風海雨，懷瑾握瑜；猶如《倚天屠龍記》明教教主張無忌大戰少林寺三位神僧十四回合；恣縱變化，過招盛況，令人大開眼界。

　　身為靈珠自握的文學領航員，張瑞芬化厚重書袋，成縷縷書香；化望之儼然的書評，成即之也溫的親切吐屬；以貼近細讀（close reading）、連線深讀（intensive reading, extensive reading）的剖析與編織，雕塑作家精神風貌，指點「主題寫作」的類型與異同（大同小異、小同大異）。書中諸多珍珠般的「意見」，筆者認為，再加衍釋推

* 　張瑞芬：《未竟的探訪──瞭望文學新版圖》（臺北市：麥田出版公司，2002 年 12 月）。

** 張春榮，國立臺北教育大學語文與教育學系教授。

展，往往可串成璀璨項鍊的「定見」；猶如釀得百花後的蜂蜜，善加調製搭配，則可成為質鮮味美的文論佳餚，以幽微辨析為例，如燭照張讓《剎那之眼》、鍾怡雯《聽說》、愛亞《想念》（頁四五），自「刺點」、「靜點」切入郝譽翔《逆旅》、駱以軍《月球姓氏》（頁五七），對顯張拓蕪《代馬輸卒手記》、桑品載《崖與岸》的悲苦滋味（頁八七），點出曾麗華《旅途冰涼》與一般閨秀散文之異（頁七五），比較鍾文音《昨日重現》、章緣《大水之夜》、平路《凝脂溫泉》不同風格之美（頁一二九）等；內行知味者，當可從中輻射擴充，繪製明晰文學版圖。至如「園藝散文」（「自然寫作」）的脈絡勾勒（頁九九～一〇〇）、陳燁前後作品之考察（頁一五二～一五六）、張貴興迄今小說的探索（頁一七八～一八四）、簡媜《天涯海角——福爾摩沙抒情誌》的評價（頁二〇五～二一〇）、周芬伶散文特質之揭示（頁二二四～二二九）等，均能縱深觀照，提供簡要獨到的進路。似此醒心豁目的珠璣評述，足為極佳論文引信。設使台文所、中研所、語教所碩士班研究生能自此凝慮用思，取精用宏，進而探賾積澱，順勢拓植；相信必能斐然成章，蔚為彪炳確論。

《未竟的探訪——瞭望文學新版圖》一書，為張瑞芬「把很複雜的事講得很簡單，眉眼間最好還帶點情致或機靈」（頁十）書評觀的具體實踐，以「講清楚，說明白，道理自然來」的筆致，以「不自覺的把書評寫成了創作」（頁十）的偏愛，將知性揉成感性，讓閱讀變成「再創」的悅讀。這樣的書評饗宴，兼具冷眼與熱情（戴文采謂：「纖敏的感官，超齡的洞悉，內化的純真」，頁九六），力避沉悶板重之失（莊裕安〈散步與閱兵〉謂：「讀書太過對心靈是一種壓力，會撲滅自然的燭光」）。這路的路數，遙承余光中、樂蘅軍等，迤邐接續，自成風景，召喚讀者的目光。

最後，值得一提的是，書中揮灑，每多引詩入文，添姿增采，渾

然密合，形同創作。如：「這世界，老這樣總這樣，觀音在觀音的山上，罌粟在罌粟的田裡。詩寫得好的人……」（頁二六）、「對隱地而言，生命像一場驟雨，青春更是一張落葉。……」（頁四八）、「書太厚了，本不該掀開扉頁的，沙灘太長，本不該走出足印。過時的不只是這夾在書頁中強說的喃喃囈語……」（頁一二六）等。文中引詩，分別出自瘂弦〈如歌的行板〉、隱地《法式裸睡》〈第五十八首〉、鄭愁予〈賦別〉。筆者以為，若能在行文中加個引號，用以區分，相信讀起來，便沒有任何困擾，反見巧接密合的滋味。

——原刊於《文訊》第210期（2003年4月），頁24-25。

11 元的感動

評劉克襄《11元的鐵道旅行》[*]

吳明益[**]

　　大學的時候我曾有一段時間常搭平快車旅行。彼時的雙溪線與平溪線遊客甚少，仍是開著轉著電風扇的藍色塗裝平快車，窗外風景的速度剛剛好，正是可以打動一群青春靈魂的速度。而我永遠記得，為了一部作業所拍的短片，幾個同學沿著西部幹線，一個一個車站下車尋找我們理想中的候車室場景。彼時一站與一站之間的票價，其實還不到11元，但每回我回到城市，都無法忘記那種從一站走到另一站的無目的旅行。

　　初讀劉克襄的《11元的鐵道旅行》我立刻就被作者那種不特意計量時間、行程、甚至帶點隨機的，低廉卻不廉價的旅行方式打動。此外，這本書吸引我的，其實是書中的細節。

　　第一個細節當然是文字的。過去劉克襄的作品中，「他人的故事」通常是探險家的故事。直到他在90年代末更投入撰寫自然導覽時，開始投入小鎮與尋常步道的旅行方式，平凡民眾的故事開始走進他的書寫裡。我個人認為，相較於之前的作品偶爾較不重視文學意味，本書是最為細膩、動人的一本。無論是〈全世界最貴重的孤獨〉

---

[*] 　劉克襄：《11 元的鐵道旅行》（臺北市：遠流出版公司，2009 年 5 月）。

[**] 　吳明益，東華大學華文文學系教授。

中那位到三貂嶺尋找「有意思的地方」的日本人，或是〈遙遠的家園〉裡，那位聽見阿美族語播音的女孩Seven。

當我們隨著車站外的劉克襄期待再次聽到阿美族語的播音時，讀者當可發現，劉克襄的語言變得影像、音像化了，像是採用了特寫、中景與遠景鏡頭切換的畫面，讓車站與某些「陌生人」的人生交會而過，從而安安靜靜地以畫面與聲音（而不是敘事）打動了讀者。

另一個細節則是圖像的。早在30年前，劉克襄的作品就已嘗試自繪插圖，期間並曾出版過為數不少的繪本。但本書的手繪插圖，恐怕是最有意味的。我可以舉出幾例來說明。第一，細心的讀者當可發現，劉克襄在每幅地圖的指北針上，都會畫上一個小小的、足以象徵該地的生物或是食物。比方說牡丹站畫上日本絨毛蟹，集集線畫上山蕉，三貂嶺則畫上老鷹，這和文字的脈絡一致。於是，原本是「方向、空間意涵」的指北針，變成了「文化、自然意涵」的隱喻。第二，地圖的立體化風格更加明顯，並且有時會有別出心裁的設計。比方說〈冬末午後兩點半的高鐵〉，劉克襄所畫的圖像是鳥瞰鐵路，卻又從小小的車廂圖裡拉出幾道象徵「視線」的虛線，連結到窗外的西巒大山、郡大山、玉山北峰、玉山主峰、玉山南峰等，儼然是一幅將高速的高鐵「定格」在某一點上，然後指點坐在旁邊朋友視線所及的各個山景的圖。這樣的「速度定格」之圖，也隱隱然與書中的主題對話。第三，閱讀劉克襄的地圖，提醒讀者要注意他刻意忽略的，或者與自己的記憶地圖對照，最能顯示出作者的視野。比方說寫到和平站他注意到站體離村子其實有兩公里之遠，由此可知當初車站的設計完全是為了水泥廠，這就是多數旅人不會注意到的細節。

劉克襄在這本書裡的作品，每篇約兩、三千字，看似輕描淡寫，實則舉重若輕。讀者仔細一讀，會發現這本書恰好是過去他曾經投入的許多活動的「總匯」。劉克襄的「資深讀者」當記得《自然旅情》

（1992）、《安靜的遊盪》（2001）、《迷路一天，在小鎮》（2002）、《失落的蔬果》（2006）……這些描寫自然人物、近郊生物、小鎮旅行、蔬果故事的舊作，《11元的鐵道旅行》就彷彿是這些書結合的展演。為什麼這麼說呢？因為文章中小小一段涉及蔬果、鐵道、古道、生態的知識，都是作者數十年下來的經驗積累。侯硐站的兩家麵攤，其實是山友到鄰近步道踏尋的起點（或終點）；搭高鐵看桐花，一般作者只會讚嘆桐花之美，但劉克襄就寫到油桐屬的種類、用途，暗示對過度觀光化的反省，轉折處寫到三段崎古道，最終以生活美學作收。讀者看起來的三五百個字，寥寥的幾個段落，卻是作者大量時間的實際踏查經驗，與思慮反省後所呈現的渾然內涵。

日前聽到學生轉述，劉克襄在帶領創作的課程中告訴他們，結構複雜、深層的文章能寫固然好，一般人願意閱讀，或隨時一段簡單旅行的筆記也要能寫。我思索著這樣的寫作態度，並且私以為，這正是為什麼，本書看似平順不假雕飾，卻能讓人覺得如此豐富的主要原因。

——原刊於《文訊》第298期（2010年8月），頁134-135。

星光燦爛的文學天空
——我看《苗栗文學讀本》[*]

許俊雅[**]

一、他山之石——醒目的苗栗文學風景線

看李喬的小說，腦海裡總是揮之不去那一片悲哀嚎哭的蕃仔林，《山女》、《寒夜三部曲》幾乎是一字一血淚，雋刻在這悲苦大地的撼動人心的故事。之後，也凝為臺灣畫出文學地圖時，我理解了山林誕育了李喬的文學生命，李喬的作品成為苗栗文學的品牌，當然也是臺灣文學的品牌。李喬這些文學作品，為什麼恰恰在以蕃仔林為題材？七等生的沙河之歌創作之旅，為什麼恰恰在苗栗通霄？許許多多的苗栗作家作品與當地的關聯性，不就是時也，地也嗎？

好像是鄭清文說過的話，英國人曾經說，可以失掉印度，但不能沒有莎士比亞。現在，莎士比亞依然是屹立世界文學的高峰，而印度果然脫離了英國。莎士比亞所畫的文學地圖，遠大於整個印度。文學地圖不是一天就可以完成的，然而臺灣的文學也漸漸透過翻譯遠播世界各地，並得到重視。只要我們對自己有信心，肯下心力，很快的我

---

[*] 莫渝、王幼華編：《苗栗文學讀本（一）～（五）》（苗栗縣：苗栗縣文化局，1997-2002 年）。

[**] 許俊雅，國立臺灣師範大學國文系教授。

們也可以為臺灣畫出一張文學地圖。這一張文學地圖其實得靠許多地方先畫出來，而目前這一工作正方興未艾。苗栗在做，臺中在做，彰化也在做。

「在某種意義下，幾乎所有的文學作品，都是旅遊指南。」梅爾維爾如是說。讀過《苗栗文學讀本》，正是一趟苗栗人文知性與感性之旅遊指南。記憶與夢中穿過的街道、屋舍、橋梁、寺廟、山林，仍然鮮活，〈靈秀的後龍溪〉、〈內灣吊橋〉、〈秋遊獅頭山〉、〈武山農場〉突然繃跳到面前；一不小心，也許就遇到陳芳明正站在路邊注視鷺鷥鳥的盤旋；碰到去內灣吊橋郊遊寫生的張典婉，吊橋被使勁晃動，你可能為之驚慌失措又感到緊張刺激。〈巴斯達矮考〉裡的南庄賽夏族矮靈祭依舊年年舉行。我看到張致遠的〈與矮靈共舞〉，瓦歷斯‧諾幹的〈在南庄〉；我喜孜孜、好奇的看著老伯在山邊提煉樟腦油和香茅油。我不知道我的許多夢想是否會實現，但我知道在文學中享有不朽定位的地方，有許多迄今仍然存在，而更多的依然是我們這一代人的「生命現場」，苗栗的文學之旅，也將會不斷有人傳承下去。

二、第一部地方文學讀本

近來不斷有文學選本、讀本的面世。歷來文學集多由出版社編選，如爾雅出版社長期經營年度小說選、《中國近代小說選》等選集，近年又由王德威編選《爾雅短篇小說選》及《典律的生成》。九歌出版社推出張曉風編的《小說教室》、詩人陳義芝編的《散文教室》。洪範書店由楊牧與顏崑陽編《現代散文選續編》。探討女性意識方面，則有江寶釵、范銘如編《島嶼妏聲——臺灣女性小說讀本》（巨流版）；邱貴芬主編《日據以來臺灣女作家小說選讀》（女書文化

版）。另外陳玉玲編選《臺灣文學讀本》（玉山出版社），二魚文化推出「臺灣現代文學教程」系列，有《小說讀本》、《新詩讀本》、《散文讀本》、《當代文學讀本》、《報導文學讀本》，專為大專院校通識課程所設計的教材。臺中縣國民中小學臺灣文學讀本則分為：兒童文學、地方傳說、新詩、散文、小說及導讀等卷（臺中縣文化局出版）。

至於《苗栗文學讀本》則更早，1997年出版了第一輯。這是各界期待已久的文學讀物，然而要給「苗栗文學」編一個讀本，談何容易？「創作」方面，作品的種類和數量不可謂不多，要從中編輯若干選本，不愁沒有材料。可是，困難也在於作品汗牛充棟，悉心選擇具代表性的作品勢非短時間內可以完成，而卷帙之浩繁亦可以想見。什麼樣的作品可以代表苗栗文學？《苗栗文學讀本》的編選工作，除了考量作家的籍貫、作品的題材外，對文學的藝術價值，對人類的生命的啟示，富含情意的薰陶和文學的想像也是編者用心之處。編者莫渝、王幼華以創作家、評論家和教學經驗豐富的教育工作者的身分，編選出極具特色，兼容詩、散文、小說的讀本，以細膩的心思深入挖掘作品的深刻內涵，並以深入淺出、素樸親切的文字，帶領讀者悠遊於文學天地。這一套讀本與獨立文類的編選方式不同。我想這可以更方便讀者進入苗栗文學的殿堂，同時也不受時空限制，可以一本接一本編下去。如果是各文類獨立的話，每一文類的續編本得等待更長時間才能出版。所以雖然目前僅規劃出版到第六本，但日後有機緣仍可繼續編輯出版。

這套讀本選文標準，據莫渝所述是：「縣籍作家作品與翻譯，有鄉土和國族觀點，有歷史和人民迴響、大自然的描寫、親情的溫馨、勵志小品、求學經歷、勞工心聲、旅遊的歡欣等。」而編輯苗栗文學讀本的目的，在於推廣縣籍作家的文學作品，延續文學作品的生命力，透過類似教科書的指導，普及文學、提昇文學認識。編者並不只

推崇現當代知名的文學作家，對有潛力的新生代作家作品也選入讀本中，如甘耀明、解昆樺、高翊峰、劉正偉、蔡豐全、邱一帆、劉嘉琪這些頗具實力的年輕作家、詩人，便是可畏的新生力量。也唯有如此，苗栗文學才能更加茁壯。

每集選入詩文、小說，有主題說明、作者介紹、注釋及賞讀、思考等解說。有志於臺灣文學的愛好者，能從文本中獲得喜悅和智慧，甚至引誘出創作的可能和樂趣及資源，而各類秀異的作品，更是一道道精緻可口的文學佳餚。這些材料的提供，不僅可使讀者容易進入文學情境，也對教學工作者提供方便好用的鄉土教材。編者獨具隻眼選了苗栗文學之特色：客語詩〈屋簷鳥〉、邱一帆〈故鄉〉等。導讀部分掌握細部的文本詮釋，直接切入作品本身，讀出隱藏在字裡行間的訊息，解說流暢、清楚、精確，更難得的是取材視野廣闊、觀念詮釋貼切客觀。選為範文的李喬、七等生小說均極好，導讀工作復比較這兩位作家的差異處。在「思考」題的設計上，亦頗有特色。如詹冰〈天門開的時候〉，提到「財子壽」，進而指引讀者進一步閱讀呂赫若小說〈財子壽〉，等等，都是非常好的作法。莫渝翻譯法國詩人波德萊爾（Baudelaire, 1821-1867）的詩作〈信天翁〉，導讀時即引介洪素麗〈信天翁〉一文。廣博的學識可見。〈王幼華書簡〉一文的思考題，是：「美國小說家斯坦貝克（1902-1968）中篇小說《人鼠之間》（鼠和人，1937年），描敘流浪漢渴盼有塊自己的土地，找出這部小說和王幼華的〈天魁草莽錄〉，對照閱讀。」張福盛〈田園印象〉思考題：「找機會靜靜聆聽布西的〈牧神的午後的序曲〉，再細讀張福盛的這首〈田園印象〉，如果有興趣，再閱讀馬拉美的〈牧神的午後〉。」因之的延伸閱讀可說相當富有啟發性，也令人驚訝編者的博學深思。

就選文來看，童年回憶的文學不少，如〈玉蘭飄香〉、〈風箏〉、

〈夏日蟬吟〉、〈內灣吊橋〉；反映環境惡化的文章，如〈拾荒者〉、
〈靈秀的後龍溪〉，在現代化的歷程裡，斷層牴牾是勢必難免的。幾
乎是所有作家縈懷不去，難以擺脫的夢魘，他們以荒蕪貧瘠、溷穢污
濁的意象描摩山城的變遷，凸顯在現代化急遽過程中，油然而生的失
落、無奈、幻滅和絕望的感受。美好的記憶不斷消失，過往的記憶突
然湧現，眼前的山城遂變得遙遠無法辨識。天籟成了刺耳的噪音，星
辰化為空氣中浮塵。農村鄉間早期的用具，〈磨〉、〈扁擔專家〉，都讓
人重溫舊夢。相關的文學理論、寫作技巧的介紹也適當放入，同時每
冊的「編後記」簡明扼要交代全書的編纂過程及各篇內涵，都是相當
難能可貴。此外，藉著本地作家的翻譯，也讓文學更有世界國際視
野。這是讀本甚為難得的編選眼光，誠如該書（第五冊）局長序：
「人際關係的接觸與交往，是由近及遠的過程，這經驗使我們想從家
鄉文學出發，擴及區域文學，延伸到國家文學、世界文學，讓文學成
為人際交流與歷史傳承過程中潛在對話的橋梁。」

三、讓讀本有更多對話空間

五冊讀本，約選錄64位作家，114篇作品，如果能熟讀、細讀，
相信對當地文學文化必能有深入了解。為了使讀本有更多討論機會，
個人僅提若干問題共同來思考。

讀本入選作家，其次數兩次（含）以上的有：王幼華、江上、李
喬、杜榮琛、沉櫻、林壬雨、林海音、邱一帆、洪志明、張典婉、張
致遠、梁寒衣、莫渝、陳朝棟、黃恆秋、詹冰、蔡豐全、薛柏谷、謝
霜天、鍾喬、羅浪等。這即面臨編選者如何對作者加以介紹，是文字
完全相同呢？還是大同小異？或是有進階上的考慮，材料由少漸多，
由淺而深？如「江上」，兩次入選散文，一次入選小說，散文兩次介

紹，一次忠於日治當時學校體制，使用「公學校」一詞，另冊則使用
「國民小學」。在小說處，則一律使用民國紀年，如一九三二年改為
「民國二十一年」。又如「林海音」在第四、五冊都入選其散文，第
五冊作者介紹除了補上卒年，反較第四冊為少。又如「梁寒衣」，其
著作《迦陵之音》，第二冊列為「散文集」，第四冊列為「短篇小說
集」。「沉櫻」，或用「沈櫻」。其本名陳鍈。早期字體「沈」具有沈、
沉之意。沈櫻當然也可以讀同姓氏之「沈」，但筆名似乎是和「陳
鍈」同音的。讀本中兩種筆名作用上不一致。「謝霜天」，本名謝文玖
（第三冊）或謝文玫（第二冊），應是謝文玖。「柏谷」在第三冊頁
169與196作者介紹，前處有「加入紀弦的現代派詩人群」。在第四冊
薛柏谷另署筆名徐澂，亦選入兩次，頁163譯者介紹謂：「同紀德遺著
《回憶錄》乙文作者」，愚意應先介紹說明，此段文字移到同書頁
177。易言之，應是後頭的同於前述。而目錄上的作者署名，似乎也
是應有體例可循，如柏谷、薛柏谷、徐澂實為同一人，對一般讀者恐
將混淆不清，至於行文中的體例尤需統一，如戰後有用西元有用民
國。

　　選文缺「戲劇」類，鍾喬是此中佼佼者，但選文所選鍾喬之文與
此無關。當然選文有各種考量，或許恰無適當文章可選，或許篇幅過
長。說到篇幅，讀本自然不可能選入中、長篇。但不妨做節選作品再
做導讀介紹。尤其像李喬、吳濁流都是以長篇小說膾炙人口。此外苗
栗客家山歌、民間傳說故事等民間文學都可以考慮選入。第五冊選入
解昆樺〈群義‧焚夜──霧社事件〉一詩，之後有關此詩之「創作意
念」及「解說」，應放在此詩內，似不宜變成選文。〈向羅浪請益〉似
也應列入作者羅浪的介紹或導讀裡，獨立為選文，頗為奇特。

　　另外，苗栗出現過不少優秀的作家作品，當然不可能在這五冊全
部涵蓋。但似乎可補上：曾信雄、李渡愁（曾、李二人書後附錄「苗

栗縣文字工作者資料」可見，但作品未收入）、林文煌、許仁圖等人。李渡愁，曾加入「四度空間」、「曼陀羅」詩社，並任《長城》詩刊主編，後創立「臺北詩壇俱樂部」，擔任社長。曾獲第22屆國軍新文藝金像獎散文首獎，第21、22屆聯勤文藝金駝獎散文首獎。詩風婉約，作品中透顯出一種憂鬱的氣質，充滿孤寂之感。曾信雄早期偏重鄉土小說的寫作，刻劃農村、林場之生活風貌，以低層人物為描述對象。1974年以後，改寫兒童文學作品，以樸實的文筆描繪孩子們的世界。讀本在兒童文學上可以考慮選一些作品。許仁圖，曾任河洛圖書出版社，河洛電影公司、萬隆電影公司負責人，《臺灣時報》記者、文藝組主任兼副刊主編，散文幽默，雜文犀利，小說多取材於社會現實，並深入探討人的尊嚴及弱點。1986年，曾以獄中經驗寫成「阿圖鐵窗十書」，描述囚犯的獄中生活。另外「思考題」的若干問題，如賴江質的〈苗栗頌〉，編者說「將此詩與羅浪的〈山城〉，略做比較異同。」題目設計應是放在讀過下一篇羅浪的〈山城〉之後，比較合適。又如「日本文豪川端康成和臺灣作家吳濁流均有〈水月〉的短篇小說，找機會讀讀。」命題與賴詩的「山作圍牆月作鄰」有關，構想極好。但吳濁流之作為〈海月〉（〈水月（海蜇）〉）[1]，非「山月」。至於小說方面，在體例上似也可考慮與詩文類同有賞讀、思考。這些不成熟的意見，於再版時或可斟酌。

---

1 吳濁流此篇小說之篇名有若干問題可留意。拙著：《日據時期臺灣小說研究》（臺北市：文史哲出版社，1995 年 2 月）曾提到吳濁流於〈泥沼中的金鯉魚自述〉謂：「於是我硬起頭皮，苦心三日寫一篇〈水月〉給她看，她稱讚不已，於是代我投臺灣新文學雜誌，僥倖刊出。」然〈水月〉一文實則刊於《新文學月報》第 2 號（1936 年 3 月 2 日），題名為〈海月〉。（見頁 289、290）後來又見李魁賢先生〈水月、水母及其他〉一文有更詳細的說明，此問題頗有意思，可參《文學臺灣》第 21 期（1997 年 1 月），或《李魁賢文集》第柒冊（臺北市：行政院文化建設委員會，2002 年 10 月），頁 149-152。

四、許一個苗栗的未來

　　一個富有文化內涵的高品質社會進程中，文學是極重要的一環，文學是思想背後的推動力量，是對現實中的生活世界的補救。依王幼華、莫渝的《苗栗縣文學史》，可見苗栗縣自古以來文風鼎盛，從清領以來即人才輩出，詩人團體蓬勃發展；阮蔡文、周鍾瑄、吳延華、黃驤雲、吳子光、蔡啟運、丘逢甲及櫟社陳貫、陳瑚（一門之雙璧），現代文學吳濁流、詹冰、李喬、七等生，及由北京返鄉的林海音等，在臺灣具有不可搖撼的重要地位。同輩如江上、謝霜天聲譽亦高。中生代詩人莫渝、杜榮琛；小說家雪眸、王幼華、梁寒衣；報導文學張致遠、張典婉、藍博洲；從事戲劇創作的鍾喬；致力於客家文學的黃恆秋等，可謂各領風騷，較諸其他縣市有過之而無不及。

　　但從整體文學環境來看，此際加強各級文學教育、散播文學種籽；深化寫作技巧、精緻文學批評；剖精析采、挖深織廣文理脈絡；辦理相關文學活動，活潑文學評論與研究風氣，正是亟當努力之處。尤其在臺灣各縣市中學生國語文測驗評比之後，如何恢復苗栗淵源流長的優美文風，可說當務之急。苗栗文化中心時期，即出版作家個人作品，後又有「認識作家」系列，著重於重要作家生平介紹。1997年6月起每年出版一本「文學讀本」，2000年出版《苗栗縣文學史》對此地作家作品，做了非常完整的描述。對於寫作人才的培養、閱讀人口的開發、相關文學活動的舉辦等，都具有推動文學的相當熱情。而此套文學讀本，對鄉土教材編纂實有相當參考作用。目前由教育局編印的鄉土教材，題材的編寫側重於歷史，若能在定稿之前交由文學家及鄉土文學史家加以修訂及潤飾，使鄉土教材除了是認識鄉土史地的讀物外，也可以是一部文學作品。選擇臺灣本土優秀文學作品，使學生直接進入本地文學的閱讀。

　　商業社會的衝擊，視覺藝術的衝擊，這些衝擊在臺灣各地都是相同的。市場經濟和商品化社會使原來被壓抑的慾望表面化了，文學創作的神聖感被褻瀆、被懷疑，人們以幾乎不加節制的態度，視文學為遊戲和娛樂。擺脫了負荷沉重的文學，頓時變得輕飄，狂歡縱情的姿態，普遍缺乏一種人文的關懷、人文的精神，在信仰貧乏的世紀裡，召喚這些與土地人民歷史結合的文學，幾乎不免要受到年輕世代的嘲弄。然而在這些讀本文學作品中，我們看到了臺灣人對土地的認同和關懷，更感受到這一代的生命力和新希望。願苗栗作家們繼續努力，打造更多的苗栗文學的品牌，使苗栗文學的天空，更加星光燦爛。

——原刊於《低眉集：臺灣文學／翻譯、遊記與書評》
（臺北市：新銳文創，2011年12月），頁341-349。

青年人身心安頓的勵志禮物

談《建中生這樣想——給高中生的十七堂人生要課》[*]

歐宗智[**]

安頓青年身心

　　一般人的生命進程，大多是順著社會潮流過活，加上工商資訊社會，生活步調快速、忙碌，往往忘記真正的自我以及生命價值的追求。在茫、忙、盲之中，未來理應充滿希望的青年人變得無所適從，是故為年輕人指引人生正確方向，給予思想上的啟發，避免走冤枉路浪費生命，應是具有使命感的過來人責無旁貸的。

　　事實上，寫給青年的勵志書並不罕見，如一代美學大師朱光潛《給青年的十二封信》，或者心理學家吳靜吉《青年的四個大夢》，乃至國際上研究干擾素與感染免疫的知名學者，也是知名的人文講座教育家及作家黃崑巖《給青年學生的十封信》，都流傳頗廣，莫不希望為不知為誰而讀、為誰而工作、為誰而活的青年人，懸掛一盞人生的

---

[*] 夏烈（夏祖焯）：《建中生這樣想——給高中生的十七堂人生要課》（臺北市：聯合文學出版社，2012 年 9 月）。

[**] 歐宗智，清傳高級商業學校校長。

明燈，可謂深具影響力。而兼具科學專業與人文素養的傑出學者夏祖焯《建中生這樣想——給高中生的十七堂人生要課》，內容涵蓋了宗教、愛情、文學、政治、金錢、人格、選擇校系、交友、創造力、領袖觀、國際觀……等，乃至生命意義的探究，有如面對面的談話，是讓前途茫然的青年人身心安頓的勵志禮物。

從現實主義角度切入

夏祖焯筆名「夏烈」，是留美工程博士，也是名作家何凡、林海音之子，早年的短篇小說〈白門，再見！〉轟動文壇，1994年以長篇小說《夏獵》榮獲國家文藝獎，如今返臺出任文學教授，堪稱兼及科技與人文的傳奇性人物。夏祖焯是臺北市建國初中、建國高中校友，《建中生這樣想——給高中生的十七堂人生要課》這本書，即為近年來作者寫給建中學弟們的專刊彙集，雖然略為修改成寫給一般高中學生的書，對象擴大為男生和女生，也不再只是建中學生。不過，因為原來就是寫給建中學生，加上作者在美多年，受到美國主流盎格魯撒克遜文化直截了當性格的影響，是以筆調免不了男性化。唯作者顧及文學寫給高中生，故用詞儘量淺易，且不在文中引用社會科學的學術文字或專有名詞。尤其作者文筆生動，能以最貼近高中生的口吻娓娓道來，讓現代徬徨的青年讀者在字裡行間領略作者的人生智慧，進而省思自己的人生。

勵志書通常都是正面書寫，然無可諱言，如此必定流於八股或老生常談，會受到讀者排斥與抗拒，作者有鑑於此，其論點乃從現實主義的角度切入，往往令習於儒家思想的讀者訝異，如「你要走向勝利之路」這一章，夏祖焯直言，此篇文章所討論的限於「出人頭地」的範疇，如果讀者人生觀或個性是淡泊、隨緣或出世，「這篇文章對你

沒好處，甚至引起你的反感」。作者於自序補充說明，年輕學生理想主義色彩重，走入社會就知道不是這麼回事了；書中某些文章，寫出了「不能說」的真相，會令一些有理想主義色彩的學生失望及不悅，但這是他們或她們遲早要面對的事。不過，這些「人生要課」，最終還是以理想主義為依歸，這應是《建中生這樣想──給高中生的十七堂人生要課》論點方面最大的特色。

論點獨特

作者年輕時是強烈的理想主義及自由主義者，但由於學的是工程，變得比較實際、客觀、講效率、重物質，母親也對他說：「你的優越感太重，而且太現實。」比如作者談「生命的真相」，謂：「你不可能只為自己而活，唱高調及理想化的口號對現實生活無濟於事。生命中不合理的事比比皆是，有些你要反抗，有些迴避，或以後等到機會再作戰、再算帳。」談到離開學校，出社會之後，提醒道：「社會大學的學習比正規學校教育要複雜許多，還包括如何與人鬥爭，怎樣去卡人家，學校教育簡單，沒有這一條。另外人際關係：如何送禮，送多少？如何讚美得體，不會拿肉麻當有趣？如何抱大腿，又不會抱錯了一條大腿？有些話能說，又有那些話不能說……。」

此外，還以羅馬人滅希臘，原因就是羅馬人重實際、重物質為例。再如「節儉未必是美德，先花了再說」，謂：「會賺錢的人常不會花錢，因為人的時間精力有限，學會賺錢就沒有精力再去學花錢了」、「錢夠多，才能計畫如何投在下一個計畫上；錢少，沒得計畫，花掉算了。」因為先花了錢，才學習到賺更多錢的能力，才因投資而積聚了更多的資本，以後有償還的能力就可以了。這對於毫不懷疑「儲蓄是美德」的人來說，應是觀念上的震撼教育。作者亦對「重理

工、輕人文」的建中生說，菁英高中學生頗有一些應走文法而為應潮流去就理工醫，是以我國文法人才不及理工人才，理工人才多，競爭激烈，出頭不易，如找一個人才不足的行業，就很容易鶴立雞群，功名利祿全都跟著來。

以上雖然充滿功利色彩，卻很實用、實際。作者不忘回頭提醒，如何在物質金錢及服務（志工）上回饋社會，即使目前做不到，但要把這件事擺放在心上，謂「我住在美國許多年，融入那個社會，看到美國人是如此，我們臺灣人被認為是有情有義的人，更應如此」。作者也一再強調「騎士精神」以及「做一個有格調的人」。提到年輕人最關注的「談戀愛」，夏祖焯指導年輕人，保持中古歐洲的「騎士精神」絕對很吸引女孩子。哪一個女孩子不憧憬自己是個清純纖美的公主，而對方是個騎在馬上，能呵護她、尊重她，有禮貌、忍讓女性，為她服務，向她獻殷勤的騎士？耍性格絕對比不上獻殷勤更能吸引女孩子。另一更重要的騎士精神就是負責任，責任感是男兒本色，這裡面包括了勇敢與犧牲，那對女孩子來說也就是一種安全感。這樣的意見，對青年學子來說，應該很受用。至於「做一個有格調的人」，要能犧牲，為別人設想，亦即「在求取成功的道路上，千千萬萬不要忘記做人厚道及公正，也不要忘記助弱及同情。為什麼？因為這樣才會被人真正的尊重，才成為一個更有價值的、真正的人，那不是更大的成功嗎？」當然這樣也自然而然會成為受到人們尊敬的領袖，享受做為領袖的快樂。

過度自信及待議之處

當然，作者的過度自信，是《建中生這樣想——給高中生的十七堂人生要課》讓人不習慣之處。作者說，臉皮要厚，也要培養自大

心，這是成功者性格的特徵。只要理直氣壯，沒理也變有理，甚至一句謊話說了一百次，自己也信以為真。再者，外表上，人該謙虛思讓，表現出紳士模樣，內心裡，有條件的該自大、自負、有雄心，才會不斷地驅使自己奔向一個遙遠的目標，是「進一步，海闊天空」，不是退一步。因此，在書中看到作者稱，大學時外號是「夏大牌」，成大四年只是混過關，在密西根州立大學念博士卻出類拔萃，如今名利雙收；曰：「寫新詩要具複雜性及典故性兩大原則，同時要寫得盡其晦澀——我的建議永遠是最具智慧的，這是因為在文學的領域裡，我高人一等。」讀之也就不足為奇了。

書中，或因作者的自信，有些待議之處，如「談生命的真相」，作者謂：「年輕人對生命的意義或生存的價值有困惑，年紀大了，想開了，活夠了，豁出去了，就沒有困惑了。」實則生命的意義，這是自古以來多少哲學家都想不透，尋找不到答案的問題，豈是年紀大就想得開、就沒困惑？以上似乎把問題過於簡化了。

又，就如朱光潛《給青年的十二封信》第一封信「談讀書」，推薦了書單，夏祖焯也於「頂尖高中生要懂文學」這一章列了文學小書單，包括《紅樓夢》、《臺北人》、《異鄉人》、《改變歷史的書》……等，也不避嫌地列入作者個人的長篇小說《夏獵》，但此作足以和上述經典名著並列嗎？近代詩方面，推薦了艾略特（T. S. Eliot）的《荒原》（The Waste Land），此詩反映了理想的幻滅和絕望，固然被喻為英美現代詩歌的里程碑，唯表現形式以晦澀著稱，連外文系學生都難以看懂，遑論高中生。令人不禁疑問，這樣的文學書單合宜嗎？

知識分子的良心

無論如何，由於其科技背景，使得夏祖焯《建中生這樣想——給

高中生的十七堂人生要課》有別於一般的勵志書籍；作者從現實主義
的角度切入，終而以理想主義為依歸的論述，形成本書另一特點，提
高了此書的內涵與價值。作者於自序〈豹〉的結語如此寫道：「我們
的高中生如何？我們國家的前途在那裡？我們與大陸的關係又將如何
發展？窗外時風時雨，時晴時晦，我的車在陽光與陰雨中穿梭。」讓
人聯想到明代思想家顧憲成所作的一副名聯「風聲、雨聲、讀書聲，
聲聲入耳。家事、國事、天下事，事事關心」，《建中生這樣想——給
高中生的十七堂人生要課》一書正是有良心之知識分子的一番寫照。

——原刊於《全國新書資訊月刊》第171期（2013年3月），頁39-42。

書評範例

哲學類

評徐復觀《中國經學史的基礎》[*]

林慶彰^{**}

　　經學的形成，先秦有《詩》、《書》、《禮》、《樂》、《易》、《春秋》六經。漢時，因《樂》本無經，去其一，稱五經。其後迭有增加，有七經、九經、十二經之目，至宋代發展成十三經。由六經至十三經注疏之完成，所顯示的意義，不僅限於經數的增加而已，而是代表著傳統知識分子智慧之累積，與傳統文化生命的漸次發展。此種代表傳統文化精髓之經學，經民初反傳統浪潮的衝擊，已有落花飄零之憾；加以近人所著之經學史，或觀念偏頗，或失之簡略，或嫌深奧，研習者少。¹以是經學所蘊含之真精神，已無多少人真正了解。²此為傳統文

* 徐復觀：《中國經學史的基礎》（臺北市：臺灣學生書局，1982 年 5 月）。
** 林慶彰，中央研究院中國文哲研究所研究員。
1 清末以來，國人所著經學史書有四種：（1）清皮錫瑞，《經學歷史》，光緒三十三年（1907）湖南思賢書局刊本，有周予同注釋本。周氏注本，坊間有民國五十五年藝文印書館與民國六十三年河洛出版社兩種翻印本。周氏書原以〈序言〉為起頁，藝文本刪去書前之〈序言〉、〈皮錫瑞傳略〉、〈皮鹿門先生傳略〉、〈皮鹿門先生著述總目〉、本書引用清代人名出處表等計 19 頁，而改以正文為起頁，致使正文注釋中參見之頁數，與新標頁碼無法配合，研讀為難。（2）劉師培，《經學教科書》第一冊，作於光緒三十二、三十三年間（1905、1906），有上海國學保存會印本，收入民國二十五年刊《劉申叔先生遺書》內。（3）馬宗霍，《中國經學史》，民國二十五年上海商務印書館《中國文化史叢書》本。（4）甘鵬雲，《經學源流考》，民國二十七年崇雅堂聚珍版印行。民國五十六年鐘鼎文化公司與民國六十六年廣文書局各有影印本。林政華先生以此書作於光緒四年（1878），且以其為我國經學史書開山之作，實嫌不考。詳見林先生：〈論今傳五部經學史的特色與缺失〉，《孔孟月刊》

化承繼過程的一大挫折。徐復觀先生深為此事擔憂，遂陸續作成《韓
詩外傳的研究》、《周官成立之時代及其思想性格》、《中國經學史的基
礎》[3]等書，重新檢討經學的意義，期賦傳統學術予新的生命。

　　《韓詩外傳的研究》為先生研治兩漢思想史而附及；《周官成立
之時代及其思想性格》，旨在論定「《周官》乃王莽、劉歆們用官制以
表達他們政治理想之書。」[4]最能表現先生經學之造詣者，厥為《中
國經學史的基礎》一書。徐先生以為經學奠定中國文化的基型，中國
文化的反省，應當追溯到中國經學的反省。經學反省的第一步，便須
有一部可資憑信的經學史。而已有的經學史著作，有傳承而無思想，
等於有形骸而無血肉，已不足以窺見經學在歷史中的意義（〈自序〉，
頁1），此乃徐先生引以為恨之事，亦即其《中國經學史的基礎》之所
以作也。

　　全書由〈先漢經學的形成〉與〈西漢經學史〉兩文構成。另加
〈有關春秋左氏傳的補充材料〉一文，作為附錄。該文乃由徐先生

　　第15卷第4期（1976年12月）。日本人之著作有三種：（1）本田成之，《支那經學
　　史論》，昭和二年（1927）京都弘文堂印行。我國有兩種譯本，一為江俠菴譯，題
　　《經學史論》，民國二十三年上海商務印書館《國學小叢書》本。一為孫俍工譯，
　　題《中國經學史》，民國二十四年上海中華書局印行；民國六十四年臺北古亭書屋
　　有影印本，惟略去譯者之名。（2）安井小太郎，《經學史》，昭和八年（1933）松雪
　　堂印行。（3）瀧熊之助，《支那經學史概說》，昭和九年（1934）印行。我國有陳清
　　泉譯本，題《中國經學史概說》，民國三十年商務印書館印行。

2　民國八年《南洋中學書目》與民國十七年王雲五先生之《中外圖書統一分類法》，
　　拆散經學為哲學、文學、史學、社會學、語文學等類，即昧於經學精神之最佳例
　　證。詳見蔣元卿：《中國圖書分類之沿革》（臺北市：臺灣中華書局，1966年臺2
　　版），頁249-251。

3　《韓詩外傳的研究》，見徐先生：《兩漢思想史》卷三（臺北市：臺灣學生書局，
　　1979年），頁1-47。

4　見《周官成立之時代及其思想性格》（臺北市：臺灣學生書局，1980年），〈自序〉，
　　頁1。

〈原史〉一文摘出。[5]〈先〉文曾於民國六十九年八月臺北中央研究院召開的國際漢學會議中提出。全文分十小節，目的在證明「經學非出於一人一時，而係周初以來，由周室之史，經孔子及孔子後學，作了長期選擇、編纂、闡述的努力，以作政治、人生教育之目的。」（〈自序〉，頁2）而匡正清代經學家以經學成於周公或孔子之謬見。〈西〉文分三節，首節論博士性格的演變，及其在經學史上之地位。次節西漢經學的傳承，分就《易》、《書》、《詩》、《禮》、《春秋》、《論語》、《孝經》之傳承加以疏釋，並澄清前人之誤。三節西漢的經學思想，就漢初陸賈、賈誼、劉安、董仲舒、司馬遷等人之書，及漢中期以後之奏議、詔令等，闡釋其所顯示之經學意義；而以楊雄之經學總結西漢之經學思想。

在兩千餘年經學的傳承中，先秦可謂為經學之形成期，兩漢則為成立兼演變期。兩階段之分水嶺厥為秦朝。嬴秦一火，及秦末之戰亂，使本已極複雜的經學史問題，更為糾葛難理。漢以後學者於此兩階段糾結問題之探討，可謂眾說紛紜，莫衷一是。而徐先生此書，於前人所不疑者發其覆；糾結難理者則反復疏釋，必至水落石出而後已。茲舉其較具創獲者如左：

（一）就經學之發端言之：皮錫瑞《經學歷史》以為「經學開闢時代，斷自孔子刪定六經為始，孔子以前，不得有經。」[6]此為今文家之說法。徐先生則以為經學發端於周公及周之史官。當時史官為了教戒的目的，為經學之編纂，曾作了很大的選擇。這些經選擇過的教材，同時也是歷史的重要資料。然就選擇、編纂的動機與目的來說，這僅是一種副作用而已。章學誠的「六經皆史」說，實忽略了經書之

5　〈原史〉收入徐先生：《兩漢思想史》卷三，頁217-304。

6　皮錫瑞撰，周予周注：《經學歷史》（臺北市：河洛圖書出版社，1974年），頁19。

基本意義。徐先生以六經源於史官之說，雖非創見，然其舉證詳博，說理圓通，已為經學的萌芽作較詳盡的闡釋。

（二）就春秋、戰國經學的發展言之：徐先生以量化之方法，就《左傳》、《國語》加以分析統計，以為春秋時代《詩》、《書》、《禮》、《樂》、《易》，已成為貴族階層的重要教材。且在解釋上，亦開始由特殊的意義，進而開闢向一般的意義；由神秘的氣氛，進而開闢向合理的氣氛。至於孔子與六經的關係，徐先生以為孔子刪《詩》、刪《書》的說法是難以置信的。但孔子對經書的整理與價值之轉換，使五經成為爾後兩千多年中國學統的骨幹。至孟子特別重視孔子修《春秋》之意義。荀子則將《春秋》組入於《詩》、《書》、《禮》、《樂》而為五；《易》的價值，亦已為其所承認。至荀子的門人，進一步把《易》與《詩》、《書》、《禮》、《樂》、《春秋》組在一起，所謂六經之組合已告完成。此種解釋，將孔子在經學的地位予以肯定，更強調經學發展的累積意義，自比前人以六經完成於孔子之說更為合理。

（三）就博士在經學史的地位言之：徐先生以為博士是由孔門之博學與孔門新塑造的士結合在一起而形成。而以魯公儀休為今可考見最早之博士，以糾王國維氏以魯未必置博士之非。入漢以後之博士，徐先生以為可分為三個階段：首階段承繼戰國、秦以來之性格，可稱為「雜學博士」，以糾王國維以文、景時已有專精博士之非。五經博士之成立，為博士性格演變之第二階段。其前之雜學博士，並無專門職掌，此時之博士，不但專掌其所代表之經，且取得政治上法定權威之地位。而被舉為某經博士之人，對自己所代表之經的解釋，即成為權威的解釋。為博士設弟子員為博士性格演變之第三階段。至此博士增加以教授為業的固定職掌，儒家所提倡的理想大學學制，始具體實現。而師法觀念與章句之學，亦於此時產生，成為經義了解之一大障

礙。徐先生之分析最為深刻，博士於經學史上之正負作用亦表露無遺。

（四）就西漢經學的傳承論之：《易》學的傳承，徐先生以為《史記》、《漢書》所述由商瞿至田何單線傳承之說，斷難成立。至費氏《易》，後人皆以為古文，此乃范曄所誤導；而以東漢費氏《易》之傳承甚盛，更是范氏之誤解。論《尚書》之傳承，以伏生並非失其本經；東漢馬融、鄭玄所注之《尚書》，乃以今文寫定之二十九篇古文《尚書》，非伏生之今文《尚書》。論《詩》之傳承，則以《魯詩》非最先出；《毛詩》乃今文非古文；《詩小序》乃作於史官，非衛宏。論《春秋》之傳承，以為漢代《公羊傳》的傳承統緒出於董仲舒，非胡母生；且糾戴宏以子夏至公羊壽五世單傳之妄。徐先生更就漢儒之奏議加以考查，以為諸儒皆兼通數經，清人謂漢儒專治一經乃是妄說。以上諸例，或前人所不疑，或早有成說，而徐先生一一予以全新之解釋，非有過人的洞察力，實不足以致此。

（五）就重視經學思想言之：徐先生曾以為舊有的經學史書，僅言經學之傳承，而不言傳承者對經學所把握的意義，以致經學成為缺乏生命的化石。本書〈西漢的經學思想〉一節，佔篇幅三十多頁，即為彌補前人之不足而作。就漢初之經學思想來說，徐先生曾選取陸賈《新語》、賈誼《新書》、劉安《淮南子》、董仲舒《春秋繁露》、司馬遷《史記》等書，以討論諸家所了解之經學的意義。漢中期五經博士成立以後，開闢儒生以經學進入仕途的門徑，也敞開了經學由社會層面直接進入政治層面的通道。而當時儒生的奏議與皇帝的詔令，最可見出經學在政治層面的伸展。至於楊雄以五經為「常珍」，諸子為「異饌」。徐先生謂人為了基本生存，不能離開常珍，而異饌則在可有可無之列，以為楊雄的話，總結西漢所了解的經學意義。此為徐先生深究兩漢思想史有得之言，非常人所能道也。

　　就上述五點觀之，已足見本書在學術思想史上之分量。至於在
《孝經》的傳承中，敘及其所著〈中國孝道的形成、演變及其歷史中
的諸問題〉一文[7]，謂《孝經》出於武帝末昭帝時代的偽造，為完全
荒謬。實則，徐先生早於所著《中國思想史論集》再版序，坦承當時
之「賣弄聰明，馳騁意氣」。其所以再於此書「誌其莫大之愧恥」，即
其學術良心的最高表現。徐先生生前善於求人之過，於自我之批判，
更是嚴厲，此為其可愛處，亦他人所不及者，故於此一併及之。

　　然若就本書綜而論之，亦有應詳加疏釋而反略之者，茲就所知述
之如左：

　　（一）論孔子之經學有所偏至：徐先生於孔子與《書》、《禮》、
《樂》、《易》四經之關係，論之綦詳。於《詩》，則僅引《論語》：
「《詩》可以興，可以觀，可以群，可以怨；邇之事父；遠之事君，
多識於草木鳥獸之名」一章，以見其對人生、社會、政治之功用而
已。至於孔子整理詩及以《詩》施教二事，皆未及細述。蓋不詳述其
整理詩，即無法顯示孔子轉換經書價值之苦心；未論及以詩施教，則
未能了解後代以美刺為《詩》教之淵源。而論孔子之《春秋》，篇幅
更是單寒，僅述及《春秋》所以入六經，乃因孔子從魯史中取其義，
離開孔子所取之義，則只能算是歷史材料，不能算是經。至於孔子所
取之「義」如何，似未道及。

　　（二）論荀子之經學嫌疏略：徐先生論孟子之經學時，曾就孟子
所引《詩》、《書》文句，作量化分析，以闡述其意義。於孟子論
《禮》與《春秋》二經，亦多所闡發。而於荀子，除論其於《禮》之
貢獻外，以為荀子將《詩》、《書》、《禮》、《樂》與《春秋》組在一

7　收入徐先生：《中國思想史論集》（臺北市：臺灣學生書局，1979 年 5 版），頁 155-
　　200。

起，使經學形式有進一步之發展。至於荀子引《詩》八十三次，引
《書》十五次[8]，皆不下於孟子，卻未能仿孟子之例，分析其意義，
實嫌疏略。且荀子於漢初經學思想之影響甚鉅，徐先生則僅引謝墉
〈荀子箋釋序〉、汪中〈荀子通論〉二段文字略述之而已。至於其影
響之程度如何，全未道及。梅廣先生曾以為徐先生不能正面了解荀
子[9]，徵之本書討論荀子經學之疏略，梅先生之言蓋是也。

（三）經學本身之演變似未道及：徐先生〈西漢經學史〉的前半
部論經學之傳承，此為傳統經學史所注重；後半部就陸賈、賈誼、劉
安、董仲舒、司馬遷、楊雄之書，及奏議、詔令等，論經學思想，此
為經學之用的問題。至於經學本身因受時代環境之影響，而逐漸變
質，自可視為經學之一新發展。如就全體經書言之，無一不受陰陽五
行說之影響；單就一經來說，《易》學之逐漸象數化，孟喜、焦延
壽、京房、費直、高相等人，實為關鍵人物；而《尚書》與《詩經》
於當時政治環境更扮演頗重要之角色；其時對《春秋》經微言大義之
闡釋，更為前代所無。凡此，或皆可稱為漢代經學之新發展。本書或
僅於行文中述及，或略而不談。則徐先生想為經學史注入血液之理
想，似僅開其端緒而已。

上述諸疏失，為個人主觀之認定，恐有曲解徐先生者。若深一層
論之，本書之出版具有下列兩點意義：其一，就歷史文化的傳承言
之，徐先生以為要恢復歷史文化的活力，便要對塑造歷史文化基型的
經學，重新加以反省、加以把握。則經學於此一文化大傳統的積極意
義，已為徐先生所肯定。此有暮鼓晨鐘之大作用在。其二，就經學史

---

8 詳見吳清淋先生：〈荀子與書經〉，《孔孟月刊》第 13 卷第 9 期（1975 年 5 月），頁
　17。
9 詳見梅廣先生：〈徐復觀先生的遺產〉，《書目季刊》第 16 卷第 1 期（1982 年 6
　月），頁 45。

本身言之，傳承兩千餘年的經學，對學者來說，某些問題已逐漸失去其感動力，徐先生的新說法，姑不論其正確性如何，已為日趨僵化的經學，注入新的血液。經學價值的再肯定，亦即民族活力的恢復。吾人翹首這一天的來臨。

——原刊於《漢學研究》第1卷第1期（1983年6月），頁332-337。

評陳榮捷《王陽明傳習錄
詳註集評》[*]

林慶彰[**]

壹　前言

　　自明代中葉起，陽明之哲學可謂聲光萬丈，籠罩一世。其弟子遍及全國，若依黃宗羲《明儒學案》所分，約有浙中、江右、南中、楚中、北方、粵閩、泰州等派。其中以浙中、江右、泰州影響後代最深。明末清初，學者漸厭心性說之空疏，抨擊王學末流者日多。王學也逐漸衰微。當王學於國內逐漸失勢時，在東瀛有了新據點。日本之提倡陽明學，始於十七世紀初之中江藤樹，其後經熊澤蕃山、三輪執齋、佐藤一齋、大鹽中齋之提倡，遂成一足可與朱子學相匹敵之學派[1]。二十世紀初，亨克（F. G. Henke）著《王陽明之生平與哲學》（*A Study in the Life and Philosophy of Wang Yang-Ming*），陽明之學又於西方世界萌芽。近十數年來，歐洲有關王學之專著竟有十數種之多。[2]足見陽明學已蔚為一世界性之學問。

---

[*]　陳榮捷：《王陽明傳習錄詳註集評》（臺北市：臺灣學生書局，1983 年 11 月）。

[**]　林慶彰，中央研究院中國文哲研究所研究員。

[1]　參見戴瑞坤：《陽明學說對日本之影響》（臺北市：中國文化大學出版部，1981 年），頁 174-235。

[2]　參見陳榮捷：〈歐美之陽明學〉，《華學月報》第 4 期（1972 年 4 月），頁 36-47。

　　研究陽明哲學，最基本之資料實為《傳習錄》。蓋陽明哲學之創意乃致良知之教，如就《傳習錄》三卷觀之，卷一僅提及「良知」四次，至卷二、三則「良知」俯拾皆是。所以，要深究致良知之內涵，捨《傳習錄》已無他書。若就三百餘年來，研究《傳習錄》之成果觀之，國人之作，有王應昌《王陽明先生傳習錄論》、孫鏘《傳習錄集評》、葉紹鈞《傳習錄點注》、許舜屏《評注傳習錄》、但衡今《王陽明傳習錄札記》、于清遠《王陽明傳習錄注釋》[3]、吳爽熹《陽明傳習錄之研究》[4]等七種。各書或注或評，或綜合研究，皆有勝場，然實未至善。至於日人之研究成果，有三輪執齋《標註傳習錄》、佐藤一齋《傳習錄欄外書》、東正純《傳習錄參考》、東敬治《傳習錄講義》、小野機太郎《現代語譯傳習錄》、山田準《王陽明傳習錄講本》、安岡正篤與中田勝《傳習錄諸註集成》。山田準與鈴木直、山木正一、近藤康信、中田勝、安岡正篤，又皆有譯注本。[5]另有九州大學中國哲學研究室編的《傳習錄索引》。林林總總，不下十餘種。可見，就質量來說，國人之研究成果，皆不及日人。這是國人應警惕的一件大事。去年年底，陳榮捷先生《王陽明傳習錄詳註集評》出版，國人於學術競爭的頹勢中，或稍可扳回一城也。

　　陳榮捷先生早年留學美國哈佛大學，以《莊子哲學》論文，榮獲該校哲學博士學位。歷任嶺南大學教務長，美國夏威夷大學（Hawaii University）、達慕斯大學（Dartmouth College）、徹含慕大學（Chatham College）、哥倫比亞大學（Columbia University）等校教授。曾將陽明《傳習錄》、朱子與呂祖謙合編之《近思錄》等譯為英文。又編有《中國哲學資料書》（*A Source Book in Chinese Philosophy*），將中國

3　以上所述諸書，詳見陳榮捷：《王陽明傳習錄詳註集評》，頁 16-22。

4　本書為輔仁大學哲學研究所碩士論文，民國六十年作者自印本。

5　同註 3。

近三千年的哲學論文，選譯為英文，並敘述其流變。又曾為《大英百科全書》各版撰述中國哲學部分。並任《哲學百科全書》（*The Encyclopedia of Philosophy*）中國部分主編。歐美學術界譽為介紹東方哲學文化思想至西方最為完備周詳之中國大儒。[6]中文著作則有《王陽明與禪》、《朱子門人》、《朱學論集》等。[7]陳先生於英譯《傳習錄》之餘，又以國內無《傳習錄》之善本，國人取資無由，遂就其英譯之經驗，參以近代諸家注評，編成《王陽明傳習錄詳註集評》。

貳　本書之內容及特色

全書首為概說，分四部分：甲、〈傳習錄略史〉，敘述《傳習錄》卷上（初刻《傳習錄》）、《傳習錄》卷中（續刻《傳習錄》）、《傳習錄》卷下（《傳習續錄》）之刻成經過，及陽明《朱子晚年定論》之所以附入《傳習錄》卷末。乙、〈傳習錄板本〉，依各板本刻成時代之先後，計錄有板本一十九種，或為本國刻本，或為日本刻本，或為英譯本，皆混合排列。丙、〈傳習錄之注評〉，錄有中日文注評三十二種，亦混合排列。陳先生云：「以注釋論，則日本較勝。以評論言，則中國方面為優。」（頁16）丁、引用書簡稱與板本，條舉引用書二十種，列其書名、作者、板本等。

其次為《傳習錄》之正文，分五部分：（一）《傳習錄》卷上，有徐愛、陸澄、薛侃等所錄，計一二九條。（二）《傳習錄》卷中，有〈答顧東橋書〉、〈啟周道通書〉、〈答陸原靜書〉、〈答陸原靜第二書〉、〈答歐陽崇一〉、〈答羅整菴少宰書〉、〈答聶文蔚〉、〈答聶文蔚第

6　見陳澄之編：《廣東開平陳榮捷先生年譜》，頁 11。收入陳榮捷：《王陽明與禪》（臺北市：無隱精舍，1973 年 5 月）中。

7　《朱子門人》和《朱學論集》，皆民國七十一年臺灣學生書局印行。

二書〉、〈訓蒙大意示教讀劉伯頌〉等九書。陳先生將各書依段落分
條，計有七十一條（即第一三〇條至二〇〇條）。（三）《傳習錄》卷
下，有陳九川、黃直、黃修易、黃省曾、黃以方所錄，計一四二條
（即二〇一條至三四二條）。全書總計三四二條，每條皆加新式標
點，以便閱讀。各條後，先集錄各家評語，次為詳注各種典故。此為
本書最見工夫處，亦即本書價值所在。（四）《傳習錄》拾遺，就日本
注本所增之二十七條，附以《年譜》及《陽明全書》中有關之論學語
而成，有五十一條。（五）《朱子晚年定論》，將陽明此書所錄朱子三
十四封書簡，加以新式標點，以利後人參照閱讀。

　　其三為附錄，即陳先生〈從朱子晚年定論看陽明之于朱子〉一
文。[8]全文旨在論述陽明編成《朱子晚年定論》後，當時及後代學界
之反映，並就其得失加以評斷。陳先生以為陽明此書之「最大缺點，
在斷章取義，獨提所好，……所採三十四書，實只代表二十三人。朱
子與通訊者，所知約四百三十人。今所取幾不及二十分之一。即此可
見其所謂晚年定論，分毫無代表性。」（頁445）陳先生又以為陽明編
《定論》，乃因其說新奇，令人懷疑、譏笑，馴至攻擊，故欲調停解
紛，與援朱入陸、入禪無關也。至於所謂定論，實非朱子之定論，乃
是陽明之定論，以見陽明之不出乎朱子。陳先生所論，頗不囿於成
說，可謂深思有得之作也。

　　本書既為中、日、歐美諸《傳習錄》注本最晚出之作，必有前人
所不及者，茲分述如下：

　　（一）注釋力求詳贍：陳先生曾編譯《中國哲學資料書》、《近思
錄》、《傳習錄》等，於有關哲學概念之演變和典故之出處，必已瞭如

8　本文原發表於《中國書目季刊》第 15 卷第 3 期（1981 年 12 月），頁 15-34。後收入
　　陳先生：《朱學論集》（臺北市：臺灣學生書局，1982 年），頁 353-383。

指掌。今以如此豐富之經驗，來為中文本《傳習錄》作注，自能左右
逢源。陳先生述其為本書作注之態度云：「注中有詞必釋，有名必
究，引句典故，悉溯其源。不特解釋，且每錄經典原文，以達全意。
注家有所引者，皆檢查原書，備舉卷頁。」（頁5）詳覈全書內容，實
非虛言。且注釋中需考證始能明之者，也能不吝惜筆墨，詳引各種資
料，以定其是非。如卷中錢德洪〈序〉後引有佐藤一齋所引陽明〈答
徐成之第二書〉：「若有以陰助興菴而為之地者。」（頁160）日本《陽
明學大系》卷三以為興菴即王文轅，先生詳引諸書以明其非。第一三
九條注割股事，詳言李紱〈割股考〉，引《魏書‧孝子傳》張密至孝
事，實有誤。並條舉歷代割股事數十則，論述一千七百餘字，最為詳
盡（頁184）。第二〇四條有「復與于中、國裳論內外之說。」（頁
288）于中，日人皆以為姓王，先生則詳加論證以為子中之誤（頁
289）。各條中此類之注甚多，皆糾正前人失誤者，亦即本書注文最大
之特色。

　　（二）集評兼容並蓄：陳先生的英譯《傳習錄》，並未蒐錄諸家
評語。本書則廣擇中、日陽明學家之評語二十餘家。中國之評家有馮
柯、劉宗周、孫奇逢、施邦耀、黃宗羲、王應昌、唐九經、陶潯霍、
孫鏘、梁啟超、許舜屏、但衡今、于清遠等。日本之評家則有三輪執
齋、佐藤一齋、吉村秋陽、東正純、東敬治等。先生云：「以前諸家
從未採馮柯，亦不用日人東正純與國人但衡今富有哲學性之精到案
語。後者或未之聞，前者則必其以馮氏攻擊陽明而避之也。今純以學
術立場為主，贊毀在所不論。其于陽明之言有所發明或修正，如劉宗
周與佐藤一齋等人之語，則寧多毋少。其徒事表揚或止重述陽明之
意，如孫奇逢、東敬治等人之語，則寧少毋多。」（〈概說〉，頁5）此
可見陳先生採錄前人評語之態度。且先生於前人之評，間有自下按語
者，或糾駁日人評語之失，或闡發陽明之意。此可見陳先生於陽明哲

學之契會。所錄二十餘家之評，可謂集中、日諸評之大成，皆先生苦心蒐羅之功也。

（三）拾遺巨細無闕：謝廷傑所編《王文成公全書》之《傳習錄》，計有三百四十二條。如以此數為準，與他本相較，則諸本共增多三十六條。此三十六條，均載於佐藤一齋之《傳習錄欄外書》。佐藤氏于《傳習錄》九十九條註又舉一條，合上數計三十七條。陳先生又從《王文成公全書》卷目錢德洪之刻文敘說錄出四條，為拾遺之第三十八至四十一條。此外，又從陽明年譜抄出陽明論學語十條，為第四十二至五十一條。總計增拾遺五十一條。陳先生云：「今之增補，不特志求完整，而亦因拾遺諸條有新義也。如拾遺第二條言工夫本體，誠為《傳習錄》第二○四、三一五、三三七等條所不及。拾遺第四，鄉愿狂者之辨，比《傳習錄》三一二條為精微。拾遺第五條，言尊德性；第二十三條伊川言覺；第二十四條，言戒慎與慎獨之關係，皆有新見解。凡此，于王學研究，不無小補也。」〈〈概說〉，頁6）則先生為呈顯陽明哲學之全貌，爬羅剔抉之苦心，已彰彰明著。

就上述三點觀之，本書在學術上之貢獻，不言可喻。然由於內容所涉甚廣，難免有照顧欠周者。茲就知見所及，提出檢討。

參　傳刻及版本問題

關於《傳習錄》之刻成，陳先生於概說甲〈傳習錄略史〉，說之已詳。其中《續刻傳習錄》的刻成問題，陳先生曾云：

> 嘉靖三年（1524），陽明五十三歲。是年十月，門人南大吉以《初刻傳習錄》為上冊，陽明論學書九篇為下冊，命弟逢吉校對而刻于越（今浙江紹興），為《續刻傳習錄》。（〈概說〉，頁8）〉

此云《續刻傳習錄》刻成於嘉靖三年（1524）。然陳先生又於《傳習錄》卷中錢德洪〈序〉：「昔南元善刻《傳習錄》於越，凡二冊」，作注云：

> 《傳習錄》，薛侃首刻于虔為三卷。據《年譜》，嘉靖三年（1524）十月，南大吉刻《傳習錄》，又名《續刻傳習錄》，凡二冊。上冊即虔刻三卷，下冊錄陽明八書。然《年譜》繫〈答顧東橋書〉于嘉靖四年（1525），繫〈答歐陽榮一書〉與〈答聶文蔚書〉于五年（1526）。則南大吉之刻，或在嘉靖三年之後。（頁162）

此處陳先生因《年譜》繫〈答顧東橋書〉於嘉靖四年，繫〈答歐陽崇一書〉與〈答聶文蔚書〉於嘉靖五年，遂定《續刻傳習錄》之刻成時代為「嘉靖三年以後」。似較〈略史〉部分肯定為三年更加審慎。然筆者以為〈傳習錄略史〉既在論述《傳習錄》之傳刻經過，有關上述三書所引起之問題，自應詳加討論，不應略不之及。而注釋中再涉及此問題時，只須見前文即可。如此，不但可避免衝突，更可節省篇幅。

陳先生於〈傳習錄略史〉中，既列有板本一項，大概是將古今有關《傳習錄》之各種板本全數蒐羅，再評其得失，然就筆者所知，約有下列數種板本，陳先生未計及：

（1）《王陽明傳習錄》　在民國二十四年（1935）十月沈卓然重編《王陽明全集》內。有民國六十九年（1980）八月臺灣文友書店影印本。

（2）《王陽明傳習錄及大學問》（附《王陽明年譜》）

民國四十三年（1954）八月國防部總政治部印行。封面注云：「國軍幹部必讀」。由此本可知政府遷臺以來思想教育之一斑，及國

內王學盛於朱學之緣由。

（3）《王陽明傳習錄》（附大學問）

民國四十三年（1954）十月正中書局影印本。版式與正中書局《王陽明全書》中之《傳習錄》相同。

（4）《王陽明傳習錄》（附大學問）

民國五十二年（1963）九月樂天出版社影印本。

（5）《傳習錄》

民國七十二年（1983）四月大夏出版社排印本。即根據葉紹鈞點注本重新排印。將葉本隨頁之附注，改為篇末注釋。

國內之板本計有上述五種。國外另有：

（1）《傳習錄》　亨克（F. G. Henke）譯

在亨克《王陽明哲學》（*The Philosophy of Wang Yang-Ming*），一九一六年出版。此為陳先生〈歐美之陽明學〉一文所述及。此書內容欠佳，陳先生所以不將其列入，殆因此故也。然蒐集板本，旨在見其發展之跡，不必因後出之佳，而忽略其開創之功。

（2）《傳習錄》　富山房編輯部編

一九七五年富山房印行，《漢文大系》第十六種。

以上二書筆者皆未之見，內容如何，不可得而知。上述諸種板本，皆非至要，然既要明著其板本，就應寧濫勿缺。

肆　年代的疏忽

本書有關年代的疏忽有兩點，一為生卒年有誤，二為各年號後所附西元年代有誤。先說前者。本書每提及某一思想家，皆附有西元之生卒年。惟細察所附生卒年，頗多可議者，茲條舉如下：

（1）程頤（1037-1107）（頁25）。按：程頤之生卒年，各家年譜

皆作1033年。

（2）閻若璩（1635-1704）（頁65）。按：若璩之生年，張穆《閻潛邱先生年譜》作明崇禎九年，即1636年。

（3）蔡元定（1135-1191）（頁93）。按：元定卒於宋寧宗慶元四年，即1198年。

（4）陳獻章（1482-1500）（頁165）。按：獻章生於明宣宗宣德三年，即1428年。此云1482，必為鉛字誤植。

（5）湛若水（1471-1555）（頁284）。按：《明儒學案》卷三十七云甘泉庚申四月卒，年九十五。庚申即嘉靖三十九年（1560），上推九十五年，即憲宗成化二年（1466）。陳先生云1471-1555，或根據誤本而錄。

（6）王時槐（1522-1593）（頁333）。按：《明儒學案》卷二十，〈江右王門學案王時槐傳〉云：「乙巳十月八日卒，年八十四。」乙巳即萬曆三十三年（1605）。此云1593，非也。

（7）曹端（1374-1434）（頁437）。按：各家年譜所記曹端之生年，或作明太祖洪武九年（1376），或作十年（1377），似未見作1374年者。

（8）王守仁（1492-1529）（頁437）。按：陽明生於明憲宗成化八年，即1472年。

至於各皇帝年號下所附西元年代，錯誤亦多，茲列之如下：

（1）正德十三年（1517），陽明四十七歲（頁8）。按：正德十三年為1518年。

（2）《初刻傳習錄》。正德十三年（1517），薛侃刻于江西虔州為三卷（頁12）。按：其誤同上。

（3）陳龍正，號幾亭，崇禎四年（1634）進士（頁13）。按：崇禎四年為1631年，非1634。陳龍正於崇禎七年（1634）中進士。此處

四年，應改作七年。

（4）標註《傳習錄》，日本正德三年（1712）編（頁14）。按：應作1713年。

（5）《劉子全書》遺編，二十四卷，光緒二十五年（1892）重修（頁16）。按：光緒二十五年為1899年。

（6）烈士雲井龍雄（慶應六年，一八七〇年，卒，年二十七）手鈔《傳習錄》九十六條為二卷（頁21）。按：慶應似無六年，1870年為明治三年。

（7）近藤康信釋，《傳習錄》，昭和三十六年（1960），東京明治書院發行（頁21）。按：昭和三十六年為1961年。

（8）紹興元年（1190），朱子以《大學》、《論語》、《孟子》與《中庸》為四書（頁26）。按：紹興元年是1131年，朱子僅兩歲。此應作紹熙元年（1190）。

（9）正德三年（1506）二月，太監劉瑾柄政（頁26）。按：正德三年為1508年，非1506年。實則，此為正德元年（1506）事。

（10）年譜正德八年（1512）錄此段（指徐愛跋）為徐愛自序（頁55）。按：正德八年為1513年。

（11）太田錦城《疑問錄》，天保二年（1822）本（頁70）。按：天保二年為1831年。

（12）高祖六年（201）尊太公為太上皇（頁82）。按：應作西元前201年。

（13）嘉靖九年（1552），陽明沒後六年，門人四十餘人，合同志會于京師（頁141）。按：嘉靖九年為1530年，非1552年。又按年譜，陽明卒於嘉靖七年，嘉靖十一年門弟子四十餘人合同志會于京師。此年乃陽明卒後四年。此處云嘉靖九年門弟子會于京師，又云此為陽明卒後六年事，皆誤。

（14）錢德洪，正德八年（1529）與王畿入京殿試（頁161）。按：正德八年為1513年。此處應作嘉靖八年（1529）。

（15）張叔謙，嘉靖十六年（1138）進士（頁358）。按：嘉靖十六年為1537年。

以上為本書所附年代疏誤處。筆者讀本書時，常思考各年代致誤之由，但總不得其解。或陳先生寫作時隨見隨附，未及詳覈所致。

伍　注解體例可商者

本書為注釋古書之作，注釋時必有其體例。由於陳先生並未在書前附上「凡例」，所以注解時之體例不得而知。若依平常注書之標準來覆按全書之注解，有些體例似頗可商權。茲述之如下：

按注解常例，一詞在書中出現兩次或兩次以上者，皆在首次出現時詳加注解，再次出現時，即可參見前文。一則求體例一致，再則可節省篇幅。如依此例詳覈本書之注解，大都符合要求，然可商者亦有數處：

（1）卷上徐愛引言，注2云：「舊本，即十三經《禮記》之《大學》，程頤、程顥，與朱子，均改易章句，參看第129條，注2。」（頁26）

（2）第73條，注1云：「志至氣次，參看81條，注2。」（頁101）

（3）第108條，注2云：「一源，語出伊川《易傳·序》。參看156條，注5。」（頁131）

此三條，所釋之詞為「舊本」、「志至氣次」、「一源」三詞，陳先生皆不在其首次出現時詳釋之，卻要讀者參見後文，恐非所宜。又鄒守益之名出現多次，本書之處理也未盡理想，如：

（1）第312條，注2云：「鄒謙之，名守益，參314條，注2。」

（頁355）

（2）第314條，注2云：「鄒謙之，名守益，字謙之，號東廓（1491-1562）。……」（頁359）

（3）342條，注2云：「鄒謙之，參看314條，注2。」（頁385）此處於314條詳注之，卻要312條與342條參見314條，甚乖體例。又如272條已有告子一詞（頁330），本書不加注解，卻於273條再次出現時才注之（頁330），也不合常理。

此外，有些名詞出現兩次，名有解釋，釋文互有出入。如《大學》一詞，卷上徐愛〈引言〉注1已釋之（頁25），42條注2又重釋之（頁79），內容甚不一致。又有些書，前後各有引用，名稱卻不統一，如32條集評有《姚江釋毀錄》（頁71）一書，以後引用時，僅作《釋毀錄》。毛奇齡《王文成傳本》，107條注1（頁129）、121條注1（頁145），皆引作《王陽明傳本》；122條注1（頁147），則作《王文成傳本》。此皆有待改進。

至於各條注解之內容，誠如陳先生所說：「有詞必釋，有名必究。引句典故，悉溯其源。不特解釋，且每錄經典原文，以達全意。」（〈概說〉，頁5）然有些詞似僅明其出處，而未加詮釋，如：

（1）腔子：《二程遺書》，卷7，頁1上，「心要在腔子裡。」不指明為明道語抑伊川語。（頁86）

（2）氣象：《延平答問》上，頁17下至18上。（頁103）

（3）會其有極：《書經·洪範》：「無有作好，遵王之道。無有作惡，遵王之路。無偏無黨，王道蕩蕩。無黨無偏，王道平平。無反無側，王道正直。會其有極，歸其有極。」（頁125）

（4）方外：語出《易經》，〈坤卦〉，〈文言〉。（頁139）

（5）厭然：《大學》，第六章。（頁144）

（6）明心見性，定慧頓悟：見《六祖壇經》第八、十三、三

十、三十五、三十六等節。（頁165）

（7）歷律：歷法呂律。（頁192）

（8）常惺惺：瑞巖禪師之語，見于《五燈會元》，第七章。《明覺禪師語錄》，卷三，引之。（頁230）

（9）不庸：《孟子》，〈盡心篇〉第七上，第十三章語。（頁259）

（10）見性：佛語。此詞不見經書。（頁376）

（11）實相：《法華經》所說。幻相，《涅槃經》所說。（頁382）

（12）六虛：卦之六爻（六位）週流于空虛之間。（頁384）

以上十數條，大抵明其出處而已，即或釋之，亦失之簡略。讀者欲明各詞之涵意，恐仍需再覈原書。則此類注解所給讀者之指導，實相當有限。

至於重要之哲學概念，如「心即理」（頁30）、「道心」、「人心」（頁42）等，也應有所闡釋，以確定其內涵。且本書卷首未能有一解題，以分析陽明重要哲學概念之發展，故「致知」、「良知」、「致良知」、「知行合一」等詞首次出現時，也應詳加詮釋，以助了解。

陸　注解內容可議者

本書之注解，有極少數觀念訛誤，或用語欠妥，此亦將影響讀者對全書之了解，茲提出討論如下：

（一）本書注《大學》一詞有前後兩次，首次云：「《大學》，為《禮記》第四十二篇。經一章，傳二十章。……」（頁25）第二次云：「《大學》，乃《禮記》四十九篇之第四十二篇。……」（頁79）兩條之注互有出入，前已云之。按《大學》之分經傳實朱子為之，非《大學》古本如此也。本書於他處亦曾明之。然此處未能明言，恐讀者將以為《大學》自古即分經傳，此實與陽明恢復古本之意相違。且

朱子所分之傳為十章，此云二十章亦誤。

（二）第1條「以親九族」。本書注云：「九族，《詩經・王風》，〈葛藟篇〉序《毛氏傳》云自高祖至玄孫。《尚書》歐陽（歐陽修，1007-1072，《毛詩本義》云父族四，母族三，妻族三。」（頁28）按：所謂《尚書》歐陽，乃指漢代歐陽氏所傳之《尚書》，非歐陽修也。歐陽修，無《尚書》方面之著作。陳先生云《毛詩正義》，亦非《尚書》歐陽。此條之注稍嫌離譜。

（三）第1條「平章協和便是親民」。陳先生注協和一詞時，引〈堯典〉：「九族既睦，平（調和）章（開發）百姓。」（頁29）「調和」、「開發」為陳先生所加，用以解釋「平」、「章」二字者。按：平為「釆」之誤字，即辨也。章，即明也。意謂「辨明百姓」，非「調和開發百姓」也。

（四）第11條「羲黃之世」。陳先生注云：「羲黃，伏羲與三皇（天皇氏、地皇氏、人皇氏）。」（頁50）按：「羲黃」之「黃」，或當指「黃帝」，絕不可釋為「三皇」。觀《傳習錄》他處有作「羲皇」者，則知此處作「羲黃」，或為徐愛筆誤。

（五）第11條有「九丘八索」、「三墳」之語。陳先生兩引孔安國《古文尚書・序》以注之。（頁48、50）按：此所謂孔安國《古文尚書・序》，即《偽孔傳》之序，應注明之，以免誤會。同條陽明引《孟子》云：「盡信書，不如無書，吾於〈武成〉取二三策而已。」陳先生注「武成」一詞云：「《書經・周書》篇名。武王伐紂歸，議其政事。」（頁49）按：孟子所見之〈武成〉、漢初之〈武成〉與今傳五十八篇《尚書》之〈武成〉，皆不相同，如不加說明，讀者或將以為今傳之〈武成〉，即孟子所見之〈武成〉矣。

（六）第93條，陽明云：「如冬至一陽生。必自一陽生，而後漸漸至於六陽。」陳先生注曰：「五月夏至一陽初生，漸長而于六月之

化，總不夠紮實。欲整理古籍，本書自可充當範例。其三，多年來陳先生闡揚中國哲學於西方，今以八十餘高齡完成此書，其為學術犧牲奮鬥之精神、毅力，皆足為後學法式。如因本書之出版，感召更多後學從事古代學術思想之研究，則是另一收穫也。

明代學者楊慎，著書多誤，後人以楊氏無佳子弟為其拾遺補闕所致，陳先生本書之些許疏忽，殆應作如是觀。將來再版時，如能就上文所述，斟酌修改，以求盡善盡美，則其他諸本之《傳習錄》，或有因之而廢，而失傳者，亦不足惜矣。

——原刊於《漢學研究》第2卷第1期（1984年6月），頁331-342。

評廖名春《荀子的智慧》[*]

林宜均^{**}

　　若單純以《荀子的智慧》如此通俗的書名來看，相信一般而言很難入文史學者的法眼，通常會輕率地將其歸為介紹基本國學常識的淺顯書籍而失之交臂。若非筆者曾經拜讀過本書作者廖名春教授授權臺灣出版的博士論文《荀子新探》¹，對於廖教授已有相當程度的認知，否則恐怕也會草率略過。

　　雖說書名乍見之下似屬平常，然而細讀之後，這才驚覺此一不過中等篇幅之著作，然作者對於荀子其人其學之剖析卻是鉅細靡遺而深入淺出，幾近完整地探討荀子生平與其學說的各個面向。而難得的是作者並未因此而忽略或者降低此書論述之學術性，且因廖教授具有嚴謹之史學研究背景，而一般研究荀子學者則以中文與哲學系所出身為多，是以廖教授某些探討層面與詮釋角度確實有另闢蹊徑而別開生面的驚喜。這雖然無可避免地造成某些衝擊與反思，但卻也是交互激盪的契機。

　　本書之鋪陳脈絡約略如下：

第一章：青出於藍而勝於藍——荀子的人生軌跡

---

* 廖名春：《荀子的智慧》（臺北市：漢藝色妍文化公司，1997 年 1 月）。

** 林宜均，輔仁大學中國文學系兼任副教授。

1　廖名春：《荀子新探》（臺北市：文津出版社，1994 年，《大陸地區博士論文叢刊》）。本書原係 1992 年廖名春先生吉林大學博士畢業論文。

　　本章分為三大部分，先考證荀子姓氏、生平與遊歷，次論當代之政經環境與諸學派，末則條析其書。

第二章：制天命而用之──荀子的天道觀與天人觀

　　本章以敘述荀子特出之天道觀，進而解讀其天人關係，並對其天道思想中「知天」與「不求知天」的主張加以評論。

第三章：虛壹而靜──荀子的認識論

　　本章在探求荀子對於感官及徵知的瞭解，剖析荀子所提出「虛壹而靜」的認識方法，並檢視其知行關係。

第四章：制名以指實──荀子的邏輯智慧

　　本章以《荀子・正名》為起始，闡發荀子「名以指實」的正名實思想，進而發展出「以近知遠，以一知萬，以徵知明」的推論原則。

第五章：性偽之分──荀子的人性學說

　　本章集中討論荀子頗為後儒詬病之人性學說，對於荀子所認知的「性惡」與「性偽之分」以及如何轉惡為善的「化性起偽」，作者均有深入解析。

第六章：明分使群──荀子的政治智慧

　　本章在探究荀子的政治與社會理論，荀子以「明分使群」維繫社會架構，而以「隆禮」為政治指導原則，此外也探究「法後王」的實際面向。

第七章：富國裕民之道──荀子的經濟智慧

　　本章是荀子的經濟主張，論其認知人之有欲必不能免，如而使人能足其欲而不淪於亂，於是使天下皆能分工任職，其後則論其富國之策。

第八章：禮義之文──荀子的美學智慧

　　本章自荀子審美觀念論起，探究荀子的文藝思想，其所主張禮樂的本質及其作用，末尾則引荀子自身之文學創作以為佐證。

第九章：外王一脈——荀子智慧的歷史影響

末章以荀學對後世之影響作結。首述其傳經之功，條列諸經傳承家法與荀子之關聯，其後則概述後世諸儒對荀子之評價，最終則介紹荀子一書之版本流傳、各家註解與相關研究論著。

綜觀全書之架構，大抵而言，此九章幾已涵蓋荀學各項重要理論，而作者於析論時亦頗為深入與用心，並未將之視為簡單的概論性介紹。若概略分之，本書之特出者有二，其一是作者精於整理與分析史料，故而常有精到之判斷；再者，書中對於荀學的若干問題，作者時有新意，頗足啟發讀者深思。以下將就此兩大層面列舉本書中幾項例證以淺論之。

首先，關於荀子生平考述部分，作者善用「引經解經」、「以史證史」的嚴謹考證，開章明義便直陳荀子本姓孫，蓋除《史記》[2]所述而外，荀子弟子韓非所著《韓非子》論其師皆稱孫不稱荀，而其餘先秦兩漢之書亦皆如是。即便在所有先秦子書之中公認自撰成分甚高的《荀子》經作者的統計發現稱荀子為「孫子」或「孫卿子」共有十八處，而「荀」則僅有一見，並引清人孫詒讓《札迻》云：「以全書文例之，荀當為孫。」以是確認「荀」卿原應作「孫」卿。[3]

作者接續以長篇大論地探究了古今學者始終爭議不休有關荀子年壽與遊歷諸國之確切時期與先後，而這部分的論證，更充分顯現出作者深厚的史料考證功夫。歷來有關《史記・孟子荀卿列傳》中提及荀子：「年五十始來游學於齊」的敘述與東漢應劭所撰《風俗通義》則稱：「年十五始來遊學於齊」二者顯有相悖。依史料考證角度而言，除非有特殊證據，否則愈接近其年代者愈為可信。太史公為西漢景、

2　如〈老子韓非列傳〉、〈孟子荀卿列傳〉、〈李斯列傳〉等皆言「荀」卿。

3　見本書頁33，注釋3。

武帝時人，應劭則為東漢桓、靈帝時人，太史公上距荀子約二百餘年，而應劭則相距荀子已近五百年之遠。況且西漢成帝時劉向也在典校秘書後對於荀子生平作出與太史公同樣的記載，於是若以東漢末年應劭的主張來推翻西漢早中期太史公與西漢後期劉向的相同論點，以後說反前說而又只是其一家之孤證，況且應氏之說亦缺乏有力史料支持，實難以令人信服。此外，太史公所說年五十「始」來遊學於齊，本就有已遲之意，若依應劭所書，則十五遊學又何來稱「始」？此點民初胡適早已提及，羅根澤亦持相同意見。

然而若據史公所言，荀子五十始至齊，則後世學者對於荀子之年壽與各家所述其生平遊歷各國之事難以有合理印證。這些疑問主要在於荀子既遍訪燕、齊、秦、趙、楚，與當世名君重臣交遊、答問，而且均有彼等名號記載，如燕王噲、齊宣王、秦昭王、秦之應侯范雎、趙孝成王、趙之臨武君、楚之春申君等，且荀子曾為弟子李斯相秦而不食。而這些事蹟，散見於《荀子》、《史記》、《韓非子》、《戰國策》、《韓詩外傳》、《鹽鐵論》、《敘錄》等書，綜合以上各書所載，則其遊歷時間之先後，關係甚鉅。蓋若從其五十始至齊而言，則會見相關人等之期間延宕過長，荀子之年壽幾長達一百三十餘歲！

而作者運用史料，精心比對，務求其真。若依《史記·孟子荀卿列傳》云：「春申君死而荀卿廢，因家蘭陵。」倘為實情，春申君死於西元238年，則荀子卒年必晚於此。但若再依劉向《敘錄》所言荀子遊齊是在「齊宣王威王之時」，則荀子之生年須在西元368年前後，如此年壽過長恐失其真。是以作者認為史遷與劉向二者必有一誤，從而進行嚴密的條理分析，舉證甚多無論是藉荀子之言引史料以考訂荀子說齊相之年代[4]，或者推論李斯主持秦政之時期以證《鹽鐵論·毀

4　作者以荀子之言「楚人則乃有貴襄、開陽以臨吾左⋯⋯」（《荀子·彊國》），再以

學》云荀子因李斯相秦而不食之記載[5]等論述。作者皆能反覆推闡，環環相扣，從而認定劉向所言「齊宣王威王之時」應為「齊宣王湣王之時」，如此則荀子年五十始來游學於齊，以至於最後見李斯相秦而不食等記載均被作者排比出合理之先後次第，而其年壽則約百齡上下，並舉荀子弟子張蒼享年百有餘歲以證明此事並非不可能。凡此種種不一而足，雖作者之各項考證尚未必成為不移之定論，然而據此已可見其對考索史料以正違誤之用力甚深。

其次，作者於論述荀學之時，多有積累前輩學者之見而後出轉精，更能自得新意者。例如探討荀子天命觀時，作者持續深入研究荀子所認知的天地萬物之本源為何？他舉《荀子・王制》：「水火有氣而無生，草木有生而無知，禽獸有知而無義。人有氣、有生、有知，亦且有義，故最為天下貴也。」為證，論述荀子將自然界分為五個層次：「『最為天下貴』的最高層次是有氣、有生、有知、有道德觀念的人；第二層次是有氣、有生、有知而無道德觀念的禽獸；第三層次是有氣、有生而無知、無道德觀念的草木，即植物；第四層次是有氣而無生、無知、無道德觀念的水火，即無機物；第五層次也即最基本的層次是構成這所有一切的物質元素——無生、無知、無道德觀念的氣。」[6]

作者如此分類頗見巧思，同時亦有其衍伸步驟之伏筆。他解構荀子的自然界中最原始的基本元素是氣，是一切物質的構成條件。作者

《史記・魯世家》有關楚伐滅魯之記載，確信荀子說齊相時非當湣王之世而應在齊王建之時。

5　作者引李斯獄中上書言：「臣為丞相，治民三十餘年矣。」（《史記・李斯列傳》）認為李斯渲染誇大其對秦之貢獻，將其方任廷尉獨攬大權時亦僭稱行丞相事，乃得三十年，如此上推，則李斯攬權擅政之時，約為呂不韋廢相之際，恰荀子廢居楚國蘭陵之時，如是則《鹽鐵論》所載亦可相符。

6　見本書頁37。

至此則進一步將荀子的物質與精神的關係認定為唯物主義的解釋，因為荀子指稱：「形具而神生」（《荀子‧天論》），是以荀子主張形體與精神有主從關係，精神不能先於形體，而此即屬於唯物主義的形神一元論。作者的構思頗有新意，他透過荀子的氣，連結到荀子對於雲的觀察[7]，認為雲與氣在荀子看來都只是一種物質的型態，再以之反駁李約瑟（Joseph Noel Needham）以亞里斯多德（Aristoélēs）的靈魂階梯與荀子對於自然界的分類進行比較，並批評李約瑟將荀子的「氣」翻譯為Subtle spirit即精靈、靈魂之說是種誤解。因為作者認為亞里斯多德的物質區別是靈魂的區別，而荀子則為物質自身的區別，因此兩者有唯心主義與唯物主義性質的不同。[8]

姑且不論作者對於荀子「氣」的唯物主義內涵之詮釋是否得當，然他靈活地在前人的分類基礎上，再進一步加以衍伸的努力確實是頗有創見。韋政通教授在1979年出版之《中國思想史》論及荀子時，便曾就其對人的了解與分類列成圖式：

水火　氣

植物　氣＋生

動物　氣＋生＋知

人　　氣＋生＋知＋義

雖然韋教授對於「義」的解釋並非本書作者廖教授所稱的「道德觀念」，韋教授在此節的重心在於荀子以理智主義辨別人禽[9]，而廖教授則在此分類的基礎上再細分出另一等級「氣」，將焦點放在此一構成自然界的基本成分上，並從而與形神一元論連結以肯定荀子思想中

7　參見《荀子‧成相》之〈雲賦〉。

8　參見本書頁 38-39。

9　韋政通：《中國思想史》（臺北市：水牛出版社，1996 年），上冊，頁 304-305。上冊初版於 1979 年，當時出版社為大林。

的唯物主義成分。

作者此書所特別突出之處，經概分為兩大類並約略舉證論述如上，其用心與深入甚為可佩。此外，筆者不揣陋昧，另有些許補充參考意見於下。

若以本書與作者另一部著作《荀子新探》相較，雖本書之篇幅較簡，然其論述層面卻似乎更為周全，可知本書係作者根植於舊作，有所剪裁及增訂而成。首先，本書避開了《荀子新探》中專起一章以討論荀子著作考辨，將其與荀子生平整合為一，如此避免過於艱澀的著作存佚、真偽及著作年代，但作者卻又能以簡馭繁地整體介紹荀子其人其書不失其學術性。其次，本書刪去《荀子新探》〈兵論〉一章，代之以〈禮義之文〉闡述荀子的美學與文學論點。就此而論，重視兵學，提倡義戰，當然是荀子迥異於孔孟的特出理念，但若二者相較，美學與文學觀點似乎更能突顯荀子禮治主義的特色與其賦體在中國文學史上具有里程碑的重大意義。然若就學術性的深度而論，無可諱言地《荀子新探》要比本書豐厚許多，作者在引述與思辨的學術性展現上確實是本書所相形遜色的。然而本書畢竟屬於通論式的引介，能夠在概述中呈現如此專業而又深入的層次，已然是一般概論性書籍所難以企及的。

此外，作者十分強調荀子的唯物主義傾向，固然這是中國大陸學術界長久以來的慣例，就如當初臺灣言必稱三民主義一般。但作者某些引申還是有可以再討論的空間，以前段所引作者論及荀子之氣為例，雖其分析物質之論述極為細膩，但若單就〈天論〉篇中的「形具而神生」而言，固然如作者所稱先有形體而後有精神，但卻未必是絕對的主從關係。蓋荀子云：「耳目鼻口形能各有接而不相能也，夫是之謂天官。心居中虛，以治五官，夫是之謂天君。」（《荀子‧天論》）作者廖教授詮釋：「他把人體的形體、器官看作是一種自然的物

質結構，所以稱耳、目、口、鼻、形體為『天官』，稱心（古人以心為思維器官）為『天君』。」[10]既說明了心是思維器官，又是荀子所稱之「天君」，而荀子明言心的作用是：「以治五官」，這難道不是以心治五官？若是形體為主而精神為從，則豈不是反以天官治天君？

　　有關中國古代哲學中究竟有無唯物主義，李杜教授曾指出：「中國傳統哲學沒有唯心論亦沒有唯物論，而只有近似之說。從名詞上說是如此，從理論內涵上說亦然。」[11]且中國武漢大學哲學系宮哲兵教授亦曾發文云：「中國的氣不同於原子，也就是不同於物質。氣不具有原子的特徵也就是不具有唯物主義的特徵，這在辯證唯物主義出現之前是不言而喻的。有的學者認為氣是物質，他們是受到了列寧物質定義的影響。」[12]荀子誠然有重視物質且善於分析物質的學術特色，但充其量恐怕也只能算是李杜教授所稱近似的唯物主義，無怪乎被歸為所謂「樸素唯物主義」。

　　作者此書已然展現成熟的整體架構，基於其前作《荀子新探》的深厚根柢，作者在此書更能從容揮灑，剪裁合宜，更加之以嚴謹史學考證功力，廖教授正在荀學研究領域中逐漸展露出力擎大纛的權威性！

　　——原刊於《哲學與文化》第36卷第11期（2009年11月），頁149-154。

---

10 參見本書頁 39。
11 李杜：〈現代中國的唯心論與唯物論〉，《中國哲學的回顧與展望》（臺北縣：輔仁大學出版社），下冊，1995。
12 宮哲兵：〈中國古代唯物主義傳統質疑〉，《哲思雜誌》第 1 卷第 1 期（1998 年 3月）。

評丁為祥《學術性格與思想譜系 ——朱子的哲學視野及其歷史影 響的發生學考察》[*]

蔡家和^{**}

壹　前言

　　本文先簡單介紹丁為祥教授這一本書的內容，然後加以評述，以筆者對朱子研究之心得，與他的見解做一比較而進行的評述，有其相同處，亦有不同處。若有不同的評價，也許只能說是站在筆者的觀點，然筆者的朱子學的觀點亦是等著被評價，亦不敢說筆者必對，他人必非。只能說是站在筆者的觀點下的不同立場，所給出的評價。

　　就本文節次而言，除前言外，分為兩節：第二節簡介此書，先對作者本作品簡單介紹給讀者；第三節對於本書中的見解，進行評價與評判。先進入第二節，談這一書的內容，筆者把其書重點，列為以下幾點：

---

* 　丁為祥：《學術性格與思想譜系——朱子的哲學視野及其歷史影響的發生學考察》
　（北京市：人民出版社，2012 年 6 月）。
** 蔡家和，東海大學哲學系副教授。

貳 本書之簡介

（1）作者以三個論點來描述朱子學，所謂的「生存實在論」、「宇宙生化論」、「致知修養論」（頁366）。格致修養論，大致而言是指朱子所開展的《大學》架構，以格物窮理為架構，涵養用敬、進學在致知等，必先格物而後知至，《四書》都以此為規模。一方面以《大學》為典籍，一方面以程子的涵養用敬，進學在致知，做為為學工夫的下手處；而「宇宙生化論」中，談到朱子承繼周、張等人，周子以《中庸》、《易傳》的義理之融合，而寫成《通書》。而《中庸》、《易傳》有宇宙論的架構；張子的「太虛即氣」亦有宇宙論之架構。作者認為，朱子面對著當時背景，因著周、張而來對於氣質的反思（頁6），把氣質的講法帶進經書以詮釋之，包括《四書》。而「生存實在論」的論述，主要是依牟宗三評價朱子為實在論一辭[1]，而進一步反省補充而得來。[2] 亦是說可以肯定朱子有實在論的性格，如天理的客觀絕對性，但又不能止於實在論，於是作者以「生存實在論」形容朱子。亦是說朱子的實在論是建立在南宋的歷史脈絡之下，因面對朝廷人民、解決現實民生、歷史因素等等問題的關懷，所建構的實在論，稱之為「生存實在論」。作者幾乎是以此三架構，來描述朱子學的建構。

（2）作者雖然反省牟宗三論朱子說的不足處，然筆者所閱讀到

---

1 「即如朱子而言，牟宗三所經常提到的『實在論心態』。」丁為祥：《學術性格與思想譜系──朱子的哲學視野及其歷史影響的發生學考察》（以下簡稱《學術性格與思想譜系》），頁80。

2 作者言：「但在筆者看來，牟、劉兩位先生的『形成與發展』更多的還是指其哲學的理論邏輯（所謂內在必然性、架構性）或思想譜系性的展開，與朱子本人的人生現實並不具有緊密的相關性。」同前註，頁5。

者，其朱子學說的架構大致而言是依著牟宗三而來的反省[3]，亦是說以牟宗三為主，而補其不足，然主要內容還是牟宗三的架構。[4]例如其認為牟宗三判朱子的「理」是「存有而不活動」，其認為這講法大致而言是準的。[5]又，例如認為朱子不懂南軒[6]，且不能契合於其師延平的精神（頁273）。牟宗三認定道德是「內在的自覺」，以心學的見解為先秦的正統等等的講法，大致可以看出作者的朱子學之判斷從牟宗三而來，再加上生存的關懷，歷史的考證，而為生存實在論，亦是說明何以朱子學必然如此的背後之精神，及歷史必然性，只是補充一些牟宗三不足之處（作者認為的不足），雖然不完全贊同牟宗三，大原則上而言，還是以牟宗三的見解為基礎。[7]

（3）對朱子的評價，作者認為朱子有偉大處，亦有不偉大之處，表面言其偉大，但字裡行間總是視其歧出，不懂道德。例如作者

---

3 雖說作者不完全同意牟先生，然受其影響甚大，如作者言：「朱子的書本世界往往是文字的、理智的，其進路也是『順取』的，而象山的書本世界則直接就是人生的、心靈的，其進路也往往是反省的、『逆覺』的。」同前註，頁 272。諸如此類的見解，大致同於牟宗三的判斷。

4 「因著在筆者看來，牟宗三是一個受到誤解最多的思想家，所以筆者用了較多的筆墨為其疏解。」同前註，頁 710。

5 「在筆者看來，牟宗三關於朱子道德理性『只存有不活動』的定位基本上是準確的。」同前註，頁 686。

6 「但其『天地』的涵義卻是根本不同的，南軒的『天地』是通過性體挺立起來的『天地』。」同前註，頁 367。可參見牟宗三之言：「但南軒此種想法是以明道為主，眼所見者是伊川辭語，而心中所想者卻是明道所體會之仁體。『仁之為道無一物之不體』，是即仁體之遍在性。」見牟宗三：《心體與性體》（臺北市：正中書局，1990 年），第 3 冊，頁 271。大致而言，牟宗三認為朱子宗伊川，是順取的性格，而南軒的仁說近於明道，是逆覺的性格。故在此筆者視丁為祥教授的看法同於牟宗三。

7 「將本質上作為道德本體的天理扭轉為存在之理，則是朱子哲學的最大毛病。牟宗三所謂的『歧出』、『別子』等等，主要也就指此而言。」丁為祥：《學術性格與思想譜系》，頁 384。

言：「自有夫子以來未有如朱子者。」（頁372）但綜觀作者於字裡行間大部分的行文，都是檢討朱子的過失，認為朱子的「理」是「但理」、「存有不活動」、「歧出」等，一再的顯示其貶義。作者又云：「這在朱子時代確實是一個非常了不起的貢獻。但問題在于，儒學畢竟是從人的道德自覺中產生的。……那麼僅僅通過所謂今日格一物，明日格一物之物理認知的方式（包括所謂豁然貫通）能否達到對道德的認知與把握則仍然是一個問題。」（頁372-373）也就是作者判朱子學為歧出，故對朱子學是存有質疑的。大多數時候，作者對於朱子學並不尊崇，其言：「而生存實在論的學術性格也確實使他難以看到心性主體的力量。……總之朱子哲學的諸多缺漏，就是這樣形成的。」（頁281）又說朱子是中等智力，乃是相較於心學可以逆覺頓悟而言，故視朱子的智慧不高。又言：「他根本就沒有反省到自己生命的根子上，……即使受教於延平後，他也仍然覺得自己是『才質不敏』，知識未離乎章句之間。」（頁133）又說朱子認定象山才高等。然作者的見解有待商討，如聰明與智慧不見得相同，朱子不聰明，也不代表少智慧；又有些朱子自謙之辭，而作者卻實看。總而言之，作者看似尊朱子，其實字裡行間，多是貶低之，認為其中等智慧、順取、知識的進路，不是道德的進路。

（4）從作者於目次與書名上，大致可以看出其對於朱子學的詮釋方向，乃是從歷史脈絡上的考察，看出朱子的「生存實在論」之性格。而依目次而言，談論到朱子對於先賢的繼承，如北宋四子等，及朱子與其他論敵之論戰，最後把當代幾位大師對於朱子的描述與評價作一介紹，包括牟宗三、錢穆、馮友蘭等人的朱子學。然於字裡行間，還是認定朱子不契於道德，是一種「順取」的進路，以知識的方式談道德，又是一種「生存的實在論」的性格等。以上是對於本書的簡單介紹，以下是筆者對於此書的評論。

參　對於此書的評價與商榷討論

　　以下抄出作者的原文見解，為討論之用，共有十幾條。

　　（1）首先作者在朱子學的詮釋上，大致而言是取於牟宗三的見解，雖然亦檢討其不足，但大致而言是以牟宗三的架構為主。作者的用功層度甚佳，然在大方向之判定上，卻已先受到自己的視野約制，所謂的視野是指牟宗三的朱子學評定，作者常以此為宗；筆者建議以唐君毅的朱子學為例，做一互補，相對地會公允一些。理由在於唐君毅對於宋明儒學者的分系不同於牟宗三[8]，又其較少去判別宋明之分系之中，誰是正統，誰是別子為宗[9]；常以圓融的個性，視陽明所闡發是哪一個側面，而朱子是哪一個側面。又於朱子的「心本具理」的朱子學詮釋，亦不同於牟宗三的判定，判定其為講「知識」、「順取」之說、後天的格物的「具」。牟宗三認定的正統是心學，陽明學的「心即理」才是先天的，朱子的「心具理」被牟宗三評為後天的，然牟宗三所定義的先天義相當嚴格，與一般的見解不同。「心本具理」，生而有之，亦是先天本有，但牟宗三卻判而為後天，故其視朱子學為

8　唐先生言：「宋明理學中，我們通常分為程朱陸王二派，而實則張橫渠乃自成一派，程朱一派之中心概念是理。陸王一派之中心概念是心。張橫渠之中心概念是氣。……『理』之觀念在其系統中，乃第二義以下之概念。」唐君毅：《哲學論集》（臺北市：臺灣學生書局，1990 年），頁 219。

9　「然船山之此義，亦唯對一客觀的『觀一個體之人物之性、天地之氣之流行中之善、及此善之所以成之理或道三者之關係』之觀點，而後可說。若在人主觀的向內反省其生命中道、善、性之如何相關時，則人固仍可緣程朱陸王之論，自謂其性之所在，即當然之理、當行之道所在，故率性之謂道也。」唐君毅：《中國哲學原論·原性篇》（臺北市：臺灣學生書局，1990 年），頁 504-505。唐先生的意思是，船山就客觀面談，而程朱陸王就主觀面談，都可以圓融合會之。

「後天的具」；然在朱子學中，心亦本具理，朱子的「復其初」[10]亦是說明「本具」。牟宗三總以陽明學為唯一正統；然若判定宋明儒何者為正統，陽明亦非完全無誤，常以自己的心學架構理解先秦，亦不能盡得先秦儒者之貌，如外王部分等。

　　然吾人為何欣賞唐君毅的朱子學詮釋呢？因為就牟宗三詮釋而言，其視朱子的理之「無造作、無計度、無情意」而言，故判「理」是「存有而不活動」。然牟宗三除了這個意思之外，其所謂的「理不活動」的意思是：「理不能下貫而為心；心不能即理。」心能即理者，心學，如陽明、象山之學，即存有即活動，故心學為先秦儒者的正統傳人，而朱子別子為宗。於是牟宗三判朱子的格物窮理之說是一種後天的心具理，非心本具理。然這說法與朱子不同，朱子於《大學章句集注》解「明明德」處；於《孟子》的「盡其心者章」處的詮釋[11]；於《論語》注釋「宰予三年之喪說」處，此三處都言「本心」，其所謂的「心」都「本具理」。然，因聖人不失，故不用做工夫以復之，而且朱子的「學習」是「復其初」的意思，若其初本無性理，復其初又有何好處？如此都說明朱子所言的心，是本具理，不是後天才具，是先天本有。結果真正的問題在於：牟先生所定義的先天、後天的意思與一般不同。牟宗三認為陽明「心即理」才是「先天」，朱子的「心具理」是「後天」，還要格物以知理、明理，故判為後天。然聖人無人欲之雜，亦不假修為[12]，故心是先天本具理；其實

---

10 可參見朱子於《大學章句集注》中，對於「明明德」的詮釋，及朱子於《論語‧學而》中，對於「學以復其初」的講法。

11 「心者，人之神明，所以具眾理而應萬事者也。」〔宋〕朱熹：《四書章句集注》（臺北市：鵝湖出版社，1984 年），頁 349。

12 朱子於《孟子‧盡心上》「堯舜性之」章中解「堯舜性之，湯武身之」言：「堯舜天性渾全，不假修習。湯武修身體道，以復其性。」〔宋〕朱熹：《四書章句集注》，頁 358。

不能定義陽明「心即理」才是先天，朱子的「心具理」，也是生而有之，也是先天；既然是定義，就無對錯，筆者只就字義的不同理解，用以疏導之。筆者認為唐君毅的詮釋有其準確性，值得參考，其作品較常合會朱、陸二家，心學與理學的合會，較少判定誰為正宗，都就二家的不同面向偏重處而言。其實朱子言心本具性理，故朱子的「本心」，是就「心中有性理」的意思，朱子學的心與性相加，大致等同於陽明的本心良知的意思。而且朱子的架構一方面是從道統說[13]而來，把各種儒家經書，用一以貫之的方式綜合起來，其中加入程子的理學思想，伊川的「性即理」思想，甚至受到佛老的影響，當然也有朱子自己的體會，及《四書》、《五經》原典的架構。朱子是在創造儒學的新進路，是一種創造性的詮釋。而朱子所體會的成聖成賢的工夫進路不同，德性之工夫，朱子理解的是漸教，而且是從「知」的進路切入，朱子雖言知，然其格物之知，是求「真知」，真知必帶出行為，故「知」與「行」亦不是如陽明認定的切割而為二。知識所知的也不是物理知識，而是天理，天理是仁義禮智，也是道德的，知識與道德亦難分而二之。[14]筆者之所以如此言之，乃是針對作者對朱子的評判認定的質疑；大致而言他的見解是依牟宗三而來，筆者認為可再為朱子講些話，而這些話若依於唐君毅的朱子詮釋而言，大致已經回

---

13 「夫堯、舜、禹，天下之大聖也。以天下相傳，天下之大事也。……若成湯、文、武之為君，臯陶、伊、傅、周、召之為臣，既皆以此而接夫道統之傳，若吾夫子，則雖不得其位，而所以繼往聖、開來學，其功反有賢於堯舜者。然當是時，見而知之者，惟顏氏、曾氏之傳得其宗。及曾氏之再傳，而復得夫子之孫子思，則去聖遠而異端起矣。」〔宋〕朱熹：《四書章句集注》，頁 14-15。

14 「這在朱子時代確實是了不起的貢獻。但問題在于，儒學畢竟是從人的道德自覺中產生的。……那麼僅僅通過所謂『今日格一物』，『明日格一物』之物理認知的方式（包括所謂豁然貫通）能否達到對道德的認知與把握則仍然是一個問題。」丁為祥：《學術性格與思想譜系》，頁 372-373。丁為祥教授認為朱子只有「知識」而言不及「道德」。

答，也為朱子解套。唐君毅的講法一方面圓融地評判程朱陸王，一方面也對朱子保持高度的尊敬。

（2）又作者言：「而從先秦的荀子經過漢唐儒學一直到理學中的程朱一系，則顯然屬于由『先窮理以至於盡性』的『自明誠』一路。」（頁365）作者於此區分《中庸》的「自明誠」與「自誠明」之說，而認定朱子屬「自明而誠」一系，乃因為朱子是漸教，下學上達，格物窮理以上達天理。於是認定孟子到陽明為「自誠明」一系，以荀子到程朱是屬「自明誠」一系。這種講法似乎有認定程朱是荀子之學之嫌，或者接近荀子之學。筆者認為，朱子自認為是承於孟子，不承荀子，朱子的《四書》編定，也是以孟子為正統，不以荀子為正統，只因從認知而學習著手，便判定程朱接近於荀子，這亦不恰當。朱子學雖與孟子不完全相同，朱子是設計一套系統以統括儒學，屬創造性詮釋，然卻不因此成為荀學。荀學要學習，故判朱子的下學是荀子，但是孟子何嘗廢了學習？又孟子也有「自明而誠」的意思，若光把自明而誠歸給荀子是不恰當的。孟子言：「君子深造之以道。」（《孟子・離婁下》）這「深造以道」是下學工夫，不是從天道的誠所能開始的，既然孟子也要「自明而誠」，而歸「自明誠」為荀子的這種判法自然不準。朱子的下學有各式各樣學習工夫，如涵養、讀書居敬、灑掃應對等，都還是「自明而誠」，然筆者所定義的「明」，是下學的明白學習，不一定只是讀書窮理，至少孟子的以道深造的意思，不是從天道的誠開始，故孟子也是「自明而誠」。又孟子言：「博學而詳說之。」（《孟子・離婁下》）孟子雖然有「自誠明」的工夫，然亦要「自明而誠」，不廢下學，把孟子說成只是頓悟上達之學亦不能盡孟子之蘊。而把荀子與朱子學放在一起，亦不切。又孟子言：「誠身有道，不明乎善，不誠其身矣。是故誠者，天之道也。思誠者，人之道也。至誠而不動者，未之有也。不誠，未有能動者也。」（《孟子・

離婁上》）孟子認為，人要做思誠的工夫，不是從誠而明，而是從明善而誠身，雖然明善的意思，不一定只是讀者，然朱子的工夫也不是只有讀書，還有涵養等；其格物窮理，窮的是天理，是所以然之理，不只是知識的進路，知識與德性是分不開，知是用以知仁義禮智；真知也不離行。故從《孟子》看來，要把孟子只歸於陽明、象山等心學是不恰當的，把程朱只視為荀子之學亦是不恰的。理由在於孟子的話語是誠身前要明善，是要人先明善才能誠身，天道是誠，人不是馬上便能誠身，而是思天之所以與我者，做不蔽於「物交物」的工夫，思誠的工夫、誠之者的工夫，才能與天道之誠相通，而出發點起於明善。故把朱子與荀學比配在一起不恰當。

（3）作者言：

> 這一段討論雖然主要在於批評釋氏關於佛性無善無惡之說，但朱子卻將其視為「告子生與食色之餘論」，這就完全將兩個層面混在一起了。……而從他對陸象山之「從蔥嶺帶來」與「可惜死了告子」這種雙重標準混雜的定位來看，也說明他確實劃不清二者的界線。[15]

這一段主要是說朱子無法分清釋氏與告子之間的區別，又無法區別象山、告子、佛學三者。筆者認為是要把朱子低看還是高看的問題：朱子是明知故意，還是不知而妄判的問題。吾人較主張把朱子高看，視其是明知故意；而在朱子的自己的理氣論架構下，作出如此分判。朱子的理氣論架構，性者，當該如何視之呢？朱子認為若如伊川的性即理之說，則是正統，則是懂孟子；若性只是氣，如告子者，則為有誤，如無善、無惡；可以為善，可以為不善；有性善、有性不善等之

---

15 丁為祥：《學術性格與思想譜系》，頁 356-357。

說，這些都是「認性為氣」。佛氏的「作用見性」，其「性」是「緣起性空」之性，不是儒家「實理之性」，於性不實，只是空理，故於作用上的不執，見其性空，此作用亦是表現於形下之氣，講不到形上之理。而象山的「心即理」之說，在朱子而言，若光只是談「心」而不連帶「性」的話，心是氣，是氣之靈，心是氣如何可以說心是性理，若說心即是性理的講法之人，如象山，朱子批評其為「認氣為性」、「認心為性」，這是誤認。所以朱子於〈告子上篇〉孟子與告子論辯處[16]，把告子的見解與荀子、佛家，相同視之，理由在於都只「認氣為性」，而認不到性是理。這是朱子以其自己的體系去概括他人，故寧可視其為明知故意的。也顯出朱子創造性詮釋的架構之設計，能包天包地，而為一套大體系。作者之所以會認為朱子分不清，是因為朱子這種說法，會把作者心目中的正統者象山給貶低，因而要為象山抱不平。

（4）作者言：「孔子的天生德於予，……因而在他們語境中，這是根本不需要論證的。而這種直下判斷的方式也確實蘊涵了一種遙感遙應式的天人關係，但朱子卻必須給這種天人關係以理論邏輯的論證。所以他注解說：『命，猶令也。性，即理也。……』」（頁319-320）但是，為何作者面對孔子與面對朱子，似乎有兩套標準？在孔

---

16 朱子言：「告子言人性本無仁義，必待矯揉而後成，如荀子性惡之說。」又於告子的「性猶湍水」之喻注言：「告子因前說而小變之，近於揚子善惡混之說。」又於生之謂性處言：「告子論性，前後四章，語雖不同，然其大指不外乎此，與近世佛氏所謂作用是性略相似。」又於性無善無不善章處注：「此亦生之謂性，食色性也之意，近世蘇氏、胡氏之說蓋如此。」此批評胡宏的性無善惡之說。朱子於注「有性善有性不善」處言：「蓋韓子性有三品之說蓋如此。」最後朱子以程子之說斷定「程子曰：性即理也，理則堯舜至於塗人一也。」〔宋〕朱熹：《四書章句集注》，頁 325-329。亦是說在朱子的架構下，只有程子的性即理是對的，其他言性者，只到氣，故朱子歸納這幾種講法而視為相似，以自己的理氣架構評斷他人。

子而言，其德自天，是獨斷的，在《中庸》也是如此，朱子不過是注《中庸》罷了，在朱子而言，性善之從天而來，亦是獨斷的。朱子又論證了什麼？朱子最後還是獨斷地肯定性自天而來。作者對朱子，似乎總是不友善，總想說明朱子不同於先秦。筆者也許可以肯定之，但德之得於天的獨斷方式，朱子沒有不同於孔子。

（5）作者言：「而對呂大臨來說，如果〔朱子〕一起始不能確立德性內在的原則，不能以德性為主導來變化氣質，那麼僅僅外向的用功就不僅存在著遊騎無歸的可能。……」（頁318）這是作者引朱子與呂大臨之問答，以明朱子的缺失。然試問朱子的德性不是內在的嗎？仁義禮智之性善不是本有的嗎？朱子的學要復其初，若初本無性善，復其初又有何用呢？朱子於外的格物，是要驗於內，內外相感、相合，只說朱子是於外，亦不恰當；[17]說朱子不能以德性為主導，亦不恰當。

（6）又作者言：

> 到了這一步，道德自覺與聖賢追求的問題似乎就在逐漸地向生理稟賦轉移。對人來說，如果將道德自覺與聖賢追求全然或首先歸結為一個生理稟賦的問題，那麼不僅人的自覺與追求顯得毫無意義，而且也與儒家傳統中的一貫精神相悖謬。[18]

若把儒家解釋為「氣質決定論」，固然不合於儒家，然朱子是如此

---

17 問：「『知至而后意誠』，故天下之理，反求諸身，實有於此。似從外去討得來」云云。曰：「『仁義禮智，非則外鑠我也，我固有之也，弗思耳矣！』」又笑曰：「某常說，人有兩箇兒子，一箇在家，一箇在外去幹家事。其父卻說道在家底是自家兒子，在外底不是！」節錄自〔宋〕黎靖德編：《朱子語類》（北京市：中華書局，1983 年），卷 15，頁 303。朱子以此談「仁義禮智我固有之」，而丁為祥教授卻說朱子不能確立「道德內在」的原則，不合於朱子。

18 丁為祥：《學術性格與思想譜系》，頁 313。

嗎？朱子關心氣質的問題，順程子而言「論性不論氣不備」，如解《論語》，常視為孔子與弟子對話，都在因材施教，故可見朱子有氣稟上的關心，這是沒有問題的，但因而說朱子是「氣質決定論」就推論太多。其實在朱子而言，氣質故然會有影響，但不是絕對的影響，也不是生理氣質決定道德。在此作者的見解，與程朱不相似。筆者舉朱子《四書集注》的話，其於《孟子》「口之於味章」，談到「仁之於父子」一段，其取程子的詮釋，可視為程朱共同的義理，其言：「仁義禮智天道，在人則賦於命者，所稟有厚薄清濁，然而性善可學而盡，故不謂之命也。」[19]程子之言「然性善可學而盡」，故君子不謂命，可見朱子還是本著道德是求之在我，性善是我所能決定者，不是外在之命所決定，也不是生理稟賦所能決定我的命的意思。又孟子的人禽之辨，是否於人基本上的存有與動物不同，始能自覺？動物是性善之存有？動物可以自覺？不能。性善是人性善，不是動物性善，故孟子言：「人無有不善，水無有不就下」，清楚宣言性善是人所擁有。動物為何不能自覺？縱使能自覺亦無用，理由在於動物沒有性善，這不是從生理稟賦的問題嗎？朱子雖不全合於先秦儒者，然就自覺而言，人存有上有性善，難道不用自覺就可以表現出善嗎？作者把朱子講成氣性決定論，又說朱子背離儒家的自覺傳統，似乎不準。

作者要談的是陽明心學中的「心即理」的意思才有自覺義，然朱子也有本心之說[20]，朱子言心本具理，朱子的心加上性約同於陽明的良知義。朱子言豁然貫通也要道德自覺，也要知於仁義禮智才能自覺。然作者話鋒一轉，其言朱子之歧出，把德性之事轉而為認知的問題，然朱子本來亦是在創構儒學；而且其「知識」其實與「道德」亦

---

19 〔宋〕朱熹：《四書章句集注》，頁 369。

20 朱子於「宰予三年之喪」章言：「使之聞之，或能反求而終得其本心也。」〔宋〕朱熹：《四書章句集注》，頁 181。「本心」的意思是指「心中有性」，故有道德義。

不可二之，認知（知識）是認知「道德性理」。作者言：「但是，一當
朱子將善惡問題僅僅落實為一個『真妄』之『知』的問題時，此
『知』也就極有可能會演化為一個僅僅建立在『見』與『聞』基礎上
的『識見』問題了。」（頁316）說程朱學是聞見之學亦不恰，伊川
言：「聞見之知，非德性之知。物交物則知之，非內也，今之所謂博
物多能者是也。德性之知，不假聞見。」[21]從這一段的見解大致可以
判斷作者的見解，不合於程朱，因為程朱言「知」是知「道德性
理」，道德性理是仁義禮智，不只是知識論；而且此「知」是指「真
知」，如「田夫之知虎色變」，這是生命的實踐體會，不是一種泛認知
主義，也不致淪於知而不行，知而不行尚不是知。主要在於作者對於
朱子是否友善，如唐君毅先生所詮釋的朱子就友善些，而作者則否。

　　（7）又作者言：「朱子似乎並不怎麼喜歡《中庸》。……如果套
用朱子的話說，簡直就有點『說鬼神』、『多說無形影』了。從朱子生
存實在論的學術性格來看，他自然不喜歡這種『說鬼神』、『多說無形
影』之類的經典。」（頁302-303）朱子不是不喜歡《中庸》，若真的
不喜歡，也不用編《中庸》於《四書》之中。朱子認為《中庸》是上
達的事，是境界之語，非初學者所一蹴可及之事，故編在《四書》中
的最後一本，做到了下學的紮實工夫，才有《中庸》的境界。而且朱
子若不喜《中庸》[22]，又編《中庸》並要求學子們閱讀，朱子竟把己
所不欲之事，編成書，要流芳於萬世，朱子竟不懂「己所不欲勿施於
人」的道理。筆者認為作者可能只是語氣上的強調而令人有此感覺，

21　〔宋〕程顥、程頤著，王孝魚點校：《二程集》（臺北市：漢京文化事業公司，1983
　　年），第1冊，頁317。

22　作者言：「這說明，雖然朱子的生命情調與學術性格不能很好的契入《中庸》，但他
　　對《大學》，尤其是經過他所調整和補充的《大學》，卻有很好的理解。」丁為祥：
　　《學術性格與思想譜系》，頁273。

作者也許不是要表現這意思。

（8）作者言：「『實用其力』的定位與外向性的引導也就必然會使其誠意、慎獨的環節完全陷於落空的地步。這可能是他在朱陸之辯中深感自己為學『在根本上不得力』的原因。」（頁299-300）作者把朱子謙虛之話頭，說成是朱子的毛病，似於陽明的《朱子晚年定論》之說。若真如此，何以朱子不悔過，而真成為陽明學所言的晚年定論？且「實用其力」是朱子詮釋《大學》的「誠意」之說，而「誠意」是就「心發為意」而言，是「人所不知而己所獨知」之處，心與所發之意，都是在心中而人所不知，別人不知，怎麼是外呢？為何是外向引導呢？作者言：「其誠意都首先是通過內外一致的原則，明確地將自我省察的意向直接指向主體內在發心動念與精神狀態的，而朱子的詮釋卻明顯地將其引向主體之外了，從而也就成為一種外向的『實用其力』了。」（頁299）作者認為原來的意思是發心動念，而朱子的心發為意，也是發心動念，人所不知，還是在內，明矣。作者一直說朱子是向外用功，其實朱子是合內外之道。

（9）作者言：「強烈的現實關懷，他在《四書》中只能將《大學》作為他的首選和主要倚重對象。」（頁293）作者如此言似乎認定，《論語》、《孟子》的現實關懷不夠。現實關懷的書也不會只有《大學》，且相對而言，《論》、《孟》對於現實亦相當的關懷。《大學》之為首選，又是《四書》之首，筆者認為，一方面是作為下學的開端，可作為教育漸進之架構，一方面是因著小學後的工夫，從《大學》的「格物」開始，而格物卻又可以含混的詮釋帶過，可以詮釋成朱子的窮理之義，《四書》以此為開頭，則《四書》是教人格物窮理之書；又可於格物處加上〈格致補傳〉，乃因《傳》從「誠意」開始，故在此朱子可以施力，而成就朱子的體系。

（10）又作者認為，曾子不會是《大學》的作者，理由在於曾子

是「正己而正人」、「三省吾身者」，故不會是設計治國者。（頁292）
這種推論有點奇怪，如孔子亦是「為政以德，譬如北辰」、「風行草
偃」者，就推論孔子絕不會去設計治國方針，這與《論語‧陽貨》的
「如有用我者」[23]的講法不合，孔子自信必能為東周做出貢獻，若如
此則需要方針。故筆者認為作者這種推理似乎過快，筆者可承認作者
之說，即曾子不一定是《大學》的作者，然不肯定這種推理方式。又
作者認為〈格致補傳〉其實沒有「自造經典」的心理。（頁292）其實
是有的，正是結合著程子的見解而創構理學，筆者以為，作者總把朱
子講低，故認為，朱子所能看到的《大學》客觀原意就如此（頁
292），但實際上朱子是高竿，在設計、建構、創造一套理論，是明知
故意，故讀《四書集注》就有一種前後一貫的感覺，可見是精心設計
而成。筆者不認同作者，認為朱子的智力中等，能看到的原意只是如
此，朱子於《大學》錯認，為何《中庸》、《孟子》等一起錯認？而且
是以一致的方式錯認？

　　（11）作者言：「到了告子，由於受到儒家的裏挾，所以他又將
老子反向溯源的認知方式運用到人性的探討。……從梧桮出發以追溯
杞柳、從東流西流之水出發以追溯其未曾東流西流之水。顯然都是老
子反向溯源方法的具體運用。」（頁95）作者這種講法似乎認定告子
受到老子影響，告子是否唸過老子之書，也是受質疑的，光一個逆反
追溯就可以比配，似乎推論太過。吾人可以依此而問；孟子也是受到
老子影響？因為孟子認為「水無有不就下」，從情善、心善證性善，
也是回溯式的。故吾人認為作者這種講法不必要，因為一個儒家，一
個道家，難以證成其間的相似性，除非舉出文獻以證之。其誰人讀過
誰書，年代上的問題，誰先誰後等，只就一個「追溯」的外表相似

---

23 參見《論語‧陽貨》。

性，就說告子與老子一樣。是否老子也受到《詩經》的「溯水從之」之說的影響呢？筆者認為不必要。在此應當要有更多的文獻證據，否則會有不必要的比配之嫌。

（12）作者言：「因為在南宋這樣一個特殊的時代，只有小程所代表的具有強烈客觀色彩之莊嚴的天理體系才能夠真正抗衡於投降賣國的和議集團及其以後的世俗官僚集團」（頁86），這種講法是要說明朱子學的必然出現，不能不出現，也不能以其他方式出現。而且認定，明道的理學所代表的不足抗衡這些集團，張子亦不足，周子亦不足。然明道與伊川也許不全同，然就客觀的天理的意思，卻是相同的。如明道所謂的「服牛乘馬」[24]之說、「觀理之是非」[25]之說，這些都有客觀天理的意思，不是伊川獨得。若如此，朱子為何承接於伊川的必然性，作者並未證成之。

（13）作者認朱子面對「氣質之性」的講法，從周、張以來的承繼，如周子言性是「剛柔善惡中」，張子言「氣質之性」；朱子因著面對「氣質之性」，故造就朱子這一類的學說，這是時代的發生學問題。（頁6）然吾人認為，《人物志》的成書也是配合著當時的重氣質稟賦；「才性」在魏晉時代亦重要，當時亦不乏儒者，如王弼注過《論語》，何晏有《論語集解》，何以當時沒有產生如朱子這一類的人物？作者的斷定也許還可以再思考。

綜上所言，作者表面尊朱子，然於字裡行間中，其實總是談論朱子的錯誤、不足處，而作者所尊者反而是陽明。然朱子該尊、該貶的

---

24 「服牛乘馬，皆因其性而為之，胡不乘牛而服馬乎？理之所不可。」〔宋〕程顥、程頤著，王孝魚點校：《二程集》，第1冊，頁127。

25 「夫人之情，易發而難制者，惟怒為甚，第能於怒時，遽忘其怒，而觀理之是非，亦可見外誘之不足惡，而於道亦思過半矣。」此明道的〈定性書〉，收入〔宋〕程顥、程頤著，王孝魚點校：《二程集》，第1冊，頁460。

判定，作者常是依於牟宗三的判準後，在牟先生的架構下才如此，若下以此為判準，朱子評價的地位之高或低，也許將相反。而作者雖亦反省牟宗三，只是補足其歷史上的「生存實在論」這一論點，基本上大致依循牟宗三的見解。而以上吾人所評，亦只能說是以我的見解斷定之，我的見解也只是各立場之一，也不敢說是真理，重點在於討論與溝通。

──原刊於《中國文哲研究集刊》第41期（2012年9月），頁166-178。

書評範例

歷史類

評杜正勝著《編戶齊民——傳統政治社會結構之形成》*

閻鴻中**

　　長久以來，臺灣的歷史學風氣趨向於窄而專的研究，力求分析社會全體結構，呈現完整圖象的作品相當罕見。相對地，大陸史學界特重歷史結構性的討論，卻難以脫開教條框架的籠牢。可喜的是近年來兩岸皆開始要求突破自己的局限，生出了新的契機。杜正勝先生《編戶齊民》一書的主題和視野，對兩岸的國史研究同具創闢性的意義，值得特別予以評介。

　　作者指出，「編戶齊民」一詞為漢代人所習稱，指的正是由春秋中晚期起逐步納入編戶，在法律下具有平等身分基礎的庶民階層。相對於貴族、奴隸與不著籍的少數民族和逃戶，「編戶齊民」實涵蓋整個社會絕大多數人口，是秦漢以下國家所賴以支撐的真正基礎。自春秋中晚期到西漢前期之間「編戶齊民」的形成和它在政治社會結構中的地位與處境，即是此書所探討的主題。這種結構性的分析，不同於以往從皇帝與官僚制度來討論這段歷史的由上而下的看法，對秦以下「傳統政治社會結構之形成」（此書副標題）提出了一個新的認識角

* 杜正勝：《編戶齊民——傳統政治社會結構之形成》（臺北市：聯經出版事業公司，1990 年 3 月）。

** 閻鴻中，臺灣大學歷史學系助理教授。

度，一個比較是以人民的立場為中心的新觀點。由這個觀點出發，作者採取傳統上比較屬於制度史的題材，如戶籍、兵役、地方行政、族群聚落、田地、法律和爵制等等，來進行社會結構的分析，構成此書內容令人耳目一新的最重要的特色。

首先概略介紹一下這部作品的內容。全書正文九章，〈餘論〉一章，另有附錄的資料或考辨十五條。第一章〈編戶齊民的出現〉探討戶籍制度建立的歷史。作者推斷，早先宮廷衛士和軍隊士卒的「名籍」，因應著徵兵和徭役的逐漸擴充而發展成庶民普遍的戶籍登錄，約在春秋中晚期形成了編戶之制。文中對戶籍內容及人口的校閱和登錄方式有詳細的考證。由於編戶齊民的形成主要由兵制改革所造成，所以第二章〈全國皆兵的新軍制〉便分析春秋中晚期以下由正夫而餘子、由國人而野人的擴大徵兵的過程，並認為由徒卒到步兵的新軍制發展乃是因應領土國家之形成而出現的。

封建時代透過族群血緣來掌握人民的統治方式，隨著戶籍建立而轉為透過行政系統來掌握。第三章〈地方行政系統的建立〉，首先便論證了名為里、邑的基層聚落自上古到秦漢其基本型態並未改變；接著對於鄉、縣、郡的源流做了細緻的討論，並指出在地方行政系統中的兩項精神是「以軍領政」和「什伍連坐」。第四章〈土地權屬問題〉則論述自西周時代農民沒有土地權，到春秋中晚期以下由受田、登錄田籍而取得土地權的大勢，指出土地私有制在戰國時已形成。第五章〈聚落的人群結構〉，首先以姓氏為標幟來觀察平民血緣團體的形成；繼而有力地論證了古代聚落有整體建築和共同標幟作為認同的對象，成員間以合耦共耕、賦役分擔和祭祀同飲等群體關係結合成有機的共同體，其聯繫並不全然在血緣或地緣。古代聚落雖受到什伍制的扭曲，但其基本型態仍維持於兩漢。對於聚落的領導階層之演變，文中有豐富且深入的探討。

　　第六章〈傳統法典之始原〉論述成文法典公布、使得庶民獲致公開且公平之法律待遇的歷史脈絡，並以李悝《法經》與秦律為中心，討論當時法律特重「盜」、「賊」的實質意義及其社會背景。第七章〈刑法的轉變：從肉刑到徒刑〉接著探究刑罰方式的變遷。作者分析秦律，顯示其時肉刑已褪減到以黥墨居多，並配合徒刑施罰，指出徒刑的出現在漢文帝之前已有久遠的傳統，並認為這與政府欲運用無償的勞力有關。本章對秦漢時的徒刑及漢官府、官獄中的徒隸細加考論，闡明了徒隸在當時的作用。

　　第八章〈平民爵制與秦國的新社會〉，分析商鞅所建立的二十等軍功爵制，指出在秦國社會中有爵者得以任官、抵減罪刑和享有田宅僕役之賜，因而能齊庶民之志於戰爭一途。第九章〈戰亂中的編戶齊民〉則相對地描述山東六國之齊民階層在國際戰爭中的景況，特別是戰國中期以降受到政府與商人「雙重聚斂」而陷於破產的苦痛。〈餘論〉主要是認為賈誼的〈過秦論〉對於秦皇得天下復失天下的原因分析，正道出了當時的情狀。幸得漢初君臣知民疾苦，與之休息，才安定了民生。

　　由以上的簡介，不難看出此書內容之廣；更難能可貴的是，對凡所涉及的問題，作者無不援據豐富史料做周詳的論析。特別精采的如第二章論全國皆兵的演進歷程時，既從車戰中徒卒的比例和地位加以分析，復據古代兵書來陳述車、騎、步各兵種之短長，進而論及戰場的改變，顯示出車戰沒落的原因須在整體的政治、社會演變背景中才能切實理解；其多角度掌握問題的識見和嫻熟文獻及考古資料功力都令人嘆賞。再如第五章討論古代聚落中人群凝聚的因素時，不以血緣、地緣等過於熟濫而空泛的概念自限，轉而多方面探觸聚落實際活動的種種面貌，並自史書的傳記資料析論當時聚落共同體所蘊含的社會力量及其所以然之根由，此種研究社會關係的方法和解讀史料的眼

光均深富啟發性。又如第八章由細緻地分析秦國軍功爵和「甲首」、「隸五家」等問題而曲折地證明秦社會之主要基礎是小農,而非奴隸,真是細針密縷。他如第三章論里、邑的型態及鄉制演進,第七章論象形理論的意義,若此之類見解獨到、資料堅實、辨析妥切的個別論證可謂不勝枚舉;讀者有心,入此寶山必不空手歸也。

唯就管見所及,書中有數處細節似可再加斟酌。一、頁十二起根據居延漢簡中的符傳和廩簿資料討論漢代課役的類別。細觀〈附錄一〉,符傳與廩簿顯具兩種不同的類型,而作者似未分別清楚。二、頁一三一以下對什伍制的討論裡,基本上以為軍隊中以五人編成「伍」,閭里中以五戶制為一「伍」;但所引資料又有以一人之前後左右、一家之前後左右為說者,這實為另一不同的狀況,應予釐清。三、第五章對古代聚落人群關係的討論,作者似乎認為由群體共同活動所締造的一體感不盡屬於地緣性的關係,這不免把地緣的意義看得太過狹窄。四、頁二九五引《周禮・大司寇》「嘉石之坐」一段文字的斷句和解釋不同於鄭玄、孫詒讓之說,不知是否別有所據,然似不如舊解義順。

在全書結構上,作者的考慮頗為精到。但第八章論秦的爵制,第九章提到秦統一天下後爵制似乎隨即渙散;可是對秦制敗壞的根由、漢制的精神面貌及其在政治社會結構上的意涵,似亦當予討論,而作者並未言及。更進一步說,戰國時代造成的軍國主義社會到了漢代其變化亦不止一端,此書對西漢前期的轉變也甚少說明。此外,賦稅、徭役的課徵項目與方式,當亦是編戶齊民社會形成過程裡重要的一環,似亦可放在這一架構內來探討。

整體來看,此書各單元固然有許多精采之處,但更值得重視的還要推作品全體的視野:扣緊了平民在社會中的處境,這一段歷史的變遷才呈顯出新的意義;具有鳥瞰整體社會的眼光,才能在各項制度史

的分析中映照出平民生活的風貌。架構式的討論對許多其他問題的定位也有幫助，比如社會流動性的問題（如作者正研究中的經濟不平等現象——〈羨不足論〉——之類）、以及平民百姓的風俗時尚、價值、信仰等等，都可以在社會結構的地圖上觀察其游動的方向。對斷代史研究而言，結構性的認識總具有里程碑的意義。若再換個角度看，相對於馬克思主義史學研究的立場，這部作品明確地摒除尋求單一解釋的意圖，作者表示：「與其刻意去尋找一個近乎靜態的最早原因，何不時時注意不斷衍生出來的現象？」（〈序〉）毋寧說，此書在尋求對傳統社會形成史做全盤的認識，而非終極的解釋；書中只探索相對的因果和互動關係，而非絕對的決定因素。關懷人群生活的真實情態，不急著化約出簡單的歷史理論或結論，史學工作者應該秉持這樣的態度。

然而，即使我們特別看重此書所持的「人民的觀點」，卻並不意味著必須把它當做最全面或最有意義的立場。即就此書所討論的各項制度看來，其形成和發展取決於人民的生活需要和意願之處，畢竟遠不及為政者自身的考慮與政府、國家本身的目標來得多。政治有政治的邏輯，正如經濟也有經濟的法則般，都不能任意忽略。《編戶齊民》開拓出寬闊的新視野，是臺灣的史學界難得一見的大著作，但作者這份探索歷史的用心和剖析整個社會的睿識，或許還比某一個別觀點更值得我們細細地品味。

　　——原刊於《新史學》第2卷第2期（1991年6月），頁165-169。

追尋半世紀的蹤跡

評王晴佳《臺灣史學50年，1950-2000：傳承、方法、趨向》[*]

汪榮祖[**]

　　這本書從題目看，顯然要總結五十年來史學在臺灣的總體發展，也就是要寫一部20世紀下半葉的臺灣史學史通史。然而，本書作者在序言裡卻說，無意對臺灣史學「作一總體評述」。固然，沒有一本史學史通史能夠包含各個方面、巨細靡遺，但必須對整體有所觀察、有所了解、有所分析、有所識見，然後取樣作重點述論；而所取之樣，自然應是半世紀來臺灣史學在各方面的代表作。作者謙稱：「因為限於學力，筆者無力作此類〔半世紀來的臺灣史學〕的概括和評介」，然同時又說：「希望能指出其發展的淵源、變化之原因和未來之趨向」，則又是何等抱負！但是如果對整體不能有所概括和評價，作者自期的抱負又如何能夠付諸實現呢？其結果是，全書在相當大的程度上依靠對某一些史學工作者的訪談，不僅內容受到被訪者的牽引，更缺乏批判性的獨立論斷，至於訪談不到的部分，也就只好付諸闕如了。

---

[*] 王晴佳：《臺灣史學 50 年（1950-2000）：傳承、方法、趨向》（臺北市：麥田出版社，2002 年 8 月）。

[**] 汪榮祖，中正大學歷史系講座教授。

　　歷史如江水東流，固不能抽刀斷流；然為了彰明歷史的發展，史家必須斷代分期。但是分期並不容易，因各時期必須名實相符，又必須確定一個時期到另一個時期的分水嶺。五十年來的臺灣史學不是一個短時期，自然需要分期，以看出發展的過程。作者分之為三期：1950至1960年代中期為初創時期，即上編所述；1960年代中期至1987年為社會史興起時期，即中編所述；1987年以後為臺灣史興起時期，即下編所述，然作者自稱「在篇幅上則厚今薄古」。的確，全書二百餘頁，下篇佔了一百餘頁。這與題目並不很相稱，要寫半個世紀的臺灣史學史，當然要講究平衡；否則，何不逕稱「臺灣本土史學的興起」，以前兩期作為陪襯呢？

何謂初創？

　　所謂「初創時期」，並不甚恰當；1950年之前，臺灣已有史學，不能謂之「初」；若不算日本殖民時代，臺灣之重歸中國版圖是1945年，1949中華人民共和國成立，大陸遷臺史家在此之前或稍後均已抵達，作者以1950為斷，似乎只是要取半世紀的一個整數。作者既以此一時期的主流為傅斯年一派的所謂「史料學派」，來自大陸，則又不能稱之為「創」。其實，遷臺的大陸史家不只是以傅斯年為首的北大、清華派，南京中央大學一派由於朱家驊的關係，實先已佔領了光復後臺灣的史學陣地；旋因種種緣故，北派反客為主，獨領風騷，而此種種緣故正待史學史作者考而得之，僅靠訪問某一些史學工作者，不可得也。

　　饒有趣味的是（這是在本書裡常見的口頭禪），以「史料學派」為主流的「初創時期」，也就是此書上編「科學傳統的建立」所述；按題目所示，居然建立了科學傳統，該是何等成就！然本書作者對科

學的概念，顯然是十分寬廣的，所以他把康、梁的進化論史觀、梁啟超提倡的「新史學」，以及馬克思主義史學都算作科學的史學（頁8-9）。但是傅斯年對科學的理解是英文字的定義，他要把史學建立成像自然科學一樣的科學，不僅僅是考訂史料、追求真相為目的而已。胡適於五〇年代在臺大法學院禮堂講史學方法，敝人曾恭逢其盛，他講了一大堆化學方法，至今記憶猶新。這種科學史學近代西方也有，傅斯年實借自西方，但早已證明是走不通的死巷，若謂科學的史學已經建立，未免聳人聽聞。

　　既然肯定科學史學已經建立，當然不必去追究其失敗，而失敗乃無可否認的事實。傅斯年一方面將史學等同史料學，另一方面又要建立科學的歷史，兩者之間的關係此書並未交代清楚，亦因而看不到其間的謬誤與錯亂，以及嚴重的後果。什麼嚴重後果？傅斯年心目中的科學史學既未建立，而史學已經淪落為史料編輯學，史家認為史料自己會說話，誤以為收集資料就是研究。大家一意讚美傅斯年而不肯去批評他，又如何能洞悉問題的癥結所在呢？

　　五、六〇年代是冷戰時代，兩岸對峙，白色恐怖籠罩，然而對白色恐怖給整個史學界所造成的影響和後果，本書卻著墨無多，甚至認為白色恐怖的壓制造成反效果，自由派史家反而被年輕學子奉為學術的正統，「這一『正統』，就是要以追求純粹學問為目的，不曲學阿世，不急功近利，完全以科學的標準出發來面對事實，保持客觀的態度和嚴謹的治學風格」（頁34-35）。我們真希望五、六〇年代有這樣一個偉大的「正統」，可惜只是鏡中的花月而已。整個學術界除了極少數幾位敢於挑戰當權派的意識形態外，就史學界而言，在白色恐怖下是望風披靡的，不敢碰禁區的，不敢很客觀的，不僅出版須經過嚴格的審查，有時甚至曲學阿世。即使到1985年，臺灣七個歷史研究所的所長仍在政府的動員下在報上發表聯合聲明，駁斥一位外國作家所

寫的《宋氏朝代》（*The Soong Dynasty*），使這本原無多大學術價值的通俗作品，反而聲名大噪。類此史學家「身不由己」的事例應該是史學史作者饒有趣味的題材，但均不見於本書。在那個時代，不肯曲學阿世的歷史學者，也許只能不表示意見，不作歷史解釋，於是史料收集與編輯正好成為一種躲避白色恐怖的「避風港」，而非作者所說，只是因為推崇胡適等人的自由主義而接受史料學派（頁38）。於此可見，在戒嚴時代的環境裡，所謂「史料學派」尚有抗拒政治壓力的因素在焉！

如何轉折？

中編的標題是「科學史學的轉折」，內容敘述如何自六〇年代中期開始轉折到社會科學史學。令人不解的是，如果科學史學已經建立，為何有此轉折？顯然是因為想要以史學等同史料學的辦法來建立科學史學是失敗之舉，導致不滿，而後才有轉折。史學史作者理應要將此轉折的發生、過程、影響以及落實，說清楚、講明白。但本篇一開頭就提錢穆，說是錢穆在六〇年代的影響，與史學反省「史料學派」有關，接著便無下文；隨即轉到殷海光，肯定殷先生是「歷史科學化運動開路的先知」，而這「歷史科學」並不僅僅是社會科學（頁45）。以錢、殷兩先生為此一轉折的淵源，實在令人費解；因此社會科學既與錢先生無緣，而史學又殊非殷先生之所長。

此外，以六〇年代中期為轉折的開始，似乎也沒有嚴格的標準。作者主要以1963年創刊的《思與言》，1971年復刊的《食貨月刊》，以及1979年創刊的《史學評論》作為標誌。這些期刊的作者大都曾在西方（特別是美國）留學，自然介紹了一些當時正在西方興起的社會史研究，以及社會科學方面的知識；然而這種譯介既無系統，也不夠深

入，作者也認為真正能運用新的社會科學方法研究歷史的，並不太多（頁75）。既如此，則又如何落實社會科學史學的興起呢？難道「史學不僅要『敘述』，而且要『解釋』」（頁51），就算是社會科學史學嗎？

本書作者提到沈剛伯〈史學與世變〉一文，惜未深究其意義（頁54-55）。此文原是中研院史語所成立四十週年紀念會的學術演講，其內容有不少費解處，若謂「世變愈急，則史學變得愈快」，並不盡然；近代中國之世變，不可謂不急，而史學似乎變得並不快，只是在歐風美雨下慢慢的在變，所謂「乾嘉餘孽」之譏，不一定公平，但至少可見近代中國史學之變也，殊緩。不過，沈先生在這一場合，明確地質疑所謂「史料學派」。他說史料無法求全，也不盡可靠，所以「史學很難成為純粹的科學」，清楚地否定了傅斯年所倡導的史學即史料學。沈文發表在1968年的史語所集刊第四十本上，也許我們可以說：「史料學派」在這一年象徵性地結束了。

沈先生否定傅先生的「史料學派」，是史學內在理路的自然發展呢？還是由於外爍的因素呢？沈先生的「內在理路」似乎發展不出社會科學史學，就在他這篇演講稿裡，他認為經濟學、社會學、和心理學的「科學基礎還沒確立」，「所以我們現在還沒法子使人類的歷史也同自然界的歷史一樣，成為一門完全信而有徵的科學」，足見沈先生心目中的科學仍然是純粹的自然科學，而他仍寄望於科學的史學。此外，我們須知沈先生一直是臺灣大學的文學院長，可說是史學界一位重要的領導人，在威權體制下，他的壓力要比一般的史學工作者大得多，威權體制要他帶頭學以致用，在蔣公領導下為反共抗俄大業盡一份心力，他能始終堅守「避風港」嗎？沈先生的演講未嘗不是對壓力的表態，那一期史語所集刊封面印有「恭祝 總統蔣公八秩晉二華誕」字樣，恐非巧合。至1976年之秋，蔣介石已經逝世一年多，沈先

生仍然在《中央日報》撰寫〈紀念蔣公九十誕辰頌詞〉，四言四十八句，頭四句是「天佑中國，篤生蔣公；允文允武，立德立功」。這與郭沫若歌誦毛澤東有何基本上的不同呢？基本相同的是史學家在政治高壓下，鮮能不曲從表態。在解嚴之前，政治與史學研究的關係密切到不可忽視的地步，任何認真的史學史作者如何能夠輕忽呢？

轉折之後興起的社會科學史學的具體成就如何？本書作者於浮光掠影式的介紹之餘，即作結論道：這一期社會科學史學，雖用新方法寫歷史，但「並不多見」，「成果也良莠不齊」（頁76）；然則所謂「科學史學的轉折」亦不甚成功。既然如此，如何能稱之為「社會科學史學之興」呢？不過，作者話鋒一轉，說是由於留美華裔教授回臺講學，促使臺灣史學界在1970和1980年代，對西方學界的興趣，「有一浪高過一浪的趨勢」，增加對新方法的「敏感度」（頁76）。照此說法，六〇年代的轉折的主要動力，又來自華裔教授。不過，他所舉的這些華裔教授，莫不是用一些西方社會科學理論來研究中國史，這也是當時西方漢學界治史的風尚，而開風氣之先者，乃華裔教授何炳棣，先後寫出基於社會科學的中國人口史論與用社會流動理論寫出的明清社會階層兩書，後書雖至今尚無完整的中文譯本，但英文原本對這一時期臺灣史學界研究社會經濟史者，早已有很大的影響，而寫這本史學史的作者卻漏了這條大魚。

既說以社會科學治史之不足，又要寫社會科學史學之興，當然十分辛苦，亦不免矛盾錯亂。如謂「在當時史學走向自然科學的風氣影響下，他們都傾向認為歷史著述不應再以敘述故事為滿足」（頁57），讀來真似一頭霧水，似乎忘了「當時」已是六〇年代中期以後，怎麼又回頭走向自然科學？不論自然科學或社會科學難道只要求史家不敘述故事？而前一期所謂「史料學派」當道時，並不主張「敘述故事」，何「再」之有？接著又說到余英時宣揚「史無定法」，否定主使

者科學方法的重要性，由於余氏在臺灣史學界的影響極大，對社會科學史學「無異是當頭棒喝」（頁80-81）。然則，六〇年代中期以來所謂「轉折」的意義何在？在「不足」與「否定」下，社會史如何「興起」呢？史學領域又如何「擴大」呢？總要有一個明確的交代吧。

其實，中編的第五節「鄉土文學與認同意識」已不談什麼社會科學史學，大都是節外生枝，大談鄉土文學而並沒有扣緊與史學的關係（頁117-119）。第六節「政治變遷中的歷史意識」，亦溢出中編的主題之外，實已提早進入下編的範疇，在在顯示作者謀篇之不夠嚴謹。

認同什麼？

篇幅特長的下編是「走向民族認同」，此期從1987開始，乃因該年是解嚴年，不僅僅史學界，整個學術界自然會有一個前所未有的自由而寬鬆的新環境。由本土化運動促使臺灣史的興隆，也是順理成章之事，只是此編所述有不少是談政策與計畫，讀如制度史而非史學史。也有不少是所謂臺灣史與中國史對抗的統獨論爭，又不厭其詳地談臺灣歷史的主體性，以配合臺灣獨立的主張，則讀如政治運動史。解嚴之後，臺灣史在沒有壓力的環境裡得以發展，乃五十年來臺灣史學的一個新里程碑，史學史作者自應網羅臺灣史純學術的新收穫，對其資料的運用，理論的採擇，以及書寫的方法作深入的分析與介紹。但這些議題在此下編，著墨無多，著墨較多的是臺灣史如何成為臺灣與中國大陸分離的學理基礎，但又雅不欲明言以論帶史之事實。史學為政治服務的現象，史不絕書，近代尤盛，史學史作者正應效南董之筆而書之啊！

本土運動促進臺灣史研究，其勢必然；然而說臺灣因為失去「正統中國」的地位，所以中國史研究面臨「前所未有的挑戰」，則甚離

奇。若謂「如果臺灣不再能代表中國，不再是中國研究的『實驗室』，外國研究中國的學者也不再到臺灣從事研究與培訓，那麼臺灣仍然堅持中國史研究，還有什麼意義？」（頁184）難道在臺灣研究中國史的意義是為了培訓外國學者以及為外國人提供「實驗室」嗎？這豈不是太離譜了！又說大陸開放之後，發現資料既繁又多，因畏難而不願從事中國史研究（頁184），更是不可思議。蓋治史者無論中外，只患史料寡而不患多，史家處理史料如韓信點兵，多多益善耳，豈有畏多之理？又說年輕學者對政治軍事史已不感興趣，所以檔案開放對他們並無多大吸引力云云（頁185），作者似不知近年開放的檔案提供了豐富的社會經濟史料，據之而成的著作，亦已頗為可觀。

至於下編提到的中研院近史所「中國現代化之區域研究」，無論就時間或內容而言，應該放在中編述之。因為這是用社會科學方法治史的一大計畫，規模龐大，歷時長久，但並不很成功。主要是理論與資料之間難以配合，往往只能排比堆砌史料，國際學界評論也有微詞，整個計畫亦未完成。而本書作者譽之為：「不僅在臺灣史學界聲名遐邇，而且也名聞海外」，並於1990年「劃下了一個光彩的句點」（頁201-202），未免溢美過甚。

此編最後集中討論認同問題，詳則詳矣，惟頗多枝節，未盡扣緊史學，大都可視為統獨論爭。作者見到「同心圓」理論，驚為「首創」（頁220）；其實，以史觀而言，乃是一種古已有之的「我族中心論」（ethnocentrism）。近代歐洲中心論昌盛，即以西歐為同心圓的核心，以中東為近東，即同心圓的中層，以東方的中、日、韓為遠東，即同心圓的外層。中國人像歐洲人或美國人一樣，也以本國史為核心，不足為奇，而同心圓理論在九〇年代臺灣的意義乃是以臺灣人取代中國人，以臺灣史為核心，並驅中國史於核心之外，實不足以稱之為史學理論。統獨論爭，既眾說紛紜，莫衷一是，故認同也無交集，

以致於所謂「走向認同」者，實際上是走向不認同，恰與題旨相反，不亦怪哉！

結論

本書敘論五十年來臺灣史學的發展，經過三個時期，到書尾突然看到這樣一段結論：

> 臺灣史學的發展，一直朝著科學化的方向發展，而這一科學化傾向，又一直未能真正擺脫「史料學派」的模式。1960年代中期以來，社會科學予以史學以強大的衝擊，但持續十年以後，便開始為人所不滿，加以反省。而反省的結果是尋求「社會科學的中國化」，也即把「史料學派」所代表的考證史學重新扶為正統。（頁255）

如此結論，真是有看沒有懂，如果「一直」朝著科學化的方向發展，「轉折」又從何而來？如果「一直」，應該貫穿三個時期，何以見不到「一直」的線索？所謂社會科學的衝擊，不過是用一些社會科學的理論與方法來研究歷史，照作者中編所說，搞這一套的人並不多，又「良莠不齊」，則何從對社會科學有所不滿，又如何尋求「社會科學的中國化」？皆無說明，更不知社會科學中國化與史料學派所代表的考證史學扶為正統之間的邏輯關係，實在令人無限迷惘。

——原刊於《近代史研究所集刊》第40期（2003年6月），頁241-248。

評辛廣偉著《臺灣出版史》[*]

張錦郎、吳銘能[**]

壹 前言

兩岸交流往來，除了增進彼此接觸、溝通的機會，也形成良性的互動與競爭，臺灣地區第一部出版史由大陸學人完成，這對臺灣出版界應是一大刺激。

辛廣偉《臺灣出版史》據稱是「中國第一部有關臺灣出版研究方面的專著」，對生於斯、長於斯的臺灣學者而言，自宜重視。

由於民主政治的轉型，多元化社會已成氣候，對於臺灣本土文化有系統深入研究，近幾年蔚為風潮，成為一門顯學，而臺灣史料保存在臺灣本土最多、也最集中，像這樣性質的著作，無論攝取材料與熟稔程度，臺灣本地學者照理應有充分條件寫出，如今竟拱手讓海峽對岸學者先行完成，臺灣學者研究之疏懶，此為一例，又有何話說？從前連雅堂有「然則臺灣無史，豈非臺人之痛歟」的感慨，但他畢竟寫出一部《臺灣通史》傳世名著，今日吾人亦可云「然則臺灣無出版史，豈非臺人出版界之痛歟」，而我們什麼時候也能寫出另一部令人

---

[*] 辛廣偉：《臺灣出版史》（石家莊市：河北教育出版社，2000 年 12 月）。

[**] 張錦郎，國家圖書館編纂退休。吳銘能，國立臺灣師範大學國文學系碩士、北京大學古文獻學博士，曾任四川大學歷史文化學院副教授兼中國西南文獻研究中心副主任。

滿意的《臺灣出版史》呢？

貳　內容大要

　　本書於2000年12月由河北教育出版社出版，文字計有三十九萬五千言，全書共有461頁，除文字外，每個章節又配有相關史料圖片，可謂內容豐富，具有相當份量。由作者卷首的「說明」可知本書涉及臺灣出版業的範圍，以圖書、雜誌、報紙與有聲出版四類為主，間及發行、出版研究等相關內容。由撰寫臺灣出版歷史角度看來，作者自言以臺灣光復為開端，光復後又以解除戒嚴令為分界點，分為解嚴前與解嚴後時期。從章次目錄安排，可以看出作者撰寫臺灣出版業的圖書類，以解除戒嚴令之前後分水嶺，共分四章（第二章、第三章、第四章、第五章）完成，大致上肯定解除戒嚴令之後，臺灣圖書類有飛躍性成長，其餘如雜誌類與報紙類亦不外乎是以這種思路撰寫，分別以四章（第八章、第九章、第十章、第十一章）與三章（第十二章、第十三章、第十四章）完成；而比較可議者，有聲出版類僅以一章（第十五章）完成，本來這一類就少，是否該列為一類與上述圖書、雜誌、報紙並列，本是仁智之見，可以商榷。

　　以下分別略述各章內容大要：

　　第一章〈光復前的臺灣出版〉，作者指出1807（清嘉慶十二年），應是臺灣最早出版記錄，而1881年前後臺灣有了第一台由英國人帶來的印刷機。此外，分三節介紹日據時代的中文報紙、中文雜誌、中文圖書出版與中文書局概況。

　　第二章〈光復至50年代的圖書出版業〉，對於國民黨嚴厲管制出版與受到臺灣同胞的反抗，有詳細描述，而翻印舊書、大陸赴臺作家開辦出版社是此時出版特色。

　　第三章〈60年代的圖書出版業〉，臺灣經濟開始起飛，帶動出版事業進步，作者肯定文星書店開啟文庫熱潮，臺灣商務印書館、臺灣中華書局、世界書局、三民書局對文史出版做出卓著貢獻等。

　　第四章〈70年代至解嚴前的圖書出版業〉，作者以不少篇幅說明幾家較具活力出版社與兩大民營報社對出版業起了很大作用，包括古籍的編印與翻印、出版眾多華人作家作品、出版大套書等。臺灣反對運動出版品的興起，亦是此時出版史重要一頁。

　　第五章〈解嚴至90年代的圖書出版業〉，作者以為1987年實施解除黨禁，開放民眾赴大陸探親，使臺灣社會進入一個新時期，一切百無禁忌，對政府的批判、統獨之爭、本土意識、軍中笑話、環保與反核、口水書、同志系列、成人漫畫等出版內容已是無所不包，五花八門，應有盡有；另外，訊息技術的進步，90年代中期網路書店迅速發展，標誌臺灣圖書發行新時代的來臨！

　　第六章〈少兒圖書出版業〉，作者以為臺灣少兒出版可以年代及解除戒嚴令為分界，大致分為三個階段，即光復至60年代末的起步發展階段、70年代至解嚴前的快速增長階段與解嚴後至今的繁榮競爭階段。少兒出版不僅是臺灣出版業中舉足輕重的部分，也是光復後臺灣中文圖書出版業的一個開端。

　　第七章〈漫畫出版業〉，作者以為光復後，臺灣才開始自己的漫畫出版之路；50年來臺灣漫畫出版可大致分為三個時期，即光復至60年代中漫畫審查的開始、60年代中至80年代中的解嚴前及解嚴至今。

　　第八章〈光復初及50年代的雜誌出版業〉，作者以為1945年臺灣光復，臺灣中文雜誌出版才走向真正的開端，並說明國民政府對雜誌的諸多限制。其中專節列出《大陸雜誌》，稱為「不絕的學術薪火」，專節列出《自由中國》，稱為「年代的雷聲」，又把文藝雜誌稱做「沙漠中的綠洲」，把青少年等文化教育雜誌稱做「多彩的曇花」，這些都

是很有見解的看法。

第九章〈60年代的雜誌出版業〉，此時期文藝雜誌主要以文學刊物為主，作者以《現代文學》、《文學季刊》、《純文學》並列為文學雜誌的「三駕馬車」，其中以《現代文學》影響最大；餘如《文星》與《傳記文學》列專節討論，充分肯定他們不可忽視的力量。

第十章〈70年代至解嚴前的雜誌出版業〉，作者以為女性雜誌大量出現，是70年代中期起臺灣雜誌出版的一個新特色；而財經企管雜誌，如《天下》、《遠見》，講究印刷精美的藝術雜誌，如《漢聲》、《雄獅美術月刊》、《藝術家》等，都是很重要的另一特色。黨外雜誌與「高雄事件」，亦是不可忽視的一頁。

第十一章〈解嚴至90年代的雜誌出版業〉，作者以為本階段的雜誌可以「內容分層化、主人國際化、經營集團化、銷售多元化、競爭白熱化」來形容；而嚴肅的人文雜誌面臨生存危機，其榮景已一去不復返。

第十二章〈光復至50年代的報紙出版業〉、第十三章〈60年代至解嚴前的報紙出版業〉、第十四章〈解嚴至90年代的報紙出版業〉，作者以集中三章談臺灣報紙出版概況，共分為三階段：第一階段稱艱難起步時期，即光復至50年代末，此時報紙總數達到40家，不過銷數有限，以三家黨營報紙影響最大；第二階段稱禁錮發展時期，即60年代至解嚴前，報紙發行量增加與廣告收入大增是明顯特徵。而副刊已蛻變為整體有主題性、時效性、社會多元內容、圖文並茂的版面，形成了與新聞、評論鼎足而立地位。此時期，《自立晚報》以公允評論、揭露事實為特色，建立起自己的聲譽；第三階段稱全面競爭時期，即解嚴至90年代，言論尺度大開是此時期報紙出版最重要的一點，同時報紙數量到90年代末已超過340餘家。

第十五章〈有聲出版業〉，介紹臺灣由光復時期至90年代唱片、

錄音帶、CD等製作發行與進出口情形，同時依時間的順序分光復至60年代末、70年代、80年代、90年代四個階段，臺灣有聲出版流行音樂衍變的概況。

第十六章〈通訊業、印刷業與出版社團〉，作者以為臺灣通訊社的蓬勃發展，領域涵蓋政治、人權、法律、保安、社區、環保、稅務、股市娛樂等，實是拜解除戒嚴令之賜，而印刷業的全面競爭時期，也是因上述原由所造成社會劇變、商業進一步發展、文化出版全面開放，都有直接影響；作者對於臺灣民間出版及出版相關的社團，也有詳盡介紹。

第十七章〈臺灣的書刊發行〉，介紹臺灣書刊發行方式，其中「臺英公司與直銷」、「金石堂與連銷店」、「誠品書店——臺北的文化地標」、「農學社及90年代的發行形勢」、「網路書店與海外發行」等節，頗能真切反映臺灣書刊發行與特色。

第十八章〈書展〉，說明臺灣主辦國內暨國際書展，以及參加海外書展等概況。

第十九章〈出版研究〉，本章鉅細靡遺介紹臺灣出版研究概況，客觀指出臺灣出版研究總體上起步較晚。

第二十章〈著作權〉，簡單扼要說明臺灣著作權法的沿革與修訂、著作權服務機構運作、現行著作權法的內容等。

第二十一章〈兩岸出版交流〉，作者對兩岸交流的階段成就，有清晰介紹，並就兩岸共同合作出版、引進外國作品版權、互通訊息、深化有關研討與人才培訓等，提出具體可行措施與期許。

以上各章內容大略情況說竟，相信對讀者能起一點導覽作用。接著該具體說明本書特點與缺失，才是對讀者與作者負責態度。

參　本書特點

經筆者詳閱本書之後，可以歸納四項特點以資談論。

一、內容豐富多元

本書大部分的章節合乎詳今（近）略古（遠）的編纂思想。

作者花了十二章篇幅說明臺灣出版業圖書、雜誌、報紙與有聲出版品四類為範圍，另外又列少兒出版業、漫畫出版業、書刊發行、通訊印刷業與出版社團、書展、出版研究、著作權、兩岸出版交流等單元，每一單元都以專章探討，其中第二十章〈著作權〉寫得最好，其次第六章〈少兒圖書出版業〉、第七章〈漫畫出版業〉、第十九章〈出版研究〉及第二十一章〈兩岸出版交流〉，均有獨到見解，堪稱佳作。

如此一來，本書內容就顯得豐富而多元化，可以說有此一冊在手備覽，臺灣出版業概況也就能瞭然於胸了。

二、反映臺灣文化活動縮影

透過出版史的撰述，具體反映臺灣文化活動的縮影，是本書另一項特點。如第四章〈70年代至解嚴前的圖書出版業〉寫得極為詳盡，差不多當時出版社的特點與出版動態，作者已做了完整勾勒，充分呈現臺灣文化活動的朝氣與衝勁。第五章亦然。作者有言「從某種意義講，這些書的出版可說是臺灣社會的一個縮影」（頁113），這是很有見地的看法，足見作者觀察入微，目光犀利。

三、提出針砭臺灣社會病態

　　作者很肯定臺灣的成就，如在「緒論」中有言「如果說中國出版史豐富多彩，那麼臺灣出版史便是其中生動、絢爛的一環」云云，但他也毫不諱言臺灣社會的病態，如分析臺灣本土少兒創作質量不如人的原因，有太注重說教、設計太呆板、水平低等（頁154）；批評臺灣兒童讀物的現狀，有圖書缺少創作人才、重複出版、套書過多等弊端（頁157）。

　　又如臺灣民眾（特別是新新人類）對日本流行文化的特別偏愛，作者能列舉詳盡的時髦書籍有《東京仙旅奇緣》、《哈日族旅遊小聖經》、《哈日一族的天堂》、《我得了哈日症》，以及文學書籍如《失樂園》、《紅花》、《禁果》、《日劇完全享樂手冊》、《黑鳥麗子白書》與方智出版社的日本女作家系列等（頁116），足見並非向壁虛構，而是有所本的細讀資料，這些可看出辛先生的確花下心血，對資料蒐集下過一番歸納整理工夫。畢竟以局外人觀察，往往有客觀真實的一面，如果我們能以平心靜氣態度考量，這應是值得重視的意見。

四、客觀觀察兩岸互補特性

　　由於歷史發展的不同，兩岸在出版方面各具擅場，也各有一定的限制，如能截長補短，相互合作，未來將是兩蒙其利的雙贏局面。作者對此提出頗為中肯的見解，他認為大陸擁有實力雄厚的出版隊伍，作者、譯者素質高，編輯影響與出版資源均佳，而其缺失是一些出版社經濟力較弱，也缺乏國際版權貿易與出版經營之經驗；而臺灣出版界的優點，經濟實力較強，也有不少出版策畫人才，同時在對外版權

貿易較有經驗，其缺失不容諱言的，則是作者、譯者陣容薄弱，編輯力量與出版資源亦較弱。因此作者以為，兩岸如能在版權貿易與合作出版加強交流，彼此產生互補作用，未來遠景可期（頁445-446）。

肆　本書缺失

本書有上述四大特點，既是第一部臺灣出版史，開創之功誠不可掩，而其缺失亦不能不提，今謹就目力所及，拈出以下五點商榷。

一、出版史料不足

由於作者係利用來臺灣交流機會蒐集資料，沒有長期深入浸淫出版史料的工夫，因此史料掌握就不夠全面，如1945年至1952年臺灣歷年圖書出版社家數統計（頁110）、1945年至1951年臺灣歷年圖書出版數量統計（頁111），表格居然空白，彷彿這幾年的出版狀況是極為蕭條的；另外也可以看出，作者在臺灣出版史圖書類部分，多偏重於文學方面，其他領域的史料就很欠缺，因此其觀點就難免有所侷限。所以，本書應是初稿，尚待補充遺漏者頗多（詳後討論），似乎可將書名更為《臺灣出版簡史》、或《臺灣出版史簡編》、或《臺灣出版史概要》、或《臺灣出版史初稿》，如此較顯矜慎，也符合原書現有的水準。

二、史觀值得斟酌

史料的缺乏，必然侷限史觀的視野。

臺灣受日本統治有整整半個世紀久，儘管臺灣同胞心理不樂意，日本人在臺灣以日本文字發行的印刷品（如報紙、雜誌、書籍等），

當然成為臺灣出版史之一部分，這一段五十一年殖民地的歷史出版品，應是不能遺漏的；可惜作者在第一章處理這一段史實，僅僅說日本佔領臺灣後，用強硬手段來壓榨臺灣人民的反抗意識，消滅漢族文化，實行皇民化統治云云，簡單幾句話帶過，在第二章也說「光復後的臺灣出版業，可謂一片廢墟」（頁25），似乎在作者眼中，只有漢文出版品才可算入臺灣出版史的篇章，於是往後各章就沒有日文的資料，也是循著這種思路看待臺灣出版史。事實上，日人統治臺灣時期，不少臺灣知識分子雖不能公開閱讀漢文書冊，但他們以日文創作表達思想、鼓吹民族意識亦不乏其數，不能因為是以日文發表，就一筆抹煞他們的貢獻。很遺憾這些資料在作者眼中是不存在的。[1]

這種史觀，無形中就不能全面比較滿清統治時期、日據時期、國民黨收復臺灣時期，三者在臺灣出版史上的異同與意義，當然史料不易在短期內蒐全是一回事[2]，可是不該以「截斷眾流」，只取光復後迄今這一段而已。

三、全書體例不一

細心的讀者，不難發現，本書在第六章、第七章、第十二章、第

1　曹介逸在〈日據時期的臺北文藝誌〉一文研究指出，日據時期在臺灣的日本人發行的文藝雜誌就有 81 種，臺籍本省人發行的文藝雜誌有 18 種左右。該文詳見《臺北文物》第 3 卷第 2 期（1954 年 8 月）。

2　最近有學者曾就收集精選 110 本有關日據時期臺灣研究的論著之所列參考目加以分析比較，得到一個值得注意的現象，即戰前（1945 年以前）文獻和近人（1945 年以後）研究的參考書目，兩者比例是不相上下，這說明 1945 年以前文獻不少。參見陳宗煌〈臺灣日據研究中一九四五年前資料之使用情況〉一文，收入《書目季刊》第 33 卷第 2 期（1999 年 9 月）。可見臺灣文獻需花長時間浸淫研讀，寫一部臺灣出版史並不是輕鬆之事。

十八章、第十九章以及第二十一章，章前皆有短短數行提要式文字，大體勾勒出本章內容，而其餘各章均付諸闕如，不知何故？

四、未辨資料確否

1. 作者第二章有言由50年代的暢銷書中，反共作品居突出地位（頁32），姑且不論這種說法是否符合實際情形，但是作者所一一列舉的書名如羅家倫《新人生觀》、蔣夢麟《西潮》、王藍《藍與黑》、鹿橋《未央歌》、徐速《星星、月亮、太陽》等，均沒有一種是反共作品，絕大多數是以抗日戰爭為背景的作品。顯然作者未見原著，致有如此耳食之見，令人遺憾。

2. 辛書（頁8）與吳瀛濤的文章（〈日據時期臺灣出版界概況〉，《臺北文物》第8卷第4期）均認為日據時期最早誕生的雜誌是1896年（辛書誤為1895）（民前16年6月17日）創刊的《臺灣產業雜誌》，惟據史和、姚福申、葉翠娣編《中國近代報刊名錄》（福建人民出版社，1991年2月）一書的說法（見頁133），該刊原刊名為《臺南產業雜誌》，後改名《臺灣產業新報》，因言論受限制和經濟拮据，出版短期即告關閉。

3. 作者云1958年6月23日立法院三讀通過出版法修正草案（頁43、頁264），實際應為6月20日才是。

4. 作者認為「1965年6月1日創刊的《出版月刊》是較早的出版類雜誌」（頁391），其實，還有較早的出版類雜誌，創刊於1965年3月的《出版界》即是。

5. 作者言桂冠出版社出版《李敖全集》（頁92），應是出版《李敖作品精選集》（共10冊）才對。

6. 作者言《中文大辭典》「也是光復以來出版的最大的一部中文語

言辭典」（頁48），筆者以為，將「中文語言辭典」一詞，易為「語文辭典」較妥。

7. 作者言國民黨軍方也創辦了許多雜誌，「空軍創辦有《中國的空軍》、《空軍學術月刊》。其它還有《軍事雜誌》、《中國聯勤》、《革命軍月刊》、《空軍學術月刊》、《軍法專刊》與《陸戰隊隊刊》[3]等」（頁179），《空軍學術月刊》既歸入空軍所辦，何以隔行又出現？該是校對不仔細所致。

8. 第九章〈60年代的雜誌出版業〉提及60年代創刊的財經工商雜誌，包括有《新光郵鈔》（頁195），其實《新光郵鈔》乃集郵刊物，非屬財經工商雜誌。

9. 第二章〈光復至50年代的圖書出版業〉提到臺灣商務印書館在1957年修訂《辭源》，預約6000部，是50年代的一件大事云（頁38-39），這種說法也有問題，因為《辭源》在1915年出版，1931年續編，1970年補編增8700條，1978年第4次增訂，增了29430條。因此，1957年的《辭源》乃是重印，並非修訂。

10. 第二章又云抗戰勝利後，大陸的大出版社紛紛在臺灣設立分部，「1946年，兒童書局臺灣分局首先在臺北掛牌，隨後，中華書局、商務印書館、世界書局、啟明書局、正中書局相繼跟進」（頁27），然而據1947年即進館服務的臺灣商務印書館總經理張連生〈臺灣商務印書館四十四年述略〉一文[4]，國內出版業者開始在臺灣籌設分支機構，「緣與開明關係密切的范壽康教授其時正任臺灣行政長官署教育處處長，因利乘便，開明乃拔得頭籌，其後正中書局、中華書局相繼來臺，商務則係第四家，已是臺灣

---

3 按，《陸戰隊隊刊》為《陸戰隊月刊》之誤。

4 見《商務印書館九十五年——我和商務印書館》（北京市：商務印書館，1992 年 1 月）。

光復後兩年，即1947年的事了。

11. 關於《臺灣文獻》的出版，作者並不了解其歷史沿革，因此所言有些時序上的錯亂矛盾，令人茫然無所適從。作者言1949年有一些具通訊性質在本行業流通的雜誌如《臺灣文獻》（頁175）、又言50年代初期創辦的重要文史類學術雜誌還有臺灣省文獻會創辦的《臺灣文獻》（頁183）、又言60年代以地方志研究方面的雜誌較多，包括《臺灣文獻》（頁205）、又言較有影響的有1962年6月臺灣文獻委員會創辦的《臺灣文獻》年刊等（頁195）。

按，《臺灣文獻》前身為1949年8月創刊的《文獻》，自第1卷第3期（1950年8月）改名為《文獻專刊》，而自第6卷第1期（1955年3月）改稱今名；同時，該刊亦非通訊刊物，正如前述所言的「50年代初期創辦的重要文史類學術雜誌」。

五、疏漏待補不少

1. 第一章〈光復前的臺灣出版〉第二節日據時期的中文報紙出版，遺漏臺灣報業史上重要的一段史實，即1944年3月26日（採林瑞明的說法，一說4月1日）六家報紙（《臺灣日日新報》、《興南新聞》、《臺灣日報》、《高雄新報》、《臺灣新聞》、《東臺灣新聞》）合併，改名《臺灣新報》，社長藤山愛一郎。此報自1945年10月10日起第一版是中文版，文章有〈獻詞：慶祝臺灣光復頭一次雙十節〉乙文，還有廖文毅、林茂生和陳逢源的詩文。林茂生的詩題是〈八月十五日以後〉，原文是：一聲和議黯雲收，萬里河山返帝州，也識天驕誇善戰，那知麟鳳有良籌，痛心漢土三千日，孤憤楚囚五十秋，從此南冠欣脫卻，殘年儘可付閒鷗。11日有林獻堂、王白淵和林茂生的作品。12日有〈答葛秘書長之願望〉的

社論，13日有黃得時的作品：岳武穆的〈滿江紅〉，15日社論〈歡迎我國軍登陸〉，17日社論〈學生需要埋頭苦讀〉。22日仍稱《臺灣新報》，未見23、24日報紙，不知是否繼續發行。25日已改名《臺灣新生報》。

2. 作者將出版單位侷限出版社與書局（可能係依據內政部、行政院新聞局出版的出版社登記一覽和出版年鑑上出版社名錄之類工具書的出版品），實際上，臺灣出版圖書的單位有各級政府出版的書刊、公私立學術研究機關、各大學、各種學會、宗教團體、私人團體和作者編者的私人出版品。

3. 第二章〈光復至50年代的圖書出版業〉是本書疏漏最多的一章，也是最重要的一章，攸關史實，不能不詳加補述。本章提到的出版社和書局共有100家，其中有29家在中央圖書館館1945-1956年的藏書目錄上是沒有記錄的。據《中華民國出版圖書目錄》第一至第五輯之統計，1945-1956年的出版單位計有728家，其中出版社和出版公司有185家，書局、書店、書屋有110家，政府機關（含黨、團、地方政府）有119家，團體（學會、協會、教會、寺廟等）有89家，雜誌社有69家，報社和通訊社有23家，大專學校、研究機構、圖書博物館有37家，中小學有45家，發行所有6家，其他（如印刷廠、文具公司、文化供應社等）有42家，外國機關有3家，不包括作者（含譯者、編者）自行出版有160家、私人出版有32家。光復後至1956年出版機構（單位）出版圖書超過100種者，計有11家，本章漏了革命實踐研究院（138種）、臺灣省政府（125種）、國防部總政治部（102種）。又據統計，1945年至1956年出版圖書超過30種至99種的出版單位（包括出版社、書局、政府機關、雜誌社）有29家，本章遺漏未提的出版單位有10家：大方書局、海外出版社、經緯書局、興新出版社、瑞成書

局、康樂月刊社、臺灣印經處、交通部、臺灣銀行、中國交通建
設學會。

4. 第二章談到50年代圖書出版，有足供稱道者，作者卻將之遺漏。
如1941-1947年中華文化出版事業委員會出版《現代國民基本知
識叢書》有第一至第六輯，作者卻只提了第一至第四輯；其他遺
漏重要圖書出版品，有1947-1949年的《臺灣文獻叢刊》、1944年
的《臺灣省通志稿》、1946-1949年的《臺北市志稿》、1946-1949
年的《臺北縣志》、1943-1948年的《基隆市志》、1948年的《宜
蘭縣志》、1949年的《雲林縣志稿》、1947年的《新竹縣志》、
1946年的《臺南縣志稿》、1947年的《臺南市志稿》、1945年的
《高雄市志稿》；大套書遺漏者，如1955年的《仁壽本二十五
史》934冊（由二十五史編刊館刊行，胡偉克主持，都3470卷，
凡3000餘萬言，售價新台幣13800元，一次付清則售6900元，折
合美金324元，港幣1830元；最大特色是精選元、明、清三朝孤
槧善本薈萃而成）、1955年的《大藏經》55冊。

5. 經過筆者統計，作者全書列舉出版社、書局有524家，其中政府
機關、學校機構有10家，列舉書名有579種，其中工具書有54
種，列舉期刊有723家，可惜忽略了各大專院校之學報，列舉報
紙有87家。作者漏列重要出版社或書局者，有敷明產業地理研究
所、協志工業叢書出版公司[5]、嘉新水泥公司文化基金會、中央
研究院、東海大學出版社、文海出版社、文津出版社、巨流圖書
公司、華正書局、華世出版社、教育文物出版社、偉文圖書公
司、明文書局、中華徵信所、萬卷樓圖書公司、大安出版社、長

---

5 協志工業叢書出版公司早期稱為協志工業振興會，1955 年左右開始出版書籍，迄
   於 1979 年止，共出著名學者譯作或自撰書籍有 115 種之多，大多是名著精品。

安出版社、明潭出版社、中外文學月刊社、台原出版社、近代中
國出版社、稻香出版社、笠詩刊社、經世書局、食貨出版社、洪
氏出版社、樂天出版社、李敖出版社、故宮博物院、臺灣省文獻
會、中華民國國際關係研究所、中華學術院、國立中央圖書館臺
灣分館、國立歷史博物館、交通部交通研究所、中國學術著作獎
助委員會等80餘家。

6. 第十二章〈光復後至50年代的報紙出版業〉，作者云「光復後的
一年多時間裡，臺灣各地先後創刊了二十餘家報紙」（頁252），但
文中列重要者只提了五種：《臺灣新生報》、《中華日報》、《東台
日報》、《民報》、《人民導報》[6]，疏漏了《工商日報》（1946年5
月創刊）、《大明報》（1946年5月創刊）、《國聲報》（1946年6月創
刊）、《臺灣民聲日報》（1946年1月創刊）、《興臺新報》（1946年8
月創刊）等。作者又云「二二八事件後的兩年裡，臺灣報紙數量
又開始回升。……此時臺灣報紙數量達到了40家」（頁252-
253），之後只提到了《中華日報》、《全民日報》、《公論報》、《自
立晚報》、《國語日報》等五家，漏提更多，如《天南日報》（臺中
市）、《平言日報》（臺灣版，臺北市）、《民族報》（臺北市）、《和
平日報》（臺灣版，臺北市）、《臺北晚報》（臺北市）。

7. 作者以為楊逵主編的《一陽週報》，應是臺灣光復後最早的中文
雜誌（頁26、頁174）。其實，根據學者最近的研究，《一陽週
報》1945年9月在臺中創刊，《文學小刊》亦是1945年9月在臺北
創刊。[7]

8. 作者云《幼獅文藝》創刊於1954年，胡軌為發行人，瘂弦任主編

---

6 辛書誤為「人民報導」。

7 見羊子喬〈光復初期的臺灣文化界〉一文，《書香廣場》24 期（1988 年 11 月）。

（頁184）。這種說法很籠統。確切地說，瘂弦是第30卷至第39卷的主編，早期的主編有鳳兮、鄧綏寧、劉心皇、楊群奮、宣建人、王集叢等，後來主編者有南郭、朱橋。

以上五項是舉其犖犖而大者，至於幾個小地方若能避免，豈非更臻於完善？

或有未見原著，而導致內容錯誤者：如辛書以為《國教報導》、《國教世紀》、《國教之聲》是以儒學研究為主要內容（頁194），究其實，乃是各師範學校出版的刊物，以國民教育研究為主要內容的雜誌；《明史稿》（頁61）疑為《清史稿》或《明實錄》之誤；《大學新聞》（頁4）為《大學雜誌》之誤；《明道月刊》（頁214）疑為《明道文藝》之誤；《臺灣時報》（頁273）疑為《臺灣日報》之誤；《臺北風物》（頁15）疑為《臺北文物》之誤；《臺北香爐》（頁113）應為《北港香爐人人插》；洪文瓊（頁149）為男性，不用人稱代詞「她」；《人民報導》（頁25）應為《人民導報》[8]；《新生日報》（頁306）應為《台灣新生報》。

或有校對不仔細，而導致錯別字者（亦有漏寫作者姓名者），單是頁33就有錯別字9個：如《三色堇》誤作《三色槿》，《感情的花朵》漏作者張秀亞，《長相憶》誤作《長相思》，又漏作者王琰如，《亡國恨》漏作家穆中南，《偉大的舵手》漏作者鍾雷，「張心漪」誤作「張心淆」，「王敬羲」誤作「王敬義」（出現兩處），《瑞典之花》漏作者王書川，《心向》漏作者楊海宴，《葬曲》誤作《奔曲》，又漏作者潘壘，《陋巷之春》誤作《陋港之春》，《橋影簫聲》誤作《橋影蕭聲》，《湖上》誤作《湖》。其他還有「主要參考資料目錄」誤作

---

[8] 關於《人民導報》簡介，可參見吳純嘉的文章，發表於《臺灣歷史學會通訊》第5期（1997年9月），頁69-71。

「主要參考資料索引」（目次頁），《邸報》誤作《詆報》（頁3），
「1896年」誤作「1895年」、「1897年」誤作「1896年」（頁5），「1896
年」誤作「1895年」、「45頁」誤作「43頁」（頁8）、《在飛揚的時代》
誤作《在飛揚的年代》（頁35），「聶華苓」誤作「聶華玲」，「王文
興」誤作「王文星」（頁51），「王夢鷗」誤作「王夢歐」（頁72）、「胡
金銓」誤作「胡金全」（頁78）、「洽購版權」誤作「恰購版權」（頁
144）、「李玉階」誤作「李玉皆」（頁266）、「卑南族」誤作「卑難
族」（頁330）、「孫運璿」誤作「孫運璇」（頁355）等皆是。（錯字超
過四十個，不逐一詳列）

伍 八點建議

本書特點與缺失，具如前述。以下筆者有八點建議供作者參考，
也許再版時可以列入補充考慮，亦歡迎讀者提出討論。

一、本書雜誌採用的定義，影響第九章至第十一章的收錄範圍

作者認為「刊期在七天及七天以內者為報紙；七天以上者為雜
誌」（見原書「說明」）。其實，雜誌（期刊）按照出版法、出版界、圖
書館界、百科全書的定義，均包括半年刊、年刊，甚至不定期出版品
（中國大陸幾本出版史專書、各國圖書文獻機構所編的期刊目錄，均
收錄半年刊與年刊，甚至收不定期連續性出版品），因此1945年至1949
年，臺灣的期刊創刊至少有343家[9]，絕非第八章所列舉如此之少！

---

9 具體確實情況是這樣的：1945 年 21 種、1946 年 85 種、1947 年 111 種、1948 年 62
種、1949 年 64 種。

　　由於定義如此籠統，於是產生了一大問題，即作者漏了半年刊、年刊、各大學學報、中央研究院等所有學術機關出版的期刊。茲依出版單位大略分為以下三類：

　　甲、研究機關的學術刊物：中央研究院有《中央研究院歷史語言研究所集刊》、《中央研究院近代史研究所集刊》、《中央研究院民族學研究所集刊》、《中央研究院中國文哲研究所集刊》等，以及漢學研究中心的《漢學研究》。

　　乙、醫學會團體的學術刊物：重要者有《臺灣醫學會雜誌》、《中華民國小兒科醫學會雜誌》、《中華民國外科醫學會雜誌》、《中華民國耳鼻喉科醫學會雜誌》、《中華民國消化系醫學會雜誌》、《中華民國骨科醫學會雜誌》、《中華民國婦產科醫學會會刊雜誌》、《中華民國腎臟醫學會會訊》、《中華民國微生物及免疫學雜誌》、《中華民國癌症醫學會會訊》、《中華民國營養學會雜誌》、《中華民國獸醫學會雜誌》、《中華民國放射線醫學雜誌》等。

　　丙、屬於大學出版的學術刊物：主要是各大學學報，著名的有臺大的《文史哲學報》、《社會科學論叢》、《臺大考古人類學刊》；清大的《清華學報》、師大的《師大學報》、政大的《國立政治大學學報》、《中華學苑》、淡大的《淡江學報》、東海大學的《東海學報》、《圖書館學報》、《歷史學報》（東海、臺大、師大、政大、成大都有這種學報）等。

　　這些學術性專業刊物，有的歷史悠久，擁有絕佳口碑，作者在第八章〈光復初及50年代的雜誌出版業〉，其中專節列出《大陸雜誌》，稱為「不絕的學術薪火」，固是不錯，其實上述《中央研究院歷史語言研究所集刊》等數種亦是極為重要刊物，作者如能多舉一些，或許更能確實反映臺灣學術研究的真正面貌。

二、每一章前宜有一段簡單大事紀要

　　歷史發展是離不開政治、社會、經濟等方面的影響，出版史尤其是如此。本書如能在每章之前有一段簡單大事紀要（約300字至500字），敘述50年代、60年代、70年代……臺灣重大政治、經濟、教育文化大事，有了環境背景為襯，對於不同年代出版特色的比較分析，則較有著落，不致於浮泛無歸。

三、書影或照片選登

　　出版事業離不開出版人、出版社、出版品，重要出版社創辦人、主編、集會照片，出版社的建築外觀，著名報刊雜誌的創刊號、有影響力學術著作或工具書的封面，甚至作者手稿等，如能設法編入，輔以適切文字說明，則更能增加可讀性，也凸顯歷史圖像的敘述張力。在此方面，本書處理並不令人滿意。

四、輔以期刊內容分類的撰寫方法

　　第八至第十一章談到臺灣雜誌（期刊）出版的概況，作者以解除戒嚴令為分水嶺，依時間順序分為光復初及50年代、60年代、70年代、解嚴前後至90年代，這種以時間為主軸的撰寫方法，其優點是歷史發展脈絡可尋；不過，筆者以為，如能輔以分類的方法，各章有一節按雜誌內容性質分為綜合性期刊、社會科學類期刊、自然科學技術類期刊、文化教育類期刊、文學藝術類期刊（後二類或可合併為文史哲學類期刊），如此則介紹較完整，不易有疏漏。

五、戒嚴時期禁書的研究

不容諱言的，臺灣戒嚴時期很長，查禁書刊不少（以李敖一人受查禁之書就達近百冊之多），在黨外時期、民意代表選舉期間很多書刊紛紛出籠而被查禁沒收；此外，20、30年代作家作品以及1949年後滯留大陸學者名流著作也有不少被查禁。

戒嚴時期出版法規與解嚴後出版法規有極大不同，作者如能運用行政院新聞局、省政府、臺北市新聞處查禁書報清單，列表統計，應能清楚顯示戒嚴時期臺灣查禁書刊「理由」與總數，以觀這段民國史上晦暗時期的禁書歷史，應是一件有意義的工作。今人史為鑑編有《禁》一書（1981年2月，四季出版公司出版），收集眾多文章討論國民黨政府對書刊、雜誌、報紙等出版品查禁情況，頗有系統，惟是在戒嚴時期出版，難免資料不足，尚待全面分析研究。[10]

六、談出版離不開編印工具書

臺灣學術文化界做了不少工具書編纂工作，質量極佳，廣獲好評，而作者全書提到的圖書有580種左右，包括工具書五十四種，其中書目和百科全書各十二種，字（辭）典八種，索引七種，年鑑六種，類書三種，大事記一種，其他五種。近50年來臺灣出版多少參考

---

10 戒嚴時期，人心惶惶，劉冰回憶起 50 年代，世界書局連翻印舊版工具書《四用辭典》不免也要戰戰兢兢，唯恐惹禍上身：「在印刷《四用辭典》那段時間，我除去每天跑印刷廠之外，楊家駱還要我『看』辭典，從字典的第一頁，直到最後一頁。看什麼呢？因正值動亂的時際，唯恐舊本字典中有觸及政治禁忌的字句。因此每逢我看到有問題的解釋和例句時，便得逐一記下，然後由編輯部一一改正。」詳見劉冰：《我的出版印刷半世紀》（臺北市：橘子出版公司、美國：長青出版公司聯合出版，2000 年 10 月），頁 240，頁 29 同。

工具書，尚無人做這方面的統計。不過就數量來說，專列一、二節來
敘述應是可以考慮的，而辛書只列舉五十四種工具書，疏漏太多。同
時所列舉的那些工具書，在體例編排、收錄範圍、款目著錄等方面，
都有很多缺失。本文嘗試就漏列的重要工具書，按參考工具書的類型
列舉編者和書名如下：

書目

中央圖書館編《臺灣公藏善本書目書名索引》、《臺灣公藏善本
書目人名索引》；

程發軔主編《六十年來之國學》；

張偉仁主編《中國法制史書目》；

嚴靈峰主編《周秦漢魏諸子知見書目》[11]；

王國良等編《中國文學論著集目正編》、《中國文學論著集目續
編》；

中央圖書館臺灣分館主編的《臺灣文獻書目解題》（含方志
類、傳記類、公報類、地圖類、族譜類，以上均出自高志彬之
手）。

---

11 工具書大多是眾人集體編纂的結晶，而福州嚴靈峰氏更以一人之力，積累超過五十
年治學功底，編有《周秦漢魏諸子知見書目》、《無求備齋文庫諸子書目》，又據這
些書目編印成叢書，如《老子集成初編》（臺北縣：藝文印書館，1964 年，160
冊）、《老子集成續編》（臺北縣：藝文印書館，1970 年，280 冊）、《列子集成》（臺
北縣：藝文印書館，1971 年，12 冊）、《莊子集成初編》（臺北縣：藝文印書館，
1972 年，30 冊）、《莊子集成續編》（臺北縣：藝文印書館，1973 年，42 冊）、《墨
子集成》（臺北市：成文出版社，1975 年，46 冊）、《荀子集成》（臺北市：成文出
版社，1977 年，46 冊）、《韓非子集成》（臺北市：成文出版社，1979 年，50 冊）
等《無求備齋子書集成》，書目和資料整理、編印互相配合，毅力過人，精神尤為
可佩。

索引

臺灣大學圖書館編《中文期刊論文分類索引》；

中央圖書館編《中華民國期刊論文索引彙編》；

馬景賢、袁坤祥合編《經濟論文分析類索引》、《財政論文分類索引》、《貨幣金融論文分類索引》；

林慶彰主編《經學研究論著目錄（1912-1987）》、《經學研究論著目錄（1988-1992）》、《日本研究經學論著目錄（1900-1992）》、《乾嘉學術研究論著目錄（1900-1993）》；

昌彼得、王德毅等編《宋人傳記資料索引》；

王德毅、李榮村等編《元人傳記資料索引》；

中華農學會等編《臺灣農業文獻索引》；

中華文化復興運動推行委員會主編《中國文化研究論文目錄（1946-1979）》；

漢學研究中心出版的索引，較重要的有簡濤主編《中國民族學與民俗學研究論著目錄（1900-1994）》、陳麗桂主編《兩漢諸子研究論著目錄（1912-1996）》、鄭阿財與朱鳳玉主編《敦煌學研究論著目錄（1908-1997）》等；

四庫全書索引編纂小組編的《四庫全書傳記資料索引》、《四庫全書藝術類索引》、《四庫全書文集篇目分類——學術之部》、《四庫全書文集篇目分類——傳記文之部》、《四庫全書文集篇目分類——雜文之部》。

字辭典（含科學名詞）

劉季洪等主編《雲五社會科學大辭典》；

李熙謀等主編《中山自然科學大辭典》；

盛慶錸等主編《中正科技大辭典》；

慈怡主編《佛光大辭典》。

除此之外，還有國立編譯館出版的科學名詞，約有100多種。

百科全書

藍吉富主編《中華佛教百科全書》。

年鑑

經濟日報社編《中華民國經濟年鑑》；

文訊雜誌社主編《臺灣文學年鑑》。

大事年表

國史館編的《中華民國史事紀要》；

郭廷以編撰《太平天國史事日誌》、《近代中國史事日誌》、《中華民國史事日誌》；

其他還有1946年臺灣省政府行政長官公署統計處編《臺灣省五十一年來統計提要（1894-1945）》、1949年臺灣省政府主計處編印的《臺灣貿易五十三年表（1896-1948）》。

由以上所列工具書可以明顯看出，在國學研究方面佔有極大比例，主因是中共文革十年（1966-1977年），學術文化破壞極大，臺灣在國學研究沒有受到波及，猶如長夜中一顆閃亮明珠，相形之下，應是這段歷史中特別突出耀眼的一頁。

七、對臺灣出版界具劃時代貢獻人物，應列有專節介紹、評價

　　人物是出版事業的靈魂。對人物做出適當評價，是史家展現別識心裁的所在。

　　臺灣光復以來，對臺灣學術文化做出顯著貢獻者，不乏可以列出一長條名單，但投入出版事業，奠下往後臺灣學術發展根基的三位重要人物，卻不能不提（以下人物生平皆省略不書，僅節錄與出版業相關史實，以節省篇幅，希讀者見諒）。

周憲文（1907-1989）——臺灣研究文獻的奠基者

　　周憲文主持臺灣銀行經濟研究室，發行「臺灣文獻叢刊」（始於1957年8月，終於1972年12月）309種，計有595冊，約有4千660萬字，厥功至偉，吳幅員〈追思經濟學者周憲文先生〉一文最為翔實，肯定「臺灣文獻叢刊」的價值云：

> 不僅包括臺灣內涵之歷史、地理、文物、風俗、人情，而且外延至直接與臺灣有關的史地背景；特別著重鄭成功光復臺灣故事，近且擴展到明崇禎朝以及南明史事。論其體裁，則上自唐、宋、元、明時期之文，下逮日據時期之作：舉凡詔諭、方志、奏議、記事、書牘、日記、碑傳、文集、詩詞及雜著，無所不包。其中不乏「孤本」，史料價值極高。

談到「臺灣文獻叢刊」的資料來源，吳幅員又說：

> 公家所藏，有前臺灣省立臺北圖書館（前身為日據時期臺灣總

督府圖書館)、國立臺灣大學圖書館(前身為日據時期臺北帝
國大學圖書館)、中央研究院歷史語言研究所、故宮博物院、
國立中央圖書館、臺灣省立博物館以及省縣市文獻委員會;私
人收藏,有方豪、胡適、丘念臺、楊雲萍、連震東、洪炎秋、
賴永祥、曹永和等人士所提供。臺灣所藏,已如上述;海外所
藏,有來自美國國會圖書館、加利福尼亞大學東亞圖書館、日
本東洋文庫、東京大學東洋史研究室、京都大學圖書館以及香
港馮平山圖書館等藏書單位。

至於「臺灣文獻叢刊」研究資料的蒐集整理與校點編輯,吳幅員又
說:

> 除邀約臺灣大學歷史系教授夏德儀(百吉)參與,並由部份提
> 供資料人士及學者專家所為之外,由他本人與研究室同事吳幅
> 員分擔之。此一叢刊,原由他「一手造成」,並無一定計畫,
> 出一本,算一本;自四十年八月首創,迄六十一年十月退休,
> 其出版三〇六種、五八八冊。⋯⋯

臺灣研究在當今成為顯學,可以說是周憲文資料編纂的遠見所致,如
此一位博覽宏通學者,「為臺灣區域歷史研究建立了極堅強的基礎,
隱然成為國史新穎的津梁」[12],對50、60、70年代臺灣所做的成就,
是後人難以望其項背的,而作者竟然隻字未提[13],無論如何,是說不

---

12 黃典權:《臺灣文獻叢刊作者、目錄索引》(臺南市:成功大學歷史系、臺南中正圖
   書館,1978年12月),〈序〉。

13 如第二章〈光復至50年代的圖書出版業〉、第三章〈60年代的圖書出版業〉、第八
   章〈光復初及50年代的雜誌出版業〉、第九章〈60年代的雜誌出版業〉,均無提到
   周憲文其人。因此,第二、三、八、九章是本書最大敗筆,而史料來源掌握不足,
   應是主要原因。

過去的！

臺灣銀行經濟研究室將日據臺灣半世紀留下許多關於金融與經濟方面研究資料，分別門類出版，其中定期刊物較著名者有：《臺灣銀行年報》、《臺灣銀行半年報》、《臺灣銀行季刊》、《臺灣金融統計月刊》、《臺灣金融年報》、《臺灣生產統計月報》、《臺灣經濟金融月刊》、《臺灣進出口貨標指數》、《臺灣工礦企業資金調查報告》；不定期刊物較著名者有：《臺灣研究叢刊》、《臺灣特產叢刊》、《臺灣文獻叢刊》、《臺灣都市消費者家計調查報告》、《臺灣國民儲蓄調查報告》、《銀行研究叢刊》、《國際經濟統計簡報》、《經濟學名著翻譯叢書》。以上共計1429冊，1億8千176萬字，數量可觀。

張其昀（1901-1985）──文化沙漠的灌溉者

張其昀對臺灣出版業的成績，劉紹唐主編「民國人物小傳一二九」（見《傳記文學》第47卷第4期）記載最為扼要；另參酌《中華年報》加以整理如下：

1950年3月，任中國國民黨中央宣傳部部長，任內創辦中國新聞出版公司，出版《中國一周》等書刊。

1950年8月，為中央改造委員會秘書長，任內發起創辦「中華文化出版事業委員會」，刊行《現代國民基本知識叢書》及《學術季刊》、《新思潮》等刊物多種。

1955年7月，籌設「中華叢書委員會」，開始編印《中華叢書》。《中華叢書》內容分為八大類：影印珍本善本孤本古籍、重印有歷史價值古籍、近人學術名著、美術圖譜、外人所著漢學要籍、中國名著選譯外文、辭典、目錄（至1957年，共達300餘種）。

1956年1月，正式成立「中華叢書委員會」。

1959年，主編《中華民國地圖集》（5冊，1962年全書完成）。

1960年2月，出版《文物精華》甲編第1冊（翌年出版至甲編第10冊）。

1961年1月，《清史》第1冊出版，10月全書8冊出齊。

1961年，成立「中文辭典編纂委員會」，擔任主任委員。

1966年，主編《世界地圖集》4冊，監修《清代一統地圖》，與姚從吾監修《元史》。

1968年8月，《中文大辭典》第40冊出齊。

1970年，監修《金史》。

1981年3月，監修《中華百科全書》第1冊出版（共10冊，1983年7月出齊）。

張其昀其人貢獻為何，〈鄞縣張曉峰先生其昀行狀〉有中肯的評價：

> 創立中華文化出版事業委員會，出版現代國民基本知識叢書及「學術季刊」、「新思潮」等刊物多種；臺灣在日本統治下五十一年，屬行愚民政策，光復之初，世人多目為「文化沙漠」，至是，沙漠中始現綠洲，由茁壯萌長，而至花樹婆娑，先生之功，顧不偉哉！

辛書對張氏雖有肯定，但卻是平淡的敘述，不知張氏在光復之初出版這些叢書，對青年學子普及知識的意義，因此辛書顯然是隔靴搔癢，沒有抓住要點。

劉紹唐（1921-2000）──中國近現代史料的淵藪

胡適一生熱心倡導傳記文學，1962年2月在臺北過世，同年6月，北大校友劉紹唐就發刊《傳記文學》，迄今沒有中斷。

在劉氏經營之下，《傳記文學》除了出版453期之外[14]，也如滾雪球般留下豐富而難得的傳記、回憶錄、日記、書信、文稿、圖像照片、史家著作等，成為近代史上最具權威的參考資料之一，故有人稱之為「民國史長城」。事實上，研究近代史的學者，幾乎無人不參考《傳記文學》所累積的相關出版品，包括有《民國人物列傳》等現代文學叢書142種、《談聞一多》等文學叢書104種、《第一次中國教育年鑑》等民國史料叢刊22種、《徐志摩全集》等文學集刊四種，以及收錄2800多位傳主的《民國人物小傳》與《民國大事日誌》。

中國社會科學院近代史研究所《民國人物小傳》迄今僅出8冊，傳主482人，遠遠不如劉氏的成績，因此唐德剛讚譽為「以一人敵一國」，洵屬當之無愧！

此外，王雲五、楊家駱、李敖等人對臺灣出版事業亦發生鉅大影響，茲介紹如次：

王雲五（1888-1979）——執中文出版事業的牛耳

王雲五先生堪稱近代出版界奇葩。

他沒有高等學歷，完全靠自己勤奮自修，成為出版界執牛耳人物。

他最重要的經營理念「十本書有三、四本書虧本還不算虧本，只要是好書」，尤其重視擴大而普及，無論是選書、古書標點與今註今譯、編索引，以至印刷裝訂，編輯適合青少年、兒童讀物的叢書單本，都是著重在普及上。例如主持編印《萬有文庫》兩集，共收入圖書2040種，有4040冊，約1150億字[15]，開創了圖書出版平民化的新紀

---

14 劉紹唐過世後，《傳記文學》由世新大學成露茜、成嘉玲女士接辦，繼續每月按時出刊，亦維持原有水準云，令人欣慰。

15 辛書稱當年的《萬有文庫》共兩集 4000 種（原書頁 56），某圖書館館長云：「《萬有文庫》是民國初年由王雲五先生主持出版的，收集翻譯了世界名著一萬種」（《聯

元。因此，出版界公認近五十年的中文出版事業，如果把雲老的成就剔除，便要黯然失色。

王氏發明四角號碼檢字法[16]，又把《佩文韻府》、《嘉慶一統志》、近十省的通志，都編有索引，予學者帶來不少利便，真是功德無量；他又出版許多大部頭書籍（每部涵括數十百冊者）20餘種，尤其以《雲五社會科學大辭典》、《中山自然科學大辭典》、《中正科技大辭典》、四庫珍本（一集、二集、三集）、四部叢刊、宋元明善本叢書、人人文庫等，均是我國出版界之創舉。

王氏的傑出貢獻，為人所稱道有：奠定大出版事業之地位、弘揚學術促進文化交流、創造革新常開風氣之先、經營有道兼顧社會價值與商業價值、弘揚出版道德確立信用等。

楊家駱（1912-1991）——今日之紀曉嵐

金陵楊家駱到臺灣後，曾任職世界書局與鼎文書局，對近代目錄學理論探索與出版事業貢獻突出。

他曾把1929年蒐集國內的《永樂大典》殘卷、加上歷年向世界各國圖書館蒐集《永樂大典》的原書影印本，合為803卷，輔以前編和附編，總為865卷影印出版，對中國文化傳播做出顯著貢獻，海內外學者譽為「今日之紀曉嵐」。

他數十年對出版工作要求，舉其影響重大者，有出版《四庫大辭典》、《叢書大辭典》、《民國以來出版新書總目提要》、《中國文學百科

　　合報》1997年7月），數據均不正確，亦不懂書籍的種類與冊數是不同的觀念。

16　其實，王氏之前，已有一些不同的號碼檢字法，惟王氏薈萃諸法之長的四角號碼檢字法最好用，因此一直到現在許多工具書檢索還是採用此法。胡適對四角號碼檢字法還編有歌訣：一橫二豎三點撇，點不帶橫變零頭，叉四插五方塊六，七角八八小是九。以上據喬衍琯先生示知，特此深表感謝。

全書》、《新舊唐書合鈔（並附編十六種增附編二種）》、《唐史資料整理集刊》五種、《遼史彙編》（萃集中外契丹史之作81種）、《中國近代史文獻彙編》、《十通分類總纂》、《古今圖書集成學典》、《中國天文曆法史料》、《中國地震史料》、《中國法制史料》、《中國經濟史料》、《中國音樂史料》（以上五種為《中國史料系編》編輯之一部分）、《中國經濟史料清代編》（又名《古今圖書集成續編初稿食貨典》）；主編有《中國學術名著》、《中國學術類編》凡1500冊，此其所籌畫《中華全書》之薈要。

　　1990年更以近八十歲高齡赴美，分訪國會圖書館、哈佛燕京等圖書館研商擴編《中國圖書大辭典》，並以之為《中華全書》編刊書源之引得，擬結合世界各大藏書機構共襄盛舉。不幸遽而辭世。

　　其遺稿有《中華大辭典》原稿三十七箱、《中國圖書大辭典》原稿六箱《中國史繫年》原稿五箱、各省著述志彙編卡片六箱，全數都捐給中央研究院中國文哲研究所。

李敖（1935-）──獨樹一幟的作家兼出版家

　　李敖稱得上臺灣出版史的一個異數。

　　本身能言善道，文采犀利飛動，以雷霆萬鈞氣魄戳破傳統禁忌，曾坐過兩次牢，在牢獄之中依然神氣活現，如期按月出版《李敖千秋評論叢書》，不能不說本領高超，人見人怕鬼見愁。

　　他曾一人獨立辦過報紙「求是報」，也曾出版多種有影響力的雜誌，如《文星》、《李敖千秋評論叢書》（120期）、《李敖千秋評論號外》（4期）、《萬歲評論叢書》（40期）、《李敖求是評論》（6期）、《烏鴉評論》（24期）等，這些已成為抗議國民黨高壓統治時期，主要的歷史文獻之一，是臺灣近五十年來出版史上一個奇景。另有集結成冊的「李敖新刊」七本和三十餘本叢書，《李敖大全集》（40冊）是他一

生寫作成績總結。去年他被提名角逐諾貝爾文學獎，可說是臺灣最有文才的出版家。編輯有《李敖校訂中國歷史演義全集》、《中國名著精華全集》、《古今圖書集成》（文星版）等。

真理追隨者鄭南榕辦《自由時代》一系列週刊，聘李敖總監，為抗議國民黨逮捕，以自焚殉道。

八、出版社建立特色有值得提出者

作者第三章〈60年代的圖書出版業〉第三節「四大」領先（頁55-58）提及臺灣商務印書館、世界書局、臺灣中華書局、正中書局的出版概況，然猶有足以稱說者，列舉如下：

臺灣學生書局

臺灣影印過去的著名期刊、公報總數，至少不下於300種，如早期的臺灣學生書局、文海出版社、成文出版社、古亭書屋、臺灣商務印書館等即是。過去的學術期刊，如《國學季刊》、《國立北平圖書館館刊》、《圖書館學季刊》，普受學術界矚目。臺灣學生書局將上述三種期刊重新翻印出版，實開臺灣翻印學術期刊之先河！又編製有《圖書館學季刊分類總目錄》索引，其特點是分為圖像之部與文字之部，翻檢方便實用，連當時的廣告也依樣翻印，足見目光不俗。

臺灣學生書局也是最早影印舊報紙的出版社，包括《國民日報》、《蘇報》、《述報》、《花圖新報》等。

此外，聘請林海音經營純文學月刊社，全力資助出版，又有《書目季刊》[17]（1966年創刊，早期主編有夏德儀、屈萬里、方豪、劉兆

---

17 據文史哲出版社發行人彭正雄先生云，《書目季刊》原先擬採用《圖書季刊》之

祐等）發行海內外，獎掖學術文化，令人感佩！

故宮博物院

　　故宮博物院精品文物遷到臺灣後，除了收藏保存，定期公開展覽，亦提供專家學術研究之用。以故宮文物為對象的出版品，重要者有《景印文淵閣四庫全書》（與臺灣商務印書館合作）、編印《明清檔案》（與聯經出版公司合作）、編輯《國立故宮博物院藏清代文獻傳包傳稿人名索引》、《清代文獻檔案總目》、《故宮法書》、《故宮名畫三百種》，以及複製名畫等；定期刊物有《故宮週刊》（只出26期）、《故宮通訊》（Bulletin）英文雙週刊、《故宮季刊》（後改名為《故宮學術季刊》、《故宮展覽通訊》（National Palace Museum Newsletter）、《故宮文獻季刊》（只出4卷4期）、《故宮圖書季刊》（只出4卷2期）、《故宮簡訊》（只出到3卷11期，後由故宮文物月刊取代）。[18]另外有《故宮叢刊》數十種、善本叢書等，其中與日本學研社合作編印《故宮選萃》，以中、英、日三種文字說明，發行全世界，行銷廣泛，印數極多，為故宮出版品之冠。

　　這些出版品不僅印刷精美，有很高的鑑賞價值，許多資料更是首次公開，對於學術研究之推進自不待言。

　　名，惟彼時已有人登記用此名稱，故改採用今名；而《書目季刊》封面字樣係由劉國瑞先生請彭先生到中央圖書館（即現今國家圖書館）尋覓漢碑拓片集字綴輯而成。

18 辛書對於故宮博物院出版品提到太少，只說了《故宮季刊》（後改名為《故宮學術季刊》），英文刊名只列了兩種，其餘全無。此外，《景印文淵閣四庫全書》（與臺灣商務印書館合作）的出版，是學術文化界一大盛事，歐美、日本等漢學界評價極高，辛書對此全然未提，令人費解！

臺灣商務印書館

商務印書館到臺灣後，在出版界確實有一番建樹，除上述專節介紹王雲五其人嘗提及之外，比較值得注意者，是將《東方雜誌》與《教育雜誌》（兩者皆創刊於清代末年）全套影印出版，提供研究民國以來教育學術文化絕好材料，尤其《東方雜誌》每期之末的「時事日誌」，如將之抽離結集在一起，就是一部民國近代史的寫真縮影。出版社有此歷史眼光，真是罕見！

另外，影印《文淵閣四庫全書》堪稱臺灣古籍整理加工的典範。除了全書影印之外，還編印了6冊《四庫全書總目》（含書名及著者索引）與《四庫全書簡明目錄》（含書名及著者索引）、4冊《四庫全書考證》、6種內容索引和1冊總目錄；目錄由張子文編輯，書後附書名及著者索引，書前有張連生的〈景印文淵閣四庫全書後記〉一長文云。

其他出版社

新文豐出版公司有《大藏經》、《敦煌寶藏》、《叢書集成新編》（有續編、三編）、《石刻史料新編第一期》（有第二輯、第三輯）等大型系列學術書籍出版，蒐羅資料齊全，為學者研究帶來莫大方便。

另有成文出版社，創辦人黃成助與長期擔任業務經理葉君超以企業營利補助出版事業，出版1949年以前諸多政府公報與有學術價值期刊、地方文獻刊物等，並有「哈佛燕京學社引得叢刊」數種，最具國際學術眼光，令世人刮目相看！

陸　參考文獻之探討

　　本書是第一本關於臺灣的出版史專書，吾儕不免以完備求全的標準，作者所依據之參考資料，計有臺灣出版品圖書78種、雜誌16種、報紙6種、重要文章10篇，香港出版品1種，中國大陸出版品圖書17種、雜誌9種，以及馬來西亞出版品1種。其實，還有不少必覽參考資料，作者未見。今就所知見提出幾種供作者參考。

一、工具書重要者

　　《中華民國出版圖書目錄彙編》（一至七輯）（中央圖書館編）[19]、《中華民國出版圖書目錄》（第一至五輯，共6冊）（中央圖書館編，1956-1961年）、《中華民國政府出版品目錄彙編》（中央圖書館編，1956-1961年）、《中華民國政府出版品目錄彙編》（中央圖書館編，至1999年已出版了九輯）、《中華民國出版事業統計概覽（民國77-83年）》（行政院新聞局編印，1995年6月）、《中華民國出版事業概況》（行政院新聞局編印，1989年5月）、《臺灣年鑑》（黃玉齋主編，臺灣新生報印，1947年6月）[20]、《臺灣年鑑》（公論報社編印，1951年）、

19　其出版時間與收錄範圍如下：第一輯，1964 年 9 月出版，收錄 1949～1963 年圖書；第二輯，1970 年 1 月出版，收錄 1964 年 1 月～1968 年 6 月圖書；第三輯，1975 年 10 月出版，收錄 1968 年 7 月～1974 年 12 月圖書；第四輯，1980 年 12 月出版，收錄 1975 年 1 月～1979 年 12 月圖書；第五輯，1985 年 10 月出版，收錄 1980 年 1 月～1983 年 12 圖書；第六輯，1989 年 6 月出版，收錄 1984 年 1 月～1988 年 12 月圖書；第七輯，1995 年 4 月出版，收錄 1989 年 1 月～1993 年 12 月圖書。作者只提到一、二輯，其餘遺漏未提。

20　此部年鑑之重要性，《臺灣歷史辭典》頁 268 有扼要評價：「這是一部代表二次大戰

《光復後臺灣地區文壇大事紀要》（增訂本）（臺北，文訊雜誌社編輯，1995年6月，479頁）、《臺灣文壇大事紀要》（民國81-84年）（陳信元總編輯、方美芬執行編輯，行政院文建會，1999年9月，457頁）、《民國時期總書目》（1833-1949）（北京圖書館編，書目文獻出版社，1986-1996，21冊）、《全國中文期刊聯合目錄》（1833-1949）[21]（北京，書目文獻出版社，1981年8月增訂本，1260頁）。

二、期刊重要者

《臺灣史料研究》（1993年2月創刊，半年刊，張炎憲主編，吳三連臺灣史料基金會出版）第10號（1997年12月出版）有〈戰後初期雜誌解題〉專輯，茲引篇目如後。

> 戰後初期臺灣出版事業發展之傳承與移植──雜誌目錄初編後之考察／何義麟
> 《政經報》與《臺灣評論》解題──從兩份刊物看戰後臺灣左翼勢力之言論活動／何義麟
> 《新臺灣》月刊導言／秦賢次
> 《新知識》月刊導言／秦賢次
> 《文化交流》第一輯導言／秦賢次
> 《前鋒》雜誌創刊號／張炎憲

比較令人詫異者，辛書結集出版之前，自1997年已經在《出版廣角》

後臺灣當時人士對歷史及政、經、社會、文化各層面的總結性觀點，具有歷史意義。」

21 此部目錄收錄 1945 年至 1949 年的臺灣期刊就達 155 種之多，是非常值得參考的資料。

月刊連載了十七次，除了第一章〈光復前的臺灣出版〉之外，全部連載完畢。[22]可是，在辛書「主要參考資料目錄」大陸雜誌類（頁458起）卻沒有列出《出版廣角》，殊不知光是2000年就有兩篇重要文章值得參考——許鐘榮〈創長遠事業　奔錦繡前程——20年出版經驗與體會〉（收入《出版廣角》總第42期，頁40-45，2000年6月）、沈奇、隱地〈詩·書·人——臺灣詩人出版家隱地訪談錄〉（收入《出版廣角》總第43期，頁46～50，2000年7月）。

三、學位論文重要者

賴秀峰《日據時代臺灣雜誌事業之研究》（政治大學新聞研究所，1973年）、賴永忠《臺灣地區雜誌發展之研究》（政治大學新聞研究所，1992年）、莊惠惇《文化霸權與抗爭論述——戰後初期臺灣的雜誌文化分析》（中央大學歷史研究所，1998年，220頁）、Chiu Jeong-yeou, Publishing and the book trade in Taiwan since 1945, PHD thesis, University of Wales, Aberystwyth, 1994.

四、專書重要者

昌彼得總主編《故宮七十星霜》（臺北市：臺灣商務印書館，1995年10月，318頁）、陳永源主編《國立歷史博物館出版書目提要》（1955-2000.11）（臺北市：國立歷史博物館，2000年11月，357頁，收有圖書699種，錄影帶43種）、《商務印書館九十五年》（北京市：商

---

22 辛書第十九章〈出版研究〉也曾以〈臺灣的出版研究〉為題發表在《出版發行研究》（見2000年第2期與第3期），內容觀點，基本不變。

務印書館，1992年1月），其中有張連生〈臺灣商務印書館四十年述略〉，文長16頁。

五、期刊論文重要者

徐有守〈王雲五先生與商務印書館〉（收入《東方雜誌》復刊第7卷第1期，頁62-77，1973年7月）、洪文瓊〈三十年來國內兒童讀物量的分析〉（收入《書評書目》第84期，頁28-42，1980年4月）[23]、葉芸芸〈試論戰後初期的臺灣知識份子及其文學活動（1945-1949年）〉（收入《文季》第2卷第5期，頁1-18，1985年6月）、曾堃賢〈近年來臺灣地區圖書出版事業的觀察報告〉（收入《中國圖書館學會會報》第55期，1995年12月）、莊惠惇〈戰後初期臺灣的雜誌文化（1945.8.15-1947.2.28）〉（收入《臺灣風物》第49卷第1期，頁51-81，1999年3月）、莊惠惇〈國族的流行體系——戰後初期臺灣雜誌文本中的主流論述〉（收入《史匯》第3期，頁35-72，1999年4月）。

以上資料對於辛書應能起拾遺補闕之作用，俾再版時有所參酌取擇焉。

柒　其他應注意細節

一本成熟的學術論著，「看似尋常卻奇崛，成如容易卻艱辛」，除

---

23 此篇論文，辛書有引用，唯未標示刊名與卷期，讀者欲案覆卻頗不方便。同樣的情況，頁 457〈戰前臺灣的日本書籍流通〉一文漏列副題〈以三省堂為中心〉，又誤刊名《文學臺灣》為《臺灣大學》，同時又遺漏期數（第 27-29 期）、出版年月（分別為 1998 年 7 月、10 月，1999 年 1 月）和起訖頁數（分別為頁 253-264，285-302，206-266，共 51 頁）。所以要提出，不外說明撰寫學術文章宜嚴謹，一點細節都不能疏忽。

了以上所述各點，為讀者檢索利便計，作者應編書後索引（包括出版單位、書名、刊名、報名、人名等）、增列附錄如1945-1997年臺灣大事記或臺灣出版大事記、出版法規（偏重解嚴前公布的法規）、歷任內政部出版事業管理處長、行政院新聞局長、禁書表單等，以及序文中顯示成書經過，能有餘力注意到這些細微末節，著述之能事已粗具矣。此言雖易，實踐則因人而異。

　　至於其他遺漏之書，除前述者外，以下各書作者也完全忽略，出版公司有如聯經出版的《聯副三十年文學大系》、前衛出版的《臺灣作家全集》、自立報系出版的《臺灣近代民族運動史》、《臺灣近代人物誌》、《二二八消失的臺灣菁英》等；而個人有如吳相湘的《孫逸仙評傳》、《民國百人專》、《現代史事論叢》、張曼濤主編的《現代佛教學術叢刊》、鄭明娳的《現代散文欣賞》、《現代散文縱橫論》、《現代散文類型論》、《現代散文構成論》、《現代論文現象論》、黃文吉主編的《中國文學史書目提要》（1949-1994）……等等，如此繁多，不煩待舉，已是史料欠缺所造成，就不再贅言了。

捌　尾聲

　　撰寫本文，確實費了不少時間逐一翻閱資料，尤其文中許多數據統計，都是參閱各種文獻，經過反覆排比整理才落筆。為何要花如此力氣呢？吾儕認為專家撰寫書評是極為要緊大事，非但為讀者介紹入門鑰匙而已，與作者析疑商榷，提出不同見解，於人於己皆有長進，同時也促進學術研究風氣。

　　過去楊聯陞（蓮生）先生每評一書，一定博覽群籍，言之有據，讓讀者耳目一新，也令作者心悅誠服，書評能到此境界，才是上乘。

　　這篇磨刀之作，本無意示人，但想到學界有股歪風，評書不敢實

事求是，深怕得罪他人，於是盡說些逢迎拍馬阿諛之詞，無關乎提昇學術，長久下來，書評不振，學風影響惡劣，學術公信受到極大虧喪。因此，傾力將平日所懷所感捻出，但願能激起臺灣學界重視書評的嚴肅性，多有專家參與撰寫書評，建立起客觀的學術評鑑。

　　本文撰寫期間，承蒙喬衍琯教授、彭正雄先生、曾堃賢先生、宋美珍小姐、劉美鴻小姐、鄭敦仁先生費心核閱，提出中肯意見，謹申謝意。

——原刊於《書目季刊》第34卷第4期（2001年3月），頁63-87。

通識教育叢書・治學方法叢刊　0201002

書評寫作指引

主　　編　林慶彰　何淑蘋
責任編輯　游依玲

發 行 人　陳滿銘
總 經 理　梁錦興
總 編 輯　陳滿銘
副總編輯　張晏瑞
編 輯 所　萬卷樓圖書股份有限公司
排　　版　浩瀚電腦排版股份有限公司
印　　刷　百通科技股份有限公司
封面設計　百通科技股份有限公司

發　　行　萬卷樓圖書股份有限公司
　　　　　臺北市羅斯福路二段 41 號 6 樓之 3
　　　　　電話 (02)23216565
　　　　　傳真 (02)23218698
　　　　　電郵 SERVICE@WANJUAN.COM.TW
大陸經銷　廈門外圖臺灣書店有限公司
　　　　　電郵 JKB188@188.COM

ISBN 978-957-739-854-3
2014 年 2 月初版一刷
定價：新臺幣 360 元

如何購買本書：
1. 劃撥購書，請透過以下郵政劃撥帳號：
　　帳號：15624015
　　戶名：萬卷樓圖書股份有限公司
2. 轉帳購書，請透過以下帳戶
　　合作金庫銀行　古亭分行
　　戶名：萬卷樓圖書股份有限公司
　　帳號：0877717092596
3. 網路購書，請透過萬卷樓網站
　　網址 WWW.WANJUAN.COM.TW
大量購書，請直接聯繫我們，將有專人為
您服務。客服：(02)23216565 分機 10

如有缺頁、破損或裝訂錯誤，請寄回更換

國家圖書館出版品預行編目資料

書評寫作指引 / 林慶彰, 何淑蘋主編. --
初版. -- 臺北市：萬卷樓, 2014.02
　　面；　公分. -- (通識教育叢書. 治學方法叢刊)
ISBN 978-957-739-854-3(平裝)
1.書評　2.寫作法　3.文學評論

812.02　　　　　　　　　　　103002010